I Seek
a Kind
Person

I Seek a Kind Person

ⓒ Julian Borger, 2024

I Seek a Kind Person

친절한
분을
찾습니다

나치를 피해 탈출한
유대인 아이들의 삶

줄리안 보저 지음 | 김재성 옮김

musintree
뮤진트리

▪ 일러두기

– 이 책은 줄리언 보지의《I Seek a Kind Person》(John Murray, 2024)를 우리
   말로 옮긴 것이다.
– 책은《 》, 신문·잡지·영화는〈 〉로 표기했다.
– 동일한 독일어 이름·지명도 오스트리아 빈 시대의 것은 독일어식 발음으로,
   그 후 영어권 시대의 것은 영어식 발음으로 표기했다.

모든 게 무너질 때 우리를 지탱해준

우리 어머니 윈에게 바침

차례

✦ **보거 가 사람들**

로베르트 보거(보비) – 저자의 아버지. 1938년 8월 3일, "훌륭한 빈 가문 출신의 총명한 11세 남자아이"로 광고되었음.

레오 보거 – 로베르트의 아버지. 빈에서 라디오와 악기를 파는 점포를 운영했음. 열성적인 사회민주당원으로 제1차 세계대전에서 제국을 위해 싸웠고 그 전력으로 가족이 보호받을 수 있기를 희망했음.

에르나 보거(오미) – 결혼 전 성은 바르바크. 로베르트의 어머니. 점포의 회계 일을 맡았음. 친정아버지 가족은 현재 우크라이나 서부에 속하는 갈리시아에서 빈으로 이주해 정착했음.

말비네 시클러(말치) – 결혼 전 성은 보거. 로베르트의 고모로 열성적인 사회민주당원. 유대교와 가업을 버리고 갈리시아 출신의 동료당원과 결혼하여 그의 어린 자녀 둘을 맡아 양육했음.

모르데차즈 시클러(모티) – 말치의 의붓아들이자 로베르트의 사촌. 유아기에 어머니가 정신병원에 입원하고 아버지는 재혼함. 부모와 같이 충실한 공산주의자가 되었음. 십대에 어머니의 성을 따라 소거로 개명했음.

발레리 보거(발리) – 결혼 전 성은 콘. 레오의 두 번째 아내이자 로베르트의 계모로, 어머니와 첫 남편이 홀로코스트에서 살해당한 뒤 빈을 떠난 피난민.

✛광고 속의 아이들

조지 맨들러 – 본명은 게오르크. 빈의 유력 피혁상의 아들로 로베르트 보거와는 1킬로미터 정도 떨어진 거리에 살았으며 1938년 7월 28일, "중등학교를 졸업하고 영어 지식을 갖춘" 14세 남자아이로 광고되었음.

게르트루드 바차(거티) – 14세이던 1938년 7월 29일, "품행 방정하고 가사 일체를 거들 수 있는" 유대 상인의 외동딸로 광고되었음.

알리스 헤스 – 빈에서 인쇄소를 운영한 요제핀과 벨라 헤스의 14세 딸. 로베르트 보거의 광고 바로 아래에 게재된 알리스의 광고는 "아이들을 무척 좋아하고 바느질을 잘하며 가사를 거들 수 있는 교양 있는 유대인 여자아이"로 묘사됐음.

지크프리트와 파울라 노이만 – 아버지가 이미 다카우에서 살해된 뒤인 1938년 10월 10일, 16세 지크프리트는 "도제나 가정교사가 된다면 무척 기쁘겠다"는 광고를 직접 게재했으며 이 이야기는 동생 파울라의 육필 회고록에 담겼음.

게르트루드 랑거 – 1938년 8월 3일, "어느 박애주의자께서 재능 많은 여자아이를 거두어주시기를" 청하는 14세 게르트루드의 광고가 로베르트 보거와 알리스 헤스의 광고 아래에 게재됨. 빈에서 변호사로 일한 아버지 카를은 이웃들을 나치로부터 숨겨주면서 본인만큼은 숨기를 거부했음.

프레드 슈바르츠 – 본명은 만프레드. 역시 변호사의 아들로 1938년 9월 3일, 15세의 "튼튼하고 겸손한 빈 소년"으로 광고되었음. 형 프리츠는 광고되지 않았으나 형제간의 끈끈한 유대로 인해 둘의 운명이 결정되었음.

리스베트 바이스(리스) – 부모 빌헬름과 루돌핀은 1938년 8월 27일, 11세 무남독녀를 "지원할 만한 가치가 있는 총명한 아이"로 소개하며 "훗날 합류하면" 아이의 교육비용을 정산해 드리겠다는 약속을 광고로 게재했음.

Tuition

FERVENT prayer in great distress.—Who would give a Home to a grammar school scholar aged 13; healthy, clever, very musical. F. B. W., 106/29 Wd. Hauptstrasse, Vienna 5.

I Seek a kind person who will educate my intelligent Boy, aged 11, Viennese of good family. Borger, 5/12 Hintzerstrasse, Vienna 3.

I Look for an au pair for my Girl, aged 14, well educated, Jewess: very fond of children: good sewing, household help. Hess, 126 Gudrunstrasse, Vienna 10.

TWO very modest Sisters, aged 14 and 17, Jews, half orphans, well trained, pray to be accepted as foster children in a very good house. Manheim, 77 Obere Donaustrasse, Vienna 2.

Wanted, immed., Conversation with educated French lady: pay or exchange. P 160, " M/c Guardian."

WILL a Philanthropist take a much-gifted Girl, 14 years old, daughter of an Austrian Jewish lawyer, as foster-child ? Kindly write to Dr. Karl Langer, 14 Praterstrasse, Vienna 2.

내 아버지와 다른 빈 아이들의 '교습'을 요청하는 1938년 8월 3일 〈맨체스터 가디언 Manchester Guardian〉 광고

나의 절반은 기억하기보다는 잊으려 하는 다른 절반과 맞서 싸우는 것 같은데, 그건 아마 내 평생 계속된 일이리라.

— 예후디트 시걸(본명 게르트루드 바차)

나의 아버지, 로베르트 보거. 1966년.

1983년 9월 15일, 예약한 치과에 가야 했다. 내가 어려서부터 우리 가족을 담당해온 치과의사는 이제는 잊어버린 어떤 이유에선가 마취는 가능한 한 피해야 한다는 신조를 갖고 있었다.

그 목요일 아침의 잡다한 순간들이 아직도 기억에 남아 있다. 동네 큰길을 따라 귀가하던 발걸음, 어룽어룽한 초가을의 빛, 삶이란 살아볼 만하다는 느낌, 그 치과의사를 다시 찾아갈 필요가 없다는 깨달음 같은 것들. 집에 돌아와 현관문을 연 내겐 모든 것이, 마지막으로, 괜찮아 보였다.

식탁에 앉아 있는 어머니는 집에 돌아온 나를 깜짝 놀란 듯 바라보더니 "아직 몰라요" 하고 말했다. 그것이 내게 하는 말이 아니라 나에 대해 하는 말이라는 것을 깨닫는 데 시간이 좀 걸렸다. 내가 바로 그 모르고 있는 사람이었다. 그 순간, 제복 경관의 그림자가 뒤편에 보였다.

무척 젊은 경관은 슬픔에 빠진 여인 앞에서 어떻게 처신해야 할지 통 모르겠다는 모습이었다. 우리 집에 온 것이 첫 임무 중 하나였을 거라고, 여러 해가 지난 후 그날의 고통을 회고하며 어머니는 말했다. 모두에게 부당해 보였다. 이 여인에게 네 자녀의 아버지이자 그녀의 남편인 로베르트 보거가 바로 그날 시체로 발견되었다고 통보해야 하는, 이런 임무를 맡기에는 그는 너무 젊었으니까.

아버지는 집 밖의 어느 외딴방에서 위스키와 진통제를 삼켜 목숨을 끊었다. 이런 시시콜콜한 세부 사실은 최근에야 알게 되었다. 내 할머니의 방에서 훔친 진통제였다. 버터스카치 캔디와 진저 와인과 영국 여왕을 좋아하고 내 삶의 대부분 동안 우리와 함께 살다 대단찮은 흡연습관과 석탄불 의존으로 인한 호흡기질환 합병증으로 불과 석 달 전 돌아가신 가냘픈 체구의 여인, 애니 매컬록. 할머니의 시신을 옮기고 난 뒤 방에 들어가 약을 갖고 나왔던 모양이었다. 자살에 하도 많이 사용돼 아버지가 굉장히 효과적으로 쓰고 난 이십 년 후에 영국 시장에서 철수한 디스탈제식이란 제품명의 혼합약이었다.

아버지는 일주일쯤 실종된 끝에 시체로 발견됐다. 어머니

원은 침울한 성격에 매일 끙끙거리며 아침을 맞는 버릇, 끝내겠다고 거듭 약속해놓고 다른 여자와의 관계를 이어갔던 피할 수 없는 사실 등, 아버지의 처신을 더는 못 참겠다고 직접 통보했었다. 지긋지긋하다는 어머니 말에 그게 최후통첩이냐고 아버지는 물었다. 어머니가 그렇다고 하자 아버지는 집을 나갔다.

몇 시간 후 어머니는 누나 샬롯, 동생 휴고와 바이어스(토바이어스를 줄여 부른 이름), 그리고 나를 부엌에 불러 모아 아버지가 갈 만한 곳들을 궁리해보려 했다.

사태의 긴급성을 우리는 미처 깨닫지 못했는데 그도 그럴 것이 아버지가 십 년 전 실종됐다가 혹한의 크리스마스 아침 어머니에게 전화를 걸어 약물을 과다복용했고 지금 억스브리지 근처 공중전화부스에 있다고 말했다는 사실을 몰랐기 때문이다. 어머니는 999에 신고했으나 마침 테드 히스 정권의 혼란이 정점에 달한 데다 병원 보조노동자들이 파업을 벌여 구급차 출동이 원활치 않았다.

어머니는 할머니와 우리를 남겨두고 아버지를 찾으러 나갔다. 수소문 끝에 병동에서 아버지를 발견하고 집으로 데려와 크리스마스 성찬을 차려준 어머니는 이튿날 우리를 데리고 지인들과 공원으로 산책을 나갔다. 이후 이 일은 누구도 입에 담지 않았다.

이번에는 공중전화부스에서의 전화도 없어서 어머니는 커지는 불안을 우리 앞에서 애써 억눌러야만 했다. 샬롯 누나와 내가 사람들에게 전화를 걸어 혹시 아버지를 보지 않았는지 묻는 임무를 부여받았다. 우리는 식탁에 둘러앉아 무슨 새로운 실마리라도 떠올려보려 했지만 아버지가 남기고 간 흔적에도 불구하고 아무도 정답을 맞히지 못했다.

몇 달 전 아버지는 화이트홀에 있는 전국자유당클럽에 가입했다고 선언하여 우리에게 경악과 조소를 불러일으켰었다. 마지못해 거기 끌려가 구경하게 된 어머니는 지독하게 삭막하고 따분한 곳이라는 생각만 들었었다고 했다. 기막히게 거창하고 쓸데없는 짓만 같았다. 회원들은 괜찮은 가격으로 그곳의 객실을 이용할 수 있었지만 아버지는 런던에 사는데 그게 다 무슨 소용이란 말인가.

우리에게는 벅찬 비용을 먼저 내야만 입회가 됐다. 나는 그게 얼마나 슬픈 일인지 제대로 생각도 안 해보고 그냥 웃기고 짜증스러운 일로만 받아들였다. 돌아보면 그것은 아마도 자살 계획의 일환이었을 것이며 아버지는 "자신의 클럽에서 죽는" 그런 시나리오가 흥미롭겠다고 생각했을 것이 틀림없다. 스스로가 가장 하찮게 느껴졌던 시점에 "심지 깊은 사나이"로 세상과 작별하려 했던 거였다.

브루넬 대학에서 이십 년간 심리학을 가르친 아버지는 이미 십대에 학업에서 이룬 성취로 모두를 놀라게 한 조숙한 수재답게 마침내 교수직에 임용될 것으로 보였으나, 마지막 순간 브루넬은 아버지 대신 대중이 쉽게 읽을 만한 책들을 쓴 다른 대학 출신의 더 젊은 심리학자를 선택했다.

이 사람의 이름을 대학의 관리부 직원에게 언급한 자신의 탓이라고, 그때 입을 다물었다면 그가 이 외부인에게 지원을 독려할 생각은 하지 않았을지 모른다고, 아버지는 내게 말했다. 그리고 어둠 속에 잠겨 들었다.

당시 스물두 살의 나는 대학을 졸업하고 여름 동안 풀럼의 놀이공원에서 일하고 있었는데, 화창한 어느 날 아버지가 불쑥 나타나서는 피크닉 테이블에 앉아 정글짐에 올라가 노는 아이들을 바라보았다. 어리둥절할 일이었던 게 내가 아는 아버지는 즉흥적인 면이 없는 고지식한 사람이었기 때문이다. 저녁이 되면 보통 내가 서재로 찾아갔고 그러면 아버지는 일을 멈춘 뒤 합판과 경첩이 달린 금속 다리 한 짝으로 된 간이책상을 의자 팔걸이에 올려놓고 나와 체스를 두곤 했다. 아버지는 감정표현이 풍부한 사람이 전혀 아니었고, 우리 사이에 유대가 있다면 그것은 바로 신중하게 체스 말을 배치하고 이따금 좋은 수에 대해 지혜로운 말이나 그런 것들을 한두 마디 던지는 이 게임에서 형성된 것이었다.

그날 풀럼에 나타난 아버지는 쪼그라든 것만 같았다. 우리는 피크닉 테이블에 앉아 시답잖은 이야기를 나누었다. 아버지에 대한 나의 질문들은 훨씬 나중에야 떠올랐다.

우리 네 형제에게 남긴 유서에 아버지는 "견딜만한 출구" 가 달리 보이지 않는다고, 장기적으로 보아 우리에게도 "우 울한 외톨이 영감"보다는 죽고 없는 아버지가 나을 게 분명 하다고 썼다.

단정하고 깔끔한 필체로 쓰인 그 유서를 잡다한 서류들과 함께 보관했을 뿐 수십 년 동안 열어보지 못했던 나는 이 장 을 쓰려고 어쩔 수 없이 다시 읽어보았다.

"한심하다는 것이야말로 최악의 죄다." 아버지의 말이다. 지금도 이 구절만 떠올리면 그보다 훨씬 더한 죄들을 하나 하나 대느라 정신이 바빠진다. 아버지는 또 자신이 우리를 잘못된 방식으로 사랑한 건 아닌지, 우리를 통해 자신의 결 점들을 보완하려 한 건 아닌지 모르겠다고 했다. 학업에서 의 성취를 위해 우리를 한없이 들볶았던 사실을 가리킨 것 이었다.

"그밖에 다른 교훈은 없다." 아버지는 이렇게 썼다.

다른 봉투들도 있었다. 신랄한 비난 투로 어머니에게 따 로 쓴 유서. 우리의 위태로운 살림살이를 보여주는 은행계 좌 내역서. 저축액은 전혀 없었다.

아버지 앞으로 온 뜯지 않은 봉투 몇 개 속에서 어머니는 머리카락 색깔이 연한 어느 소년의 사진들을 발견했다. 우리에겐 이복형제가 있었다. 이름은 알렉스였는데, 아버지는 십 년 이상 혼외관계를 이어왔던 여자가 아이를 낳겠다고 고집하자 그녀와 연을 끊고 아이도 일절 모른 척했다. 우리 어머니가 그 세월을 어떻게 버틸 수 있었는지 아직도 놀랍기만 하지만, 어머니는 우리를 모아 앉히고 우리 세계가 결딴난 것이 아이 탓은 아니지 않느냐며 알렉스를 만나봐야 한다고 고집했다. 그래서 얼마 지나지 않아 우리는 아이 엄마의 아파트에서 아이를 픽업하여 런던동물원으로 데리고 갔다. 무엇을 하고 싶고 어떤 동물을 보고 싶은지를 뚜렷하게 밝힐 줄 아는 네 살배기였다. 우리 손위 이복형제 넷은 아이가 이끄는 대로 따라가며 우리 안의 동물들을 들여다보면서도 이 모든 새로운 사실들의 압도적인 무게에 짓눌리고 있었다.

내 형제들은 어머니를 위로하는 한편 어머니의 주의를 다른 곳으로 돌리는 불가능한 과업과 씨름하며 아버지의 자살 후 몇 주를 보냈으니, 일례로 바이어스는 하이드파크의 서펜타인 호수에서 어머니를 보트에 태워 한없이 노를 젓기도 했다.

나는 시내를 오가며 현실적인 일들을 처리했는데 일단 집 밖으로 나오니 숨통이 트이는 것 같았다. 갑작스러운 서류를 제출하고 질문에 대답하는 등 죽음에 뒤따르는 각종 절차를 처리하며 바쁘게 보냈다.

옷가지가 든 여행 가방과 클럽에서의 뒤처리뿐 아니라 경찰의 보관소에서 차를 찾아와야 했으며 시신확인도 해야 했다. 그걸 다 내가 하겠다고 자진해서 나섰다.

호스페리 로드의 웨스트민스터 공립영안실은 국회의사당 인근 길모퉁이에 있다. 내가 기억하기에 계단을 조금 올라가면 길고 좁은 창문이 있는 화랑 비슷한 공간이 나타난다. 준비됐냐는 질문에 이어 반대쪽 커튼이 젖혀졌고 거기, 3미터쯤 떨어진 곳에 아버지가 들것에 실려 누워 있었다. 아버지가 확실한데도 생명이 소진되어 놓여 있는 시신은 완전히 낯설게 보였다.

멍해지는 경험이었지만 훗날 생각해보니 형제들에 비해 나는 운이 좋았다. 영원히 사라지기 전에 망자를 마지막으로 한번 보는 게 백번 나은 일이다.

다음 임무로 아버지의 여행 가방을 찾아오기 위해 간 자유당클럽에서 아버지의 시신을 발견한 객실청소원을 만났다. 스페인어 아니면 포르투갈어 악센트로 말하는 키 작은 그 여자는 아버지가 죽은 위층 방으로 올라가는 구식 목조 승강기 안에서 울음을 터뜨렸다. 나는 뭐라 할 말을 더듬더듬 찾다가 간신히 미안하다는 말만 할 수 있었다.

가장 어려웠던 건 친척과 지인들에게 전화를 걸어 소식을 전하는 일이었다. 누나와 내가 명단을 나눠 맡았는데 전화기 옆 파란 카펫 위에 이름들을 휘갈겨 쓴 종잇장이 놓여 있던 게 아직도 또렷이 떠오른다. 전화를 걸 때마다 어쩌다 아버지가 우리를 팽개치고 떠나게 되었는지 물어볼까 봐 겁이 났지만, 그런 일은 없었다.

내가 끝까지 미루다가 마지막으로 전화를 건 사람은 우리가 다 낸스라고 불렀으며 나치 오스트리아 난민이었던 아버지가 소년에서 성인으로 자라는 과정을 줄곧 함께해주었을 뿐 아니라 다정하고 침착한 할머니처럼 우리 모두의 삶에 깃들었었던 웨일즈계 위탁모 낸시 빙글리였다.

낸스는 당시 사람들이 그랬듯 자신의 전화번호를 말하며 전화를 받았고 나는 준비된 메시지를 전했다. 전화선 저편에서 들숨을 쉬는 소리가 들리더니 잠시 후 낸스가 단호하게 말했다. "로베르트는 나치의 마지막 희생자였어. 놈들에게 결국 당한 거야."

그 말은 잠시 플라스틱 수화기 안에서 윙윙거렸고 나는 할 말을 찾지 못했다. 그녀는 명백한 사실을 진술하는 이의 확신을 갖고 그렇게 말했지만, 나는 그게 무슨 말인지 알 수 없었다. 그럴 만도 한 것이 그때는 아버지가 빈을 탈출한 지 사십오 년이 지난 1983년이었다. 아버지는 눈앞의 걱정거리들,

혼돈의 소용돌이에 빠진 느낌, 본인의 삶과 직업에서의 실패와 그에 따른 실망, 그런 것들에 걸려 좌절한 것이라고 우리는 모두 짐작했었다. 우리에게 남겨준 단 한 장의 유서에 히틀러나 나치는 그림자도 없었고 다만 우리가, 자식들이, 아버지의 죽음 후에 아버지와 어머니 중 누구의 말을 믿을지 고심하는 것 같기만 했다. 우리는 아무래도 상관없었고, 반대되는 의견이 있는지도 몰랐으며 알고 싶지도 않았다.

냇스는 방금 끝난 한 삶에 대해 더 넓은 시야를 가지고 있었다. 공포에 사로잡힌 열한 살 난민으로 영국에 발을 디딘 아버지와의 첫 만남 이후, 나이가 들어가는 성인 남자의 내면에 웅크리고 앉은 겁에 질린 소년을 그녀는 한순간도 잊지 않았다.

교직에 있던 아버지가 역시 교직에 있던 어머니를 처음 만난 1950년대 중반, 그 소년은 말끔히 정리된 상태였다. 아버지는 어린 시절을 입에 올리지 않았고 아버지의 부모인 레오와 에르나도 마찬가지여서 어머니도 굳이 묻지 않게 되었다.

그들에게 아버지는 보비로 불렸는데 내게는 그 사실이 어쩐지 충격적이었다. 우리는 아버지가 로베르트 외에 다른 이름으로 불리는 걸 들은 적이 없었고, 이 진지하고 우울한 남자를 그런 앙증맞은 애칭으로 부른다는 건 말도 못 하게 시건방진 일이었을 것이다. 우리가 아버지에 대해 모르는 게 많았구나 싶었고, 생판 모르는 사람과 살았다는 느낌은 아버지의 죽음 후 몇 달 동안 깊어만 갔다.

낸스의 직감이 맞는지 안 맞는지 나로서는 알 길이 없었다. 우리가 자라면서 들어온 아버지의 사연은 피상적인 것으로, 히틀러가 오스트리아를 합병한 지 일곱 달 후에 열한 살의 나이로 빈을 탈출했고, 할머니 에르나가 가정부로 비자를 받아 함께 기차와 연락선을 타고 영국에 오긴 했으나 아버지와 같이 살 수는 없었으며, 뒤이어 할아버지 레오도 1939년 3월 탈출하여 슈루즈버리의 공장노동자로 취직했는데, 이렇게 부모가 무사히 도착하긴 했어도 비자 조건 때문에 아들과 함께 살 수 없었기에, 낸스와 그녀의 남편 레그 빙글리가 아버지를 웨일즈 커나븐의 자택에 받아들여 전시 동안 보살폈다는 정도다.

이 줄거리 너머로는 모든 게 희미했다. 몇 가지 세부 사실들을 듣기는 했지만 그렇게 된 사유나 정서적 결과 등은 빠진 채였다. 아버지도 조부모도 모두 지나가듯 던지는 말 외에는 빈 시절에 대해 입을 열지 않았다. 내가 어쩌다 캐물으면 은근한 퇴짜로 일관했고, 그렇게 말해지지 않은 사연 위에는 또 한 겹의 침묵이 덧입혀졌다. 그리고 아버지가 영원히 집을 나간 날, 더이상의 대화란 가망 없이 사라졌다.

차차 아버지의 자살은 감정에서 사실로 화석화되어 시간의 흐름 아래 살짝 감춰졌으나 단단하고 뾰족하기는 마찬가지였다. 아버지가 돌아가시고 육 년쯤 후, 대놓고 꼬치꼬치 묻는 성격을 자랑스러워하던 당시 내 상사이자 〈BBC〉 편집자가 느닷없이 동료들 앞에서 아버지에 대해 나에게 물었다. 나는 허둥거렸고 차마 사실을 밝힐 수 없었다. 사생활에 관련된 질문이라고 거절하면 될 것을, 노상강도를 당해 비명횡사했다는 이야기를 꾸며냄으로써 이해하지 못한 채로 숨겨놓은 상실에 대한 슬픔에 거짓말이 들킬지도 모른다는 불안감마저 더하는 결과를 가져왔다.

게다가 나는 아버지의 죽음의 의미에 대해 낸스가 조용한 확신으로 해준 그 말을 들여다보지도 않은 채 물리쳐놓고 있었다. 물려받은 책을 읽지 않고 서가에 올려놓듯 말이다.

우연한 대화가 없었다면, 그리고 그에 따라 아버지와 아버지 가족뿐만 아니라 당시 빈을 탈출한 다른 여러 아이들에 대한 일련의 사실들과 만나지 않았다면, 그것은 영영 그렇게 어딘가에 처박혀 있었을 것이다.

2020년 12월, 나는 도널드 트럼프 행정부의 마지막 격랑 같은 몇 달간 특히 카메룬을 비롯한 서아프리카 국가 출신 망명 신청자들에 대해 행해지던 무차별적 추방에 관한 기사를 쓰며, 잔혹한 민족분규 와중의 카메룬으로 그들을 돌려

보내는 것은 죽음의 구덩이에 내던지는 거라는 근거로 집단 추방을 막으려고 애쓰던 은퇴한 법학교수 루스 하그로브와 연락을 주고받았다.

12월 28일, 루스가 내게 이렇게 써 보냈다. "우리는 계속 똑같은 트라우마를 겪고 있어요. 내 아버지는 1938년 빈이 게슈타포에 넘어간 직후 탈출했어요. 어머니의 가족은 1906년 오데사에서의 유대인학살을 피해 도주했고요. 부모님의 상처는 영원히 낫지 않았답니다."

나는 우리 둘의 아버지가 같은 사연을 갖고 있다는 우연을 회신으로 바로 알렸다. 이어 가족의 나치 경험에 대해 각자 아는 것들과 그녀의 아프리카 의뢰인들에 관한 새로운 소식들을 섞은 이메일들을 교환했다.

내게 보내준 유대인들과 카메룬인들의 운명을 다룬 짧지만 사색적인 에세이에서 루스는 모세의 본래 십계명에 세 가지 계명을 추가해야 한다는 홀로코스트 학자 예후다 바우어의 주장을 인용했다. "가해자가 되지도 말고 피해자가 되지도 말되 절대, 결단코, 방관자가 되지도 말라."

루스와 이메일을 주고받던 중 내 조부모가 나치 치하 빈에서 아들을 탈출시키기 위해 〈가디언〉의 전신인 〈맨체스터 가디언〉에 광고를 실었다더라고 오래전에 어머니가 이야기해줬던 기억이 불현듯 떠올랐다.

알아봐야겠다는 마음은 있었지만 〈가디언〉 기록보관소에서 여러 날을 처박혀 지낼 상상에 더해 그나마 사실이 아니면 어쩌나 하는 생각으로 미뤄뒀다가 세월이 지나면서 아예 잊어버린 일이었다.

"〈맨체스터 가디언〉은 대체 뭔 일이랍니까?" 내가 이 기억을 전하자 루스가 회신했다. "우리 할아버지도 아버지를 그렇게 탈출시키셨어요."

그녀의 할아버지 오스카 프리츄는 당시 신문의 사회면에 난 한 영국 의원 딸의 약혼 발표 기사에서 이 의원이 소방기구 수집가라는 사실을 눈여겨보고는 나치 순찰을 무릅쓰고 빈 구석구석을 뒤진 끝에 구한 빈 소방관들의 장비들을 의원에게 보내며 "따님의 기쁜 소식에 축하를 올립니다. 모쪼록 제 아들을 구해주실 수 있으실까요?" 하는 쪽지를 덧붙였다고 했다. 나는 우리 가족의 사연과 슬픈 결말을 간략히 적어 회신했다.

"아버님 일은 매우 가슴 아프게 생각합니다. 사람들은 우리의 부모들이 그곳에서 빠져나왔다고 정말로 탈출한 줄 알죠." 루스의 회신이다. "우리 아버지는 당시 겪은 그 모든 것에서 회복하지 못하셨어요. 팔십대가 되어 부엌 조리대에 해충이 득실거린다는 상상에 시달리게 되고야 알츠하이머 진단과 함께 외상 후 스트레스 장애 진단을 받았어요."

본명이 페터 프리츄인 그녀의 88세 아버지는 혼란스러운 정신 속에서 나치의 오스트리아 병합, 일명 안슐루스를 떠올리며, 칠십사 년간 쓰지 않은 독일어로, 자신을 잡으러 오는 나치에게서 구해달라고 루스에게 빌었다는 것이었다.

그리고 얼마 지나지 않아 세상을 떴다.

"외상 후 스트레스 장애 진단은 내 어린 시절 예측할 수 없었던 폭력에 확실한 설명을 주었죠." 그녀가 말했다. "히틀러의 선물은 지금도 계속되고 있어요."

놀랍게도 이십 년 전 낸스가 아버지에 대해 한 말이, 똑같은 메시지로, 울려 퍼지고 있었다. 폭력은 단지 시작에 불과하고 전쟁의 진정한 이야기는 수년 수십 년 동안 이어진다는, 가족을 잃고 살아남은 상처받은 이들은 어떻게든 견디고 살아가지만 결국 후세대에 그 고통을 넘겨줄 뿐이라는.

12월 29일, 나는 〈가디언〉의 기록보관 담당자 리처드 넬슨에게 〈맨체스터 가디언〉 관련한 우리 '가족설화'와 루스의 이야기를 설명하며 그 둘이 함께 어떤 기사를 써낼 수 있지 않을지 제안하는 글을 보냈다. 리처드는 바로 다음 날 기록보관소에서 1938년 8월의 광고를 하나 발견했다고 회신해왔다. "혹시 이걸까요?" 묻는 이메일에 파일이 하나 첨부되어 있었다.

버지니아 북부 슈퍼마켓 주차장에서 나는 그 파일을 열었다. 뒷자리에 식료품을 싣고 집으로 돌아가려다 혹시 업무 관련 연락이 없는지 휴대전화를 확인한 참이었다. 오려낸 신문지면 위에는 1938년 8월 3일자 〈맨체스터 가디언〉에 전쟁 전 그 시대의 좀 얼룩덜룩하고 울퉁불퉁한 활자로 실린 '교습'이란 제목의 토막광고 여섯 개가 묶여 있었는데, 그 한 가운데에 우리 가족의 성이 있었다.

"훌륭한 빈 가문 출신의 제 아들, 총명한 11세 남자아이를 교육시켜줄 친절한 분을 찾습니다. 보거 가. 빈 3구, 힌처슈트라세 5번지 12호."

할아버지 레오의 서류 틈에서 본 적 있는 우리 가족의 마지막 빈 주소였다. "총명한 남자아이"란 아버지를 가리키고 나의 조부모가 광고주였음이 틀림없었다. 그렇게 먼 옛날 일인데도 이 글자들은 나에게 뜻밖의 강렬한 감정을 불러일으켰다. 하나뿐인 자식을 구하겠다는 필사적인 일념에서 외국어를 사용하여 아이의 장점들을 극찬하는 어느 부모. 나라면 역시도 하나뿐인 아들을 어떻게 광고했을까, 싶었다. 나의 소중한 모든 것이 거기 달려 있는데 과연 어떤 어휘를 사용했을까. 설령 적합한 말을 찾고 모르는 사람들이 내 아들을 거둬준다면, 나는 아이를 다시 볼 수 있기나 할까.

루스와 소통하지 않았더라면, 아니 그녀가 자신의 아버지 이야기를 해주지 않았더라면, 기록보관소 리처드에게 그 광고를 언급할 생각은 절대 하지 않았을 것이다. 이 일련의 사건 과정은 갑작스러운 바람에 오래도록 잊혔던 유물이 드러나는 일만큼이나 우연에 따른 것이었다.

이것은 어찌 보면 우리의 기원 이야기였고, 팔십삼 년이 지난 후 내가 이곳 북부 버지니아에서 바로 그 신문사에 근무하고 있다는 것 또한 분명 특별했다. 언제나 〈가디언〉을 아끼고 탐독하는 집안에서 자랐으니 사실 놀랄 일은 아니었다.

그 오려낸 신문지면은 단박에 우리 가족의 이야기가 동일한 여러 이야기의 하나임을 말해주었다. 어느 날 아버지는 구명되어야 하는 여섯 아이 중 하나로 '교습'란에 광고되었던 것이다.

맨 위 광고는 "큰 고통 속의 간절한 기도"[1]라는 호소와 함께 "건강하고 영리하고 음악을 무척 좋아하는 13세 중등학생에게 가정을 제공할 분이 계신지요"라고 묻고 있었다. 이 광고를 실은 부모는 빈 5구 비드너 하우프트슈트라세의 아파트에 사는 FBW라고 밝혔다.

모든 광고가 명사의 첫 글자를 대문자로 쓰는 독일어식 관습을 따르고 있어 영어가 익숙하지 않은 이들이 사전을 찾아가며 적었으리라는 추측을 가능케 했다.

아버지 광고 바로 밑에는 "아이들을 무척 좋아하고 바느질을 잘하며 가사를 도울 수 있는 교양 있는 14세 유대인 여자아이인 제 딸을 위한 가정교사 자리를 찾습니다"라는 광고가 10구 구드룬슈트라세의 헤스라는 광고주 성과 함께 실려 있었다.

그 밑에는 2구의 만하임이란 사람의 글이 실려 있었다. "각각 14세와 17세의 무척 겸손하고 잘 교육받은 반 고아의 유대인 두 자매가 수양딸로 받아들여지기를 기원합니다."

나치제국에서 날아온 이 호소들 한가운데에는 어느 "교육받은 프랑스 숙녀"가 "금전 또는 물품" 조건으로 대화를 제공하겠다는 광고도 실려 있었다. 그 아래 마지막 빈 아이 광고는 랑거 박사의 딸의 것으로 "어느 박애주의자께서 오스트리아 유대인 변호사의 딸이자 무척 재능 많은 14세 여자아이를 수양딸로 받아주시겠습니까?"라고 쓰여 있었다.

단 하루 치 신문의 한 지면에 난 것만 해도 이 정도였다. 1938년 3월 11일 안슐루스 이후로 〈맨체스터 가디언〉 교습 및 구인구직 란에 실린 수많은 빈의 유대인 아이들에 관한 광고를 넘겨보며 나는 그 무시무시한 해에 날로 높아가던 공포의 물결을 느낄 수 있었다.

빈이라면 관광이나 오페라에 관련된 광고가 다였는데, 5월 10일 가정부 일자리를 구하는 에르나 발이라는 여자의 광고가 나타났고 보름 후에는 "기품 있고 용모 단정한 빈의 35세 금발 유대인 여성"이라는 율리 클라인의 광고가 실렸다.

6월 7일, 아이들의 광고가 처음으로 등장했다. "요리사 겸 가정부 일자리를 구하는, 아리아인이 아닌… 어린 빈 소녀" 게르트루드 만들을 시작으로 급증한 아이들의 광고는 8, 9, 10월에 최고점을 찍은 뒤 전쟁 발발 전까지 빈·프라하·베를린으로부터 유대인 아이들 만여 명을 영국으로 데려온 조직적 구제 캠페인 '킨더트란스포트Kindertransport'가 개시된 11월부터 잠잠해졌다.

그러나 킨더트란스포트 전까지는 자녀들을 나치 치하 오스트리아에서 탈출시키려는 부모들에게 신문광고 외에는 다른 방도가 거의 없었다. 〈맨체스터 가디언〉 광고에 실린 아이들의 수는 총 여든 명이었고 거의 전부가 빈 출신이었으며 아이들의 장점은 한 줄에 1실링이라는 비용과 제한된 공간에 맞추어 간략히 묘사되어야 했다. 모두 아버지와 같은 시기에 같은 동네에서 자란 그들은, 어떻게 되었을까. 어떻게든 살아남았을까, 아니면 부모의 간절한 호소도 소용없었을까.

그들을 찾아내기로 했다. 우연이지만 이름까지 알게 된 마당에 그들이 어떻게 되었는지 알아볼 생각도 안 한다는 건 어불성설 같았고 당사자를 찾아내는 것이 이미 늦었다면 내 나이쯤일 자녀들을 찾는 건 가능할 터였다. 너무도 오랫동안 모른 체해온 아버지의 빛바랜 자취도 되짚어봐야 할 것 같았다.

추적의 끝이 어디일지 아무 예측도 할 수 없었기에 그 3행짜리 광고 이면에 감추어진 이야기들에 곧잘 놀라곤 했다. 빈의 고요한 기록저장소에서 출발한 길은 상하이의 게토, 1920년대에 프랑스에서 추방되어 감쪽같이 사라진 소련 간첩 혐의자, 프랑스 레지스탕스 내부에서 활동하다가 순간적인 판단 착오로 게슈타포에 적발되어 해체된 오스트리아 비밀 조직, 나치 친위대 잔당을 쫓아 독일 삼림지대를 뒤지다 나치의 돈더미를 발견한 미국의 군사정보부대, 세계 최강팀을 꺾고도 홀로코스트의 화염에 휩싸여 스포츠 역사에서 자취를 감춘 굉장한 유대인 축구팀, 테레지안슈타트에서 아우슈비츠-비르케나우 그리고 전쟁 막바지의 혼란을 이겨낸 놀라운 사랑과 생존의 이야기를 거쳐, 마침내 뉴욕과의 동영상 통화를 통해 생존해 있는 목격자에게 오래전 아버지에게 해야 했던 질문을 던지는 지점까지 왔다.

우리 가족의 과거를 탐험하는 여정은 여러 세대에 걸친 하나의 동영상을 점점 더 빨리 뒤쪽으로 되감는 느낌이었다. 컬러 화면이 흑백으로, 도시들이 작은 마을들로, 현대식 도로들이 험한 흙길로 바뀌면서, 내가 그들의 만년의 모습만 알았던 젊은 사람들과 한 번도 본 적 없는 조상들이 닥쳐오는 공포를 짐작조차 못 한 채 다른 언어를 쓰며 낯선 삶을 살아가는 태평스러운 장면들로 이어졌다.

　이 책을 쓰기 위해 취재하면서 역사는 "여러 세기가 거쳐 간 다음 체에 남는 것"[2]이라던 힐러리 만텔의 말이 더없이 수긍되었다. 나는 각종 흔적을 파헤치며, 그리고 그것들이 서로 어떻게 맞아떨어질지, 우리 가족에 대해 어떤 이야기를 들려줄지, 생존자들의 자식들인 우리 세대와 우리의 세계관에 어떤 영향을 미쳤을지 추측해보며 여러 달을 보냈다. 그 사람들은 오래전에 죽었지만 온전히 떠나지는 않아서 이따금 한창때의 모습으로, 누구는 영웅으로 또 누구는 희생자로, 그렇게 내가 조금도 예측하지 못했던 면모로 탈바꿈하여 역사 밖으로 홀연히 나타난다.

1장

레오, 에르나, 그리고 보비 보거의
알려지지 않은 이야기들

런던에서의 어린 시절, 주말에 종종 점심을 함께하러 온 에르나 할머니는 타향살이의 온갖 좌절감과 우리 집안의 과거를 맛볼 수 있게 해주었다. 우리가 오미(할머니를 뜻하는 빈 방언)라고 부르던 할머니는 어느 철이든 묵직한 카디건과 모직 치마에 두껍고 누런 타이츠와 장화를 신는, 심신 양면이 당당하고도 완강한 분이었다.

오미는 대개 늦게 도착하는 편이었고 이미 식사가 차려져 있는 식탁에 장을 봐온 비닐봉지들을 올려놓고는 빈 음식을 제대로 만들겠다고 나서곤 했다.

식탁을 온통 흔들어대며 송아지고기 토막들을 톱니쇠망치로 쳐 슈니첼을 만들고 나서 흰색과 파란색의 종이팩에 담긴 둥근 웨이퍼로 초콜릿케이크를 만들었다.

옛 사진들로 봐서 젊었을 때는 활달하고 매력적인 여인이었을 할머니 에르나는 영국에서 할아버지 레오와 이혼한 뒤부터는 체중이 늘었으며 유머감각을 잃고 만사가 분할 따름이었다. 할머니에게 런던은 영영 진정한 고향이 될 수 없었다.

영어가 짧은데도 웨스트엔드 스트랜드에 있는 대형 카페테리아 라이언스 코너 하우스에 출납원으로 취직한 오미 덕에 우리는 번개 같은 속도로 테이블들 사이를 오간다는 이유로 '니피스'라는 애칭을 얻은 검은색 유니폼과 흰색 앞치마 차림의 웨이트리스들의 시중을 받아가며 이따금 외식을 즐기기도 했다.

거기서도 오미는 여전히 타향살이 망명자여서, 구운 연어와 베이컨 샌드위치와 바텐베르크 케이크가 있는데도 전부다 두고 온 고향의 카페문화에 대면 조잡할 뿐이었다. 빈을떠나기 직전 몇 년 사이에 보거 가문은 마침내 경제적으로제법 유복해져서 으리으리한 정문과 연철 난간이 딸린 우아한 아르누보 건물의 아파트에 살았었다. 하지만 런던에 도착하고 나서 오미는 스위스 코티지 지역의 시영 아파트 단지, 그것도 비좁은 상자형 연립주택에 만족해야 했다.

어머니에게 할머니의 방문은 골칫거리였으니, 언제 무엇을 먹을 것인지에 대한 어머니의 계획을 할머니가 깡그리무시해버렸기 때문이다. 게다가 어머니는 시어머니가 주변 사람들에게 아들이 더 좋은 짝, 이를테면 돈 많은 유대인 처녀와 맺어질 수도 있었을 것이라고 내색했다는 사실 또한 알고 있었다. 맨체스터의 노동자계층 가정에서 태어나 메이블이란 이름으로 자란 어머니는 아버지와 시어머니 눈에 합당한 배필 노릇을 해보려고 남부 말씨와 예절을 익혀가며 아이 넷을 기르느라 이미 지쳐 있었으므로 자신의 부엌에서 방해를 받고 뒷전으로 밀려나는 수모까지는 차마 견뎌낼 수 없었다.

할머니가 나타나면 아버지는 이내 자리를 떠나 계단 꼭대기에 있는 서재에 처박히곤 했다. 할머니는 아들이 옆에 있어주길 원했고, 그의 학업적 성취와 대학에서 강의한다는 그럴싸한 직업에 긍지를 느꼈다. 단조로운 억양의 빈 지역 독일어로 아들과 주고받는 대화가 위안이 되었으니 그거야말로 아들이 어릴 적부터 두 모자가 정을 확인하는 방식이었기 때문이다.

반대로 아버지는 할머니의 교육 또는 교양 부족, 음식에 대한 집착, 그리고 자신이 세련된 대학 강사 로버트가 되기 전에 이방인이자 겁에 질린 어린 피난민 소년 보비 버거였다는, 그 불에 지져 막고 싶었던 상처의 역사를 늘 떠올리게 하는 것에 짜증이 났다.

나는 아버지가 살아 있을 때 내가 놓친 모든 단서에 대한 이런 기억들을 살펴보려고 지금 안간힘을 쓰고 있다. 난 항상 아버지가 평범한 영국인의 발음을 갖고 있다고 생각했는데, 친구들은 외국인 악센트가 살짝 감지됐다고, 태생적으로 자연스럽게 습득된 것이 아닌 꼼꼼히 배워 정확히 사용하는 언어의 느낌이 있었다고 이제 와 말한다.

아버지는 우리에게 독일어를 가르치지 않았다. 독일어 기초 교본을 발견하고 아버지를 설득하여 첫 장을 함께 짚어 보긴 했었다. 또래와 다른 무엇인가를 배양하고픈 욕구가 강한 십대 초반이었다. 독일어를 한마디도 못 하면서 엉뚱하게도 'Republik Österreich(오스트리아)'라는 글자의 스티커를 체육복 등에 붙인 적도 있었다. 아버지를 스승으로 삼으려는 노력은 금세 흐지부지되었다. 직접 거부하기보다는 우리가 학습해야 할 시간에 할 더 긴급한 다른 일을 찾아내는 아버지 앞에서 그것을 계속 밀어붙일 결의가 내게는 없었다.

아버지가 시큰둥하긴 했어도 오스트리아와 빈은 우리가 태어나기 오래전에 파열됐으나 아직 잔광이 남아 있는 먼 항성처럼 늘 희미하게나마 우리의 어린 시절과 함께했다.

샬롯 누나와 나는 여섯 살 때까지 가죽바지와 진녹색 가두리 장식의 카디건을 입고 친척 모임에 나온 어른들을 즐겁게 해주었다. 보비 시절의 아버지가 특별한 날에 입었던 전통적인 옷이었으나 나치 치하에서는 유대인에게 착용이

친절한 분을 찾습니다

금지된 복장이었다.

우리 둘 다 옷이 작아져 더는 입지 못했고 그나마 훗날 어머니 아파트의 침수로 내 것은 파손되어 어색하지만 어쩔 수 없이 입어야 하는 수고를 후손들에게는 덜어줄 수 있게 되었다. 하지만 빈은 무시되지 못했다. 할아버지 레오에게는 빈 출신의 아내가 둘이 있었다. 1950년대 후반, 오스트리아로의 귀환 여부에 관한 이견으로 오미와 이혼한 뒤 홀로코스트로 첫 남편을 잃은 슈루즈버리의 집주인 발레리 클링거와 재혼했던 것이다.

발리는 그 세대 출신 중에 가장 오래 살았고 가장 개성이 강한 인물이었다. 과장된 빈 억양으로 구사하던 영어가 뇌리에 하도 깊이 박혀 우리는 그녀가 세상을 떠난 지 수십 년이 지난 지금도 어떤 어구나 명칭들은 서정적인 어조와 갑작스럽게 튀어나오는 자음 같은 그녀의 습관을 따라 발음한다. 영어 'W'의 부드러움을 그녀는 영원히 익히지 못했다.

슈루즈버리 집에 들르면 나는 할아버지가 유리 문짝들을 덧대고 골이 진 플라스틱판을 지붕 삼아 급조한 별채 헛간에서 대부분의 시간을 보냈다. 그 안에서 우리는 오스트리아-헝가리 제국 및 복속지구들의 역사를 말해주는 할아버지의 우표 모음집을 열심히 들여다보았는데, 합스부르크 가문의 마지막 거인이자 유대인들의 존경받는 보호자였던 콧수염 황제 프란츠 요제프가 단연 중심인물이었다. 그의 빛나는 얼굴과 아래로 갈수록 넓어지는 구레나룻은 어느 장을 펼쳐도 반드시 등장했다.

빈은 우리의 소풍과 도시락에도 크림치즈에 허브 또는 파프리카를 섞은 '립타우어'나 견과류와 건포도와 초콜릿이 혼합된 '슈투덴텐푸터' 같은 형태로 자취를 드러냈다.

할아버지 레오의 동생으로 우리에게는 고모할머니이자 빈 출신 친척 중 마지막 생존자였던 말치는 은박 포장에 분홍색 봉지가 인상적인 '만너' 헤이즐넛 웨이퍼 비스킷과 동그란 마지팬 과자에 위대한 작곡가의 모습을 새겨 넣고 초콜릿으로 덮은 다음 금박으로 포장한 '모차르트쿠겔른'을 보내주곤 했다. 파업으로 인해 일주일에 사흘만 전기를 쓸수 있던 1970년대 영국의 이른바 '불만의 겨울' 기간에는 더 자주 보내왔다.

빈이라는 과거가 우리 가족의 삶에 미약하면서도 뚜렷한 색조를 남긴 반면, 유대 혈통의 유산은 좀체 찾아볼 수 없었다. 문화적 정체성과 동화 사이의 끝없는 갈등 속에서 보거 가문은 여러 세대에 걸쳐 줄곧 동화되기를 선택했다.

나의 고조부 멘들 보거는 15세기 이래 유대인 공동체가 정착하여 살아온 오늘날의 체코 공화국 모라비아의 노이 라우스니츠 또는 루시노브로 불린 소도시 출신이다. 19세기 중반 마리 슐레징거라는 비유대인 이름의 유대 여인과 결혼했으며 1860년 4월 두 사람 사이에 아무리 봐도 유대인답지 않은 이름인 요한이란 이름의 아들이 태어났다는 사실밖에 내가 아는 건 거의 없는 분이다. 체코어 사용 지방의 유대인 촌락에서 멀리 떨어진 제국의 거대도시에서도 아들이 성공할 거라고 믿었던 것이 틀림없다.

유대계 미국인 역사학자 해리 존은 빈과 그곳 유대인들의 이야기를 "세계 역사상 가장 비극적인 짝사랑"[3]으로 묘사하면서 짝사랑 치고 단연 가장 길기까지 하다고 덧붙였다. 유대인들은 빈이 생겨나고서부터 계속은 아니지만 거기서 살아왔다. 빈의 유대인 공동체는 수 세기 동안 세 차례나 말살되었다. 881년에 베니아라는 도시가 언급된 것이 최초의 기록이다. 그로부터 구십 년도 지나지 않은 966년에 '유대인들과 그 밖의 합법적 상인들'이 도시 문헌에 등장하며[4], 1194년에는 지역 영주인 레오폴드 5세가 슐롬이라는 유대인을 화폐 주조 소장으로 임명했으나 단 1년 만에 슐롬과 온 가족이 동방으로 향하던 십자군에 의해 살해됐다.

이후 기반을 잡고 성취와 인정을 획득하고 나면 지독하게 난폭한 응징이 이어지는 양상이 되풀이되며 유대인의 실존에 반복되는 모티프로 굳어졌다. 나의 조상들이 빈을 동경하던 19세기 중반, 이 도시의 지도자들은 유대인 공동체를 이미 두 번이나 소멸시킨 터였다.

14세기에 이르러 빈은 게르만 세계에서 유대인 인구가 가장 많은 도시로 율법교육의 중심지였다. 이 첫 번째 빈의 '낙원'은 1420년 어느 부유한 유대인에게 오로지 모독할 용도로 성찬용 제병을 사재기했다는, 여러 세기에 걸쳐 유대인들에 덮어 씌워진 어처구니없는 수많은 죄목 가운데 하나가 제기될 때까지 지속됐다. 당시 오스트리아 대공 알브레히트 5세는 자신의 군사행동 용도로 개인적 채무 관계가 있던 유대인 부자들을 체포케 했다. 이 부자 상인들은 고문을 당한 끝에 돈을 숨긴 곳을 실토했다. 다른 이들은 개종을 명받았고 불응하면 사형 또는 추방을 당했다. 많은 사람이 노없는 뗏목에 태워져 다뉴브강 물결에 떠내려갔고 부모로부터 강탈된 유대인 아이들이 강제 세례를 받았다.

수백 명은 스스로 목숨을 끊어 1년간의 학살이 끝난 시점에 이전 유대인 인구 1,600명은 개종을 거부한 남성 92명과 여성 120명, 총 212명으로 급감했고 이들은 체포되어 집단 처형장에서 산 채로 화형을 당했다. 이 공동체 말살 사건은 그 기점이 된 명령과 학살의 연대기 제목을 따 '비너 게세라 Wiener Gesera', 즉 빈 칙령으로 알려져 있다.

최초의 게토이던 유덴플라츠의 유대회당은 해체되고 그 석재들은 빈 대학교 증축에 사용됐는데, 지금 거기 서 있는 유대박물관의 아래층으로 내려가 보면 건물의 토대를 볼 수 있다. 유대인 삶의 가려진 세 가지 층 가운데 가장 깊은 것, 그리고 이 도시가 입은 트라우마의 퇴적물이 켜켜이 재에 뒤덮인 채로 그렇게 남아 있는 것이다.

빈 칙령 이후 두 세기 동안 유대인들은 빈에서 추방된 신세였다. 그러다 신성로마제국의 권좌뿐만 아니라 오스트리아도 손에 쥔 합스부르크 가문이 훗날 30년 전쟁이라고 불리게 된 종교적·정치적 경쟁자들과의 싸움에 쓸 자금이 필요해지자 돈을 빌려줄 유대인 부자들의 복귀를 마지못해 허용하면서 17세기에 접어들어 다뉴브강의 한 섬에 500여 가구로 이루어진 작은 게토가 조성되었고 섬을 가리키는 옛 독일어 '임 베르트'라는 이름이 붙었다.

왕국과 제국과 전제통치의 세상에서 유대인들의 생존은 개별 통치자의 입맛에 달려 있었다. 통치자들은 마음을 바꿀 수도 있고, 그냥 죽을 수도 있었으며, 그 문제에 대한 견해가 완전히 다른 후계자가 등장할 수도 있었다.

예수회 신부로 훈육된 십대 소년으로 사교성이라곤 찾아볼 수 없는 광신도 레오폴드 1세가 1658년 황제로 등극했다. 그가 사촌 겸 질녀이던 스페인 공주 마르가리타 테레사와 결혼하여 얻은 첫아들이 유아기를 넘기지 못하고 죽자 유대인들 탓이 되었고, 이어 발생한 황궁 화재 사건의 책임도 유대인들에게로 돌아왔다.

레오폴드는 유대인들을 도시 밖으로 추방했다. 임 베르트는 황제의 이름을 따 '레오폴드슈타트'로 개명됐고 그 한가운데에 서 있던 대회당은 철거된 후 레오폴드 교회로 재건되었다. 교회 입구 위에는 'Synagogæ Perversa(도착적 유대회당)' 터에 세워졌다는 라틴어 글귀가 박힌 석재 현판이 아직 걸려 있는데, 정작 도착적인 건 몇 세기 후 동화정책을 지지하는 유대계 가정들에서 자녀에게 레오폴드나 우리 할아버지 경우처럼 레오라는 이름을 붙였다는 사실이 아닐까 싶다. 소속에 대한 갈망 때문이었을 것이다.

레오폴드의 집단학살 후 관용과 절멸의 순환이 다시 시작됐다. 도시의 모든 세금을 부담하기 싫었던 기독교도들은 특별세를 내겠다는 부유한 유대인들의 복귀를 허용했다. 그럼에도 유대인들은 여전히 이방인이었고 다른 법률로 통치되었다. 19세기 중반, 오스트리아는 중세적 제약으로 유대인 거주자들을 통제하는 유일한 서구 강국이었다.

유럽혁명의 해인 1848년, 황족 혈통의 물레바퀴가 또다시 돌아갔고 또다른 십대인 프란츠 요제프가 왕좌에 올랐다. 하지만 이번에는 유대인에게는 다행히도, 새 황제 프란츠 요제프는 뼛속까지 반유대적이지는 않은 합스부르크 가문 최초의 통치자였다.

그의 재위 기간 중 제정된 새 헌법이 종교에 귀속되지 않는 법적 권리를 보장하면서, 유대인들은 어디에든 거주하고 주택을 소유할 수 있게 되었다. 그는 유대인들이 군 진급에서 제외되고 있다는 사실도 진심으로 불쾌하게 여기는 듯했고, 비록 실패했지만 노골적인 반유대주의자 칼 루거가 빈 시장이 되지 못하게 손을 쓰기도 했다.

"이 거대 제국에서 모든 것이 주어진 자리에 변함없이 확고하게 서 있었으며 그 꼭대기에는 바로 노령의 황제가 있었다."5 슈테판 츠바이크는 1942년 망명지 브라질에서 목숨을 끊기 직전 완성한《어제의 세계The World of Yesterday》에서 이렇게 빈을 찬미했다.

나의 조부모가 아래턱이 쳐진 프란츠 요제프의 얼굴을 성상처럼 집에 모실 만큼 그를 당대의 영웅 취급한 것은 놀랄 일이 아니다. 그의 생일이 빈 유대회당들의 축제 일정에 올라간 것도 마찬가지다. 그의 통치하에서 유대인들의 삶은 꽃을 피웠다. 1860년 6,000명이었던 빈의 유대인 공동체는 20세기 초에는 150,000명으로 폭증했다. 빈은 열한 개 국가의 5천만 인구로 구성된 제국의 찬란한 중추이자 재능과 가능성이 차고 넘치는 도시였다. 프란츠 요제프의 내각 각료 전원은 제국 내 여러 민족의 수많은 의식에 의무적으로 참석해야 했기에 소지한 제복만도 이십 종에 달했다. 황제 본인은 그 많은 민족의 전능한 통치자에 걸맞게 이런 제복이 이백여 종이었다.

그곳은 유대인들이 성공할 수 있는 사회였다. 유대인들은 빈 인구의 십 퍼센트였지만 변호사의 육십 퍼센트 이상, 의사와 치과의사의 절반 이상을 차지했다. 모든 사업체의 4분의 1가량이 유대인 소유였다. 동유럽 유대인 촌락에서 랍비와 상인을 길러냈던 교육·검약·근면에 대한 중시가 빈에서는 부르주아를 만들어주었다. 루시노프에서 살던 우리 증조부 요한은 19세기 말 건설업 호황을 타고 바로 이 도시로 이주했다. 호화로운 제국의 수도에 어울리게 빈을 대대적으로 재건하라는 황제의 명령이 떨어지자, 구도시를 둘러싼 중세 성벽이 허물어지고 곡선을 따라 가로수가 심어진 장대한 대로, 링슈트라세Ringstrasse가 등장했다.

도착하자마자 요한은 끈질긴 오스트리아 관료주의에 의해 자신의 아버지 멘들과 똑같이 '카우프만' 즉 상인으로 분류되었다. 어느 정도 자리를 잡고 나서는 빈에서 뿌리를 좀 더 내린 가문 출신의 헤르미네 되플러와 격이 올라가는 결혼을 했다. 1896년, 템펠가스 유대회당에서였다.

신랑은 서른여섯, 신부는 서른으로 당시 기준으로는 나이가 든 편이었는데 확실한 것은 두 사람의 결혼 생활은 비탄으로 가득했다는 점이다. 다섯 자녀를 낳아 모두 전형적인 빈의 비유대인 이름을 붙여 길렀는데 그중 둘만, 바로 나의 할아버지 레오와 누이 말빈 또는 말치만 성년이 될 때까지 살아남았다. 마리안네는 세 살에 죽고, 둘째 아들 에밀은 여덟 살에 결핵성수막염에 걸려 죽었다. 마리안네도 결핵으로 죽은 듯하다. 당시 풍토병이기도 했거니와 특히 오스트리아의 유아 사망률은 서유럽에서 최고였다. 셋째 아들 오이겐도 수습 정비공으로 일을 시작한 1921년, 열일곱의 나이에 결핵으로 죽었다. 오스트리아 기록저장소에서 이 세 아이의 사망 사실을 접하고 나는 깜짝 놀랐다. 여기서 볼 수 있듯 고통과 소멸은 우리 가족사에서 감쪽같이 소거되고 주로 침묵으로 대체되었다.

살아남은 자녀 레오와 말치는 둘 다 직업학교에 진학했는데 레오는 뛰어난 학생은 못됐던 것 같다. 1914년 2월 14일자 통신부에 따르면 산수와 실과는 '만족' 등급을 받았으나 복식부기·지리·시민교과 과목에서는 '충분' 등급에 그쳤다.

넉 달 후, 그 모든 것은 모두 무의미해지고 유일하게 필요한 기술은 포화 속에서 목숨을 부지할 수 있게 해주는 것이 됐다. 그해 6월 28일, 오스트리아-헝가리 제국의 또 다른 학생이자 열아홉 살 된 보스니아의 세르비아인 가브릴로 프린치프가 사라예보 한복판에서 황태자 프란츠 페르디난트 대

공과 그의 아내 조피를 총살하면서 제1차 세계대전을 촉발했다.[6]

직업학교에 다니던 할아버지 레오는 그 길로 징집되어 동부전선 곡사포대에 배속되어 지금의 우크라이나 지역에서 러시아군에 맞서 싸웠다. 할아버지의 사진들에는 추락한 연합군 복엽기와 커다란 나무둥치로 지은 방어시설들, 그리고 병원에 누운 전우를 문병하거나 일병 군복과 뾰족한 군모 차림으로 야전용 전화를 쓰고 있는 본인이, 내가 알았던 남자의 호리호리한 젊은 모습이 담겨 있다.

전쟁은 할아버지와 같은 젊은이들을 급진화시켰다. 참호에서 피어난 동지애, 생존 여부가 재산 또는 사회적 지위와 관련되어 있다는 깨달음, 더 나은 보상을 받아야 한다는 생환자生還者들의 불만 등으로 인해 유럽 전역과 보거 가문에 혁명의 물결이 밀려왔다.

이전 세대들은 랍비에게 자녀의 출생을 등록하며 공식적으로 유대인 공동체에서 거주했다. 레오와 말치 남매에게 그런 허울뿐인 전통은 쓸모가 없었다. 말치는 스물두 살이던 1922년 IKG로 통하던 빈의 유대인 공동체를 떠났고, 할례 때 슈무엘 레브라는 히브리어 이름을 받았던 레오도 오년 후, 나의 아버지가 태어난 지 단 2주 만에 여동생을 따라 그곳을 떠났다. 아버지 로베르트의 1927년 출생 기록이 IKG

에 없는 것도 그 까닭인데, 할아버지 레오는 이후 누구도 유대인들의 기록을 뒤지다가 당신의 아들을 찾게 되는 일이 없기를 바랐을 것이다.

레오와 말치가 떠난 것은 드물지 않은 일이었다. 유대교를 벗어난 빈의 유대인 절반이 가톨릭으로, 4분의 1은 개신교로 개종했다. 말치와 레오는 '콘페숀슬로스' 즉 무종교를 선언하고 그 대신 특정 정파와 손잡았다. 말치는 열성적 공산주의자가 되어 죽을 때까지 신념을 유지했고, 레오는 좀 더 온건한 마르크스주의라 할 사회민주주의자가 됐는데 말치 못지않게 헌신적이었다. 좌파와의 연계가 투옥 또는 사망으로 이어질 수 있는 시대와 장소였기에 정치적 신념은 가볍게 여길 문제가 아니었다.

하지만 레오는 육 년 뒤인 1933년, 나치가 베를린에서 정권을 잡은 직후, 유대인 공동체로 돌아갔다. 반직관적인 듯한 이 결정에는 나름의 논리가 있었을 것이다. 유대교를 버렸다고 박해를 피할 수 있는 것은 아니었지 않은가. 유대인이 어떤 종교를 믿는지, 엄숙하게 신앙을 포기했는지 따위는 나치에게 중요치 않았다. 그들은 유대인들을 종교의 신봉자가 아니라 인종으로 간주했기 때문에, 피할 길이 없었다. 반유대교주의가 아니라 반유대주의였던 것이다. 핏줄을 바꿀 수는 없는 노릇이다.

1장 레오, 에르나, 그리고 보비 보거의 알려지지 않은 이야기들

그런 상황에서 유대교로 돌아간다는 것은 체념임과 동시에 항거의 행위였지 신에 대한 믿음의 표시가 아니었다. 베를린에 도착한 후 레오가 어느 유대회당이 됐든 출석한 바 있는지 나는 모른다. 1972년 그가 죽은 후, 살던 거리 끝에 있는 화장터 예배당에서 추도식이 열렸다. 그게 가장 편리한 선택이었기 때문이다. 망자를 두어 번 만난 게 전부인 성공회 신부가 추모예배를 맡았는데 그가 레오의 삶에 관해 아는 것이 거의 없는 것에 내가 다 당혹스러웠다.

아버지와 할아버지는 세속적 인생관과 사회민주주의 정치관을 빼면 닮은 데가 없었다. 레오는 공장 일의 틀에 박힌 일상과 주말 산행에서 마음의 평화를 얻은 반면, 로베르트는 공부 잘하는 '분더킨트'였을 뿐 자신과 화해하는 법을 찾지 못했다. 피난민의 저주는 본거지가 둘이지만 어느 곳도 진짜 고향은 아니라는 것이며, 이 역설을 받아들일 때 비로소 만족에의 열쇠가 눈에 보인다. 아버지는 영영 그러지 못했던 것 같다.

아버지가 영국에 내린 뿌리는 얕았지만 완강했고, 아버지는 땅에 발을 붙이려고 안간힘을 써야만 했다. 자식들의 이름을 지을 때도 전통을 무시하고 일반 유행을 좇는다는 우리 가족의 전통을 아버지는 따랐다. 우리에게는 의도적으로 영어로 된 이름이 주어졌고, 그것은 사회에서의 특정한 지위를 암시했다. 훗날 획득하도록 우리에게 기대되는 지위와 소득에의 보증금 격이었다. 줄리언 매튜 세바스천이 나의 완전한 이름이고, 내 형제자매들도 루퍼트, 메이크피스, 오거스틴, 조세핀 같은 중간 이름들을 받았다.

젊었을 때는 그런 게 짜증스럽고 터무니없는 것으로 느껴졌지만 이제는 그것들을 적어도 더 광범한 패턴의 일부로, 보거 가문과 같은 빈 출신 유대인들이 여러 세대에 걸쳐 오스트리아 사회에 깊이 뿌리박고자 하는 열렬하지만 결국 헛된 동화 노력의 일환으로 바라볼 수 있게 되었다. 학습된 반사작용으로 새로 몸담은 나라에서의 갑옷이자 위장복이었던 고상한 이름들은 한때는 잠깐이나마 유행했지만 내가 십대에 이르러서는 몸에 안 맞는 물려받은 옷처럼 이미 괴상하고 가식적인 것이 되어버렸다.

주체성보다 동화를 선택하는 데에는 대가가 뒤따랐다. 나는 내 인생의 첫 열여덟 해를 보낸 동네에서조차 온전한 소속감을 갖지 못한 채로 자랐다. 우리가 가짜라는 느낌이 내 안의 어딘가에 늘 도사리고 있었고 그런 불안감으로 인해 기회가 찾아오자마자 외국행을 택했다. 마치 뭔가 추잡한, 노골적이고도 심란한 바탕을 숨기려고 그 위에 우아한 오프화이트 색 물감을 덕지덕지 덧바르는 것 같았고, 나로서는 떠나는 것 외에 다른 길이 보이지 않았다.

"과거는 결코 죽지 않는다. 아니, 지나간 것도 아니다." 윌리엄 포크너의 《어느 수녀를 위한 진혼곡Requiem for a Nun》에서 미시시피 변호사 개빈 스티븐스가 말한다. 범죄에 대한 말이지만 바로 유럽의 과거처럼 일상의 표면 아래에서 끈질기게 들끓는 미국 남부의 역사에 대한 말이기도 하다. 하이델베르크 대학에서 공부했다니 소설 속 스티븐스도 알고 있었으리라.

나 자신의 직감과 정확히 공명하는 인용구였다. 그다음 구절도 마찬가지였다.

"우리는 모두 우리가 태어나기 오래전에 짜인 거미줄, 유전과 환경과 욕망과 결과와 역사와 영원의 거미줄 속에서 몸부림친다." 스티븐스가 경고한다. "삶의 일상적인 요구들로 인해 영상과 사건 들의 공진으로부터 주의를 돌리게도 되지만 우리 중 어떤 사람들은 그걸 항상 느낀다."

내가 바로 그런 사람들 중 하나인 것 같았다. 빛이나 냄새에의 과민증처럼 말해지지 않은 역사의 감각이 내 일상적 평화를 방해하기 일쑤였고, 때로는 질병과 죽음에 휘몰려 과거가 절로 모습을 드러내기도 했다.

1975년 뇌졸중을 일으킨 오미가 실려간 토트넘의 유대인 가정병원은 당초 19세기 말 '불치 유대인 가정병원'이라는 이름으로 개원했다가 1960년대에 덜 절망적으로 들리게 단축 개명한 에드워드시대 풍의 붉은 벽돌 건물이었다. 살균제 냄새가 진동하는 긴 리놀륨 복도에 동굴 속처럼 음울한 장소였다. 우리는 주말이면 그곳에 가 할머니 옆에 한 시간쯤 앉아 있곤 했는데, 그보다 훨씬 길게만 느껴졌다. 뇌졸중 탓에 영어를 완전히 잊어버린 할머니는 독일어로 아버지에게 웅얼거릴 따름이었다.

할머니는 1901년 현재 서부 우크라이나인 미쿨린치의 작은 갈리시아인 마을 출신 상인 마르쿠스 바르바크와 체코 출신 레지나 둡스키 사이에서 에르나 바르바크라는 이름의 딸로 태어났다. 그녀의 부모는 마르쿠스가 잡화상을 차려 운영하던 빈에서 서로를 만났고 에르나 말고도 여섯 달밖에 살지 못한 넬리와 1918년 출생한 마리안네, 그리고 집안의 자랑이던 외아들 프리츠까지 세 자녀가 더 있었다.

프리츠는 1920년대 세계무대를 제패한 유대인 팀 하코아 빈에서 직업 축구선수로 뛰었다. 팀 이름은 히브리어로 '힘'을 뜻했는데 당시 시온주의자들 사이에서 인기 있었던 '무스켈유덴툼', 즉 '근육질 유대주의' 정신을 표방한 것이었다.[7] 1925년 오스트리아 선수권대회에서의 우승은 끊임없는 반유대주의 공격과 학대를 이겨내며 선수들이 이뤄낸 쾌거로 더욱 의미 깊었다. 유대인 권투선수들이 이끄는 경호원

　　　1장 레오, 에르나, 그리고 보비 보거의 알려지지 않은 이야기들

팀이 항상 동반해야 할 정도였다.

하코아는 이어서 체코 챔피언 슬라바 프라하와 폴란드의 폴로니아 바르샤바, 그리고 헝가리의 최고 팀 페렝크바로스 등 유럽 최강 팀들을 꺾었고, 1923년에는 FA컵 결승전에서 런던의 웨스트 햄 유나이티드를 5대 1로 물리쳤다. 뮌헨의 스포츠지紙 〈푸스발Fussball〉은 1924년 "하코아는 유대인들이 신체적으로 열등하다는 거짓 신화를 불식시키는 데 일조했다"고 썼다. 팀은 프로페셔널하게 경기에 접근하여 이런 결과를 얻어냈다. 선수들에게 평균보다 높은 급료를 주었고 코칭스태프에 유대인과 비유대인을 골고루 등용했다. 당시 축구 전술이 가장 앞서 있던 영국에서 건너온 사람들도 있었다.

사실 종조부 프리츠는 팀이 화려한 전성기를 보내고 하강기에 들어섰을 때 합류했다. '천하무적 유대인들'의 미국 투어 중 몇몇 주요 선수들이 백악관에서 캘빈 쿨리지 대통령의 환대를 받고 뉴욕 축구팀들에 스카우트 된(축구가 미국에서 발을 못 붙이게 된 수많은 실수 중 하나) 후, 하코아는 오스트리아 선수권을 다시는 석권하지 못한 채 강등된 위상과 씨름했다. 프리츠는 빈 매체로부터 엇갈린 평가를 받았다. 슬로반에서 빠르고 효율 좋은 윙이었는데 하코아에 와서는 너무 많은 포지션을 소화하느라 제 실력을 발휘하지 못한다는

명성 높은 하코아 빈 축구단의 1928년 모습. 뒷줄 왼쪽에서 세 번째가 나의 종조부 프리츠 바르바크, 뒷줄 오른쪽에서 두 번째는 훗날 아우슈비츠에서 살해당한 주장 막스 슈어러, 앞줄 왼쪽은 아우슈비츠에서 살아남아 다른 수감자들의 구조를 도운 이그나츠 펠트만이다.

평도 있었고, 본인이 직접 골을 넣는 것보다는 어시스트가 적성에 맞는다는 평도 있었다.

프리츠는 1935년 폐렴에 따른 심장마비로 죽었다. 빈의 〈슈포타그블라트Sporttagblatt〉지는 1부 리그에서 "참호에서의 신의"를 보인 노장이라고 그를 칭송했다. 조부모야 당연히 장례식에 참석했을 테고 여덟 살 난 아버지 또한 하코아와 선수노조의 관료들 옆에 서 있었을 텐데도, 아버지는 훗날 프리츠의 위업을 입에 담은 일이 없었다. 나는 우리 가문이 스타플레이어를 배출했다는 사실을 전혀 모른 채 축구를 하고 보며 자랐다. 아버지는 프리츠가 유대인만으로 구성된

1장 레오, 에르나, 그리고 보비 보거의 알려지지 않은 이야기들

팀에서 뛰었다는 사실에 부끄러움을 느꼈던 건지도 모르겠다. 유대교라는 주제 자체가 아버지에게는 곤혹스러웠고 그런 감정은 오미가 말년을 보낸 토트넘의 유대인 가정병원에서 가시화되었다. 아버지는 병원을 경영하는 검은 코트의 하시딕파 유대인 남자들만 보면 낮은 소리로 경멸조의 탄식을 내뱉곤 했다.

고모할머니 말치는 1994년에 돌아가셨는데, 한없이 오스트리아적이게도 빈의 안전금고에 프란츠 요제프 금화들을 남겼다. 우리는 말치가 길고 가는 필체로 보물지도나 되듯 은밀하고도 정교하게 나열한 금화 찾기 요령을 갖고 빈으로 향했다.

4년 후, 우리의 새할머니이자 빈 세대의 마지막 생존자이던 발리가 마침내 슈루즈버리의 호스피스에서 숨을 거뒀다. 우리 가족 중 유일하게 유대교의 주요 명절들을 지키고 부친의 기일을 유대력에 따라 니산월 27일이라 기입한 기도서를 지니고 살았었다.

발리의 장례식에서 카디시 기도문을 읊고 레너드 번스타인의 '치체스터 시편' 연주를 틀었다. 어머니와 첫 남편을 남겨놓고 황급히 빈을 탈출했던 경험을 비롯하여 할머니의 생애에 대해 나눈 대화를 바탕으로 내가 추도사를 하게 되어 있었는데 놀랍게도 나는 그 화장터에서 그 짧은 추도사를 아주 겨우 마쳤다. 먼 과거에서 어떤 손이 다가와 목울대를 짓누르는 느낌에 간신히 끝을 맺고 당혹해하며 자리로 돌아왔다.

우리는 역사를 놓아주고 싶을지 모르지만, 그렇다고 역사와 우리의 관계가 끝난 것은 아니다. 나는 내가 묘사하려던 일들을 목격하지 않았다. 오히려 녹음이 우거진 런던 서부에서 안전하고 안락한 삶을 살았었다. 나는 그냥 발리의 삶과 관련된 사실들을 단순히 전달할 생각이었기에 그러한 신체적 반응이 당혹스러웠다. 지난 수년간, 환경과 경험, 특히 트라우마가 우리의 DNA에 침투하여 어떻게 유전자의 발현을 변화시키는지를 살피는 후생유전학적인 증거가 나타났다. 한 연구에 따르면 홀로코스트 생존자 자녀들은 스트레스 대응에 중요한 역할을 하는 호르몬인 코티솔 분비량이 적고 따라서 외상 후 스트레스 장애에 더 취약했다.

그러니 현실이 그렇게 암울하기만 한 것은 아니지만, 정말 인간은 인간에게 고통을 넘겨주는 듯하다. 그러지 못한다면 우리는 모두 만신창이가 되리라. 트라우마는 우리의 유전자를 바꾸지는 못하지만 그 발현을 변화시키며, 그것은 뒤집힐 수도 있다. 과거에 대해 이야기하고 재해석할 수 있다는 것이야말로 가치 있는 첫걸음이 아닐까 한다.

발리의 장례식 다음날, 나는 그녀가 나를 위해 보관해오던 할아버지 레오의 유품들을 한 상자 옮겨왔다. 우표모음들이며 해묵은 지폐들 틈에 제1차 세계대전 중에 동부전선 참호들 속에서 찍은 할아버지의 조그만 흑백사진들과 금속 십자가 같은 메달이 섞여 있었다. 메달의 앞면에는 '그라티, 프린셉트 에트 파트리아, 카롤로스 임 에트 렉스(군주와 조국에, 황제이자 왕 카를께 감사합니다)'라는 글귀가, 뒷면에는 '비탐 에트 상귀넴(목숨과 피로 바침)'이라는 글귀와 연도 1916년, 그리고 오스트리아와 헝가리의 두 왕관이 박혀 있었다. 12주 이상 전투부대에 몸담고 한 번이라도 전투에 참가하면 받는 메달이었다. 총 65만1천 개가 제조되었으므로 대단한 포상이라고 할 바는 못되었다. 하지만 레오는 이것을 끝까지 간직했다. 유대인 참전용사들에게 그것은 조국·통치자들과 목숨과 피로 맺은 서약이었다. 광대한 제국 전역에서 300,000명의 유대인 사내들이 조국을 위해 싸웠으며 열에 하나는 목숨을 잃었으니 지나치게 큰 희생이었다.

　이십 년 후 나치가 빈을 점령한 뒤 〈맨체스터 가디언〉 토막광고에 실린 아이들 대부분에게 공통점이 하나 있었다. 그들의 아버지들은 이 십자가가 자신을 보호해 줄 거라고 믿었다는 사실이다.

레오의 상자에서 서류 묶음이 들어 있는 마닐라 봉투를 발견했다. 서류들 중에는 빈 제국의 섬세한 공식 서체로 씌어 있는 것들도, '하일 히틀러!'라는 서명이 찍힌 그보다 막된 시대의 것들도 있었다. 본인의 복무기록 때문에 가업인 상점이 다치지 않도록 도와달라는 서한도, 바로 그 가업인 빈의 라디오와 악기 전문점을 인가된 아리아인 사업가에게 이양한다는 1938년 법적 문서도 있었다.

상자 귀퉁이에서 검은 바탕에 붉은 카네이션이 새겨진 작은 에나멜 금속 배지를 발견했다. 제1차 세계대전과 1934년의 짧은 내전 사이에 오스트리아 사회민주노동당의 로고로 쓰인 문양이었다. 이 시기에 도시는 무상 의료와 노동자 교육, 그리고 젊은 가장이었던 할아버지 레오가 1920년대 말에 실직했을 때 그 가족에게 쉼터를 마련해준 공공주택 지원 등의 정책을 펴서 붉은 빈으로 불렸다. 그뿐 아니라 당은 쉽게 얻을 수 없는 소속감 또한 제공하여 당원들은 저마다 '프로인트샤프트' 즉 우정이란 낱말로 인사를 나누었다.[8]

빈의 유대인 다수에게 그것은 이상적인 동화 수단이었다. 유대인·비유대인 가르지 않고 정치·사회·문화·스포츠 활동에 참여할 수 있는 틀이 되어주었기 때문이다. 오스트리아 탈출 이후 1950년대 중반까지도 회비를 납부하는 당원이었던 할아버지 레오가 내게 남긴 유품들 중에는 도장이 찍

1장 레오, 에르나, 그리고 보비 보거의 알려지지 않은 이야기들

흰 회비 영수증들이 정연하게 줄줄이 붙어 있었다. 얇은 판지로 만들어진 두 개의 녹회색 여권은 바로 레오와 오미의 빈 탈출을 가능케 한 것으로, 앞면에는 나치의 십자문양을 움켜쥔 독수리가 그려져 있고 안에는 '유대인'을 가리키는 'J'의 커다란 붉은 글자와 함께 제3제국을 떠나 유럽을 건너 영국에 입국하기까지의 모든 족적이 관료제의 인장으로 기록되어 있었다.

여권들에는 영어로 인쇄된 쥐색 소책자가 함께 묶여 있었는데, 전시 영국 내에서 항상 소지해야 했던 적성외국인 증명서였다. 할아버지가 억류되지 않을 거라는 공식적 보장이 적혀 있었고 몇 페이지 뒤에는 바로 그 약속이 위반된 사실이 또한 기록으로 남아 있었다. 1941년 맨 섬에 적성외국인으로 감금되었던 것이다. 그다음 페이지의 내용은 석방된후 이듬해에 국왕폐하의 정부가 충분히 신임하게 되면서 자전거 소유를 허락받았다는 거였다.

이것을 포함하여 할아버지가 남긴 유품들의 중요성은 시간이 지나면서 내게 더욱 분명해졌지만, 상자를 처음 열었을 때는 그저 신기한 것들일 뿐이었다. 그것들을 분간할 맥락이 내겐 없었고 따라서 그것들이 말하는 바를 알아듣지 못했다. 그것들은 내가 연결할 수 없는 점들이었으므로 그냥 상자에 넣어두고 외신기자로서 보스니아에서 예루살렘,

워싱턴을 거쳐 영국으로 귀국했다가 다시 워싱턴으로 돌아가는 등 거처를 옮길 때마다 부적처럼 지니고 다녔다.

내 가족의 과거와 나의 관계는 이렇게 이삿짐 틈에 풀지 않은 상자처럼 남아 있었다. 그러다 그날 버지니아의 주차장에서 아버지의 광고에 대한 이메일을 받고서 우리 가족의 과거, 그리고 탈출하여 살아남은 사람들과 잔류했다 숨진 사람들을 포함한 빈의 다른 유대인들의 사연을 되짚어보게 됐다.

〈맨체스터 가디언〉에 실린 그들의 광고들은 마치 다른 시대에서 온 전보처럼 긴급하고 압축적이었으며 세부 사실은 결여되어 있었다. 그것들은 내 아버지의 삶과 나란히 출발했으되 저마다 다른 방향으로 흩어진 다른 삶들의 축약판들이었다. 그 광고들과 마주친 직후 나는 할아버지 레오의 상자와 빈의 과거가 남긴 그밖의 단편들을 되돌아보며 비로소 그것들을 내 가족에게 일어난 일에 대한 조리 있는 이야기로 꿰어내기 시작했다.

2장

조지, 그리고 빈을 향한
참을 수 없는 그리움

빈의 유대인 어린이들을 위한 1938년 〈맨체스터 가디언〉광
고는 그날의 라디오 프로그램 안내와 십자퍼즐, 영국공군의
조종사 모집 공고, 그리고 주택·우표·악기·금융서비스 따
위 온갖 판촉광고들과 나란히 실렸다.

아이들 광고들은 다른 것들과 비슷해 보였지만 완전히 다
른 세계의 것이었다. 짧은 문구 안에서 아들, 딸 들을 살리려
고 미친 듯 몸부림치는 부모들의 호소였다. 이야기가 어떻
게 전개됐는지 알아야겠다는 욕구 없이 그것들을 읽기란 불
가능했다. 다음에는 무슨 일이 일어났고 아이들은 과연 구
제되었을까?

이 아이들을 추적하려는 내 첫 시도는 실패하고 있었다.
나는 트위터와 유대인피난민협회 회지에 호소문을 실었다.

따뜻한 응답들이 있었고 제각기 가족들의 나치 탈출 경험담들도 들어왔으나 〈맨체스터 가디언〉 광고와 연관된 이야기는 없었다.

이 아이들이 어떻게 되었는지 알아내려면 광고 자체에 실린 실마리들을 기초로 해야 마땅할 것 같았다. 문제는 그것들이 대부분 답답할 만큼 불완전하다는 점이었다. 대개는 아이의 나이와 성별, 성이나 기껏해야 이니셜, 그리고 광고 게재 후 바로 유기되었을 집의 빈 주소가 전부였다.

간혹 중간 이름을 포함한 이름 전부가 실린 일이 없진 않았고 아주 드물게 부모가 아닌 아이 이름이 적힌 경우도 있었다. 아이를 쉽게 찾을 수 있고 다만 순전한 요행으로 그의 생애 전체가 기록된 사례 또한 있었다. 아버지의 유년기에 대해 내가 몰랐던 정보의 구멍들을 메우게 해준 돌파구였다.

조지 맨들러의 광고는 로베르트 보거의 광고가 나기 엿새 전인 1938년 7월 28일, 제2면에 실렸다. "가정교사, 여 가정교사 등"이라는 표제 밑에 '구인'이라는 부제가 씌어 있었다. 그 난에 하나뿐인 그 광고는 불확실한 영어로 이렇게 호소했다. "14세 된 제 아들을 가정교사로 거두어주실 친절한 영국 가정이 있으실까요? (중등학교 졸업) 영어를 할 줄 알고 일자리를 원하며 평판이 최고입니다. 게오르크 만들러, 빈 3구, 로웬가스 2가."

이 이름으로 구글 검색을 하자 "1924년 6월 11일 오스트리아에서 출생한 미국의 저명한 심리학자 겸 대학교수 조지 맨들러"가 단숨에 떴다. 이름 끝에 'e'를 덧붙여 영어식으로 바꿨을 뿐, 광고 속 그 아이가 틀림없었다. 물론 더 유명하긴 했으나 우리 아버지처럼 그도 대학의 심리학자가 되었던 거다.

검색의 두 번째 결과로는 UC 샌디에고의 심리학부 웹사이트에 올라온 "조지 맨들러를 추도하며"라는 페이지였다. 그는 그 대학에서 근 30년을 근속했고 2016년 5월 사망할 무렵에는 런던의 햄프스테드에서 살고 있었다.

"오스트리아가 나치 독일에 합병된 이후 태생국을 떠난 맨들러는 기억, 의식, 감정의 심리학 분야에서 독창적인 공적을 남겼다." 부고는 이렇게 이어졌다. "그의 중대한 영향은 이날까지 뚜렷이 감지된다."

양손을 살짝 깍지 낀 채로 옆을 바라보며 뭔가 유쾌한 상념에 잠긴 그의 사진도 실려 있었다. 흰 염소수염, 색깔을 넣은 네모난 안경, 딱 옆으로 쓸어 넘길 만큼 숱이 남은 백발의 모습이었다.

1991년 동료들과 지인들, 그리고 제자들이 그의 이름으로 《기억, 생각, 감정》이라는 책을 펴냈고, 2009년에는 빈 대학교가 그에게 명예박사학위를 수여했다. 곧바로 든 생각은 아버지와 같은 시기에 같은 방식으로 빈을 탈출한 이 사람은 아버지가 꿈만 꾸었던 이력을 이루어냈구나, 하는 것이었다.

유족으로는 그의 이력 대부분을 동료로 함께해온, 그와 마찬가지로 저명한 심리학자인 아내 진과 아들 피터, 마이클이 있다고 부고 기사는 전했다.

두 아들도 학자로 뿌리를 내려 피터는 케임브리지의 역사학 교수였고 마이클은 런던 대학의 경제학 교수였다. 나는 2021년 2월 16일 밤 11시에 피터에게 이메일로 배경 설명과 함께 맨들러의 광고를 보냈다. 이분이 혹시 아버님 되실까요? 영국 시간으로 아침 아홉 시 일 분에 그의 회신이 왔다.

"제 아버지가 맞습니다." 역사학자로 신문기사 데이터베이스 검색에 꽤 많은 시간을 썼음에도 이런 건 보지 못했다고 놀라움을 표하며 그가 말했다. 자신의 아버지는 광고로 탈출하지는 못했다고도 했다. 그 대신 조지 맨들러는 어느 기숙학교와 런던의 한 유대인 가정의 후원을 받았는데 실제 입국까지는 홀로 독일을 떠나야 하는 '몸서리나는' 여정을 거쳤다는 거였다.

조지는 이 체험을 '흥미로운 시대'라는 적절한 제목으로 2001년 처음 발간한 회고록에 담았다.[9] 피터가 보내준 책이 일주일쯤 후 도착했다. 기지와 예리한 통찰로 가득한 훌륭한 책이기도 했지만 내 관점에서 무엇보다 중요했던 것은

2장 조지, 그리고 빈을 향한 참을 수 없는 그리움

아버지의 이야기와 상응하는 사연을 소상하게 들려주고 있다는 사실이었다.

조지 맨들러는 다뉴브 운하 인근, 로베르트 보거의 집에서 1킬로미터쯤 떨어진 빈 3구의 반대편에서 어린 시절을 보냈다. '카스타니엔라이스'라는 밤 퓨레 콘에 생크림을 얹은, 우리 집에서도 특별한 날이면 먹었던 낯익은 빈 특유의 푸딩을 파는 동네의 공원에서 그는 '도펠슈피처', 즉 투터치 풋볼을 하고 놀며 자랐다.

소년 조지 맨들러는 빈의 스케이트장에 가서 오스트리아 스케이트 대표선수들의 국제경기를 응원했고 여름이면 전후의 황폐한 빈을 배경으로 한 내가 좋아하는 영화 〈제3의 사나이〉를 통해 유명해진 커다란 대관람차의 장소 프라터 초원에서 뛰어놀았다.

조지의 아버지 리하르트는 슬로바키아 출신으로 제1차 세계대전에서 이탈리아 전선의 통신부대 요원으로 제국을 위해 복무했다. 빈에 건너와서는 가죽사업에 손을 대 성공 가도를 달리다 유럽 전역을 무대로 장사하는 가죽도매상의 동업자가 됐다. 빈의 부유한 기업가 가문 출신 헤트비히를 아내로 맞아 아들 조지를 얻었고 안락한 환경에서 길렀다. 가정부와 가정교사를 거느린 것은 당연하고 회사용 자동차를 처음으로 구매한 뒤에는 기사도 고용했다. 여름 휴가는 지금은 크로아티아의 로브란인 아드리아 해안의 라우라나에서 보냈다.

집안에는 모종의 종교적 긴장감이 감돌았다. 리하르트는 성구상聖句箱을 두른 채 아침기도를 올리고 유대회당에 참석하는 등 관습을 따르는 유대인이었다면, 불가지론적 시온주의자로 교육받은 헤트비히는 조지가 앓아누우면 사기를 북돋아 주려고 금지된 간식인 햄 샌드위치를 몰래 들여와 아이에게 먹였다.

결국 헤트비히의 세속적 세계관이 승리를 거두었다. 1940년 폐 수술을 앞두고 신의 중재 없이 이겨내겠노라 맹세한 조지는 정말 말짱하게 살아남자 과연 신은 필요 없다는 신호로 그걸 받아들였다.

조지는 신을 버렸을지 몰라도 빈은 아니었다. 만년의 조지는 기차를 타고 시골 지역을 누비며 어린 시절에 살던 동네를, 그 친숙한 건물들과 장소들을 찾아갔다. 단조로운 빈의 독일어 억양이 듣기 좋았고 '에체스 비너슈니첼'(빈의 정통 슈니첼), '레베크뇌델주페'(쇠간 만둣국), '몬슈트루델'(양귀비씨를 넣은 페이스트리), 인디아너크라펜(초콜릿에 생크림을 얹은 과자) 등의 빈 음식들을 일부러 찾아 먹었다.

빈의 모든 것을 향한 그런 동경을 대하며 나는 오미가 떠올랐다. 유월절 축제의 마지막 구절은 "내년에는 예루살렘에서"이지만, 오미를 비롯한 많은 사람들에게 빈은 영원한 동경의 대상 예루살렘이면서 한편으로는 비탄과 헤아릴 수 없는 비극의 현장이기도 하다.

조지 맨들러는 빈에서 별다른 위협을 느끼지 않고 자랐다. 반유대주의는 안슐루스 전에도 항시 배후에서 윙윙대며 일상적으로 존재했다. 조지는 "이따금 욕설처럼 유대인이라고 호칭되던 빈의 경험"을 회고했지만 그 외에 1934년에서 1938년 사이의 사 년간 "중대한 반유대적 동요"는 기억에 없다고 말했다.

학교에 유대인 소년이 네 명 있었지만 안슐루스 전까지는 잘 아는 사이가 아니었고 가까이 지내야 할 필요도 느끼지 못했다. 나치가 어떤 인간들인지 학생, 교사 들 모두 알았으나 공식적으로 금지된 당이어서 당원들이 세간의 눈을 피해 비밀리에 활동했으므로 그자들이 멀쩡히 존재한다는 사실을 잊기 쉬웠다. 그들은 나치 십자문양도 옷깃 안쪽에 보이지 않게 착용했다.

조지는 씁쓸하게 당시를 떠올렸다. "우리는 비교적 여유롭고 행복한 삶을 살며 오스트리아인을 자처했기에 그 후로 닥칠 일에 대부분 준비가 되어 있지 않았다."

나는 아버지가 빈에서 보낸 소년 시절에 대해 아는 게 거의 없었지만, 조지 맨들러는 같은 동네에서 같은 학교를 다니며 성장하던 또래 소년의 기억들을 제시해주었다. 그의 회고록은 사실의 구멍들을 메꿔준 것만이 아니었다. 자신에게 생긴 일에 대한 아버지의 감상을 나는 전혀 몰랐다. 그런데 조지는 당시 느낌이며 그 경험이 자신을 어떻게 변화시켰는지 소상히 반추했다. 두 사람의 반응이 똑같았으리라고 추정할 수야 물론 없지만 둘은 어떤 면에서 비슷하게 자라나 좌파 정치성향을 지닌 심리학자가 되었다. 그것만 봐도 조지에게서 내 아버지가 조금 보인다 한들 터무니없는 일은 아니리라 싶었다.

무엇보다도 그것은 내게 상상의 어떤 근거가 되어주었다. 나는 다뉴브강 운하 근처에서 생크림 밤을 사 먹으려고 조지 뒤에 서 있거나 아직 보이지는 않지만 점차 마각을 드러내는 오스트리아 나치의 위협 속에 등교하는 소년 보비를 그려볼 수 있었다.

조지의 아버지 리하르트 만들러처럼 나의 할아버지 레오도 제1차 세계대전에서 오스트리아-헝가리 제국을 위해 싸웠다. 다만 위치는 오늘날의 우크라이나 서부인 동부전선, 역할은 포병부대의 통신병이었다.

전쟁이 끝나고 레오는 빈의 1구에 으리으리한 본사를 두고 제국 각지에 지점을 갖춘 금융회사 알게마이네 데포지텐

방크에 취직했는데 은행원으로 일하기에는 좋지 않은 시점이었다. 새로 출범한 오스트리아 공화국은 징수 세액의 대폭 감소를 통화 방출로 메꿔가며 제국 시대와 같은 규모의 행정조직을 운영하고자 했고, 그 결과 극심한 인플레이션이 뒤따랐으며 화폐가치는 종잇장이나 다름없어져 1922년과 1923년 절정기에 마구 찍어낸 크로네도 수명을 다했다. 레오가 남긴 유품 가운데 독특한 것 하나로 봉투가 있었는데 그 속에는 크로네, 그리고 공공 금융체계가 파탄했을 때 지방 은행은 물론 작은 기업들까지 덩달아 발행했던 괴상한 급조 화폐 '노트겔트'가 꽉 차 있었다.

두어 해 고전을 겪던 알게마이네 데포지텐방크는 1925년 프랑스 프랑화에 대한 투기가 실패로 끝나면서 마침내 무너졌다. 4만여 명의 예금자가 저축금을 잃었고 레오를 포함한 1,500명 직원이 실직했다. 은행은 레오에게 그가 "높은 책임감과 숙련도로 수훈을 세운 무척 근면하고 성실하고 소중한 직원"이었다는 관례적인 추천장을 써주었다.

에르나와 결혼한 지 이 년 만에 레오가 무직자가 되면서 두 사람은 사회주의 체제의 붉은 빈이 제공한 공공지원 주택에 의존하게 되었다. 아버지가 처음 산 집도 바로 이 신축 '노동자 궁전' 중의 하나였는데 3구의 장크트 니콜라우스 플라츠에 벽돌과 콘크리트로 세운 이 견고한 단지는 도도한 아르데코 활자체로 "주택세로 조성된 기금을 이용하여 빈 지자체가 건축"했다고 선언하고 있었다. 반 미터 높이의 이 글자들은 아직 남아 있는데 오랜 세월의 더께와 낙서에도 불구하고 만인이 동일하게 기본적인 품위를 유지할 수 있는, 집과 기본의료와 여덟 시간 근무일이 보장되는 현대 정부가 건립될 것이라는 그 시대의 낙관주의를 여전히 물씬 풍기고 있다.

레오가 실직하고 나라가 경제위기로 가라앉은 1931년, 온 가족을 빈곤의 늪에서 끌어낸 것은 레오의 어머니 헤르미네였다. 그녀와 남편 요한은 3구에서 따로 중고품상을 운영했는데 이 가게들이 금융대란 속에서 살아남은 것이다. 특히 헤르미네는 가격이 저렴해지던 라디오들을 판매하여 취급품목을 다변화했다.

1930년 헤르미네의 은퇴와 함께 가게를 물려받은 레오는 상호를 라디오 보거로 바꿨고 오 년 사이에 부부는 공공지원 주택을 벗어나 가게에서 모퉁이를 돌면 나오는 힌처슈트라세의 사설 아파트로 이사할 수 있게 됐다. 크지는 않았으나 동네도 부유했고 빈의 아파트답다 할 만한 집이었다. 빨강과 노랑 타일로 된 바닥에 흰 대리석 벽과 높은 천장을 자랑하는 장대한 로비를 따라가면 목재와 유리로 된 근사한 문이 나왔고 그 너머로 안뜰이 이어졌다. 로비에서 오른쪽

라디오와 악기를 팔던 가족의 가게, 라디오 버거. 빈의 란트슈트라세 하우프슈트라세. 1933년.

으로 돌계단을 올라가 층계참에 이르면 검은 유리판에 초인종들이 설치되어 있고 아파트 호수가 금빛으로 새겨져 있었다. 덩굴진 화초들을 묘사한 연철 난간을 따라 굽이진 돌계단을 더 올라가면 되었다.

　실용적 상자형의 장크트 니콜라우스 플라츠 공설 아파트와는 더할 바 없이 대조적이었으니 당시 여덟 살이던 내 아버지의 눈에는 마치 쉰브룬 궁전 같았으리라. 길모퉁이에 공원이 있었으며 초등학교까지는 걸어갈 수 있는 거리였다. 아버지는 하교 후 라디오 보거 계산대 뒤에 앉아 있거나 가까이에 있던 조부모의 중고품상점을 찾아갔다.

그 무렵 사진들을 보면 오래 가지는 못했지만 얼마나 경이로운 시절이었는지 알 수 있다. 가게 문간에 서 있는 레오의 사진들이 많은데, '라디오 보거'라는 이름을 알린 현수막이 당당한 글자가 찍힌 제대로 된 간판이 되어 거리를 내려다보고 있다. 대대손손 이어질 가업의 시작이라고 모두들 생각했을 것이다.

레오 일가는 빈에서 남서쪽으로 이십 킬로미터 떨어진 칼텐로이트게벤 숲속에 여름휴가용 오두막을 샀다. 화창한 날 시골에서 부모의 어깨 너머를 바라보며 환하게 웃는 아버지의 사진이 있다. 그런가 하면 사람들이 커다란 공을 굴리고 있는 바덴의 온천에서 수영복차림으로 즐겁게 노는 사진들도 있다. 사진들에는 이 같은 평범한 기쁨들이 머잖아 죄다 사라져버릴 거라는 걸 아는, 비운의 그림자가 비친다.

오스트리아의 민주주의는 나치가 빈에 입성하기 오 년 전인 1933년 마치 희가극에서처럼 어처구니없이 무너져 내리며 최후를 맞았다. 중대한 표결을 앞두고 사회당 의원 하나가 화장실이 급한 나머지 동료 사회당 의원에게 대신 투표를 해달라고 청했다. 그런데 바로 그 한 표 차로 정부가 패배했다. 표결에 불참한 사회당 의원에게 대리투표 요청 권한이 있는지 없는지를 놓고 싸움이 벌어졌다. 의장이 사임했고 의원들도 따라서 물러났다. 회의가 정회되자 기독사회당 당수인 엥겔버트 돌푸스 수상이 기회를 놓치지 않고 의회를 해산했다.

정치 무대가 거리로 옮겨지며 우익 민병대 '하임베어'와 사회민주당의 무장 계파 '슈츠분트' 사이의 싸움이 갈수록 격화되었다. 1934년 2월, 시가전이 본격 내전으로 확대되면서 돌푸스가 '하임베어'를 지원키 위한 병력을 투입하여 사회당 근거지이던 카를 마르크스 호프 공공지원 주택단지에 대포 총구를 겨누었고 '슈츠분트'는 결국 진압되었다.

나는 어려서부터 돌푸스가 낯이 익었다. 할아버지 레오의 우표 모음에서 보아온 그는 둥글고 포동포동한 얼굴에 희망에 찬 눈빛을 지녔고 히틀러처럼 끄트머리를 네모나게 자른 콧수염을 기르고 있었다. 히틀러나 베니토 무솔리니 같은 강력한 독재자로 보이고 싶어 했으나 너무 나긋나긋한 말소리에다 5피트가 채 안 될 만큼 키가 작았다. 그의 키에 대한 언급을 금한 독재체제에서도 '호주머니 수상'이라는 별칭은 물론 링 대로에서 드미타세 커피라는 용어 대신 '돌푸스'를 주문하는 농담은 막을 수가 없었다.

그는 나치에 맞서 연합하자는 사회당의 제의를 단칼에 거절하여 자신과 국가의 불운한 쇠망을 자초하고 말았다.

돌푸스는 남쪽 무솔리니의 보호하에 그의 조국전선이 지휘하는 오스트로 파시즘이 북쪽 나치 정권과 무관하게 존속

할 수 있다고 생각했다. 그런 판단 착오 하에서, 그는 사회민주주의와 그것이 주창하는 평등주의의 공포에 사로잡혀 나치가 그보다는 낫다는, 적어도 통제가 가능하다고 믿은 천주교 지배층과 거대기업의 지원을 받았다.

내란이 끝나고 다섯 달 후 돌푸스는 히틀러의 직접 명령을 따르는 'SS 슈탄다르테 89'라는 이름의 오스트리아 나치 집단에 의해 살해되었다. 그들은 수상관저에 난입하는 '쿠데타'를 시도하여 돌푸스에게 두 차례의 총격을 가했다. 피를 흘리며 신부를 불러 달라는 돌푸스의 요청을 묵살하고 암살자들은 그의 죽음을 지켜보았다.

다른 나라를 탈취하려는 히틀러의 최초 시도였던 이 반란은 목표에는 미치지 못했다. 돌푸스의 조국전선 정부 장관 쿠르트 슈슈니그에게 정권이 인계되면서 오스트리아의 파시즘은 몇 년 더 연명했고, 히틀러는 다음 기회를 벼르게 되었다. 레오가 소속된 사회민주당은 활동이 금지되었지만, 가업은 번창했다. 빈의 유대인들은 정부의 표적이 아니었다. 어떻게든 고비를 넘길 수 있으리라고, 나치 진입은 막을 수 있으리라고 그들은 생각했다. 1934년 오스트리아에는 20만 명의 유대인이 거주했는데 그 구십 퍼센트가 빈에 몰려 있었다. 히틀러가 독일에서 정권을 잡고 모국을 대독일의 일부로 흡수하겠노라는 의도를 선명하고도 빈번하게 천명했음에도 이참에 떠나려는 이들은 거의 없었다. 아니 오히려 공동체는 커졌다. 안슐루스 직전 수년간 이민을 떠난 유대인 수는 1,739명에 불과했으며 빈에 추가로 들어온 수는 그 세 배에 달했다.[10]

빈의 유대인들은 안전하다고 느꼈다. 세상을 떠난 지 한참인 프란츠 요제프의 약속이 있었다고, 그리고 그것은 자신들의 제1차 세계대전 참전으로 강화됐으며 영영 지속될 것이라고 굳게 믿었다. 과대망상이었고 집단부정이었다.

1937년 겨울 내내 히틀러는 슈슈니그 정부의 숨통을 죄어들었다. 연말이 되자, 마침내 나치 무리가 술자리 모임 금지에도 불구하고 거리로 나와 세력을 과시했다. 자신들의 시간이 곧 올 것임을 확신했던 것이다.

1938년 2월 12일, 오스트리아 수상이 바바리아 알프스의 베르크테스가덴 외곽의 산중별장으로 히틀러를 찾아갔다. 일대일 회담으로 알고 갔으나 고위 장군들에 둘러싸인 총통은 오스트리아의 나치당을 합법화하고 당수 아르투르 자이스 인콰르트를 내무부장관으로 임명하라는 독일의 요구를 수용하지 않으면 당장 침략하겠노라 협박했다.

아버지가 내게 그 시절의 기억을 말해준 것은 내 기억으로 하나뿐이다. 학교 과제 주제로 나는 1938년 오스트리아를 선택했다. 아버지가 도와줄 거라고 틀림없이 믿었는데,

내가 들은 건 재미난 기억 하나가 전부였다. 친구들 사이에서 자이스 인콰르트가 '샤이스 임 콰드라트', 즉 네모난 똥이라고 불렸다고 했다. 1938년 3월까지는 웃겼지만 그 후로는 더이상 농담할 상황이 아니었다고 아버지는 말했다.

공식적으로 슈슈니그 정부는 베르크테스가덴 협정을 히틀러가 오스트리아의 독립을 보장한 쾌거라고 자랑했지만 그렇게 믿는 일반 오스트리아 국민은 거의 없었다.

할아버지 레오가 슈루즈버리 집에 남긴 옛날 유품 가운데 황갈색 셔츠에 싸인 무겁고 깨지기 쉬운 셸락 재질의 78회전 음반들이 약간 있었다. 베토벤·모차르트·요한 슈트라우스의 관현악들 사이에 정치연설 녹음이 섞여 있었다. 나는 요제프 괴벨스의 연설 녹음을 발견하고 깜짝 놀라서 턴테이블에 걸고 쉰 음성으로 태평스럽게 웬 인종 이론을 설파하는 소리를 들으며 소름이 돋은 적이 있다.

할아버지는 슈슈니그의 마지막 대국민담화도 보관했다. 수상의 급작스러운 하야와 국민투표의 취소, 그리고 독일군이 진군해 들어오는 가운데 오스트리아 군대에 내린 퇴각 명령 직후의 연설이었다. 1938년 3월 11일 수상의 공식 항복은 바로 그날 란트슈트라세 하우프슈트라세의 라디오 보거에서 무선통신기기로 들을 때 그랬을 것처럼 절망에 차 딱

딱거리고 있었다.

"우리는 군에 심각한, 아니 일체의 저항을 하지 말라고 명령하기로 했습니다." 그가 문장 중간에 솔직히 정정하며 말했다.

"그리하여 이 시간 저는 오스트리아 국민들에게 가슴 깊은 곳에서 나오는 작별 인사를 올립니다. 신이여 오스트리아를 보호하소서!"

눈 깜짝할 사이에 오스트리아 나치들이 빈 거리에 쏟아져 나와 나치문양 깃발을 흔들고 눈에 보이는 유대인들에게 무차별적으로 폭행을 가했다. 짓눌렸던 증오가 폭발하여 도시를 흔들었다.

"아인 폴크! 아인 라이히! 아인 퓌러!" 구호가 제창되었다. 하나의 민족, 하나의 제국, 하나의 영도자. 이 시점부터 다양성도 선택도 회의도 필요가 없어졌다. 안슐루스는 네모난 똥에 의해 오스트리아 법으로 조인됐다.

3월 12일 이른 아침, 독일군이 국경을 넘어 들어와 환희에 찬 오스트리아인들의 환영을 받았다. 출생지인 브라우나우 암 인에 도착한 히틀러는 린츠를 건너 열렬한 환대 속에 빈으로 향했다.

아버지에게 던졌으면 좋았을 질문 중의 하나는 빈의 소년에게 나치의 침입이 어떻게 느껴졌는가, 였다. 조지 맨들러는 회고록에서 그걸 말한다. 1938년 3월 13일 열세 살이던 그는 폐렴과 늑막염으로 앓아누워 있었다. 침실 창문으로 도시 위를 떼 지어 날아가는 독일 항공기들이 보였다.[11] 그 순간부터 그의 생각과 행동 전부가 "불안과 불길한 예감의 구름 아래" 놓이게 됐다.

학교에 돌아가 보니 모든 게 변해 있었다. 이전에 사 년간 은밀히 암약하던 나치가 이제 나치문양 배지를 옷깃에 달고 아무것도 숨길 것 없이 으스대며 복도를 활보하고 있었다. 그들이 새 주인이었다.

돌변한 급우들이 준 충격에서 조지 맨들러는 수십 년 동안 벗어나지 못했다. 안슐루스는 그들이 줄곧 말없이 지니고 살던 "잠재적인 신념을 합법화"시켰을 뿐임을 그는 깨달았다. 성인이 되어 빈에 돌아갈 때마다 어깨 너머를 돌아봐야만 하는 두려움의 감정이 변함없이 되살아났다. 되도록 돌아가지 않는 길을 택한 아버지 역시 전날까지만 해도 친구로 의지했던 이들로부터 하루아침에 버림받고 따돌려지는 공포를 달고 살았다고 나는 생각한다. 다시는 온전히 안심할 수 없게 된 것이다.

초기에 조지의 학교에서 반의 유대인 네 명은 교실 맨 뒷줄에서나마 수업을 받도록 허락되었지만 몇 주 후에는 구區는 같아도 집에서 더 먼 운하 인근 우범지대의 다른 학교로 강제로 전학해야만 했다. 나의 아버지도 거기로 쫓겨났을 것이다. 그 지역 유대인들 전원이 같은 장소로 보내졌다. 아버지는 추방 경험을 한 번도 입에 담지 않았다.

전학 간 학교에서 실러의 희곡 《빌헬름 텔》에 대한 리포트를 제출하고 2등급, 즉 B학점을 받았던 일을 조지는 기억했다. 교사는 그를 한쪽으로 데리고 가서 훌륭한 리포트였지만 이제 유대인 학생에게 독문학 최고 점수를 줄 수 없게 되었다고 일러주었다.

하룻밤 새에 유대인 신분으로 길을 걷는 것마저 위험한 일이 되어버렸다. 히틀러 청소년단과 나치 돌격대 일당이 두들겨 팰 유대인들을 찾고 있었다. 나의 아버지도 옛 급우들에게 유대인으로 찍혀 거리에서 쫓겨 다녔다. 나치 돌격대가 열 살 된 아버지를 잡아 운테레 비아두크트가세의 인근 유대회당에 데려가 몇 시간이고 가둬 둔 동안 조부모는 황망히 아들을 찾아 헤맸다.

몇 달 뒤에는 아버지의 할머니 헤르미네의 9구 회를가세 아파트가 모조리 뒤엎어지고 피아노가 창밖으로 내던져져 길바닥에서 박살이 났다.

유대인 성인들은 경찰에 출두하거나 길거리에서 무차별적으로 붙잡혀 안슐루스 직전에 급증한 슈슈니그 지지 낙서를 지우기 위해 도로와 벽을 박박 닦아야 했다. 의도적이고 불가능한 작업이었다. 그들은 축출된 수상의 지지자들이 끈끈한 백색 페인트로 구호와 함께 그려 넣은 그의 상징 '크루켄크로이츠', 즉 네 꼭지에 가로대가 붙은 십자가를 지우라며 유대인들에게 칫솔만 한 솔을 건네고 살갗이 벗겨지게 양잿물 양동이를 그들 위로 부어댔다.

힌처슈트라세에 들어온 나치 돌격대는 레오 보거를 란트슈트라세 경찰서로 데려가 다른 유대인들과 함께 도로 작업을 하게 했다. 불과 며칠 전까지 거리나 가게에서 만나면 정중히 인사를 건네던 사람들이었다. 무릎을 꿇고 앉아 일하는 유대인들은 예전에 그들이 서 있었을 때는 그들에게 그러지 못했을 자들에게 얻어맞았다. 수년간 곪아오던 증오가 희미한 봄볕 아래 두드러기처럼 빈 일대에 번졌다.

안슐루스 이후 몇 달간 빈에서 사라지는, 붙잡혀 나치 최초의 강제수용소 다하우로 추방된 유대인들의 수가 날로 늘었다. 다하우는 나치가 독일에서 정권을 잡고 곧바로 바바리아에 세운 시설로 본래는 정적들을 수용할 용도였으나 안슐루스 후에는 오스트리아의 반체제 인사들과 유대인들을 감금하는 감옥으로 변질됐다.

빈에서 체포된 사람들의 눈에 누가 집으로 돌아가고 누가 다하우로 이송되는가는 무작위로 결정되는 것처럼 보였다. 한 경찰서에서 유대인 세 명이 1번에서 3번까지의 번호를

2장 조지, 그리고 빈을 향한 참을 수 없는 그리움

배정받았다. 1번은 귀가조치되었고 2번은 빈에서 바닥과 변소를 치우는 강제노동에 처해졌으며 3번은 다하우로 보내져 영영 돌아오지 못하고 말았다. 아버지나 남자형제나 아들이 투옥되었다는 사실을 다하우로 와 유골을 회수하라는 전보로 처음 알게 된 가정들도 있었다.

다음 차례는 자신일 것 같았던 할아버지 레오는 온 가족과 함께 피신했다. 가족은 친구 집 지하 저장실에서 닷새 밤낮을 보냈다. 하지만 결국 레오는 가족을 빈에서 탈출시킬 방법을 찾으려면 지상으로 올라와 다하우로 추방될 위험을 감수해야만 했다. 영원히 숨어 있을 수는 없었다.

3장

게르트루드와 아이크만의 피아노들

〈맨체스터 가디언〉 광고에 등장하는 아이들의 삶에서 안슐루스는 그들이 여태 알아 온 모든 걸 파괴하는 근원적 파국이었다. 가족으로부터 떼어내 모르는 세계로 몰고 와서는 홀로 길을 찾아가라고 떠미는 격류였다.

외국의 낯선 사람들에게 자식을 보내는 건 최후의 수단이었다. 위험할수록 자식을 가까이 두는 것이 부모의 본능이다. 하지만 광고가 처음 실린 1938년 6월 즈음에는 나치 통치가 갈수록 악화될 거라는, 부모도 가족을 지키지 못하게 되고 말리라는 자각이 퍼지기 시작했다.

〈맨체스터 가디언〉에 광고를 싣는다는 발상은 빈의 유대인 공동체 조직인 IKG에서 나왔다. 안슐루스 직후 해체되었다가 유대인들이 빈을 떠나는 데 필요한 모든 도구를 제공한다는 명분을 유일한 조건으로 운영 재개가 허용된 곳이었다. 유대인들을 제국 밖으로 나가게 해주는 한 그들에게 지도력을 행사할 수 있었으므로, IKG는 어떤 면에서 공동체의 말소에 공범 역할을 수행토록 강요되었다고 볼 수도 있다. 지도부는 다른 방도가 없다고 느꼈다. 거절할 경우 빈의 유대인들은 언제 어디로 떠날 것인지 주도권을 쥘 수 없었고 따라서 더 많은 수가 다하우 등 수용소로 보내졌을 터였다.

IKG가 제안한 방법 하나는 빈의 외스터라이슈 안차이겐 게젤샤프트라는 회사였는데, 그들은 수수료를 받고 외국 신문지면에 광고 게재를 알선했다. IKG는 또한 출국 이민자들을 〈맨체스터 가디언〉 쪽으로 유도하기로 했다. 유사한 광고들이 〈타임스〉와 〈텔레그래프〉에도 실렸지만 〈맨체스터 가디언〉이 보다 동정적으로 보였다. 맨체스터는 런던 외곽의 영국 최대 유대인 공동체가 위치한 곳이었고 섬유무역을 통해 빈과 유대관계가 확립되어 있었다.[12] 게다가 〈가디언〉은 여타 영국 언론에 비해 나치 치하의 유대인들의 곤경, 그리고 영국 내에서의 고난에 관심을 많이 기울였다. 이런 관계로 인해 〈맨체스터 가디언〉에 실린 어린이 광고 대부분이 빈에서 날아왔다.

IKG는 역시 중유럽 유대인이던 이 신문의 기자를 또한 믿었다. 헝가리 출신으로 영국 스컨소프의 철강회사에서 기술자로 일하며 영어를 배운 마르셀 '마이크' 포도르는 1919년 〈맨체스터 가디언〉 특파원으로 부다페스트에 돌아갔고 사 년 후에는 편집국장 C. P. 스콧에 의해 오스트리아 및 발칸 반도 특파원에 임명되었다.

칠십오 년 뒤 나도 대체로 비슷한 업무를 맡았지만 옛 제 국의 수도에 특파되지는 않았다. 바르샤바에서 동유럽을 취 재한 뒤에 1995년 초에 자그레브와 사라예보로 이동했으나 그렇게 흥미롭고 걸출한 선임자의 길을 밟고 있다는 사실은 까맣게 몰랐다.

1930년대 포도르는 두 말이 필요 없는 빈의 대표적 외신 기자로 자리 잡았다. 미국과 영국의 기자들은 카페 루브르 에 모여 그가 정리해 들려주는 그날의 사건들을 받아 적었 다. 거기 둘러앉은 이들 가운데는 나치 독일에 의해 추방된 최초의 미국 기자인 〈뉴욕 헤럴드 트리뷴〉의 도로시 톰슨, 그녀의 남편이자 노벨상 수상 작가 싱클레어 루이스, 그리 고 에드워드 머로가 막 채용했던 〈CBS〉의 윌리엄 샤이러, 존 건서, 1920년대 말 포도르와 그 지역을 돌며 그가 "다른 모든 특파원들을 합친 것보다 아는 것이 더 많아 보인다"고 판단한 장래의 미 상원의원 J. 윌리엄 풀브라이트를 비롯한 뛰어난 종군기자 다수가 포함되어 있었다.

마이크 포도르와 그 동료들은 주로 느지막한 아침에 모여

두 번째 아침식사와 커피를 함께하며 매일 루브르로 배달되는 국제 언론을 훑어나갔다. 점심때가 되면 포도르는 구시가지에 있는 자신의 아파트로 돌아가서, 기사를 써야 하는 날이면 그것을 완성하여, 오후 네 시에 〈맨체스터 가디언〉에 전화로 구술했다.

안슐루스 직전까지의 나치 지하운동을 면밀히 기록했고 슈슈니그 수상의 재임 마지막 나날에는 나치를 달래 히틀러의 침략을 막아보려고 전국을 누비는 그를 따라다녔다. 그 시도가 수포로 돌아가 독일군이 국경을 넘어왔을 때 기꺼이 자신을 헌납하는 오스트리아를 포도르는 지켜보았다. 20만 명의 인파가 빈의 영웅광장인 헬덴플라츠로 몰려나와 모국 정복을 기뻐하는 총통의 연설에 귀를 기울였다.

"변덕스러운 군중은 어제는 다른 사람들을 응원해놓고 오늘은 히틀러의 개선 입국을 목격하며 목이 쉬어라 환호했다"고 포도르는 썼다.

4월 1일에는 무릎이 꿇린 채 빈의 길바닥과 공중화장실을 문질러 닦는 유대인들의 잔혹한 굴욕을 묘사했다. 공동체의 부유한 사람들이 품위를 지키려는 마지막 몸부림으로 "실크 해트와 장식을 갖추어 단 모닝코트 차림으로" 작업하는 모습을 그는 바라보았다.

포도르는 안슐루스 직후 도주해야만 했다. 유대인이었을

뿐 아니라 나치가 독일에서 정권을 잡은 뒤에 히틀러의 미천한 출신과 소박한 오스트리아 친지들에 관한 기사를 쓴 탓에 게슈타포의 수배자 명단에 올라 있었기 때문이다.

지체 없이 탈출할 것을 권고한 〈가디언〉 편집국장 윌리엄 크로지어는 그가 안전한 곳에 도착하자 '자네가 괜찮았을지 모르지만 그렇지 않았다면 세계 최강의 의지를 가졌다 해도 우리가 자네를 위해 할 수 있는 일은 매우 적었을 거네'라고 전했다.

포도르는 프라하에 도착한 뒤 크로지어에게 답신을 써서 개인적으로 친분이 있는 미국의 대사 직무대행이 자신의 군 사무관을 보내 체코슬로바키아 국경까지 호송해주었다고 알렸다.

"가구, 카펫, 그림, 은화까지 모조리 빈에 남기고 떠났어요." 그가 말했다. "언젠가 그것들을 가져올 수 있으면 좋겠습니다." 전쟁이 끝날 때까지 그는 돌아가지 못했다.

고별기사에 포도르는 이렇게 썼다. "기자는 이십여 년 동안 중유럽을 취재하며 공포를 수없이 목도했지만 빈을 뒤흔든 닷새야말로 위험한 시절의 경험 중에 가장 놀라운 것으로 남을 것이다."[13]

보비 보거가 길거리에서 나치 돌격대에 뒤쫓긴 사건 후에

3장 게르트루드와 아이크만의 피아노들

레오는 무슨 수를 써서든 아들을 빈에서 내보낼 각오를 했다. "훌륭한 빈 가문 출신의 제 아들, 총명한 11세 남자아이를 교육시켜줄" 친절한 분을 찾는다는 할아버지의 호소는 그런 유의 광고가 몇 달간 줄을 잇기 시작한 1938년 8월 3일 〈맨체스터 가디언〉에 게재됐다. 그리고 아마 발 빠른 실행 덕분에, 나치 피해자들을 도울 길을 이미 찾고 있던 영국 케어나폰의 낸스와 레주 빙글리의 눈에 띄었다. 이 부부는 여름휴가 동안 독일의 유대인 선생을 집에 들였고 뭐든 더 할 수 있기를 간구했다.

두 가정 사이에 서신 교환이 시작됐다. 낸스가 웨일즈의 해안선과 산맥이 그려진 엽서를 보내오자 오미는 보비와 삼림지대에서 함께 찍은 사진을 보냈다. 둘은 카메라를 향해 웃고 있다. 오미는 경쾌한 최신 모자와 모직 재킷 차림에 가죽 장갑을 끼고 있고, 보비는 브이넥 스웨터를 입고 어깨에 어두운색 코트를 걸치고 있다. 찍은 지 일 년 된 이 사진 뒷면에 오미는 구겨져서 미안하다는 독일어를 연필로 썼다.

낸스와 레주는 곧바로 보비의 비자취득 절차를 진행하기 시작했다. 기차를 타고 런던에 가서 내무성 층계에 자리를 잡고 앉았다. 더딘 업무 진행에 압력을 넣고 우편으로 인한 지연을 막기 위해서였다. 한편 레오는 아들의 기차표와 여객선표 비용을 장만했을 뿐만 아니라 안슐루스 후에는 나치가 유대인 재산은 보이는 족족 압수해갈 것임을 정확히 예측하고 구두 뒤축에 보석도 약간 감춰놓았다.

조지 맨들러의 경우 미국이나 영국에 무사히 도착했을 때 생계를 꾸릴 방편을 마련하기 위해 영어와 전기설비를 가르치는 가정교사들을 채용했는가 하면, 등록서류를 받으려고 새벽 네 시에 대사관과 영사관 앞에 장사진을 이루는 인파에 섞여 줄을 서 기다렸다.

동시에, 가족은 미국과 영국에서 후원자를 찾으려고 노력했다. 조지는 뉴욕 전화번호부에 있는 맨들러 성을 가진 모든 사람의 이름과 주소를 복사했다. 그들 중 약 열두 명 정도에 대해서는 무역 장부도 살펴보았다.

관공서들 밖에는 재무 관련 서류와 경찰의 선행증명서를 신청하기 위한 서류를 요청하는 줄들도 넘쳐났다. 이런 일들로 외출할 때, 맨들러는 공산당 전단을 주민들의 현관문 아래 끼워 넣었다. "뭔가 해야만 한다"는, 나치가 내 나라를 앗아가는데 멍하니 서서 방관할 수는 없다는 생각으로 그는 활동가가 되었다.

데이비드 아이센래스라는 미국인 후원자가 나타났으나 할당제 탓에 1940년까지는 미국 비자가 발급되지 않았다. 그래서 그의 가족은 조지를 거두어주고 "직업을 알선해줄" 친절한 영국 가정을 찾는 광고를 〈맨체스터 가디언〉에 싣는 한편 아버지 리하르트는 암스테르담의 동업자들에게 연락하여 아들의 입학을 허가하고 후원서를 써줄 사립학교를 찾아달라고 부탁했다.

〈가디언〉 광고가 적절한 결과를 빚어내기 전 네덜란드인들이 먼저 움직여줬다. 영국 남해안의 세인트 메리스 로지라는 학교가 조지에게 거처를 제공했다. 어머니 헤트비히는 빈의 시장으로 달려가 흰색 크리켓 유니폼을 비롯해 학교가 요구하는 다수의 필수 복장을 모두 구매했다.

조지와 그의 책을 찾아낸 것은 요행에 가까웠는데 덕분에 내 아버지의 빈 탈출에 얽힌 상황을 들여다볼 기회를 얻었지만, 한편으로는 다른 아이들도 쉽게 찾으리라는 헛된 자신감 또한 주었다.

그러나 조지는 이례적인 발견이었다. 〈맨체스터 가디언〉 광고에 박힌 다른 이름들 대다수는 비교적 흔한 것들이라 1938년과 1939년 나치 치하 빈을 탈출한 수많은 사람 가운데 찾아내기란 훨씬 어려웠다.

인터넷에서 실마리를 찾아 헤매다가 주이시젠JewishGen.org이라는 웹사이트와 마주쳤다. 천여 명의 자원봉사자로 운영되는 무료 가계도 기구의 홈페이지에는 준엄한 경고문이 붙어 있었다. "우리는 과거에 살 수 없고 되찾을 수도 없습니다." 그러나 좀 더 긍정적인 메시지가 뒤따랐다. "우리는 과거의 기억들이 우리를, 우리가 미래 세대들에게 전달하게 될 것을 정하게 할 수는 있습니다." 이 과제를 추구하는 나 자신의, 나 스스로 제대로 발화해보지 못한 동기의 일부를 설명하는 데는 적절한 말로 보였다.

주이시겐은 안슐루스 이전의 빈에 거주한 유대인들의 출생·혼인·추방·사망 등 기본적 사실들을 IKG 기록에 근거하여 올려놓고 있었다. 정확한 연도 아래 특정 이름을 넣고 검색한 다음 내가 찾는 아이의 나이와 대조를 해보면 몇 가지 후보가 나타났다. 성이 특이할수록 아이를 찾을 가능성이 높았다.

A. 바타차Batacha가 이름일 법한 유대계 상인을 찾아내고 싶었다. 7월 20일 〈가디언〉에 실린 그의 광고는 "영국의 유대인 가정에서 14세 외동딸을 거두어주시기를 간곡히 청"하고 있었다. 이 딸은 "품행이 방정하고 가사 일체를 거들 수 있고 독일어와 프랑스어, 약간의 영어를 구사"하며 피아노도 칠 수 있다고 했다.

그런데 빈의 유대인 공동체에, 아니 그 지역 어디에도 그런 이름은 아예 없었다. 혹시나 방법이 있을까 하는 마음에 기록저장소 사이트에서 광고를 다시 한번 살펴보았다. 성에 있는 알파벳 'a'는 하나같이 잉크가 번진, 비슷한 모양이었다. 하지만 실눈을 뜨고 들여다보면 두 번째 것은 실제로는 's'임을 알 수 있었다.

주이시젠에 바차Batscha를 넣고 검색해보니 대여섯 개의 결과가 떴고 그중 하나가 발리 외스트라허를 아내로 둔 아돌프 바차였다. 부부는 1924년 태어난 게르트루드 에디트라는 딸을 두었다. 그녀가 분명했다. 수수께끼가 풀리고 이름과 생일이 딸린 열네 살 소녀가 나타났다. 그 정보를 갖고 다른 가계도 사이트들로 향했다.

파인드마이패스트Findmypast에서 기록을 하나 찾았다. 영국의 1948년 선거인명부에 런던에서 남쪽으로 조금 떨어진 서리의 레이게이트 주민으로 게르트루드 E. 바차가 기재되어 있었다. 그러니까 그녀는 살아남았던 것이고, 그 사실은 수십 년 세월을 거쳐 나온 먼 메아리로 내게 닿았다.

하지만 그 외의 세부 사실이나 그다음 게르트루드가 어떻게 살았는지의 자취는 보이지 않았다. 유료회원으로 가입해둔 다른 사이트들도 확인해본 뒤에야 단순한 사실이 떠올랐다. 구글에 가서 게르트루드 바차를 검색하자 '게토 투사들의 집 기록저장소'라는 이름의 웹사이트, 그리고 편지들과 어린이 연습장과 그림 따위의 사진들을 곁들인 '예후디트-거트루드 시걸(결혼 전 성 바차), 1924년 빈 출생' 컬렉션이 나왔다.

그녀의 자녀들인 대니 시걸과 루티 엘카나가 기증한 자료들이었다. 이스라엘인 동료의 도움으로 루티의 전화번호를 알아냈다. 이스라엘의 군인이자 정치인인 모셰 다얀의 성장지로 유명한 모샤브 다할랄이라는 북부의 전원 공동체에 살고 있었다. 2021년 3월 1일, 그녀에게 전화를 걸었다.

우리의 부모, 빈, 그리고 〈가디언〉이란 공통분모로 우리가 어떻게 연결되었는지를 매우 빠르게, 불안에 찬 소리로 전달하자 그녀는 자신이 진정 게르트루드 바차의 딸이며 대니 시걸은 게르트루드의 아들임을 확인해준 뒤 내게 이메일로 자세한 내용을 써 보내 달라고 제안했다.

곧장 이메일을 날렸다. 두어 시간 만에 분자미생물학 및 생명공학 교수인 대니에게서 회신이 왔다. "가슴 설레는 메시지"에 감사하다고 했다.

"홀로코스트라는 과거를 거친 많은 가정이 그러하듯 부모님은 어린 우리에게 당신들의 체험을 별로 말씀해주지 않았습니다." 그가 말했다. 며칠 뒤 우리는 줌에서 만났다. 루티와 대니의 얼굴이 각각의 작은 박스에 떠올랐다. 그들은 광고에 대해 이미 알고 있었다. 대니의 딸이 2014년에 찾아냈다고 했다.

"정말 근사한 발견이었죠. 너무나 가슴이 아팠고요." 루티가 말했다.

예후디스로 개명했던 게르트루드는 1979년 대니가 결혼한 후 며느리의 설득으로 과거에 대한 그동안의 침묵을 깨고 가족을 위해 '너희들이 알고 싶다니'라는 적확한 제목의 회고록을 썼다. 예후디스가 암으로 사망하기 전해인 2002년, 가족들은 그것을 소책자로 펴냈다. 이메일로 받아본 책은 조지 맨들러의 회고록에 비해 거칠었는데 일반 대중이 읽길 바라고 쓴 것이 아니었으니 당연했다. 그녀는 거의 일 년 동안 매일 아침 주방 식탁에 앉아 기억에 남은 모든 걸 쏟아냈다.

"나의 절반은 기억하기보다는 잊으려 하는 다른 절반과 맞서 싸우는 것 같은데, 그건 아마 내 평생 계속된 일이리라." 책의 한 구절이다. 그녀는 회고록을 "서로 만날 기회가 없었던 부모님의 손주들"에게 바쳤다. 이어서 한 가정의 파괴를 아주 상세하게 묘사했다. 바차 일가는 빈 5구 마가레텐의 벨베데레 궁 인근, 주물 장식이 화려한 벽돌 아파트 건물의 이층에서 살았다. 아버지 아돌프는 식료품 도매사업을 했고 어머니 발부르가, 애칭 발리는 부모의 반대로 인생의 연인이던 오페라 가수와 파혼하고 한쪽 눈에 실제 눈과 크기가 다른 의안을 낀 열한 살 연상의 땅딸막한 사내와 결혼했다.

아돌프는 발리를 숭배했으며 발리도 아돌프를 받아들이게 되었고 둘은 외동딸 게르티를 애지중지했다. 겨울이면

아돌프, 게르트루드, 그리고 발리 바차. 1939년.

일요일마다 부녀가 스케이트를 타러 갔고 야외음악당에서 왈츠 연주를 들었다. 봄여름 주말에는 온 가족과 친척이 전차를 타고 빈의 숲을 찾아가 산책과 소풍을 즐겼다.

회고록에서 예후디스는 이 평온한 어린 시절을 경이로워하며 그것이 어떻게 끝장났는지 되새겼다. 1938년 1월 말, 거대한 아치 모양의 주홍과 초록 오로라를 보러 아파트 건물 옥상에 올라갔다. 1월 25일, 강력한 자기폭풍이 전 세계를 휩쓸며 시칠리아와 캘리포니아 남부에까지 휘황한 구경거리를 선보였다. 천주교도들은 그것이 포르투갈의 어린 목동 셋에게 성모 마리아가 나타난다는 예언의 실현이라며 파티마 폭풍이라 불렀다. 빈 시민 대부분은 이를 좋은 징조로

3장 게르트루드와 아이크만의 피아노들

여겼고 함께 모여서 축하했다. 게르티의 가족과 친구들은 아파트 건물 옥상에서 지켜보며 고개를 저었다. 하늘의 신호를 비극의 조짐으로 읽은 거였다. 예감은 오래지 않아 적중했다.

그로부터 두 달이 채 안 된 나치의 병합 전날, 게르티의 어머니는 속기 수업을 마친 딸과 "집들의 벽에 빠짝 붙어" 귀가한 후, 딸을 자리에 앉혀놓고 이제 일어날 일을 일러주었다. 그게 좋은 일인지 나쁜 일인지 묻는 게르티에게 유대인들에게는 정말 나쁜 일이라고 대답했다.

그날 저녁 온 가족은 라디오로 슈슈니그의 고별사를 들었다. 세상이 단번에 바뀌어버렸다. 어떤 소음이 파도처럼 거리로 밀려나왔다.

"환호성은 더 가까워졌고 더 커졌다. 일정한 리듬이 감지되다 일순간 '지크 하일Sieg Heil'이라는 끔찍한 나치 슬로건이 또렷이 들려왔다." 게르티는 이렇게 썼다.

"이 슬로건의 리듬은 우리의 감각기관을 그야말로 찢을 듯 파고드는 것이어서 신봉자들을 끌어안고 흥분시켜 발작적 열광으로 이끌며 그 리드미컬한 구호로 그들을 도취하게 만든다. 또 한편, 그것은 그로부터 고통을 받은 자들의 피에 결코 근절되지 않을 항체로 남게 됐다."

만년의 예후디스 시걸은 메시지가 어떤 것이든 구호를 외치는 군중들 틈에서 무의식적인 반응을 체험하게 되었다. 군중 앞에서 자신의 의지를 포기하는 사람들의 최면적 리듬에 그녀는 "심장의 고동이 빨라지고 살갗은 꺼끌꺼끌해지며 가슴이 묵지근해진다"고 썼다.

안슐루스 당일 밤 구호는 이른 새벽까지 이어졌다. 게르티는 창문을 전부 다 닫고 커튼을 치고 이불을 귀 위로 덮었지만 그 소리는 막을 수 없었다. 그리고 며칠 후에 그녀는 나치에 반대하다 훗날 희생되고 말 비유대인 교사들을 떠나 유대인들로만 이루어진 학교로 옮겨야만 했다. 6월에 학기가 끝나자 학교를 떠나 다시는 돌아가지 않았다. 열세 살의 게르티에게 당분간 학업은 종료됐다.

그해 여름 절친한 친구 에비와 거리를 돌아다니던 게르티는 오페라극장 앞에서 행군하는 군대를 보았다. 허세와 억압의 상징인 갖가지 메달로 요란하게 장식된 흰색 제복을 입고 차 안에서 일어서 있는 육군원수 헤르만 괴링이 지휘하고 있었다.

바차 일가의 삶은 매일같이, 전날보다 더 나쁘게, 바뀌었다. 아리아인의 유대인 가정 거주를 금한 뉘른베르크 법률에 따라 하루아침에 가정부가 떠났다. 아돌프 바차는 거주 공간을 공유하도록 하는 강제상황을 미리 피하기 위해 다른 가정을 아파트에 들였다. 가족끼리 친하게 지내던 폴란드

3장 게르트루드와 아이크만의 피아노들

출신의 카츠 일가였다. 그 가족은 탈출을 심각하게 고려했다. '오스트유덴' 즉 동부 유대인인 그들은 "박해가, 그리고 궁핍이 무엇을 뜻하는지 알고 있었다." 그리고 후자보다 전자를 두려워했다.

"살가죽이 먼저다." 예후디스는 썼다. "돈이야 나중에 다시 벌어도 된다고 그들은 생각했다."

그녀의 아버지에게는 그런 명쾌함이 없었다. 아돌프 바차의 식료품 도매업은 종업원 스무 명을 거느린 상당한 규모로 성장해 있었다. 그는 그것을 목숨으로 여겼고 따라서 바로 놓지 못했다. 가난이 무엇인지 알았고 다시는 돌아가고 싶지 않았다. 쉰 살이나 되었으니 다시 큰돈을 벌 기회는 없을 거라고 믿었다. 반면 궁핍이나 불편을 모르고 자란 발리는 체코슬로바키아의 가족과 가까운 유럽 땅이기만 하다면 다른 곳에서 다시 출발할 의향이 남편에 비해 더 있었다.

빈의 유대인 가정들에게 당시 핵심 단어는 '움슐룽' 즉 재훈련이었다. 성인과 십대 후반 청소년 대다수가 떠나야 하는 날을 예감하면서 타국에서 써먹을 만한 기술을 앞을 다투어 습득했다. 할아버지 레오는 가위와 이발기를 사서 기초 이발 기술을 배웠고 수십 년 후에 내 머리를 깎는 데 활용했다. 할머니 오미는 빈의 많은 여성처럼 요리를 배워 어느 영국 가정의 '아래층'(하인이 주로 거주하던 층―옮긴이) 생활에 대비했다. 바차 일가의 널찍한 아파트에서 카츠 일가의 딸 하나는 가죽장갑 만들기 워크숍을 열기도 했다.

게르티의 어머니는 가정부가 되는 데 필요한 기술들을 배울 작정이었다. 영어뿐만 아니라 집안일도 할 줄 알았다. 하지만 아돌프는 여전히 저항했다. 영어를 전혀 몰랐으며 다른 사람은커녕 제 한 몸을 위한 기본적 가사조차 잊은 지 오래였다. 아리안화 법률 하에서 사업 경영권을 빼앗기리라는 체념에는 이르렀으나 무슨 수로든 재산은 지킬 수 있을지 모른다는 희망에 매달렸고 그래서 자신의 출국만은 미뤄놓았다.

아돌프는 식료품 사업에서 전에는 생각조차 할 필요가 없었던 매일의 목적의식을 얻어 살아왔었다. 그것이 사라지자 그는 절망에 빠졌다. 어느 날 게르티는 아버지가 사랑하는 죽은 어머니의 커다란 초상화 앞에 무릎을 꿇고 앉아 걷잡을 수 없이 울면서 도와달라고 간청하는 모습을 우연히 보았다. 자신의 보호자여야 할 사람이 붕괴하는 세계의 무게에 짓눌려 허우적대는 모습은 열네 살 소녀를 공포에 빠뜨렸다.

아돌프의 신경쇠약 후 발리 바차는 외출 때마다 아파트의 가스 파이프 꼭지를 뽑아 핸드백에 넣고 나가기 시작했다. 절망에 빠진 남편에게서 자살할 방법 중 적어도 하나를 빼앗은 셈이었다.

빈은 오래전부터 유럽에서 자살률이 가장 높은 도시였으나 안슐루스 후에는 자살이 급속도로 번졌다. 첫 두 달 동안 유대인 공동체에서 오백 명이 목숨을 끊었다.[14] 그나마 이것은 공식집계였고 실제 수치는 수천 건에 달했다. 자살은 "모든 유대인 가정에서 더없이 정상적이고 자연스러운 사건"으로 간주되게 되었다고 〈타임스〉의 중유럽 특파원 조지 게다이는 술회했다.[15] "오스트리아 밖의 사람들에게 오늘날의 오스트리아 유대인들이 이 방식으로 고통에서 벗어나는 것을 얼마나 당연한 방식으로 언급하는지 전달하기란 사실 불가능하다." 그는 이 시기의 회고록 《무너진 보루Fallen Bastions》에서 이렇게 썼다. 그의 유대인 지인들은 자살할 계획을 "예전에 한 시간짜리 기차 여행에 관해 말하듯 별다른 감정 없이" 이야기했다.

그러나 나의 할아버지 레오는 살아남겠다는 일념뿐이었다. 3월 22일, 옛 오스트리아를 위한 병역 경험이 지금의 이 기괴하고 무자비한 독일의 속국에서 어떤 하찮은 가치라도 남아 있길 바라며 참전용사협회에 가서 보호를 요청했다.

할아버지는 조그만 연습장 종이에 손 글씨로 쓴 메모를 한 장 받아 돌아왔다. 거기에는 이렇게 적혀 있었다. "제시된 병역해제 확인서에 의하면 레오 보거는 최전선 병사였고 그렇게 취급되어야 한다. 가울라이터의 지시에 따라 사업체에서 '유대인 상점'이라는 표지는 제거해도 된다."

할아버지로부터 물려받은 상자에 들어 있던 서류 중 하나였다. 얄팍한 서류였고 그 박약한 보호 가치는 조급히 휘갈겨 쓴 글자들이며 무엇보다도 가장 중요한 나치 문양 인장이 없다는 사실로 더욱 약화되었다.

손가락 사이에서 쓸모없게만 느껴지는 그 종잇장을 들고 집으로 돌아가며 할아버지는 수십 년에 걸친 보거 가의 동화 노력이 가족을 살려줄 것이라는 마지막 남은 질긴 희망을 단념했을 터였다.

2021년 4월의 어느 날, 워싱턴 주 교외의 내 집 문 앞에 크고 무거운 소포가 도착했다. 소인을 보니 빈에서 온 것이었고 안에는 오스트리아 국영 기록저장소에서 보낸 이 킬로 무게의 서류뭉치가 들어 있었다. 몇 달 전 내가 레오 보거와 연관이 있는 기록은 무엇이든 보내달라고 요청한 이메일의 결과였다.

처음에는 이만한 분량이라면 보거 가문의 빈 생활에 관련된 온갖 질문에 대한 답이 들어 있을 거라는 생각에 가슴이 설렜다. 하지만 복사된 서류들을 들춰보자마자 오직 한 가지 사실에 대해서만 지독하게 많은 이야기가 담겨 있다는 사실이 금세 분명해졌다. 라디오 보거의 '아리안화'였다.

유대인 소유 부동산을 '아리아인'들에게 정부가 지정한 헐값에 강제 매각토록 한 대대적 규모의 절도행위는 1938년과 1939년 나치 정부 수입의 오 퍼센트를 차지할 정도였다. 다만 허울만큼은 두꺼운 서류와 허위 적법성으로 포장하고 있었다. 이 자욱한 허위 덩어리가 화석이 되어 그 봄날 내 집 문 앞에 탕, 하고 내려앉은 거였다.

첫 번째 서류는 '브로큰 그로테스크'라고도 알려진 '프락투어' 폰트로 인쇄된 양식이었는데 검고 굵은 표제들과 내용을 정확히 채우지 못했을 경우 받게 될 엄벌을 강조하는 느낌표들로 가득했다. 1938년 4월 26일 칙령에 따라 반드시 작성해야만 했던 '유대인 자산 목록'이었다.

할아버지 레오는 이름과 직업, 주소, 생년월일을 적었다. 그다음 줄은 '이히 빈 유데', 즉 '나는 유대인입니다'로 시작되었다. 라디오 가게와 중고품상을 기입한 뒤 아리안화를 감독하는 관리자가 아직 이 두 업체의 가치를 지정하지 않았다고 할아버지는 덧붙였다.

이 양식 뒤에 라디오 보거 몰수를 감독하기 위해 임명된 여러 임시 관리자들의 타자로 친 편지들이 수십 통 첨부되어 있었다. 그들 일부는 어리둥절한 나의 할아버지에게 가게 자산이 할인되어야 하는 이유를 진득이 설명했다. 확성기가 구식이라거나 음반들이 옛날 것이라거나 악보가 유대인 작곡가의 작품이어서 가치가 전혀 없다는 식이었다.

또 하나의 구실은 중고품상의 가구가 대공황 당시 강제퇴거로 인해 담보물 매각에 처한 주민들에게서 헐값으로 사들인 거라는 이유였다.

"유대인들이 그 상황을 이용했다는 건 누구나 아는 사실입니다." 관리자의 언명이었다. "아리아인 구매자들이 아리안화를 통해 어떤 식으로든 혜택을 본다면 그들 또한 유대인보다 비싸게 살 이유가 없다고 생각합니다."

라디오 보거가 소유한 피아노 다섯 대의 위탁판매 관련 서류도 따로 있었다. 출국하는 유대인들을 털기 위해 친위대의 떠오르는 소위 아돌프 아이크만이 세운, 재산양도관리청에 수익금이 돌아갈 예정이었다. 피아노는 아이크만의 차지가 되었다.

악기 절도는 이 회계원의 아들에게 시작에 불과했다. 최소 십만 명의 유대인을 빈에서 내쫓는 데 성공한 아이크만은 베를린으로 영전되어 유대인 '이민'에서 출발해 궁극적으로 전 제국의 유대인들을 죽음의 수용소로 대규모 추방하는 작업을 총괄했다.[16]

다른 서류들은 레오를 그저 3인칭의 '데어 유데', 즉 유대인으로 호칭했다. 라디오 보거를 인수하기 원한 서른여섯 살의 아리아인 전기기사 카를 크레이치크는 나치당이 금지

됐던 시절부터 당에 충성했다는 사실을 수차례 강조했다. 그 어두운 나날 중에도 자신의 고객들은 대부분 나치였을 뿐 아니라 당의 비밀본부에 할인가로 라디오를 공급했다고 주장했다.

크레이치크는 1932년 경기침체기에 전기기사 일자리를 잃었으며 1938년에는 3구에 작은 작업장을 임차하여 쓰고 있었다. "진열장도 없는 십 평방미터의 비좁은 공간일 뿐이지만 거의 전적으로 국가사회당원으로만 이루어진 고객층을 확장할 수 있었습니다." 그는 지원서에 이렇게 적었다. '움부르흐', 즉 격변 이후에는 나치가 임명한 빈의 가울라이터, 요제프 뷔르켈을 비롯한 당의 중층 정보원 사무소에 라디오들을 공급했다는 사실도 빠뜨리지 않았다.

인수 지원 원서를 통해 그가 자신의 운명을 억울해하고 있으며 당을 향한 치열한 충성심을 갖고 있다는, 따라서 아리안화의 혜택을 입기에 안성맞춤인 사람이라는 사실이 드러났다.

"온전한 아리아인으로서 저와 종업원들의 사업체를 절대 반드시 중심가로 옮겨야만 합니다." 크레이치크는 주장했다.

첫 번째 임시 관리자인 요아힘 파싱이란 사내는 이 가게를 자신이 차지하려 시도한 결과 크레이치크의 변호사로부터 항의가 들어갔고 해고 협박도 받은 것 같다.

결국 라디오 보거와 중고품상은 육천 라이히스마르크, 현재 가치로 삼만 파운드 정도의 헐값, 그리고 정부 수수료 천 마르크에 크레이치크에게 돌아갔다.

레오와 달리 게르티의 아버지 아돌프 바차는 아리안화의 관료주의 억압을 피해 대폭 할인된 가격이긴 했으나 지역 식료품상과 직접 매매거래를 성사시켰다. 경영권은 매입자의 아들에게 넘기되 아돌프가 장사의 비밀을 전수해주고 그 대가로 크진 않지만 제국이 부과하는 세금을 낼 수 있을 만큼의 수당을 받기로 했다.

정부의 아리안화 프로그램이 수개월째 굴러가고도 레오의 거래가 아직 완결되기 전이던 11월 9일 밤, 이미 견디기 힘든 지경의 빈 유대인들의 삶은 더더욱 비참해질 운명이었다.

이틀 전, 열일곱 살의 하노버 출신 유대인 난민 허셸 그린즈판이 파리의 독일 대사관에 어찌어찌 핑계를 대고 들어가 박해받는 모든 유대인의 이름으로 징벌한다며 하급 외교관 에른스트 폼 라트에게 총격을 가했다. 폼 라트는 11월 9일 죽었는데, 이날은 나치가 뮌헨에서 정부의 전복을 시도했다 실패한 사건의 15주년이 되는 날이라 마침 히틀러가 바바리아의 주도에서 나치 돌격대 대원들과 이를 기념하고 있었다. 총격 소식을 전해 들은 총통은 선전장관 요제프 괴벨스와 조용히 대화를 나누었다. 이윽고 괴벨스가 희생된 외교관을 선동적인 언어로 추모했다. "동지들이여, 세계 유대인들의 이 공격을 이대로 묵과할 수는 없습니다"[17] 선전 최고위자는 고급 나치당원들에게 이렇게 선포함으로써 "방해받지 않는" 응징을 가할 것임을 분명히 했다.

"오후에 독일 외교관 폼 라트의 사망 사실이 발표되었다. 좋다." 괴벨스는 그날 일기에 이렇게 썼다. "히틀러에게 이 사실을 보고하였다. 그의 결정은, 데모가 계속되게 놔두라, 경찰을 철수시키라는 것이었다. 유대인들은 민중의 분노를 느껴야만 한다. 그렇다. 나는 경찰과 당에 적절한 지령을 내렸다. 그리고 당 지도부에 해당 주제에 관한 짧은 연설을 했다. 우레 같은 갈채가 터졌다. 모두가 전화기로 달려갔다. 이제 민중이 행동할 것이다."

일련의 충격적인 파괴행위가 제국 전역으로 퍼졌다. 그 사건들의 악랄성은 '크리슈탈나흐트' 즉 깨진 유리의 밤이라는 용어로 길이 기억될 것이었다. 돌격대와 히틀러 청소년단은 제멋대로 걷잡을 수 없이 날뛰었다. 도시의 유대회당 22개 중 하나만 빼고 모두가 불에 타 소실되었고 기도원 42개가 파괴되었다.[18] 2,000명에 달하는 유대인이 집에서 쫓겨났고 7,800명의 남자들이 체포됐으며 4,000곳 이상의 유대인 사업체가 공격을 받았다.

란트슈트라세 하우프슈트라세에 쇼윈도가 있었던 라디오

보거는 손쉬운 표적이었다. 가게는 뒤엎어지고 물건을 약탈당했다. 아직 크레이치크에게 넘어가기 전이었기에 손실을 고려하여 가격이 조정됐다. 거래가 완료된 11월 21일, 크레이치크는 십칠 퍼센트가 할인된 단돈 오천 라이히마르크를 지불하고 가게를 인수했다.

아이크만의 재산양도관리청은 1939년 2월 8일 편지에 가치하락으로 인해 레오의 재산은 크리슈탈나흐트 이후 본인들의 건물이 입은 손해에 대해 납부해야 할 일명 '속죄세' 납부대상에서 면제된다고 지적했다. 이 세금은 개인 자산의 이십 퍼센트에서 출발했다가 이십오 퍼센트로 인상되었다.

잔학한 부당행위들과 부당한 잔학행위들이 앞을 다투어 자행되었다. 다섯 달 후 재산양도관리청은 태도를 바꿔 회계착오로 인해 레오의 재산이 저평가되었고 따라서 결국 세금을 납부해야 한다고 주장했다. 하지만 할아버지 레오는 이미 빈을 떠난 뒤였고 따라서 '속죄'할 입장이 아니었다.

크리슈탈나흐트 당시 열네 살이던 게르티 바차는 세부 사실들은 많이 기억하지 못했고 그저 "모든 반유대인 조치들이 강화되었고, 불쾌하고 나쁘고 무서운 모든 것들이 더욱 악화되었고, 두려움이 더 커졌으며, 올가미는 더 팽팽해졌다"고 회상했다.

올가미의 한 면은 줄어드는 수입이었다. 유대인들에게는

수입을 창출할 방법이 거의 없었고 저축액 대부분이 몰수된 상태였다. 다른 한 면은 떠나는 가정들에 부과된 세금이었는데 그 액수가 꾸준히 때로는 기하급수적으로 늘어났다.

제국을 떠나려면 누구나 재산의 사 분의 일에 달하는 '도피세'를 내야 했다. 이 세금은 1931년 자본도피를 막을 방도로 도입되었지만, 나치는 이를 유대인 대탈출에서 이득을 취하는 방편으로 탈바꿈시켰다. 유대인 가정의 자산에서 세금을 제하고 남은 돈은 동결계좌로 이체되어야 했고, 그 계좌에서 인출하려면 가혹한 벌금을 내야 했다. 1934년 이십 퍼센트이던 벌금은 1938년 9월 구십 퍼센트로 치솟았다. 한편 기차표와 뱃삯도 덩달아 올랐다. 유대인으로 빈을 떠나는 데 시간이 오래 걸릴수록 떠나는 게 더 어려워졌다.

레오는 크레이치크한테서 할인된 금액조차 제대로 받지 못했다. 그래서 1938년 11월 22일, 약속받은 금액이 아직도 들어오지 않았다는 항의서를 재산양도관리청에 제출했다. "제 사업체의 최종 아리안화가 긴급히 처리되기를 정중히 청합니다." 레오는 이렇게 썼다. "가까운 장래에 외국 여행을 하고자 하며 그 용도로 큰 액수가 필요합니다."

나의 아버지 로베르트와 할머니 에르나는 이미 출국한 뒤였다. 할아버지 레오만 남아 서둘러 떠날 길을 찾고 있었다.

4장

탈출의 수단: 알리스와 베스트반호프

빈의 어느 구석에서 나와 어디에 도착했든 내 아버지와 〈맨
체스터 가디언〉 광고에 실린 다른 아이들은 모두 같은 관문
을 거쳐 갔다. 바로 서부 기차역, 베스트반호프였다.

　1938년 그곳에서 출발하는 승객들은 그 역이 예전에는
한 강대국의 관문이었음을 떠올렸을 것이다. 베스트반호프
는 철제와 유리로 된 높다란 합각지붕이 다섯 개 플랫폼 위
로 아찔하게 치솟고 옆으로는 타워 두 개가 자리한 19세기
중반의 호화로운 현대식 건물이었다. 제국의 수도를 찾아온
서방의 손님들을 환영했던 이곳이 안슐루스 이후엔 상처 입
고 예속된 제국의 잔해가 그것의 원치 않는 시민들을 토해
내는 시궁창 신세로 전락했다.

　장대한 터미널은 1945년 폭격으로 손 쓸 수 없이 무너져

사라졌고 번쩍이는 크롬 안내판이 붙은 콘크리트와 유리 상자가 대신 들어섰다. 나는 내 아버지와 다른 피란민 아이들의 눈에 마지막으로 들어왔을 빈의 풍경이 궁금하여 중앙홀로 향하는 층계를 올라갔다.

이제는 플랫폼들마다 콘크리트 지붕이 설치돼 있고 철로는 노출된 형태인데 평범한 교외 기차역 분위기다. 여름날 늦은 아침 통근자들이 내 옆을 스쳐 가는 가운데 나는 한동안 거기 서서 알프스의 초입인 '비너발트', 즉 빈의 숲을 향해 시내를 관통하는 풍광으로 이어진 서쪽 방향의 철로를 바라본다.

중앙홀에서 계단을 내려오면 여행 가방 위에 앉은 유대인 난민 소년의 청동조각이 보인다. 베네수엘라의 미술가 플로 켄트가 어쩔 수 없이 가족을 떠나야 했던 아이들을 추모하기 위해 제작한 작품이다. 수심에 찬 둥근 얼굴에 이마까지 내려온 앞머리, 헐렁한 재킷, 반바지, 한쪽은 끝까지 올렸으나 다른 한쪽은 아래로 쳐진 양말. 여덟 살쯤 되어 보이니 이곳을 지나가던 내 아버지보다 세 살 어리다. 낯익은 여행 가방이 한눈에 들어온다. 갈색 가죽에 놋쇠 걸쇠, 닳지 않게 덧대어 보강한 모서리. 그 시대의 전형적인 가방이다. 런던으로 떠나는 아들을 위해 할아버지가 사주었던 바로 그 똑같은 가방을 나는 아직도 지니고 있다.

청동 소년이 놓인 회색의 석조대좌에는 1938년과 1939년 나치로부터 탈출한 유대인과 비유대인 어린이 만여 명의 목숨을 구해준 '영국민들을 향한 더없이 깊은 감사'의 뜻으로 조각을 바친다고 새겨져 있다. 맨 밑에는 탈무드와 코란에 공통되게 나오는 구절이 적혀 있다. "한 인간의 목숨을 구한 사람은 인류 전체를 구한 것이나 마찬가지다."

나는 옛 베스트반호프에서 슬픔과 불안을 감추느라 버둥거리는 부모의 근심 아래 가죽 가방을 간신히 끌고 가는 〈맨체스터 가디언〉 아이들을 상상해보았다. 그 아이들 일부는 이름과 얼굴이 밝혀지고 단편적이나마 삶의 궤적도 남았지만, 나머지는 아직도 내가 채워야 하는 빈칸일 뿐이었다.

기록저장소 정보를 따라 영국이나 심심치 않게 뉴욕으로의 대서양 횡단까지도 추적할 수 있었지만, 그쯤에서 대부분 희미해졌다. 많은 피란민이 전형적인 앵글로색슨 이름으로 개명하거나 그런 이름을 가진 상대와 결혼하여 군중 속으로 사라졌고 그게 아니면 자녀를 남기지 않고 죽었기 때문이다.

내 아버지와 같은 날 광고에 나온, 이 특별한 사연으로 엮여 말하자면 운명의 형제라 해도 좋을 아이들은 어떻게 되었는지 알아내지 못하는 것이 처음에는 특히 힘들었다. 1938년 8월 3일자 광고들을 한두 달 내쳐놓고 다른 것들을 연구한

4장 탈출의 수단: 알리스와 베스트반호프

뒤 2021년 1월 초에 다시 살펴보았다.

아버지 바로 아래 칸은 "아이들을 무척 좋아하고 바느질을 잘하며 가사를 거들 수 있는 교양 있는 유대인 여자아이"로 묘사된 열네 살 소녀의 광고였다. 서명자는 10구에 주소지를 둔 헤스라고만 밝혀져 있었다.

〈가디언〉 기사를 쓰기 위해 기록저장소 정보를 처음 훑어봤을 때 헤스라는 이름 자체가 너무나도 많아 낙담했을 뿐만 아니라 그중 1938년 8월 광고가 실린 시점에 열네 살 딸을 둔 사람은 하나도 찾을 수가 없었다.

재차 시도에서는 그물을 좀더 넓게 던졌고, 뭔가를 놓쳤구나 싶었다. 벨라와 요제피네 헤스에게는 알리스라는 열다섯 살 딸이 있었다. 다만 광고를 구술할 시점에는 아직 열네 살이었던 것이다.

영국 기록에서 나왔던 것과 동일한 생년월일의 알리스 헤스가 있었다. 1939년 발급된 여성 적성외인증에는 샐포드 주소가 나와 있었고 더욱 유익하게도 오 년 후에는 파란색 만년필로 새 이름을 수정해 올려놓았다. 그녀는 1944년 11월 50일 리처드 숀과 결혼했다. 혼인신고서에 따르면 월스던에서 결혼식이 있었는데 이 숀 부부의 기록은 거기까지가 끝이었다. 전후 영국 기록에 이거다 싶은 것이 없었고 대서양 횡단 여객선 승객명단에도 미국 기록에도 나타나지 않았다.

바로 여기가 통상 가느다란 사슬이 끊기는, 피란민이 영국이라는 환경에 뒤섞이는 지점이었다. 닳아 무뎌진 열쇠를 자물쇠에 넣고 이리저리 돌려보는 심정으로 이 문제를 놓고 씨름하던 중에 찰칵, 뭔가 열리는 듯했다. 숀Schon은 사실 쇤Schön이었을 테고 그것은 다시 쇼언Schoen이 되었을 것이다.

그러자 바로 결과가 나타났다. 1923년 7월 18일 빈에서 출생한 알리스 쇼언은 2014년 9월 23일 뉴저지에서 사망했다. 그녀와 리처드는 1948년 6월 6일 사우샘프턴에서 뉴욕으로 출항한 SS '바토리' 호의 승객명단에 쇼언이라는 이름으로 올라와 있었다. 남가주대학 쇼아 재단과 홀로코스트 생존자 인터뷰도 나눴던 리처드는 아내보다 일 년 먼저 거의 같은 날에 사망했다.

한 미국 신문 기록저장소에는 짧은 부고 기사도 있었다. 뉴욕에서 33년간 이발사로 일한 뒤 1981년 은퇴했으며 뉴저지 주의 폼프턴 플레인스에서 아흔아홉 나이에 숨졌다. 유족으로는 아내 알리스, 두 아들 데니스와 로널드가 있었다. 뉴저지 주민들 중 동명 남성들의 이메일 주소를 찾아 2022년 1월 11일 혹시 내가 찾고 있는 여성과 관련이 있는지 문의하는 의례적인 메일을 보냈다.

회신은 데니스에게서 왔다. 로널드는 내 메일을 사기로 간주했다고 한다. 둘 다에게 광고 이미지를 보냈다. 데니스는 그것을 받고 가족의 영국 생활에 대해 "몰랐던 사실을 알려주는 놀라운 정보"라고 했다. 우리 셋은 줌으로 화상회의를 하기로 했다.

쇼언 형제는 홀로코스트의 숨 막히는 그림자 밑에서 자랐다. 알리스와 리처드 모두 가족을 잃은 생존자였다. 리처드의 부모와 형은 크리스탈나흐트 당일 붙잡혀 끌려가서 처우에 대해 불평한다는 이유로 바로 그날 밤 총살당했다. 리처드는 이 사연을 입에 담지 않았고 알리스는 아들들이 아버지에게 질문을 못 하게 했다.

데니스는 이 같은 짐을 지고 살아가는 것에 관해 쓴 에세이를 보내주었다. "상실, 죄책감, 공격에 대한 공포, 처벌이 성장기의 주된 테마였다." 그는 이렇게 썼다. 자신의 경험을 아들들에게 들려주려고 알리스가 쓴 짧은 회고록 또한 보내주었다.

〈맨체스터 가디언〉에 알리스와 그녀의 어머니 요제피네의 광고를 게재한다는 생각은 그녀의 아버지 벨라에게서 나왔다. 두 살 아래인 둘째 딸 게르티는 외국의 낯선 집에 맡기기에는 너무 어리다고 판단됐다.

제1차 세계대전 동안 기자로 일한 헝가리인 벨라는 1930년 대에 이르러서는 직원 열여덟 명을 거느린 인쇄업자로 성장했다. 열네 살 알리스는 아버지의 회사에서 일할 생각으로

게르티와 알리스 헤스. 1931년, 빈.

직업학교에서 부기를 배웠다. 가족은 구시가지와 벨베데레 궁전 남쪽 파보리텐 지구에 있는 널찍한 아파트에서 살았다. 당초 알리스의 외증조모와 함께 살다가 후에 상속받은 아파트였다.

벨라가 광고를 실은 뒤 요제피네에게는 십여 개의 연락이 왔던 반면 알리스에게는 딱 하나만 왔다. 맨체스터의 어느 가정이었다. 영국의 무상교육이 열네 살까지였으므로 열다섯은 많은 나이였던 반면 보모나 가정부로 쓰기엔 또 너무 어렸기에, 벨라는 무보수 가사근로자로 알리스를 밀었다.

가정부로 근무할 젊은 여성에 대한 수요가 높은 시기였다. 풍족한 교외 지역이 확장되고 영국여성들을 위한 다른

4장 탈출의 수단: 알리스와 베스트반호프

일자리가 급증하자 가사근로자가 부족해져서 외국인 노동자들의 일자리가 발생한 것이다. 1939년 2월 창간한 잡지 〈하우스와이프Housewife〉는 '당신의 기회! 외국인 가정부가 필요한 이유'란 제목의 기사를 실었다.[19]

"요즘 가정부를 구하고 유지하기가 너무 어려워졌습니다." 다 안다는 투였다. 영국의 오후 차 모임에서, "조만간 누군가 물어볼 겁니다. '독일인 가정부를 구하지 그래? 오스트리아인이나 체코슬로바키아인도 괜찮고.' 맞는 말이죠."

안슐루스가 수요에 대한 공급을 충당해주었다. 〈맨체스터 가디언〉에 실린 동행자 없는 어린이 광고와 함께 빈의 성인 유대인, 그중에서도 특히 여성들의 '구직' 광고가 갈수록 늘어났다. 전쟁 발발 전까지 총 2만여 명의 유대인 여성이 나치 정권을 피해 가정부로 일하기 위해 영국으로 건너왔다.

〈가디언〉은 1938년 7월 '난민 가정부'라는 기사를 실어 독일계 유대인 입주 가정부의 장단점을 익명의 고용주의 경험을 통해 전한 뒤, 사실상 유일한 단점은 "그 시점부터 유럽의 박해받는 소수계의 불행을 불가피하게 알게 되는 것"이라는 결론을 내렸다.[20]

나의 조부모 레오와 에르나는 1938년 10월 10일자 〈가디언〉에 어설픈 영어로 "하인, 부부로 또는 따로" 일자리를 구하는

"두 명의 올드 비엔나 시민 가족, 다양한 용도로 무엇이든 시키는 일은 해내는 노동자들"이라는 광고를 냈다.

'올드 비엔나' 부분은 상당히 적극적인 표현이었으니, 레오는 보거 가문 최초로 빈에서 태어났던 것이다. IKG에서 설문을 기입할 때 할아버지는 오미의 능력에 대해서도 허풍을 조금 쳤다.

"제 아내는 프랑스어와 영어, 그리고 체코어를 조금 할 줄 압니다." 이 주장에서 '조금'이란 단어는 아주 다양한 해석이 가능하다. 비슷한 맥락으로 요리와 가사 전반은 물론이고 "아내는 타자와 속기도 할 수 있습니다"라고도 할아버지는 덧붙였다.

마지막으로 "아내는 현재 자신의 기술을 숙련시키는 중입니다"라는, 얼마간의 오차범위를 강조하는 말로 끝을 맺었다.

할아버지는 IKG 설문서에 본인의 기술에 대해서는 많이 쓰지 못했다. 아리안화 프로그램 하에서의 라디오 보거 압수, 그로 인한 법률적 부담으로 인해 시간을 많이 빼앗겨서다. 기초이발 과정을 수강한 다음 이발 기구를 들고 왔으나 일자리도 비자도 구할 수가 없었고 다만 여생의 약간 탈 많은 취미쯤이 되어버렸다.

남자가 집사나 기사 일자리를 구하기보다 여자가 가정부 일자리를 구하기가 훨씬 쉬웠다. 영국 중산층에게 가정부는

4장 탈출의 수단: 알리스와 베스트반호프

흔히 둘 수 있었던 반면 집사나 기사는 상당히 부유해야 쓸 수 있었다. 그리고 일반 가족이라면 도피세 등 각종 세금을 내지 않고도 떠날 수 있었지만 세대주는 그럴 수 없었다.

〈가디언〉에 광고가 실렸을 무렵, 오미는 독일 유대인을 위한 중앙영국기금(CBF)을 통해 베이스워터에 가정부 일자리를 이미 확보한 상태였다. 이 일자리가 잘못될 것에 대비해서, 아니면 부부 근로자를 원하는 가정이 나타나 온 가족이 함께 떠날 수 있을지 모른다는 희망에 할아버지는 그렇게 광고를 실었던 것 같다.

결국 레오가 일자리를 잡을 수 있을지 없을지도 모르는데 무작정 기다리기보다는 서류가 나오는 대로 오미가 로베르트를 데리고 출국하는 것으로 가족의 결정이 내려졌다. 그리하여 10월 15일, 레오는 베스트반호프로 아내와 아들을 데려갔다. 우리 가족 중 아무도 그 순간이 어땠는지 내게 말해준 바 없지만 복잡한 감정이었을 것이 틀림없다. 붙잡혀 영영 못 돌아오고 도착한 순간부터 살아남을 확률이 떨어지기 시작하는 다하우로 이송되는 유대인 남자들이 갈수록 늘어갔다.

언젠가 아버지는 나에게 유럽을 가로질러 서쪽으로 향하던 그 기차여행 경험을 들려주었다. 아버지와 할머니는 여행의 대부분 동안 같은 객실에서 나치 관리 두 명과 정겹게 대화하며 보냈다. 두 모자는 두려움을 드러내지 않은 채 정중하고도 적절히 행동했다. 두 나치가 네덜란드 국경 전 마지막 역에서 내리려고 일어나서는 문 앞에서 몸을 돌리더니 팔을 뻣뻣이 올려 "하일 히틀러" 하고 경례를 했다. 유대인들에게는 금지된 동작이었다. 아버지와 할머니가 설령 하고 싶었다 해도 똑같이 대응하면 안 되게 되어있었다. 그래서 "아우프 비더제엔" 하고 답례했다.

"그들의 얼굴이 굳어지더구나. 여태 유대인들과 한 객실을 썼다는 걸 그제야 깨달았던 거지." 아버지가 말했다.

레오는 그 후 다섯 달 동안 탈출하지 못했고, 되도록 외출을 삼가고 지하실에 숨어 지냄으로써 크리슈탈나흐트에서 살아남았다. 오스트리아와 독일의 유대인들은 1941년까지는 노란별을 착용하지 않아도 됐으나 그 대신 다른 식별법이 있었다. 안슐루스 이후 빈의 어디서나 볼 수 있게 된 옷깃의 나치 배지를 유대인들은 달 수 없었고, 따라서 옷깃에 배지가 없는 사람들은 유대인으로 간주되었다.

빙글리 부부가 도와준 덕분에 레오에게도 농업 수습생 자격으로 노동허가증과 비자가 발급되었다. 그러나 아내와 아들의 뱃삯을 대느라 감춰둔 저축액을 다 써버린 형편이었고 그렇다고 가게 매각금이 들어오기를 기다리다간 탈출 기회를 영영 놓칠지도 몰랐다.

레오와 변호사는 라디오 보거의 아리아인 새 점주에게 최종 산정된 얼마 되지도 않는 액수를 지급하라고 요청했으나 아이크만의 재산양도관리청이 레오에게 부과할 세액을 재산출하는 과정에서 자금 이동이 묶여 있는 상황이었다.

1939년 3월 8일, 레오는 IKG에 케어나폰으로의 여행경비를 대달라고 호소했다. 기록담당자가 "담보로 맡길 수 있는 각종 물품들"을 포함, 레오의 자산과 부채를 받아 적었다.

"각종 자산의 매각금이 여행경비를 단연 웃돈다"고 추산하면서도 레오에 대해서는 '머뭇거리는 진술. 설득력 없음'이라고 담당자는 적었다.

"신청을 기각한다." IKG의 결정이었다. 결국 레오는 물건을 저당잡히거나 친구들에게 돈을 빌려서, 또는 둘 다의 방법으로 경비를 모았다. 그리고 1939년 3월 17일 마침내 영국에 도착했다.

헤스 일가도 보거 가와 비슷한 딜레마에 처했다. 가능하기만 하면 요제피네와 알리스가 함께 떠날 수 있기를 바랐다. 그러나 요제피네는 영국에서 십여 개의 일자리를 제안받은 반면 열다섯 살의 가사도우미 지원자에겐 "세 살 여자아이를 돌보고 집안 청소와 요리, 손빨래 등을 맡을 사람"을 찾는다는 단 하나의 응답이 왔을 뿐이다.

헤스 가족이 이 가족과 편지를 주고받던 11월, 크리슈탈
나흐트가 터졌다. 그 11월 10일 아침, 벨라 헤스는 매일 습
관대로 집을 나서 할리 데이비드슨 오토바이를 세워둔 차고
로 한 블록을 걸어가 그것을 타고 출근했다.

하지만 그날 그는 귀가하지 못했다. 벨라가 살아있기는
하나 다하우에 수용되었음을 가족이 확인하는 데만도 2주가
걸렸다. 그는 감옥에서 보낸 엽서에 건강히 잘 있다고 강조
한 다음 돈을 보내달라고, 그리고 〈맨체스터 가디언〉 광고
를 통해 요제피네에게 들어온 일자리들 중 하나에 응답하여
빈을 떠날 방법을 찾았기를, 그리고 그녀가 영국에서 애를
써서 남은 가족도 떠날 수 있게 되기를 바란다고 적었다.

벨라가 투옥된 상황에서 요제피네가 알리스를 데리고 떠
나기란 더 어려워졌다. 그건 곧 게르티를 혼자 남겨놓게 되
기 때문이다. 그래서 요제피네는 1938년 12월 아이들 할머
니에게 두 딸을 맡겨놓고 가정부 비자를 들고 영국으로 떠
났다. 요제피네가 영국에서 벨라가 일자리를 찾도록 도와줄,
그리고 알리스와 게르티에게는 교육과 영국인 가정을 제공
해줄 사람들을 어떻게든 만날 수 있기를 모두가 기대했다.
하지만 제한된 영어 실력에 종일 가정부로 일하는 여인에게
는 무리한 요구였으므로, 벨라의 석방을 위한 열쇠가 빈에
서 발견된 것은 천만다행이었다. 그가 다하우로 보내진 후

나치 하나가 그의 인쇄소에 들어가 본인이 새 주인이라 선포하면서 대신 업무는 전처럼 계속 진행하라고 말했다. 열여덟 명의 종업원들은 한 가지 조건을 달고 찬성했다. 새 주인이 벨라 헤스를 다하우에서 빼낸다는 조건이었다.

장래의 새 주인은 호텔 메트로폴에 있는 게슈타포 본부에 함께 가서 아버지가 제1차 세계대전에서 오스트리아를 위해 싸웠다는 사실을 강조하여 벨라의 석방을 간청하자고 알리스와 게르티를 설득했다. 그 작전이 통했다. 벨라는 매일 경찰서에 출두하고 한 달 안에 출국한다는 조건으로 석방되었다. 다하우에서 6주를 시달리다가 돌아온 그는 완전히 딴 사람이었다.

"초인종이 울려서 문을 열었다. 머리를 빡빡 민 모습의 아버지를 나는 한눈에 알아보지 못했다. 발에 걸린 동상 때문에 아버지는 그 자리에 주저앉았다." 알리스는 이렇게 썼다.

다하우에서 살아 돌아온 벨라는 이제 몇 주 안에 출국하지 않으면 다시 체포되어 강제수용소로 돌아가 거의 확실히 죽을 운명이었다. 요제피네는 런던에서 남서쪽 방향인 햄프턴코트 궁전 인근의 이스트몰레시에서 가정부로 일하며 남편에게 일자리는 물론이고 빈에서 출국하는 데 꼭 필요한 고용보증서를 제공해 줄 사람을 필사적으로 찾았다.

일자리를 하나도 제의받지 못한 채 한 달이 지난 12월 말,

매일 경찰서로 출두하고 있던 벨라는 돌아오지 못할 수도 있다는 것을 알았을 것이다. 그런데 게슈타포는 유예기간을 한 달, 그리고 다시 한 달을 연장해줬다. 제1차 세계대전 참전 경력과 인쇄소의 아리아인 새 주인의 지원은 처벌 본능보다는 출국을 통한 제거 쪽으로 나치의 판단을 종용하기에 충분했던 듯하다. 그러다 마침내 1939년 2월, 요제피네는 그의 비자를 얻어냈다.

킨더트란스포트가 시작되었던 때였고 〈맨체스터 가디언〉 광고에 응답한 어느 가정이 알리스를 집에 들일 의사를 이미 표해왔기 때문에 알리스는 수월하게 운송편에 탈 수 있었다. 벨라는 알리스를 베스트반호프에 데려가 배웅하며 몇 주 안에 자신도 따라가겠노라고 약속했다.

"나는 무척 많은 아이들과 낯선 나라로, 낯선 삶들과 낯선 언어로 떠났다." 알리스는 이렇게 썼다.

게르트루드 바차는 넉 달이 지나도록 빈을 떠나지 못하고 어른들이 방법을 찾아내기를 기다렸다. 유대인 피란민을 대환영하며 문을 열어줄 이는 아무도 없었기에 뾰족한 수는 없었다. 1938년 7월, 32개국 대표가 프랑스의 온천 도시 에비앙에 모여 독일과 오스트리아 유대인들의 곤경을 놓고 토론한 결과 한 나라만 빼고 모두 다 그들을 구세해줄 비자를

발급하지 않겠다고 선언했다. 유일한 예외는 도미니카공화
국이었다.

바차 가의 친구인 카츠 가는 불법적인 경로를 추진하고
있었다. 다하우로 보내졌던 카츠 가의 두 아들은 아돌프 바
차가 연줄을 활용하여 빼내 주자마자 곧바로 오스트리아를
떠나 산을 타고 이탈리아로 건너가서 최종적으로 배를 타고
영국에 도착했다. 카츠 가의 딸들은 남아메리카 국가들을
상대로 널리 퍼지던 위조 비자를 확보했다. 미국이나 영국
비자는 위조가 불가능했던 모양이다.

바차 가 사람들은 미국 비자를 후원해줄 친척이 없었기에
영국 학생비자가 자유를 향한 최선의 길이라는 결론에 도달
했다. 1939년 2월 13일이 출발일인 게 게르티의 어머니 발
리는 좀 꺼림칙했다. 도착일이 13일이 되기 때문이었고, 그
건 바차 부인 생각엔 최대한 피해야 할 날이었다. 그러나 계
획했던 내용의 많은 부분이 막판에 틀어졌다. 게르트루드는
가정부 비자를 취득한 사촌과 함께 갈 예정이었으나 막판에
사촌의 여행 일정이 바뀌는 바람에 혼자 떠나야 했다.

발리는 영국에서 좋은 첫인상을 심어줄 수 있게 잿빛 두
더지 모피 칼라가 달린 두꺼운 모직코트를 딸에게 사 입히
고 돼지가죽 여행 가방과 커다란 짐가방에 배낭까지 챙겨 보
냈다. 가방들 속엔 여행 중 배곯지 말라고 먹을 걸 잔뜩 채운

바람에 너무 무거워 게르티의 허리가 휘청일 정도였다.

기차 출발은 오후 한 시였지만 바차 가 사람들은 예정시간 한참 전 베스트반호프에 모였다. 엄마 아빠 옆에는 이모 마냐와 게르티에게 기초 영어를 가르쳐주느라고 애를 쓴 친 삼촌 알베르트가 서 있었다. 그는 마지막 순간 게르티에게 세 가지 필수영어 표현을 잊지 말라고 강조했다. 부탁합니다Please와 감사합니다Thank you, 그리고 공중화장실Lavatory이 었다.

당장 출발 호각이 울리기를 기다리고 있는데 슬픔에 빠진 게르트루드의 어머니가 백발의 노부인을 가리키며 소리쳤다. "내가 늙어서 저런 꼴이 돼야 너를 볼 수 있겠구나!"

그 순간에는 과장스러운 신파조로 느껴졌다. 그래서 남편 아돌프는 가사노동자 비자가 나오기만 하면 온 가족이 다시 만날 거라고 아내를 안심시킨 뒤 흐크 판 홀란드와 채널제도 행 여객선을 향해 떠나는 다른 유대인 이주자들이 앉은 객실의 창가 좌석을 게르트루드에게 찾아주었다.

오스트리아와 독일을 지날 때까지는 별 탈이 없었으나 승객들이 최종적으로 나치 검문을 받게 될 네덜란드 국경이 다가올수록 긴장이 고조되는 것을 게르트루드는 느낄 수 있었다. 그 순간이 닥치고 그들은 모두 앞면에 나치문양이 박힌 회색 여권을 새로 배당받은 이름과 함께 제시했다. 게르트루드는 다른 유대인 여자들처럼 사라라는 이름을 추가로 받았으며 유대인 남자들에겐 이스라엘이라는 이름이 추가되었다.

제복차림 공무원들이 내리고 기차가 다시 속력을 내어 네덜란드 국경을 넘자 난민들로 가득한 객실 전체에 탄성이 울려 퍼졌다. 게르티의 동료 승객들은 창밖으로 고개를 내밀어 자유를 호흡하며 환호성을 질렀다.

아돌프는 딸의 새 출발을 최대한 덜 힘들게 해주려는 일념에 무모한 위험을 감수했다. 쿡 여행사를 통해 커다란 목재 화물상자를 따로 부쳤다. 유대인의 그 어떤 가보도 제국 밖으로 유출되지 못하도록 검색이 이 잡듯 철저한 세관에서 아돌프는 계획을 실행으로 옮겼다. 게르티의 옷가지 틈에 재봉틀을 싸면서 바늘, 단추, 실패 따위로 화물상자를 가득 채웠다. 그리고 상자를 검색대에 올릴 때 실수를 가장하여 물건들을 떨어뜨린 뒤 미안해하며 바닥에서 물건들을 주워 집어넣는 틈에 금팔찌 두 개를 누더기 천에 싸서 흘려 넣었다.

나머지 귀중한 물건들은 이미 오래전 압수됐지만 내 할아버지 레오가 구두 뒤축에 보석을 감추었듯 아돌프도 이 두 점의 귀금속만은 감춰뒀던 것이다. 그들의 눈에 이것은 작지만 중대한 승리였다. 평생을 바쳐 이룬 것들을 나치에게 송두리째 빼앗겼지만 새로운 터전에 뿌릴 씨앗 몇 알은 남겨두었다. 그것은 너무 중요했기에 목숨을 걸고 모험을 감수할 가치가 있었다.

계획은 적중했다. 화물상자는 금팔찌가 그대로 든 채로 영국에 무사히 도착했다.

조지 맨들러는 1938년 10월 빈을 떠났다. 내 아버지와 할머니보다 며칠 이른 출국이었다. 그의 아버지는 아들을 위해 만든 금반지를 주며 어려울 때 최후의 수단으로 쓰라고 했다. 기차역 플랫폼에서 눈물을 흘렸으나 이미 조지는 "이게 유대인들에게 주어진 길"이려니 했다.

객실에 앉은 다른 이민자들 중 열네 살의 조지는 한 젊은 여인에게 홀딱 반했다. 무탈하게 독일을 건넜는가 했는데 기차가 아헨 국경에 다다르자 유대인들은 짐을 들고 내리라고 했다. 지역 게슈타포 관리는 유대인들은 모두 여권 첫 면에 커다란 붉은 글자로 된 'J' 도장을 찍어야 한다는 새 칙령이 내려왔다고 말했다. 그들이 기차에 올라 있는 동안 새로 발효된 명령이었다.

'J' 도장은 국경에 도착하는 유대인들을 쉽게 식별할 수 있도록 해달라는 스위스 경찰국장 하인리히 로트문트의 요청으로 10월 초에 도입된 쇄신책이었다.[21]

로트문트는 스위스의 '순결성'을 위하여 유대인 2,600명을 제국으로 돌려보냄으로써 거의 확실히 죽음으로 내몰았다. "회피하지 말고 그들을 돌려보내야 합니다. 우리의 청년들을 생각해야 옳습니다." 그는 주장했다.

새 방침은 맨들러가 탄 기차가 아헨 국경촌에 도착하기 직전에 국경 관리들에게 전달됐으나 실제 사용할 도장은 아직 없었다. 그래서 게슈타포는 기차에서 내린 유대인 전원을 쾰른으로 보냈고 바로 거기서 긴급하게 사용될 도장을 만들 예정이었다. 유대인들은 밤을 보낼 임시 숙소를 찾아야 했다. 조지가 묵은 호텔은 벽장도 옷장도 없는, 시간제로 방을 내놓는 일명 '슈툰덴호텔'이었다.

"나는 이민 첫날밤을 매음굴에서 보낸 것이다!" 그는 기막혀했다.

도장은 이튿날 아침에도 아직 만들어지지 않아 이 급조된 집단은 하릴없이 쾰른 시내를 돌아다녔고 유명한 대성당에도 들러보았다. 마침내 여권에 인종 분류 도장이 찍힌 후에야 벨기에로 접어들었다.

다시 기차에 오른 조지는 어린 자신으로서는 상상조차 버거운 미래를 향해 흘러가는 대로 몸을 내맡겼다. 돌아보면 오스텐드에서 건넌 바다도, 그 이후의 기차여행도 기억나지 않았고 다만 자신의 일부분이 철로에 남겨지는 것 같던 느낌만이 생생했다. 물리적인 물건들 가운데 잃어서 아까운 것은 우표모음뿐이었다. 진정한 상실감은 조국, 소속감, 그리고 사춘기의 천진함을 잃은 데서 왔다.

보비와 조지의 망명 생활

하위치의 기선연락열차에서 하선하여 리버풀 스트리트 역 플랫폼을 걸어 내려오는 열한 살 보비 보거는 어머니가 때 맞춰 입혀준 초록과 회색의 전통 오스트리아 재킷 위에 모 직코트를 걸친 차림이었다.

숱이 많고 곧은 갈색 머리카락을 이마에서부터 뒤로 빗어 넘겼고 둥근 볼은 쉽사리 달아올랐으며 눈썹이 짙고 콧날은 오똑했다. 1938년 10월 16일. 보비는 꼬박 하루 동안의 기차 와 연락선 여행으로 진이 다 빠진 데다 두려움을 애써 억누 르고 있었을 것이 틀림없는 어머니 옆에서 걷고 있었다.

에섹스와 동 앵글리아 사이를 오가며 고달픈 통근자들을 나르는 기관차 수천 대로 인한 더께가 덕지덕지 붙은 철제 와 유리 소재로 된 궁륭 천장의 역은 증기시대로 거슬러 올라가는 빅토리아 시대 영국의 기념비 중 하나였다.

내 아버지와 〈맨체스터 가디언〉 광고에 실린 다른 아이들에게 이곳은 영국으로 들어오는 더럽고 소란스러운 관문이었다. 많은 새로 온 사람들에게 영국은 첫 번째 선택지는 아니었지만 즉각적인 안전과 안정, 그리고 놀랄 만큼 강인한 피난처가 되어주었다. 이렇게 입국한 사람들은 모두 세월이 흐른 뒤에 이 첫 번째 망명지에 얼마나 큰 빚을 졌는지 잊지 않았다. 결국 다른 나라로 떠난 이들도, 자신을 받아준 가정의 요령부득이거나 기이하거나 냉담함을 겪은 사람들도 마찬가지다. 이곳은 비록 때로 쓰라린 곳이었을지라도 안식처였다.

리버풀 스트리트에 도착했을 때, 오미와 보비는 상당 기간 떨어져 지내야 한다는 것은 알았지만 영영 함께 살지 못하게 될 줄은 몰랐다. 제집을 두고 여주인으로 살며 가업을 함께 운영했던 오미가 이제 모르는 말을 쓰는 생판 낯선 사람들 집에서 하인으로 살 것이었다. 여권에 찍힌 비자 검인은 오미가 이 나라에서 어떤 존재로 제약받으며 살 것인지를 확인해주고 있었다. "본 여권 소지자는 개인 가정 내에서의 입주 서비스업 외 다른 직종에의 진입이 불허된다." 그 서비스의 조건은 자녀와의 동거를 허락하지 않았다.

이 같은 불확실성과 스트레스에 더해 오미는 레오의 안

5장 보비와 조지의 망명 생활

위도 걱정해야 했다. 남편은 유대인들이 아무렇게나 붙잡혀 다하우로 보내졌다가 유골함에 담겨 돌아오는 도시에서 은신 중이었다. 게다가 엽서 몇 장을 주고받은 게 전부인 어느 모르는 여자에게 아들을, 어미의 기쁨과 노역을 양도해야만 했다.

낸스 빙글리와 에르나 보거는 리버풀 스트리트 역의 인파 한가운데서 고작 몇 분을 함께했을 뿐이다. 중앙영국기금의 지원위원회 담당자가 에르나를 그녀의 고용주인 베이스워터의 사메크 부인에게 데려가려고 기다리고 있었기 때문이다.

한편 보비를 인계받은 낸스는 웨일즈로 돌아가는 기차를 타기 위해 마침 그해에 운행을 시작한 매끈한 붉은색 지하철에 올라 리버풀 스트리트에서 런던 지하를 누벼 유스턴까지 가서 기관차로 바꿔 타고 홈 카운티들의 부드러운 전원 풍경과 버밍엄, 코벤트리, 크루 등 스모그에 찌든 미들랜드와 프레스터틴, 릴, 란두드노 등 해변 마을을 지나 마침내 아일랜드해로 이어지는 백사장이 내려다보이는 북 웨일즈를 따라 달렸다.

함께 지낸 첫 며칠 동안 낸스는 무엇보다 로버트의 공포에 놀랐다. 케어나폰의 Y 글린(글렌) 거리에 있는 빙글리 가의 새 위탁부모는 찻주전자의 꼭지부터 뽑았다. 빈 거리를 누비며 자신을 쫓아다니고 호루라기를 불어대며 유대인들을 체포하고 그들의 집을 약탈했던 나치 돌격대와 히틀러 청소년단의 기억이 떠올라 로버트가 공황증세를 보였기 때문이다.

경찰서에 가서 등록해야 한다는 빙글리 부부의 말을 듣고 로버트는 실신했다. 자신의 경험상 유대인이 경찰서에 갔다 하면 대개는 돌아오지 못했기 때문이다. 빙글리 부부의 친구이자 동료 교사인 파월 데이비스는 보비에게 베셀 로드를 따라 학교로 산책을 하자고 권했다. 창백한 낯빛으로 몸을 떨면서 따라간 보비는 여러 해가 지난 뒤 낸스와 레주에게 데이비스가 자신을 죽이려는 것이 틀림없다고 생각했었다고 털어놓았다.

로버트의 학우 글레니스 로버츠는 당시에 대해 웨일즈어로 쓴 회고록《운 오르 테울루(가족의 일원)》에서 로버트가 들려준 가족이 빈에서 겪은 일을 전했다.

"나와 대화하던 중 그는 크리슈탈나하트가 터졌을 때 가족이 운영하던 가게가 습격당하고 물건을 도난당한 기억을 이야기했다." 그녀는 이렇게 썼다. "그는 슬픔을 주체하지 못하고 고통스럽게 흐느끼다 간신히 입을 열어 부모님과 자신이 깜깜한 지하 저장고에서 닷새 동안이나 숨어 지냈다고 말했다. 다행히 그의 아버지가 구두에 감춰뒀던 보석이 좀 있었는데 그걸 팔아서 본인과 어머니가 탈출할 수 있었다고 했다."

우리, 즉 로버트의 가족은 2021년까지 이런 세부 사실들을 전혀 몰랐다. 그것들은 우리가 들은 적 없는 어느 웨일즈어 회고록에 암호 메시지처럼 감추어져 있었다. 처음으로 영역된 회고록을 읽으며 아버지의 죽음 후 오랫동안 우리가 몰랐던 사실들이 얼마나 많은지 다시금 절감했다.

아버지의 그 첫날 여정과 똑같은 해안 철로를 따라 내가 케어나폰에 도착한 것은 웨일즈의 기록된 역사상 가장 더웠던 2022년 7월 18일이었다. 유례없는 기온에 철로가 휠지 모른다는 우려로 기차는 평소보다 서행했다. 뱅거에서 출발한 버스 안에서 승객들은 신문이나 슈퍼마켓 할인권이나 그밖에 뭐든 소지품으로 부채질을 했다. 더블린 행 연락선이 출발하는 앵글시와 대륙 사이의 메나이 해협을 따라 달려가는 버스의 뒤쪽에 앉은 십대 소년 두엇은 얼굴이 시뻘게진 채 구슬땀을 흘리고 있었다. 버스는 하늘을 향해 솟은 전쟁기념관이 있는 해변 마을의 누런 목초지와 만개한 장미꽃으로 빛나는 석조 오두막들을 지나 달렸다.

나를 제외한 승객 전원이 웨일즈어로 말했는데, 아버지는 과연 그 소리를 듣고 무슨 생각을 했을까 궁금했다. 출국 전 몇 달 동안 벼락치기로 영어를 공부하고 막상 도착해보니 천 년 전에 잉글랜드에서 사라진 언어를 쓰는 사람들 틈이었을 것이다. 웨일즈어, 그리고 케어나폰 특유의 웨일즈어인 코피어는 생존의 승리를 상징한다. 로마인들과 앵글로색슨족과 바이킹족과 노르만족과 헨리 8세의 전면적 사용금지령과 산업화와 지구촌화까지 모두 다 이겨내고 살아남은 언어들이다.

시내 한가운데 아이슬랜드 냉동식품점 앞에서 버스가 정차했다. 더위에 고생할 직원들을 위한 배려로 카페와 음식점들 대부분이 문을 닫았지만, 성벽 전망을 갖추고 대구와 감자튀김을 파는 한 곳이 영업을 하고 있었다. 현대와 중세가 병치된 케어나폰은 아버지에게 기묘했을 것이다. 프란츠 요제프는 링 대로와 자신의 의지대로 설계된 도시를 건설하기 위해 구도시의 성벽을 자취도 없이 허물었었다. 케어나폰은 여전히 13세기 에드워드 1세가 웨일즈군을 막아내기 위해 세웠던 성곽으로 대변되는 도시다.

나는 아버지의 첫 영국 주소지였던 Y 글린과 베셀 로드 모퉁이의 반 단독건물에서 시작하여 성 위쪽으로 언덕길을 걸어 올라가며 아버지가 이 도시를 어떻게 오갔을지를 생각해봤다. 자갈을 섞은 시멘트벽은 파란색 페인트칠이 되어있었고 작은 창들은 한쪽으로는 아일랜드해를 다른 쪽으로는 스노도니아의 출발점인 뒤편의 산을 내다보고 있었다.

5장 보비와 조지의 망명 생활

로버트가 도착하고 일 년 안에 빙글리 일가는 같은 동네의 좀 더 큰 건물인 론 데위(데이비드의 길) 위의 브린 데위(데이비드의 언덕)라는 노란색 삼층 벽돌집에 세를 얻어 이사했다. 1940년에는 언덕 쪽으로 올라가 펜-Y-가스라는 거리의 신축된 반 단독건물 포스 케리로 다시 이사했는데 바로 이 집에서 아버지는 십대의 대부분을 보냈다. 로버트가 도착한 직후 함께 산책을 하자고 권유하여 겁에 질리게 만든 파월 데이비스가 집주인이었다. 그 지방 학교에서 근무하다 런던의 전국교직원노조로부터 일자리를 제의받자 빙글리 일가에게 세를 내준 것이었다.

낸스는 길 건너에 사는 포스 케리 출신의 아일랜드인 조세핀 데이비스와 확고한 사회주의 신념을 공유하며 무척 친하게 지냈다. 조세핀은 "이십대를 보내고도 어떻게 사회주의자가 아닐 수 있어?"라고 말하곤 했다. 둘은 자녀들을 데리고 학습을 겸한 일요일 나들이를 하기도 했고 버스를 타고 뱅거 대성당으로 스노도니아에 있는 란스베리스 호수마을로 버스 여행을 가곤 했다.

케어나폰의 캐슬 광장에서 만난 조세핀의 딸 노라 데이비스는 케어나폰의 로마 이름을 딴 세곤티엄 테라스의 자택으로 나를 데리고 갔다. 여러 세대에 걸친 노라의 조상들이 대영제국의 영원한 번영을 위해 출범하는 범선들에 석판을 쌓

아울리던 메나이 해협의 옛 항구가 내려다보이는 장대한 빅토리아 시대 건물들이 늘어선 곳이었다.

노라는 내 아버지 로버트보다 열한 살 어렸지만 길 건넛집 문 앞에 서 있던 숱 많은 갈색머리 키 큰 소년을, 그리고 그 소년이 나치를 피해 살아남았다고 어머니가 말해주던 것을 기억했다.

빙글리 가 사람들과 같은 동네에서 자란 것은 노라 데이비스의 인격 형성에 중요한 경험이었다.

"그들은 모두에게 관심이 있었어요. 사람들을 불러 모으는 사람들이었죠." 그녀가 말했다. "사람들에게 문을 열었는데요, 절대 부자가 아닌데도 모든 사람에게 문을 열고 환영했어요."

낸시 모드 그리피스와 레지널드 커크비 빙글리는 둘 다 1905년 7월에 태어났다. 낸스가 레주보다 십구 일 먼저였다. 그녀는 탄광촌 한복판인 남 웨일즈의 폰토프리드 출신이었고 레주는 동 미들랜드 출신이었는데, 두 사람은 카디프 대학의 좌익 학생 동아리에서 만났다. 레주는 트로츠키의 열성적 숭배자였다. 둘은 1932년 11월 결혼하여 둘 다 취업이 가능했던 케어나폰으로 이주했다. 남 웨일즈의 교육당국은 남성고용을 최대화하기 위해 기혼여성의 고용을 제한했다. 따라서 여성교사가 결혼하면 사직해야 했다.

낸스는 이 규정에 원칙적으로 맹렬히 반대하기도 했거니와, 레주의 건강이 갈수록 나빠지고 있었으므로 부부는 그녀의 수입에 더더욱 의존하게 될 것이 분명했기 때문이기도 했다.

두 사람 다 케어나폰 카운티 학교에서 일하게 됐다. 도시가 내려다보이는 언덕 꼭대기에 세워진 박공지붕을 갖춘 커다란 붉은 벽돌 건물이었다. 그러나 일 년이 채 못 되어 레주는 은퇴하지 않을 수 없게 됐다. 북 웨일즈의 고질적 폐결핵을 치료할 목적으로 랑귀판 마을에 설립된 요양원에서 결핵으로 오진되어 심각한 척추만곡증이 극도로 악화되었기 때문이다. 레주는 처방받은 병상요양 일 년을 마쳤으나, 일어나려 했을 땐 척추가 이미 손쓸 수 없을 지경이 되어있었다.

그는 학교 측 설득으로 전쟁 후 복귀하여 수학을 가르치기 시작했으나, 이제는 허리가 거의 구십 도 각도로 굽은 상태였다. 당시 그의 학생 중 한 명이었던 노라는 그가 가르치는 학생들을 볼 수 있게 고개를 쳐들려면 책상 위에 다리를 올려놓아야 했다고 회상했다.

낸스는 이튼 단발이라 불렸던 스타일로 머리를 짧게 치고 남자처럼 짙은 색 재킷 안에 흰 셔츠를 받쳐 입고 타이를 매고 수업을 했다. 긴 얼굴과 매부리코 탓에 버지니아 울프와 조지 오웰이 동시에 떠오르는 인상이었다. 영문학 석사였던 그녀는 언어의 시에 심취했다.

제자들은 그녀를 엄격하고도 합리적이고 다정하여 규율을 내려도 충분한 근거가 있다고 여겨지는 스승으로 기억했다. 뛰어난 우등생들뿐만 아니라 학업을 따라가는 데 어려움을 겪는 아이들에게도 관심을 기울였다. 1994년 개교 백주년 기념행사에서는 그녀의 손을 잡고 훌륭한 출발점을 마련해준 것에 고마워하는 옛 제자들의 줄이 길게 이어지기도 했다.

〈맨체스터 가디언〉 광고에 레오는 친절한 사람을 찾는다고 썼다. 그는 친절한 사람 둘을 찾았다. 빙글리 부부는 잠가도 친절이 흘러나오는 수도꼭지 같았다. 펜-Y-가스 집의 부엌은 겨울이면 따뜻한 휴식처였다. 거기서 노라 데이비스는 전기 커피메이커를 처음으로 보고 커피향을 처음 맡았다. 레주의 어머니가 기거하던 거실은 앤서니 반 디크의 아기 제임스 2세 초상의 타원형 액자로 장식되어 있었다. 안방에는 업라이트 피아노가 있었는데 병상에 누운 레주를 위해 한 이웃이 와서 음악을 연주하곤 했다. 뒷마당 정원에는 작은 연못과 벚나무가 있었는데 버찌는 너무 써서 먹을 수는 없었다.

레주의 병세 악화와 한 번도 내 집을 소유해본 적이 없는데서 알 수 있듯 교사 봉급으로 꾸리는 몹시 빠듯한 형편에도 둘은 최대한 검약하며 보호소가 필요한 아이를 받아들인 거였다.

아버지의 광고가 신문에 난 지 몇 년 후, 빙글리 부부는 여름방학 동안 아이 하나를 돌보겠노라고 자원했다.[22] 1933년 나치가 집권한 후 독일의 유대인 아이들을 위해 어느 독일인 망명객에 의해 켄트에 세워진 번스 코트의 뉴 헐링겐 학교 학생이었다. 빙글리 부부가 문의했을 때는 아이들 모두가 여름을 보낼 집을 찾아놓은 상태였다. 학교는 이십대 초반의 독일 난민이자 교사로 일하던 힐더 토드를 대신 받아줄 수 있는지 물었다. 두 사람은 힐더를 여름 동안 받아주었고, 1940년 침략보안 조치의 일환으로 그녀의 난민 부모가 다른 적성외인들과 함께 켄트에서 추방되자 펜-Y-가스 집의 창고를 치우고 가구를 들여 거기서 함께 지낼 수 있게 해주었다.

오미를 안심시키기 위해 낸스는 스노든과 케어나폰 성의 흑백사진이 찍힌 엽서들을 잇달아 보내주었다. 보비가 사는 집이 오스트리아만큼 아름답다는 것을 보여주려는 노력이었다.

1943년 로버트가 대학진학을 준비하고 있을 때 빙글리 부부는 여섯 살 소년 지미를 입양했고 육 년쯤 후에는 어린 엄마가 더이상 보살필 수가 없어 포기한 네 살 소녀 크리스틴을 웨일즈의 어느 고아원에서 입양했다. 소녀는 처음 몇 달간 낸스의 치맛자락을 붙잡고 아무 데도 혼자 가지 못하게 했지만, 이후 그 굉장한 집에서 온기와 학식을 빨아들이며 자라났다.

"말을 굉장히 좋아하셨고 무슨 상황에서든 딱 맞는 인용문이 나왔어요." 낸스에 대해 묘사해달라는 내 청에 크리스틴이 뉴질랜드 집에서 내게 써 보낸 말이었다. 시와 희곡의 입말에 대한 애정과 글말에 대한 존경의 결합이었다. 그녀는 크리스틴에게 "다시는 보고 싶지 않을 말은 절대로 글로 쓰지 마"라고 말하곤 했다.

전쟁이 끝나고 빙글리 부부와 데이비스 부부는 일요일마다 케어나폰 외곽 본트네위드에 있는 작은 수용소에서 석방을 지루하게 기다리던 독일군 포로들을 초청하여 시간을 함께 보냈다. 그들 중에는 1948년까지 본국으로 송환되지 못한 이들도 있었다. 근처 감리교 예배당에서 기획한 프로그램의 일부로 포로들을 위해 도서관을 설치하고 이따금 저녁 식사를 대접하고 주말에 집으로 불러 함께 지내줄 가정들을 찾기도 했다.

펜-Y-가스 집을 자주 찾은 포로들 중 한스 요아힘 슈바이처와 콘라트 베크 두 사람이 있었다. 특히 영어를 잘하지 못한 콘라트는 레주가 독일어에 능숙한 점이 좋아 빙글리

가를 즐겨 찾았다. 그들은 독일로 돌아간 후에도 오랫동안 즐거웠던 기억과 전후 생활의 이야기를 담은 편지를 빙글리 가에 보내왔다.

빙글리 가의 마지막 일원이자 넷째 아이는 부부가 비공식적으로 위탁 양육한 메건 로버츠였다. 메건은 낸스의 카운티 학교 제자였고 포로수용소에서 멀지 않은 본트네위드의 고아원에서 살았다. 소녀의 잠재력을 알아보고 북돋아주고 싶었던 낸스는 자신의 집을 고아원 외에 또 하나의 집으로 생각하라며 격려해줬다. 학교가 방학이면 갈 곳이 없는 메건에게 낸스는 집에 와서 크리스틴을 돌봐줄 수 있겠느냐고 물었다. 방을 내주는 것이 자선행위처럼 비치지 않기를 바라는 마음에서였다.

"우리 엄마가 아주 똑똑하셔서 낸시 선생님이 총애하셨어요. 그분에게는 어려운 처지의 사람들을 향한 레이더가 있는 것 같을 정도였어요." 메건의 딸 시안의 말이다. "그 고아원에서 자라 대학에 간다는 건 그야말로 상상도 할 수 없는 일이었지요."

낸스의 보살핌과 격려하에 메건은 케어나폰 학교의 최우등생이 되었고 뱅거의 웨일스 대학에 진학했으며 또한 빙글리 일가의 가족이 되었다.

메건 로버츠는 그 누구보다도 보비를 잘 알았다. 한집에서 살았고 학교에서는 우등생으로 둘은 친구이자 경쟁자였다. 메건은 보비 안의 야심과 갈망, 그리고 공부에서든 연애에서든 그것들이 구현되어 나오는 형태도 알아차렸다.

긴 세월이 흘러서 이제 남편의 성을 따라 메건 스텀블스가 된 그녀는 내게 말했다. "약간 나이가 많고 독특한 여자들에게 늘 빠졌어요. 그중에는 도서관의 보조 사서도 있었어요."

로버트의 카운티 학교 옛 급우 메우리그 하인지는 2021년 5월, 토막광고에 나오는 아이들과 내 아버지의 케어나폰 시절에 관한 내 기사가 〈가디언〉에 실린 뒤 내게 연락해왔다. 메우리그는 중병에 걸린 처지였지만 아들 마크에게 반드시 나와 전화연결을 시켜달라고 청했다. 기사를 통해서야 로버트의 자살 소식을 알게 된 그는 학교 운동장에서 어린 소년으로 만난 지 팔십 년이 지났음에도 몹시 안타까워했다.

"내가 보기엔 여러 가지 상황이 합작하여 그 친구를 죽음으로 몰고 간 것 같군요. 자살 말고는 다른 방도가 남아 있지 않았던 거겠죠." 그가 말했다.

Y 글린의 빙글리 가 뒷마당이 내려다보이는 집에 살았던 메우리그는 1938년 새로 온 소년을 유심히 지켜봤던 일을 기억했다.

"이 아이가 나오더라고요. 나무보드에 칼을 던져 꽂으며 놀더군요. 가서 내 소개를 하고 싶었지만 그때만 해도 선생님들을 보통사람들과는 아주 다른 존재로 보던 시절이어서요." 그가 말했다. 낸스와 레주의 사회적 지위에 대한 존경으로 인해 차마 자기 소개를 못 했다는 말이다. "했었다면 좋았을 거예요. 혹시 조금이라도 나아졌을지 모르겠다, 하는 생각이 드네요."

"학교에서 로버트가 웃는 모습을 본 기억이 없어요. 조용한 아이였죠." 숨을 헐떡여가며 그래도 꼭 이 말은 해야겠다는 의지를 담아 메우리그는 나와의 통화에서 말했다. 팔십년 전으로 기억을 되돌리며 혹시 1940년대 케어나폰이 무슨 나비효과 같은 것으로 로버트의 운명을 어떤 식으로든 변화시킨 건 아닐지 모르겠다고 그는 또한 말했다.

"우리는 다소간 무관심했어요. 내 부모님은 사교적인 성격이 아니었어요. 대공황을 겪으며 많은 것을 잃으셨거든요." 그가 말했다. "이 아이가 나타났는데, 지금 돌아보면, 교직원들이 제대로 소개를 시켜줬더라면 좋았을 것 같아요. 그 아이의 배경에 관해서도 설명해주고요. 그냥 다른 아이들이랑 자연스럽게 섞여들라고 일부러 피한 것일 수도 있겠지만요."

"교직원들이 이 아이들의 운명에 대해, 부모와 떨어져 산다는 게 어떤 것일지 우리에게 일러줬다면 좋았을 거예요.

로버트에게 일어난 일만 봐도 알아요. 그 친구는 출발점부터 손상되었던 거예요."

"사람들은 그 아이의 배경에 관해 별 관심이 없었고 어떤 고난을 겪어왔을지 이야기를 나누지 않았어요. 안슐루스 이후에 빈에서 산다는 게 어떤 상황이었을지 우리의 상상으로는 닿을 수도 없었겠죠." 메우리그가 말했다. 이것들은 웨일즈 사람들의 삶과는 너무도 동떨어진 이야기였다. 바이올린의 현을 갈아주는 등 각종 악기를 수리하는 노인처럼 시내에 유대인들이 몇 있긴 했다. 하지만 반유대주의 기록은 없었다. 동네에 어떤 가족이 이사를 오면 메우리그의 어머니는 "어떤 사람들이지?" 하고 묻곤 했는데 그건 어느 교회에 나가느냐, 감리교나 침례교냐, 그런 의미의 질문이었다.

케어나폰의 학동들에게 유의미한 구분은 모국어가 웨일즈어냐 아니냐였다. 웨일즈어 사용자들은 이중 언어를 구사했지만 영어 사용자들은 대부분 웨일즈어를 아주 쥐꼬리만큼만 알았을 뿐인데도 이런 단일 언어 구사자들이 더 높은 지위를 차지했다. "그 사람들이 좀 더 우월하다고 간주됐어요." 메우리그가 말했다.

케어나폰과 인접 지역에는 육체노동자가 차고 넘쳤기에 영어를 사용하는 어느 외지에서 거기로 살러 왔다면 좀더 숙련된 비육체노동 종사자일 거라고 추정되었다. 메우리그

5장 보비와 조지의 망명 생활

의 기억에 로버트가 말하는 영어는 영국 소년의 것처럼 들렸다.

"로버트에게는 괴상한 환경이었을 거예요. 진짜배기 프랑스 마을 식으로 진짜배기 웨일즈 마을이었으니까." 그가 내게 말했다.

내 아버지는 웨일즈어를 조금 배웠지만 유창한 수준은 절대 아니었다. 초창기에 메우리그의 친구들 사이에서 오해가 좀 있었다. 그중 하나가 "Sais, ydy e(쟤, 영국인이야)?"라고 로버트에게 소리쳐 물었다. 'Sais'는 웨일즈어로 '영국인'을 뜻하는데 발음이 독일어 'Scheisse', 즉 '똥'과 매우 비슷하다. 빈에서 온갖 욕에 익숙해졌던 로버트는 몹시 화가 난 모습이었다. 물론 나중에 오해는 풀렸지만.

아버지의 또 다른 급우 개리스 윌리엄스는 카운티 학교에 다닐 때 아버지가 "다른 학생들에게 자연스럽게 받아들여졌는데, 내 생각에 운동에는 별반 관심이 없는 것 같더군요"라고 내게 말했다.

럭비와 축구는 당시 소년들이 강박적으로 좋아한 운동이었다. 아버지는 여자들에 관심이 더 많았다.

어느 날 케어나폰의 북쪽 경계인 메나이 해협에서 친구들과 카약을 타고 있던 개리스의 눈에 "해변에서 그 동네 목사 딸인 여학생이랑 따사로운 시간을 보내고 있는" 로버트가 들어왔다.

로버트는 독일어도 할 줄 아는 다중 언어 구사자이자 뛰어난 수학자이던 레주 빙글리가 병들어 집안에 묶인 신세로 아이들을 가르치고 싶어 안달이던 무렵에 케어나폰에 도착했다. Y 글린 거리의 맨 가장자리에 있는 작은 집에서 레주는 자신의 지식을 이 난민 소년에게 모조리 퍼부었고, 그 결과 학교에 나가기 시작하자마자 로버트는 단번에 모두를, 심지어 메건 로버츠조차 따돌리고 가장 총명한 학생이 되어버렸다.

열여섯 살이 되고 이 나라로 들어온 지 오 년이 됐던 1943년, 아버지는 케어나폰에서 가장 가깝고 메나이 해협 반대쪽 끝에 있던 뱅거 대학의 최우수 장학금을 따낸 뒤 일주일 만에 애버리스트위스 대학의 장학금을 또한 획득했다. 하지만 단연 최고는 웨일즈의 명문이자 빙글리 부부가 서로를 만났던 카디프 대학 합격이었다.

낸스는 보거 일가를 지원한 블룸스버리 하우스의 독일 유대인 지원 위원회에 로버트가 "뛰어난 재능"을 가진 아이이며 카디프 대학에서 과학을 공부하는 데 드는 경비의 일부를 충당해줄 장학금을 받기 원한다는 편지를 써 보냈다. 자신들과 그 당시 여성 속옷 회사에서 주급 사 파운드를 받고 일하던 아이 아버지 레오가 조금이나마 지원을 할 수는 있

　　　　　　　5장 보비와 조지의 망명 생활

겠지만 아이에게는 그 이상의 재정 지원이 필요하다고 그녀
는 강조했다. 며칠 후에는 오미도 자신의 아들처럼 재능 있
는 아이들을 위한 기금이 있지 않은지 문의했다.

결국 블룸스버리 하우스의 지원은 불필요했다. 낸스는 11월
위원회에 로버트가 삼 년간 매년 육십 파운드를 제공하는
카운티 최고상을 받았을 뿐 아니라 역시 삼 년간 매년 오십
파운드를 제공하는 카디프 대학 최고 입학 장학금도 따냈다
고 알렸다. '추가지원 불필요!' 블룸스버리 하우스의 한 직
원은 서신 맨 밑에 이렇게 써넣었다.

하지만 이 모든 것은 로버트에게 너무 일렀고 너무 버거
웠다. 그는 다른 학생들보다 두세 살이 어렸고, 열한 살 때
부모와 떨어져 살기 시작하여 열여섯이 된 지금은 위탁 부
모와도 떨어져 살게 되었다. 학교 성적은 좋았지만 독립생
활은 잘하지 못했다. 카디프 대학에 들어간 뒤 첫해를 낙제
하는 바람에(메건 말로는 "자신감 위기"였다) 이제 낸스가 구조
중재를 해야 했다. 펜 Y 가스의 빙글리 가로 돌아가 시간을
좀 보낸 후, 집에서 더 가깝고 압박감도 덜한 뱅거 대학이
낫겠다는 결정이 내려졌다. 거기서는 최우수 등급 학위를
받았다.

성취는 그의 야망을 부추겼고 야망은 불만을 돋우었다.
"부유한 가정에 입양되어 옥스퍼드나 케임브리지에 진학했

케어나폰의 펜-Y-가스 거리 빙글리 가의 집. 1950년경. 낸스와 레주 빙글리(뒷줄 왼쪽과 오른쪽), 에르나 보거(가운뎃줄 왼쪽), 메건 로버츠(가운데), 레주의 어머니 메리 빙글리(가운 뎃줄 오른쪽), 지미 빙글리(아랫줄 왼쪽), 그리고 로버트 보저(아랫줄 오른쪽).

다"는 다른 난민 아이들과 비교하며 메건 앞에서 불평했다. 내 아버지가 세상을 뜬 지 거의 사십 년이 됐을 때 메건 스텀블스는 내게 그 사실을 알려줌으로써, 아직도 아버지는 나를 부끄러움과 분노로 오그라들게 만드는 힘을 갖고 있음을 증명했다.

그건 극심하게 배은망덕하고 이기적인 말일뿐만 아니라 전혀 사실이 아니었다. 위탁부모 관련한 운이 아버지보다 좋은 사람을 나는 찾지 못했다. 〈맨체스터 가디언〉 광고에 실린 빈의 아이들을 받아들인 가정 다수가 박애주의의 탈을

5장 보비와 조지의 망명 생활

쓰고 뒤로는 저렴하고 양순한 노동력을 착취하는 데 더 관심이 있었다.

조지 맨들러는 리버풀 스트리트 역에서 유대인 구호단체에서 나온 시어러 부인이란 여인의 마중을 받았다. 그녀는 조지를 데리고 런던을 지나 남해안 본머스 행 기차를 타러 갔다. 런던의 교통에 경악한 조지는 그것을 "독특한 사건"이라고 칭했다.

"삼 미터 간격으로 여러 대 버스들이 줄을 이었고 모두 뜀박질을 했으며 소음이 끔찍했어요." 1938년 10월 10일 고향 집에 보낸 첫 편지에 그는 이렇게 썼다. 도착 즉시 "좋게 도착했어요Good arrived"라는 두 개 영단어로 이루어진 전보를 쳤는데 그건 독일어 "구트 안게코멘gut angekommen"을 직역한 것이었다. 영국 우체국에서 독일어를 쓰고 싶지 않아서였다.

그는 어둑한 10월 저녁 본머스에 도착하여 세인트 메리스 기숙학교 교장 도널드 랭던, 그리고 함께해줄 같은 또래의 학생과 만났다. 곧장 잠자리에 든 다음 아침에 일어나 잉글랜드 차 문화와의 불운한 조우를 시작했다. 누군가 찻주전자를 갖다 주긴 했는데 뜨거운 물을 빠뜨려 조지가 뚜껑을 열어보니 황갈색 찻가루와 설탕만 바닥에 들어 있었다.

"모두가 무척 친절하고 내 영어 실력이 얼마나 괜찮은지나 자신 놀랍다. 의사소통을 훌륭하게 해낼 수 있다." 그는 이렇게 쓰고 덧붙이기를, "음식은 형편없다. 점심은 그런대로 먹을 만한데 나머지는 아니다. 아침, 오후, 저녁은 설탕, 레몬, 럼도 넣지 않은 뜨거운 차와 우유다."

영국 곳곳에 들어앉은 소규모 사립 기숙학교들이 보통 그랬듯 해안가에서 두 블록 떨어진 개인주택을 쓰던 세인트 메리스도 괴상한 장소였다. 도널드 랭던은 성직을 박탈당한 전직 예수회 신부이자 오스왈드 모슬리의 영국 파시스트 연합의 일원이었지만, 필시 금전적인 이유로 맨들러 같은 유대인 난민 아이들 몇을 받아들이기로 동의했을 것이다. 당시 맨들러는 그에게서 명백한 반유대주의의 징후를 감지하지 못했다.

수업의 질은 고르지 않았다. 맨들러는 패디 미노그라는 교사를 "사실은 아닌 말로만 프랑스어 달인"이라고 묘사했다. 그럼에도 어쨌든 세인트 메리스 기숙학교에서 조지는 영국에 들어온 지 불과 여덟 달만에 영어영문학·지리·프랑스어·독일어·수학 부문에서 옥스퍼드 스쿨 자격 과정을 모두 마쳤다.

처음에 조지의 마음에 가장 든 교사는 윌리엄 이드였다. 그러나 조지의 베개 아래 사탕과 격려의 쪽지 따위를 남겨놓는 등의 특별한 관심의 배후에 모종의 꿍꿍이가 있음이 금세 드러나고 말았다. 이드는 조지에게 노골적으로 수작을 걸진 않았지만 교사의 관심에 넘어오리라고 기대하고 있는 것은 분명했다. 일 년여의 노력에도 불구하고 기대가 충족되지 않자 이드는 조지에게 괘씸하고 불충실하다는 비난과 함께 유대인들은 하나같이 쓰레기라고 선언하는 독설이 담긴 쪽지를 보냈다.

새로 들어온 외국인 학생들을 향한 기존 학생들의 괴롭힘도 조금 있어서 조지는 약간 당황했다. 그의 학생시절 일기를 줄곧 장식한 반복적인 주제는 음식의 끔찍함이었다.

조지 맨들러가 영국에서 맺은 가장 깊고 두터운 인연의 대상은 세인트 메리스 기숙학교의 누군가가 아니라 난민단체에 의해 방학 동안 그를 맡아주도록 배정받은 아이잭스 가족이었다. 조지에게, 다른 난민 아이들처럼, 영국에 도착하고 맞닥뜨리는 것이 친절이냐 무관심이냐는 운에 딸린 문제 같았다. 조지는 결국 운이 좋았다.

지나와 스탠리 아이잭스 부부, 그들의 자녀 앨런과 앤(터피)은 조지에게 제2의 가족이 되었다. 조지와 비슷한 나이로 고난도의 자전거 여행에 조지를 데려가 준 앨런은 평생의 친구로 남았다. 아이잭스는 본머스 인근 풀이라는 해안가로 휴가를 즐겨 떠났고 조지는 여가시간의 대부분을 그들과 함께했다. 1939년 9월 3일 전쟁이 터진 순간에도 그는 그들과 함께 있었다. 모두 라디오 앞에 모여 앉았던 것이 기억나기는 해도 그 사건은 깊은 인상을 남기지는 않았다. "왜냐하면 나에게 그것은 전과 변함없이 계속되는 세상일 뿐이었기 때문이다."

"나의 전쟁은 그보다 일찍 시작되었고 이것은 그로부터 예기된 합리적인 결과였다." 그는 이렇게 썼다.

이렇게 새 친구들을 사귀고 새 언어를 배우고 새 학교에서 시험을 치는 와중에 조지는 부모와 여동생을 빈에서 탈출시켜야 하는 책임도 지고 있었다. 부모 앞으로 노동비자를 취득해야 했고 트루디가 다닐 학교도 찾아내야 했다. 수많은 임무를 처리하는 와중에, 자동차 제조업자이자 박애주의자인 너필드 자작이나 헝가리 이민자로 잡지 〈픽처 포스트〉를 공동 창간한 스테판 로란트 같은 부유한 명사들에게 끝없이 편지를 썼다. 그들은 모두 그의 부탁을 거절하거나 깡그리 무시했다.

구원의 손길은 미국 관료제의 거북이걸음에서 뻗어왔다. 전쟁이 시작되기 전에 이탈리아를 거쳐 뉴욕에 도착할 수 있도록 조지의 부모와 동생 트루디의 비자가 때맞춰 발급되면서 조지도 이미 전업처럼 돼버린 후원 및 재정 지원 물색을 그만둘 수 있게 되었다.

"이런 회상의 순간, 나는 내가 열세 살에서 더 돼봐야 열여섯 살 된 소년을 이야기하고 있음을 깜빡 잊는다.[23] 나는 마치 성인의 삶을 기억하는 듯한데 그건 아마도 내게 부과된 임무들이 성인의 것이었기 때문이리라." 그는 이렇게 썼다. "이민과 그걸 둘러싼 사건들이 우리 세대로부터 사춘기를 앗아갔다고 나는 늘 느껴왔다."

6장

지크프리트, 파울라, 그리고 영국 입성

지크프리트와 파울라 노이만이 빈을 떠나기 전에 그들의 아버지는 피살되었다. 변호사 카를 노이만은 나치 점령 한 달 후인 4월에 체포되어 다하우로 전송되었다. 완전히 제멋대로인 다하우 추첨의 희생자였다. 며칠 후 빈에서 가장 길고 갖가지 상점과 음식점 들이 줄지어 선 10구 파보리텐슈트라세의 집에 나치 돌격대가 쳐들어와 쑥대밭을 만들어놨다.

가장인 아버지 없이 아이들과 어머니 베르타는 어떻게든 근근이 살아남아야 했다. 1938년 10월 10일, 겨우 열여섯이던 지크프리트는 〈맨체스터 가디언〉에 직접 광고를 냈다. "견습생이나 가정교사가 될 수 있다면 정말 기쁠 겁니다." 그는 중등학교에서 여섯 개 과목을 수료했다고 덧붙이며 괄호 안에 유대인이라는 사실을 밝혔다.

한편 그들의 아버지는 부헨발트 수용소로 이송됐다가 12월 에는 그의 사망 사실과 함께 24시간 내로 시신이 회수되지 않으면 화장될 것임을 알리는 전보가 가족에게 전달되었다.

"그 끔찍한 전보를 제일 먼저 읽은 오빠는 충격으로 낯이 하얗게 질렸고, 어머니의 비통과 절망은 볼 수 없을 만큼 극심했다." 오랜 세월이 흘러 가족에게 보여주려고 손으로 써 내려간 회고록에서 파울라는 이렇게 전했다. "나는 내가 알아 온 세계가 내 눈앞에서 무너지고 있다고 느끼며 오빠와 어머니를 바라보았다."

베르타는 곧바로 카를의 시신을 회수해와 수용소에서 가장 가까운 고타라는 마을의 유대인 공동묘지에 유대 예식에 따라 매장했다. 훗날 가족은 어느 동료 수감자한테서 카를이 수용소에 만연한 필시 티푸스였을 병에 걸려 부헨발트의 '의무실'에서 죽었다는 말을 전해 들었다.

1939년에 들어서며 빈에서의 삶은 더 위험해졌다. 동네 아이들이 "유대인"이라고 외치며 지크프리트와 파울라에게 돌을 던졌다. 4월에는 지크프리트가 다른 유대인 소년들과 함께 붙잡혀 며칠 실종되었다. 소년들은 강제노동에 시달리다 간신히 공포에 질린 부모들의 품으로 돌아갈 수 있었다.

견습생이 되고 싶다는 지크프리트의 호소에 대한 응답으로 리버풀의 소목장 견습생 자리가 나왔다. 위탁양육도 가

젊은 시절의 파울라 노이만. 1952년경.

능하다고 했다. 그런가 하면 런던의 독일 유대인 지원위원회에서 여동생을 위한 비자도 받아내 주었다. 지크프리트는 4월 중순 베르타와 파울라의 배웅을 받고 베스트반호프를 떠났으며, 5월 12일에는 파울라의 차례가 왔다. 그날 아침 엄마를 따라 시내에 막판 장보기를 나간 파울라는 "이게 마지막이야. 내일은 먼 곳에 있을 거고 어쩌면 이곳을 다시는 보지 못할지 몰라" 하는 생각으로 거리 구석구석을 유심히 살펴봤다.

파울라의 기차는 저녁 여섯 시에 출발했다. 역에 들어서는 갓 아홉 살 난 소녀의 가슴이 두려움으로, 다른 한편으로는 탈출의 안도감으로 차올랐다. 동행한 사촌 에르니와 함

6장 지크프리트, 파울라, 그리고 영국 입성

께 좌석을 찾자마자 파울라는 창가로 달려가 플랫폼에 선 어머니에게 마지막으로 손을 흔들었다. 모녀는 언제 어디서 다시 만날지 이야기를 나누었으나, 베르타의 자녀들은 두 번 다시 엄마를 보지 못했다.

하위치에 내리자 "축복받은 분위기 변화"가 먼저 파울라를 덮쳤다. 그녀와 다른 아이들은 영국 경찰과 관리들에 둘러싸였다. 귀중품이 있나 몸을 수색하던 오스트리아 어른들과는 달리 이들은 자신들을 도우려는 어른들이었다. 초콜릿바 따위의 음식이 든 작은 상자를 하나씩 받아든 아이들은 여정의 다음 단계인 런던으로 인도되었다.

리버풀 스트리트 역에서 아이들 한 무리가 하차하여 플랫폼에 올라섰다. 목둘레에는 번호표가 붙어 있었다. 젖먹이 쌍둥이를 바구니에 든 여인을 비롯하여 아주 어린 아이들의 경우 동반이 허락된 어른들도 소수 보였다.

그들은 앞서 보비 보거와 〈맨체스터 가디언〉 광고의 다른 아이들이 걸었던 길을 따라 역내의 홀로 들어섰다. 거기에는 영국 각지에서 온 위탁부모들이 모여 서서 자신들의 것과 똑같은 번호를 단 아이를 애타게 찾고 있었다. 그 첫 만남들은 친절과 우려, 갈망과 거의 불가피한 실망 같은 갖가지 감정들과 충동들이 뒤죽박죽 뒤섞인 부조화의 도가니였다.

리버풀 스트리트에서 자신에게 다가온 여인에 대한 파울

라 노이만의 첫인상은 "불친절하다기 보다 내가 알아 왔고 기대해온 것과 완전히 송두리째 다른 존재"였다. "나는 외롭고 두려웠으며 그때부터 '다르다'는 느낌을 갖고 살았다. 나치 치하의 유대인 아이처럼 '다르다'는 건 아니었으나 그래도 지금 나를 둘러싼 사회에 속하지 않는다는 그런 느낌이었다."

한편 이전의 이민 물결을 타고 영국에 건너온 동유럽 유대인이던 파울라의 위탁모 에티 레보비츠도 눈앞에 선 소녀의 다름에 깜짝 놀랐다.

그녀는 언니와 함께 리버풀에서 내려왔는데 둘 다 런던은 초행이어서 아이를 찾은 다음 함께 관광이라도 할 예정이었지만 파울라의 '독특한' 복장을 보고 다음 기차로 귀가해야겠다고 마음을 바꿔 먹었다.

리버풀은 엄청난 충격을 주었다. 부모가 빈에서 경제적으로 쪼들릴 때도 있었지만 파울라와 지크프리트는 잘 먹고 잘 입었으며 제대로 된 교육을 받았다. 파보리텐슈트라세의 아파트에서 노이만 일가는 제국주의를 거친 수도의 광휘와 품격 한가운데 살았다. 리버풀은 대공황으로 황폐해진 산업도시였다. 에티와 아이잭 레보비츠의 집은 에버튼 구의 그레이트 호머 스트리트에 있었다. 아래층에는 대부분 상점이 들어선 거무스름한 벽돌집들이 다닥다닥 붙은 동네였는데, 그들

건물 아래층에서는 신상품과 중고품 남성 정장을 팔았다.

"거리마다 이 음울한 집들이 늘어서 있었고, 오물과 가난이 여기저기 널려 있었다." 파울라는 이렇게 썼다. "맨발에 누더기 차림의 더러운 아이들"이 골목에서 놀고 옥외변소들이 악취를 풍겼으며 주정뱅이들이 노래하고 싸우는 소리에 잠을 설쳤다.

이처럼 숨 막히는 소외감 속에 다행인 것이 하나 있었다. 위탁부모가 쓰는 이디시어와 파울라의 빈 독일어 사이의 공통점들은 서로의 말을 알아듣는 데 도움을 줬다.

지크프리트는 위탁부모 운이 좋았다. 그들도 가난하긴 했지만 마음이 따뜻했다. 지크프리트는 토요일 오후마다 파울라를 찾아와 함께 산책을 하고 울워스에서 초콜릿을 사 먹고 서로의 고민을 들어줬다.

"오빠는 나에게 부모 같은 존재가 되어버렸고 나는 이후 여러 해 동안 오빠를 단 하나의 친근한 사람으로 느끼고 매달렸다." 그녀는 이렇게 썼다.

그러나 1940년 열여덟밖에 안 된 지크프리트가 억류되고, 석방된 후에는 적성외인이 되어 항구로 전략적 중요성을 띤 리버풀에서 사는 게 금지됨에 따라, 그녀는 이 유일한 위로마저 빼앗겼다. 지크프리트는 맨체스터로 이주하여 육군에 입대했고, 파울라와 만나 함께 보내는 시간은 갈수록 짧아

영국 군복차림의 지크프리트 노이만. 1945년경.

졌다.

파울라는 그레이트 호머 스트리트에서 전차로 반 시간 거리였던 킹 데이비드 유대인학교에 진학했고 석 달 만에 생활과 교우에 충분한 영어실력을 갖추게 됐다. 에버튼의 비유대인 소녀들도 사귀어 함께 영화관에도 갔다. 방학에는 머시 어귀 건너편 월러시의 뉴브라이튼 해변에 놀러 가 바다를 내다보며 리버풀에서 멀리 떠날 수 있게 되기를 소망했다.

그녀는 에티와 아이잭 레보비츠를 '숙모'와 '삼촌'으로 불렀지만 그들과의 관계는 차가웠다. 그 집안에서 입맞춤과 포옹은 "거의 전무"했으며 리버풀 스트리트 역의 그 첫 순간부터 줄곧 자신이 '이상'하다고 여겨지고 있음을 기억해야만 했다. 클래식음악을 좋아하는 점도, 춤 동작도, 부모가 그리워 갑자기 울음을 터뜨리는 것도 다 그랬다.

"나는 나의 위탁부모가 원했을 예쁘고 쾌활한 어린 소녀가 아니었다." 그녀는 술회했다. 그녀의 행동에 어떤 문제점이 발견될 경우, 같은 처지의 다른 소녀였다면 고마워서라도 폐를 끼치는 일은 안 할 거라는 훈계를 반복해서 들었다.

레보비츠 부부는 한 세대 전에 어린 나이로 러시아 서부에서 잉글랜드로 건너와 열두 살부터 가족을 위해 일해야 했다. 남자아이들만 일 년간 체더(유대식 종교 교육)를 받았기 때문에 지크프리트의 간청에도 그들은 고등교육에 대한 파울라의 열망을 지지하지 않았다.

같은 위탁부모 밑에서 자란 샘은 지크프리트와 동갑이었지만 오빠로서의 대타는 절대 못 되었다. 바짝 말랐다고 놀리는 것 말고는 "내게 거의 무관심했다"고 그녀는 말했다. 그녀를 "묘지에서 온 리지"라고 불렀다고 한다.

파울라는 1939년 여름 동안 어머니와 편지를 주고받으며 베르타가 언젠가 리버풀에 건너와 자신을 데려가리라는 희망에 매달렸다. 하지만 9월 선전포고와 함께 편지는 중단됐고 1941년에 아이들이 건강히 살아있는지 묻는 안부 전보 한 통이 다였다. 그것이 파울라가 어머니에게서 받은 마지막 연락이었다. 자신의 답장이 어머니에게 도착했는지조차 파울라는 알 수 없었다.

독일의 영국 대공습이 최고조에 달했을 무렵 학교가 체스터로 대피함에 따라 그녀는 다시 딱지를 목에 붙이고 겁을 먹고 우는 아이들과 함께 역 플랫폼에 서 있어야 했다. 체스터의 호스트 가정은 파울라를 완전히 방치했다. 3주 후 위탁모가 찾아와 그 꼴을 보고 쉼 없는 폭격의 위협에도 당장 리버풀로 데려가겠다고 주장할 정도였다. 1940년, 가족은 거의 매일 밤을 방공호에서 보냈고 부두 근처의 그들 동네는 처참히 훼손됐다. 그레이트 호머 스트리트 또한 반은 박살이 났다.

이러한 상황에서 노이만의 아이들은 최악의 공포가 현실이 되어가는 동안 천천히 다가오는 사별의 느낌과 맞서 싸워야 했다. 지크프리트와 파울라의 가족과 친척 중 홀로코스트에서 살아남은 이가 없었다. 어머니 베르타는 1941년 11월 28일 빈에서 민스크로 추방되어 도착 후 또는 도중에 사망했다. 적십자사의 확인을 받은 후에도 파울라는 어머니가 기적처럼 다시 나타날 거라는 헛된 희망을 끌어안고 살았다. 그 희망이 희미해지는 데까지 긴 세월이 걸렸다.

생의 첫 아홉 해를 독일어를 쓰며 산 파울라는 성인이 된 후 대부분 이스라엘에서 살며 히브리어를 썼지만 제1언어는 여전히 영어였다. 리버풀에서 그녀는 고전문학이라면 닥치는 대로 죄다 읽었고 수입의 상당 부분을 연극 관람에 지출했다. 대사의 어휘와 억양은 그녀에게 깊은 인상을 남겼다.

그것은 자립이 가능해질 즈음 시작된 습관이었다. 그녀는 열네 살에 미용사로 돈을 벌기 시작했고 미용실 주인이 혈전으로 돌연 사망하자 십대 후반 나이에 경영권을 인계받았다.

스물한 살이던 1951년, 그녀는 리버풀의 집에서 벗어나 런던에서 살아보기로 결심했다. 레보비츠 부부에게 뭐라고 말해야 할지 몰라 미루다 출발 전날에 선언했다. 반응은 침묵이었고, 그것은 이튿날 그녀가 현관문을 나설 때까지 계속됐다. 그런들 아무 상관없었다.

"그들과의 총 12년간의 관계에서 한 번도 행복하지 않았어요." 레보비츠 부부의 과묵한 성정에 더해 그녀 자신의 갈수록 좌익화된 정치관과 무신론으로의 이동, 그리고 '보통 직장여성' 이상이 되고픈 포부가 모두 원인이 되었다며 그녀는 말했다.

전쟁이 끝난 후 지크프리트와 파울라는 청년 공산주의자 연합에 가입하여 소련이 여러 동유럽권 국가에서 펼친 축제에 참가했다. 파울라는 영국 공산당의 아마추어 연극 부문인 유니티 극단에도 가입했다. 레보비츠 부부의 눈에 이것은 순전한 무신론의 증거였다.

돌아보건대 그 집안에 관하여 그리운 것이 하나 있다면 겨울철 난로 옆에서 '삼촌'이 뉴욕 신문 〈포워드〉 기사를 이디시어로 낭독하는 소리를 듣는 거였다. 그것 외에는 아무것도 없었다. 레보비츠 부부는 그녀를 구제하긴 했으나 그녀가 환영받고 있다고 느낄 수 있게 뭔가 해줘야겠다는 생각은 전혀 하지 않았다.

〈가디언〉 아이들 중 일부는 영국에서 자선을 얄팍하게 위장한 착취에 시달리기도 했다. 열여덟 살의 리제 파이크스는 1938년 6월 28일 막 학교를 졸업한 "빈의 보험회사 상무이사의 딸"로 독일어·영어·프랑스어를 할 줄 알고 피아노 실력이 뛰어나며 영어와 독일어 속기와 타자에도 능하다고 광고되었다. 그녀를 받아들인 영국 가정은 오직 이용하려고만 했다.

"어머니는 가족에게서 분리된 데 그치지 않고 가정부 역할에 내던져져 자신을 부리는 사람들보다 열등한 존재라고 느끼게 되었다"고 워싱턴 대학 컴퓨터공학과 교수이자 그녀의 아들인 마틴 톰파는 내게 말했다. 리제는 가족에게서 강제로 격리된 채 부엌에서 혼자 밥을 먹어야 했다. "그때가 인생에서 가장 비참한 시기였다고 어머니는 내게 말씀하셨어요." 마틴이 말했다.

내가 찾아낸 사례들 가운데 노골적으로 잔인한 처우는 없었지만 모호한 구석들은 많았다. 위탁부모들은 어려운 처지의 아이들을 돕고는 싶었어도 아이들의 고난에 대한 참된 온정이나 공감을 표현하지 못했고 심지어 자신들이 구해줘야 했을 아이들이 충분히 기뻐하지 않아서 또는 그냥 다르다는 이유로 분노하는 경우도 있었다.

게르트루드 바차는 영국에서의 첫 위탁가정 생활을 통해 고마움과 상처를 함께 느꼈다.

그녀가 브리스톨 역에서 기차에서 내린 후 만난 애니 파팅턴은 위압적인 모습이었다. 머리끝에서 발끝까지 트위드 차림에다("내가 여태 본 가장 유행에 뒤떨어진 복장이었다"고 게르트루드는 훗날 회고했다) 펠트 헬멧을 모자로 썼고 턱에서 뺨까지 이어진 화상을 머플러로 반쯤 가리고 있었다.

그 영국여인은 게르티를 위아래로 샅샅이 뜯어보더니 게르티의 여행 가방을 집어 들고는 "따라와" 하며 차로 향한 뒤 브리스톨과 바스 중간에 있는 소도시 케인샴으로 그녀를 데려갔다.

거기서 게르티는 아주 영국적이고 아주 중산층다운 가정의 한 부분이 되었다. 파팅턴 부인은 지역 여성단체의 주동자였고 골프와 테니스를 많이 쳤다. 인근 전문대학 학장인 남편 프레데릭은 유머감각을 갖춘 미남이었지만 집에서는 주로 책을 읽었을 뿐 게르티에게는 거의 말을 붙이지 않았다. 부부에게는 주근깨투성이에 빨강머리 아이들 둘이 있었다. 열세 살 제프리는 오스트리아에서 날아온 소녀를 조롱했고, 엄마가 시키면 뭐든 하는 조용한 성격의 열일곱 살 덴리는 게르티에 대한 시기와 공모적 연대감 사이를 오갔다.

애니 파팅턴이 게르티를 받아들인 데는 복합적 동기가 있었음이 금세 분명해졌다. 우선 여성단체 내에서 박애주의자로서의 평판이 올라갈 것이었고 그보다 구체적으로는 게르티를 청소 등 집안일에 쓸 수 있으니 무료로 노동력을 확보할 수 있었다.

난민 아이는 아침에 가장 먼저 일어나 현관 복도와 정원 통로를 쓸고 우유를 들여와야 했다. 아침을 먹고 나면 설거지를 마치고 청소를 시작해 침실들과 층계들을 쓸고 닦고 여러 표면의 먼지를 털어내야 했다.

파팅턴 부인은 감춰진 구석구석의 청소가 잘 됐는지 손가락으로 쓸어보며 검사했다. 같은 임무를 맡고 있던 덴리는 게르티의 도착으로 부담을 덜 수 있게 되자 안도의 한숨을 내쉬었다. 제프리는 예외로 집안일은 면제됐다.

몇 달 후 게르티는 파팅턴 부인에게 요리를 가르쳐달라고 청했으나 청소도 아직 숙달되지 않은 수준이라 그보다 고급 기술로 이동하기에는 너무 이르다는 답변을 받았다.

게르티는 "나를 나치의 지옥에서 탈출시켜준" 이 복잡한 영국여인에 대한 감사의 마음을 글로 표현했지만 그녀의 회상을 살펴보면 애니 파팅턴에게는 공감이 놀랄 만큼 결핍되어 있었음이 명백해 보인다. 그녀는 게르티가 향수와 부모에 대한 불안으로 울고 있는 걸 발견하면 인내심을 잃었다고 한다.

게르티는 어머니와 아버지에 대한 기억을 잃을까봐 걱정하곤 했다. 이 '망각의 두려움'이 덮쳐오면 그녀는 빈에 있는 어머니와 함께 있는 척하고, 그녀와 함께 쇼윈도를 들여다보며 빈 거리를 걷는다는 생각을 하며 케인샴 거리를 걸었다. 좋아하는 거리를 따라가고 빈 오페라의 곡조를 흥얼거려도 보고 가게 이름을 읽어보는 것 같은, 그녀만의 은밀한 의식이었다.

부모에 대한 기억이 머릿속에서 증발해버릴지 몰라 무서웠던 것이다. 일부러 자꾸 기억에서 불러내 보면 사라지지 않고 남을 것처럼. 1939년 9월까지는 어머니에게서 편지가 매일 왔기 때문에 그래도 수월했다. 그러나 전쟁이 터지면서 편지는 중단됐고 망각의 두려움은 더욱 긴박해졌다.

"어머니의 사진을 들여다보는 순간 마음속 눈에 보이는

어머니의 진짜 모습을 잃어버리곤 했다." 그녀는 이렇게 썼다. "이것은 트라우마에 가까운 경험이다. 그게 실제 분리보다도 견디기 어려운 것 같고, 계속되는 분리는 영원한 고통으로 이어진다."

이 점차적인 상실을 "서서히 고아 되기"라 부른 게르티는 1942년 자신도 모르는 새 고아가 되었다. 부모의 사망 사실이 확인되는 삼 년 후까지 매일 매일은 그들을 머릿속에 기억하려는 전쟁과 같았다.

"세월이 흐를수록 가족의 얼굴들이 사진 속 얼굴들이 되어버렸다. 나는 오랫동안 눈을 가늘게 떠서 아버지와 어머니의 '진짜' 얼굴을 떠올릴 수 있었는데 말이다." 훗날 그녀는 이렇게 썼다. 피와 살을 가진 부모의 기억에 대한 이 비상한 집중은 처음에는 사진 속의 모습을 물리칠 만큼 강력했으나 차츰 이차원의 흑백 이미지가 기억보다 강해지면서 조부모와 삼촌들과 숙모들의 경우가 이미 그랬듯 결국 그것을 대체했다.

자신이 있을 곳을 잃어버린 것 같은 게르티의 의식을 애니 파팅턴은 까맣게 몰랐고 오히려 대체 왜 아이가 영국 생활을 낯설어하는지 이해하기조차 힘들어했다. 그녀는 게르티가 일요일에 가족을 따라 교회에 가야 한다고 고집했고 주말에 바스에서 열리는 체더에 게르티를 데려가자는 지역 유대인 난민위원회의 제안도 거절했다.

무엇보다 파팅턴 가족은 부모에게 일자리를 찾아줌으로써 목숨을 살려달라는 게르티의 애원에 전혀 진지하게 응답하지 않았던 것 같다. 케인샴에는 같은 빈 출신의 유대 난민 소녀 루스 도이치가 있었다. 게르티보다 한 살 아래인 루스의 위탁가정은 파팅턴 일가보다 가난했지만 훨씬 인정이 많아 봄이 올 무렵에는 루스의 부모를 위한 가사노동허가증을 받아내줌으로써 그들이 나치제국을 탈출하여 케인샴으로 건너올 수 있게 도와줬다. 파팅턴 일가만 한 연줄도 교육배경도 없는 이 영국가정도 조금 노력하면 이 같은 구조행위가 가능했음이 명백했다.

그래도 만년에 이른 게르티는 그들을 용서할 수 있었다. 애니는 "친절하려고 노력한 쾌활한 여인"이었다고 그녀는 썼다.

"그런 상황이 불만족스러웠고 파팅턴 부인과 그 아들로 인해 괴롭기도 했지만 나는 언제나 그들에 대해 감사만을 느꼈다. 동기야 불분명했지만 비유대인인 그 사람들이 필요한 절차들을 거쳐 한 유대인 아이를 구해내 준 것이다." 훗날 예후디스 시걸이 된 그녀의 말이다.

그러나 1939년 여름에 접어들면서 처음의 제한적 환대조차 사라지는 느낌이었다. 여름 가족휴가에 게르티를 데려가지 않을 테니 따로 계획을 세우라는 파팅턴 부인의 암시가 특히 그랬다.

열네 살 빈 소녀는 한발 더 나아가 아예 새 가정을 찾았다. 빈에 있을 때 그녀의 부모와 함께 탈출 경로를 계획했고 리즈로 탈출한 '오스트유덴' 카츠 일가에 편지를 썼다. 영국에서 게르티를 돌봐주겠노라고, 다하우에서 아들들을 빼내도록 도와준 아돌프 바차에게 영원히 빚을 졌다고 게르티의 부모를 안심시켰던 카츠 가족은 게르티의 편지를 받고 곧장 답했다. "당장 이리 오거라." 그들은 이렇게 썼다. "우리 집이 네 집이란다."

게르티는 1939년 7월 초 리즈로 이사했다. 역까지 차로 데려다주고 기차에 오르는 게르티를 보는 애니 파팅턴의 얼굴에 슬픔과 안도감이 동시에 스쳐갔다.

리즈에서 카츠 가족과 함께한 삶은 파팅턴 가에서의 것과는 정반대였다. 게르티는 따뜻하고 정답고 명랑하지만 가난한 사람들로 그들을 묘사했다. 유대 푸줏간 위층에서 방두 개를 나눠 쓰는 대가족이었다. 부족한 개수의 침대를 돌려가며 쓰는 가족이 처음에는 게르티에게 침대 하나를 따로 내주는 '최고 대우'를 해주었다. 그러나 살림과 공간이 빠듯했으므로 영원히 살 집은 못 되었다.

게르티는 집은 크지만 가정생활이 행복하지는 않아 나이

가 훨씬 많은 남편과 자주 다투던 로지 피셔라는 여인의 집에서 살게 됐다. 이 남편은 늘 게르티의 몸을 더듬었고(내가 발견한 유일한 성적 학대의 사례였다), 두 사람 다 그녀를 가정부로 다뤘다.

가뜩이나 어둡고 힘든 시기가 유럽의 정황 때문에 더욱더 괴로웠다. 그녀가 피셔 가에 살던 1939년 9월 1일 나치는 폴란드를 침공했다. 이틀 뒤 그들은 라디오 앞에 둘러앉아 네빌 챔벌레인의 선전포고를 들었다. 그 순간부터 게르티의 부모가 영국에 올 길은 완전히 막혔다.

의지할 집과 가족이 없는 피란민 아이들의 운명은 낯선 이들의 호의와 요행에 달려 있었다. 게르티의 운도 마침내 나아져 피셔 가의 사촌인 소피 케이너라는 여인과 연이 닿았다. 몇 주 전 만난 적이 있어 게르티의 곤경을 잘 아는 케이너는 의사 남편이 개업을 앞둔 브래드포드로 이사하기 직전이었다.

입주하여 자신들의 두 아이, 아홉 살 베라와 곧 여섯 살이 될 데이비드를 돌봐달라는 것이 그녀의 제안이었다. 가정부는 이미 있으므로 게르티를 무료 아동노동 자원이 아닌 가족의 일원으로 대할 것이라는 보장과 함께였다.

지난 6월 빈에서 이후 교실에 발도 못 디뎌본 게르티는 다시 학교에 다닐 수 있을지 알고 싶었다. 그러나 영국에서 무상교육은 열네 살까지만이었고 케이너 부부가 사립학교 비용을 대기는 무리였다. 대신 그들은 야간수업 비용을 대주기로 했고 소피는 게르트루드가 영어에 숙달할 수 있게 힘껏 돕겠다는 약속까지 했다.

케이너 가의 브래드포드 집에서 게르티는 마침내 영국 생활의 평화와 행복을 맛보았다. 소피 케이너는 그녀를 착취하려 들지 않은 최초의 집주인으로 바느질, 요리, 제빵, 시장에서 신선한 생선 고르는 방법, 전쟁 중 가족의 식량상황 개선을 위해 알 낳는 암탉 기르는 방법 등을 가르쳐주었으며 적절한 때가 되자 취업도 도와줬다.

게르티는 참전한 남편 대신 일을 해야 하는 엄마들의 아기를 보살피는 유아원에 일자리를 얻었다. 동료 보모들과 아이 엄마들은 브래드포드의 노동계급 출신이었는데, 그들이 바로 나치에 맞선 전쟁을 지탱하는 중추라는 사실을 그녀는 깨달았다.

"그 사람들 모두가 항상 명랑하고 용감하고 꿋꿋할 뿐 아니라 진짜 미워하기도 아까울 만큼 너무나 어처구니없는 '그 히틀러란 자'를 깊이 경멸하는 것처럼 보였다." 훗날 그녀는 말했다. "나는 그들이 무척 존경스러웠고 그렇게 확고부동한 영국예찬자가 되었다!"

그녀가 회고록에 남긴 글이다. "전쟁이 임박했고 나의 가족에게 일어난 끔찍한 일이 밝혀졌던 어렵고 힘든 시기였다. 잉글랜드는 내게 지울 수 없는 흔적을 남겼으며 나는 그것이 유익한 흔적이라 믿는다. 나는 잉글랜드인들이, 그게 유대인이건 비유대인이건 상관없이, 좋았다. 나는 잉글랜드식 사고방식에 쉽게 적응했는데 꼭 내가 어렸기 때문만은 아닌 것 같다. 나와 잘 맞았다고, 그래서 빈이라는 나의 배경과 성장에 잘 접목됐다고 생각한다. 무엇보다도 나는 잉글랜드인들의 유머감각을 높이 샀는데 그건 지금도 마찬가지다!"

"잉글랜드는 일반적으로, 그리고 잉글랜드인들도 일반적으로, 난민 아이들을 무척 인도적으로 취급했으며 그들의 궁핍한 처지를 보살펴주었다."

그러나 전쟁이 끝나기 전 게르트루드는 떠날 준비를 하고 있었다. 케이너 부부와 그들의 브래드포드 지인들의 다수가 시온주의자였기 때문에, 게르티도 유대인의 모국을 향한 그들의 열정에 사로잡혔다. 그녀는 사회주의 시온주의자 청년 운동인 하보님에 가입해 팔레스타인으로 이주하길 원하는 다른 유대인 십대들의 멘토 역할을 맡아 시오니스트 유아원에서 일하기 위해 맨체스터로 건너갔다.

전쟁은 영국의 그녀에게 아주 가끔만 직접적인 영향을 미쳤다. 브래드포드에서 지내는 동안 도시가 공습의 표적이 된 것은 한 차례뿐이었다. 어느 날 밤 시내 중심가에 소이탄

이 쏟아졌는데 아마도 서해안 랭커서 지방의 목표물로부터 귀환하는 길의 독일군 항공기가 사용하지 않은 군수품을 내리는 중이었을 것이다. 그녀가 맨체스터로 이사했을 무렵에는 독일은 퇴각 중이었고 대공습도 거의 끝났었다.

1945년 5월 8일, 마침내 유럽의 전쟁이 끝나자 맨체스터 주민 전체가 거리로 뛰쳐나와 자축했지만 유대인 난민들에게는 전쟁의 끝은 트라우마를 불러왔다. 강제수용소에 진입한 연합군의 눈을 통해 유대인들의 가장 큰 두려움이 확인되었기 때문이다.

요양을 위해 맨체스터에 들른 영국 육군 유대인여단 군인들이 베르겐-벨젠 수용소에서 본 사실들을 게르트루드의 시온주의자 단체에 이야기해주었다.

"머릿속에서 소문 또는 의심일 거라고 밀쳐놓을 수 있었던 것이 최악의 악몽보다 끔찍한 적나라한 현실로 증명되었다."그녀는 이렇게 썼다.

부모가 어느 수용소에서든 살아서 발견될 거라는 희미한 희망은 가냘픈 것이었어도, 생존자들이 소수라도 나오고 있는 한 여전히 희망이기는 했다. 그녀는 가족들이 전쟁의 잔해 속에서 서로를 찾을 수 있도록 지원하기 위해 거대한 데이터베이스를 구축 중이던 국제적십자위원회(ICRC)에 등록했다.

누구인지는 밝히지 않았으나 그녀를 찾고 있는 사람이 있다는 위원회의 연락을 받고 기대가 한껏 높아졌다. 부모일지 모른다고 믿으며 석 달을 보내고 나니 그것은 테레지엔슈타트에서 살아남은 어머니의 사촌 리젤이었고 또 누가 살아남았는지 알아보는 것이었다는 소식이 이어졌다.

두꺼운 봉투가 도착했다. 뜯어봤더니 가족사진들이 떨어졌다. 그런데 동봉된 편지는 어머니나 아버지가 쓴 것이 아니었다. 아돌프와 발리가 전쟁 첫 이 년 동안 가끔 방문했던, 빈 외곽에서 과일과 벌꿀 농사를 짓는 비유대인 친구 부부한테서 온 편지였다. 둘이 이 부부에게 가족의 귀중품을 맡겨뒀던 거였다. 그리고 얼마 지나지 않아 위원회로부터 온 얄팍한 편지에는 그녀 가족의 이름들과 그들이 사망한 대략적인 일시와 장소가 적혀 있었다.

"그 편지를 열어본 기억이 전혀 나지 않아요. 그게 어떻게 생겼었고 어디로 사라졌는지도 마찬가지예요." 그녀는 말했다. "내가 가지고 있는 건 이 목록을 손 글씨로 옮겨 적은 허드레 종잇장이 전부로, 그것은 다른 서류들 틈에 섞여 십 년쯤에 한 번씩 들여다보게 됩니다."

그 편지를 뜯었던 순간, 그녀는 맨체스터에서 다른 유대인 자원봉사자들과 함께 앉아 있었다. 그녀는 기절했고 아무것도 할 수 없게 되어 동료들의 도움을 받아 침대에 눕혀

진 후 사흘 동안 흐느껴 울었다.

"내 신경과 감정, 반응을 조절하는 줄이 갑자기 내 손에서 빠져나가 더이상 나 자신을 통제할 수 없게 된 느낌이었어요." 그녀는 말했다.

헤스 가족은 사정상 따로따로 빈을 탈출해야 했는데 모두 다 살아남았다. 알리스 헤스는 1939년 3월 13일 월요일, 안슐루스 선포로부터 정확히 일 년 뒤 런던에 도착했다. 가정부로 일하던 그녀의 어머니는 잠시 일을 멈추고 리버풀 스트리트 역으로 딸을 마중 나가서 함께 시간을 좀 보낸 뒤 맨체스터행 기차에 알리스를 태워 보냈다.

다하우에서 용케 빠져나왔던 그녀의 아버지 벨라는 3월 말 도착했다. 요제피네가 남편의 보증서에 서명해줄 사람을 찾기는 했지만 그를 기다리고 있는 일자리는 사실 없었다. 요제피네는 자신의 주급으로 남편을 부양했다. 그의 방세로 십 실링이, 식대로 또 십 실링이 나갔다. 어머니가 "가사노동자로 매우 열악한 취급을 받았지만 아버지가 살아남으려면 돈이 필요했기 때문에 그만둘 형편이 아니었다"고 알리스는 말했다.

헤스 일가의 직계가족 중 마지막으로 빈을 떠난 게 할머니와 지내던 막내 게르티였다. 그녀는 1939년 5월 말 도착하여 런던에서 부모와 함께 지내다 미용사 견습생 일자리를 찾았다. 알리스는 신문광고에 응답한 맨체스터 가족의 집에 살면서 의복공장에 취직했다.

그녀는 1940년 6월 독일과 오스트리아에서 들어온 다른 남자들 수천 명과 함께 맨 섬에 억류되기 며칠 전 맨체스터를 찾아온 아버지 벨라와 마침내 처음으로 얼굴을 마주했다. 다섯 달 후, 그들의 운명은 또 한 차례 뒤바뀌었다. 미국 비자가 나왔다는 소식이 전해지면서 벨라는 수용소에서 석방됐고 알리스는 필수 신체검사를 받으러 서둘러 런던으로 향했다. 그러나 이미 늦어버렸다.

한 주가 다르게 대서양 횡단은 더욱 위험해졌다. 1940년 7월 초, 억류 피란민들과 전쟁포로들을 싣고 캐나다로 향하던 SS '아란도라 스타'가 아일랜드 해안에서 독일 유보트 어뢰에 격침당해 700명 이상이 사망했다. 9월 17일에는 소개疏開된 영국 어린이들을 포함한 승객들을 싣고 영국을 떠나 캐나다로 향하던 '시티 오브 베나레스' 호가 역시 어뢰에 격침되었다. 사망자 258명 중 77명이 미성년자였다. 이 참사로 윈스턴 처칠은 영국 어린이들을 북아메리카로 이동시키려던 계획을 철회했다. 대서양 탈출 길이 끊겼다.

헤스 일가는 런던에 남아 세인트 존스 우드의 침실 한 개짜리 셋방에서 함께 지내며 영국 대공습을 견뎌낼 수밖에 없었다. 앨리스는 양재사로, 게르티는 미용사로 각각 일했고, 벨라는 런던에서 사무직을 얻었다.

1941년 영국의 노동부장관 어니스트 베빈은 필수노동령을 도입하여 전시산업 쪽으로 노동자들을 유도하고 근로연령 여성들의 등록을 의무화했다. 앨리스와 벨라 둘 다 기술자 훈련과정에 등록했다. 그녀는 선반을 작동하여 나사 만드는 법을 배웠고, 그는 제강법을 배웠다.

훈련장에서의 첫날, 앨리스의 선반 건너편에 역시 오스트리아 출신으로 정확히는 빈에서 북서쪽으로 백 킬로미터 거리의 소도시 그로스 지크하르츠에서 온 스물여덟 살의 유대인 난민 리하르트 쇼엔이 서 있었다.

리하르트는 다하우에서 넉 달간의 구타와 강제노동, 동상을 견디고 살아남았으며 가족 중 유일하게 탈출에 성공했다. 그는 형 폴디가 빈의 구금실에서 경찰의 처우에 불평했다는 이유로 크리슈탈나흐트 때 경찰에 끌려가는 모습을 지켜보았다. 그것이 마지막이었다. 리하르트의 부모가 상하이 비자를 얻어 그를 다하우에서 빼낼 수 있었으나 실제 석방은 거기서 입은 부상이 나을 때까지 한 달을 기다려야만 했다. 빈에서 부모와 재회한 그에게 영국 노동비자 취득 기회가 찾아왔다. 다하우 생존자들을 우선적으로 지원한 IKG의 도움 덕분이었다.

영국에 도착한 뒤 리하르트는 더 안전할 거라는 생각에 아버지가 독일 만하임의 친척집에 보낸 여동생 어마를 구하려는 노력을 시작했다. 그러나 시간이 걸렸다. 어마는 열다섯 살로 의무교육 연령은 넘었고 가사노동자로 일하기엔 너무 어렸다. 마침내 동생의 일자리를 찾고 제국을 떠날 수 있는 서류를 완비했을 때는 시간이 이미 늦어버린 상태였다. 전쟁이 터지고 탈출로가 봉쇄되어버린 것이다.

리하르트로서는 알 도리가 없었지만 1942년 7월 선반 건너편에 있는 알리스 헤스를 만날 즈음, 그의 부모는 빈에서 테레지엔슈타트로 추방되었고 얼마 후에는 트레블링카로 옮겨졌다. 다음 달 8월 17일에는 열아홉 살의 어마가 민스크 외곽 말리 트로스테네츠 행 기차에 올라 나흘 후 거기서 살해됐다.

알리스와 리하르트는 1944년 결혼해 런던의 노팅힐 게이트의 웨스트번 파크 로드에 있는 아파트를 구했다. 그녀는 양재사 일로 복귀했고, 그는 전쟁이 끝난 후에 처제 게르티처럼 미용기술에 도전했다. 1947년 12월 알리스는 아기를 가졌음을 알게 됐는데 임신이 반쯤 진행된 시점에서 부부의 미국 이민비자가 나오면서 어디서 살 것인지에 대한 고민이 시작됐다. 결국 바다를 건너 미국에 건너가기로 결정하여 거기서 아들들을 낳아 기르며 기쁨을 나누지만, 리하르트에게는 결코 채워지지 않는 심연이 남아 있었다.

부부의 아들 데니스는 리하르트가 "형과 여동생을 구하기 위해 뭔가를 더 해야 했다는 죄책감에서 영영 벗어나지 못했다"고 썼다.

"가족 중 자신만 살아남았다는 사실을 자각하고 왜 그렇게 되었는지 질문하며 아버지는 평생 지독한 고통을 겪었다."

구조와 감금: 영국에서의 억류

나의 조부모는 두 분 다 영국에서 안식처를 찾았다. 에르나 즉 우리의 오미는 하이드 파크에서 두 블록 떨어진 런던의 베이스워터에서 주급 이십오 실링을 받고 사메크 집안의 가정부로 일했다. 그뿐 아니라 1939년 3월 이래 난민조직 몇 개의 본부로 사용되던 호텔 개조건물 블룸스버리 하우스의 독일 유대인 지원위원회에서 매달 몇 파운드의 돈과 함께 옷가지도 제공해줬다. 기부 내역은 위원회의 기록에 붉은 펜으로 "옷, 신발, 조끼 한 벌, 운동화 한 켤레" 식으로 적혀 있었다.

레오는 슈롭셔의 소읍 에지몬드에 사는 월터 윌리엄슨이라는 농부의 보증으로 비자를 받았는데, 그가 나서서 방을 제공한 것이 위원회를 통해서였는지 아니면 퀘이커교를 통해서였는지는 할아버지도 확실히는 몰랐다. 두 조직에 모두 호소했었기 때문이다.

레오에게 발급된 비자의 공식 근거는 그가 농업노동자로 보수 없이 훈련을 받는다는 것이었다. 위원회의 첫 면담 기록은 "그는 도움을 조금 원한다"고 되어 있다. 블룸스버리 하우스는 그에게 잉글랜드에서의 첫 몇 달 동안 런던 거주비 명목으로 육 파운드가 좀 넘는 돈을 주었고 슈롭셔 행 기차표 비용도 대주었다.

레오는 5월에서 10월까지 스탠드포드 홀에 있는 윌리엄슨의 농장에서 일꾼으로 일한 뒤 일감이 떨어지자 슈롭셔의 가장 악명 높은 유령이 산다는 체트윈드의 옛 교구목사관으로 옮겼다. 수백 년 전 지역 영주에게 버림받고 그 건물에서 아기를 낳다 죽은 피콧 부인이 흰옷 차림에 사산한 아기를 끌어안고 종종 나타난다고 했다.

편안하게만 산다고 교구주민을 불같이 나무라는 예순여덟 살의 헨리 템플 로빈스 신부가 레오를 거두어주었다. 이 신부는 칠 년 후 범상치 않은 죽음으로 화제에 올랐으니 다름 아니라 가성소다를 성찬용 포도주로 착각하고 마셔서 극도로 고통스런 최후를 맞은 것이다.

1940년 초 레오는 일자리를 구하기 위해 런던으로 건너갈 생각을 했으나 오미가 주급 이십오 실링으로 두 사람을, 레오의 구직활동에 국한된 임시기간만이라 해도, 먹여 살리기란 불가능했다. 1940년 2월, 석유무역에서부터 일반 소매업, 제과점과 카페에 이르기까지 수많은 기업체를 거느리던 슈루즈버리 최대 고용주 모리스앤코에 자리가 났고, 그곳으로 건너간 레오는 정착하여 평생 떠나지 않았다.

당시 외국인들이 모두 그랬듯, 레오는 외국인등록증 수첩을 소지하고 다녀야 했다. 거기에는 주소와 함께 정기적으로 지역 경찰서에 가서 신원을 밝히는 방문기록이 적혀 있었다. 그 수첩에 따르면 1939년 10월 27일 재판소는 그를 C등급, 즉 '나치 억압에서 탈출한 피란민'으로서 가장 낮은 위험등급으로 분류했다.

"이 증명서의 소지자는 추가 명령이 있을 때까지 구금에서 면제되며 적성외인에게 적용하는 특별 제약들에서 면제된다"는 인장이 수첩에 찍혀 있었다.

적성외인 재판소가 처리한 73,000명의 독일 및 오스트리아 국민들 중 66,000명이 이른바 구금과 특별 제약으로부터 보호받을 수 있다는 C등급에 분류되었다.

그 약속은 일 년도 못 갔다. 1940년 봄, '제5열'이라는 신조어가 불러온 공포가 화이트홀에 확산되고 있었다. 네덜란드가 독일의 침략에 무너지자 영국의 네덜란드 특사 네빌 블랜드는 위장을 하고 네덜란드에 들어온 나치 잠입자들의 역할에 관한 고도의 추측성 보고서를 제출했다.

"표면상 제아무리 매력적이고 성실할지라도 독일 또는 오스트리아 출신의 공무원은 실재하는 심각한 위협이다"고 블랜드는 보고서에 썼다.[24] 조지 6세는 이 보고서를 접하고 당장 조치를 취할 것을 정부에 요구했으며 이는 〈BBC〉를 통해 중계되었다.

1940년 5월 11일 수상으로 참석한 최초의 내각회의에서 윈스턴 처칠은 16세부터 60세까지의 남성 적성외인을 체포할 것을 명령했다. 처음에는 침략이 닥쳤을 때 제5열이 가장 심대한 피해를 줄 수 있는 지역이라는 이유로 해안 카운티들에 한정 적용될 예정이었으나 며칠 후 전국으로 명령이 확대되었다.

C등급 외인들도 체포되었다. 대부분 남성이었으나 여성들도 없진 않았다. 6월 10일 이탈리아가 영국에 선전포고를 하자 국내에 거주한 지 이십 년 미만인 이탈리아인들도 대상에 포함됐다. 최종적으로 27,000명의 난민이 철창 안에 갇혔다.

히틀러는 구금명령을 선전의 승리로 환영하며 "영국인들은 우리가 구금해야 한다고 생각한 바로 그 인간들을 수용소에 가두었다"고 떠벌렸다.

처칠은 6월 4일 의회연설에서 이 명령이 많은 "나치 독일의 열성적인 적들"에까지 불리하게 적용될 것임을 인정했다. "그들에게는 대단히 미안합니다." 그가 이어 말했다. "그렇지만 우리는… 단지 하고 싶다고 온갖 종류의 구분을 할 수는 없습니다."

우익언론에는 위협을 부각하는 기사가 잇따랐고, 난민 인권의 기수를 자처한 〈맨체스터 가디언〉조차 처칠의 명령을 필요악이라고 표현했다.

"명령의 대상에게도 집행자에게도 불유쾌한 일이지만, 히틀러가 수많은 국가를 내부로부터 공격하여 성취한 바의 소식들은 심각하기 그지없다"고 〈가디언〉 사설은 주장했다.

"난민들은 히틀러의 몰락을 갈망하기 때문에 이곳에서 환영받는다. 그들은 우리와 공감하고 우리를 도와주고 싶은 마음뿐이다. 그러나 그가 낙하산과 군대수송기를 보낼 때 그 지원을 위한 인력 확보를 시도하지 않을 거라고 가정한다면 어리석은 일이다." 5월 13일자 기사다. "미봉책으로는 안 된다."

1940년 5월 전까지는 여론조사단체 매스 옵저베이션의 설문조사에 응한 사람들 중 단 한 명도 난민들이 간첩 활동을 한다고 의심하거나 그들을 억류해야 한다고 주장하지 않았다. 그러나 처칠의 연설 후에는 조사대상의 절반이 난민들의 억류에 찬성했다. 언론과 정부가 이민자들에 대한 여

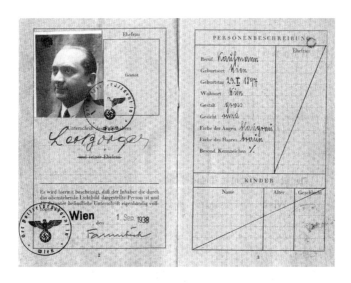

레오의 여권.

론을 얼마나 좌우하는지 보여주는 놀라운 사례였다.

다하우를 용케 피했던 나의 할아버지 레오는 리버풀에서 배에 실려 맨 섬의 더글라스 해안 산책로를 따라 늘어선 서른네 채의 징발주택으로 이루어진 중앙수용소로 옮겨져 1940년 여름부터 1941년 1월 27일까지 억류되었다. 그는 그곳에서의 경험을 이야기한 적이 없는데 자신이 구조자로 여겼던 나라의 안타까운 일시적 실책으로 여겼기 때문이 아닐까 추측된다.

1940년에 열여덟 살이 된 지크프리트 노이만은 더글라스

7장 구조와 감금: 영국에서의 억류

의 다른 부분에 있던 허친슨 수용소에 억류되었다. 재능 있는 난민이 유난히 많아 예술가촌이라 불린 곳이다.

알리스 헤스의 아버지 벨라도 맨 섬에 갇혔으나 자신과 가족이 미국입국 비자를 받았다는 증거를 제출한 뒤 조기 석방되었다.

열여섯이 된 게르트루드 바차도 억류 여부를 판정받으러 재판소에 출두해야 했다. 처칠의 명령이 본래 성인 및 청소년 남성들에게 한정된 상황에서 그녀는 C등급을 받고 '통과'했으나 수시로 시청에 출석하여 기록을 남겨야 했고 침략이 예상되던 남동해안의 전략적으로 민감한 지역 거주가 금지됐다.

전시 영국사에서 억류는 오래도록 잊힌 오점이다. 다수가 이미 나치의 투옥과 박해를 겪었던, 또는 수십 년을 영국에서 살아왔던 사람들이 피억류자 신세가 되어 전쟁포로처럼 줄을 지어 길을 걸어야 했고 등록 시점에 군인 및 경찰관들에 의해 귀중품을 압수당했다. 허친슨 같은 수용소들은 느슨하고 비교적 인도적인 체제로 운영됐으나, 훨씬 열악한 곳이 많았다. 맨체스터 북쪽 변두리의 버려진 목화공장 워스 밀스에는 2,000명이 수용되어 70개의 양동이를 변기로 나눠 쓰고 새는 지붕 밑에서 나무 깔판을 대고 잠을 잤다.[25]

비극적인 사건과 추문이 터진 후에야 억류라는 어처구니

없는 정책이 폐지됐다. 7월 1일, 호화여객선을 개조한 SS '아란도라 스타'는 고위험군 나치와 이탈리아 파시스트로 분류된 1,200명의 피억류자를 싣고 캐나다를 향해 리버풀을 떠났다. 그러나 머릿수를 채우고 또한 과포화상태의 영국 수용소의 가중된 부담을 완화하기 위하여 영국에 장기 거주한 유대인 난민과 무고한 이탈리아인들이 과격파 정치범들과 나란히 승선토록 강제되었다. 항해 둘째 날 아일랜드 북단을 돈 직후, 독일의 유보트가 발사한 어뢰에 배가 격침되었다. 선원들과 승객들 모두 대피훈련을 받지 않았던 데다 구명보트 수량도 충분하지 않았다. 이탈리아인·독일인·오스트리아인·영국인들을 포함 700명 이상이 익사했다.

인명손실 자체만으로는 추방 정책을 중단시키기에 부족했다. 일주일여 후 '아란도라 스타' 생존자 다수가 이번에는 호주 행 선박 '두네라'에 올랐다. 배 위에서 군인과 경찰 경비원들이 개인 소지품을 약탈했으며 억류자들을 구타하고 음식도 제대로 주지 않고 불결한 환경에 빽빽 채워 넣었다.

이 두 개의 사건으로 난민들에 대한 여론이 동정적으로 선회했다. 추방에 관해 통보받은 바 없다고 내무부와 외무부가 공동성명을 냈다. 그 결과 억류정책 전반이 재검토됐다. 1940년 12월까지 8,000명의 수용자가 풀려났고 1941년 초 수개월 내에 4,000명이 추가로 석방되었다. 높은 노동수요가 지속된 덕에 그들 대부분이 생업을 재개할 수 있었다. 슈루즈버리에 돌아온 레오의 수첩에는 억류금지 보장 문구가 추가되었다. 이 년여 후에 바로 그 수첩에는 그가 공습대피 지도원이 되었다는 사실이, 1942년 12월 30일에는 그가 "슈루즈버리 자치구 경찰국에 등록된 자전거를 소유 및 통제할 수 있도록 허용됐다"는 사실이 또한 기록되었다.

모리스앤코에서 일 년을 근무한 뒤 레오는 슈루즈버리에 새로 들어선 실루엣이라는 공장의 잡역부로 일자리를 옮겼다. 독일 유대인 로벤베르크 가와 블루메나우 가가 영국으로 탈출하면서 갖고 들어와 본래 런던에 정착시킨 내의 사업체였다.

당시 그 회사의 최고 상품은 '라디안테' 코르셋이었다. 자체 주장으로는 이 제품에 라듐이 주입되어 방사선의 "활기를 북돋우며 심지어 젊음을 되돌리는 효과"를 제공하고 따라서 "지겨운 피로감을 치유"하는 동시에 "날씬해 보이게" 한다며 그런 이름을 붙인 것이다. 회사는 제품이 방사선을 산출한다는 사실을 보증하는 마리 퀴리 연구소의 증명서까지 보유하고 있었다.

이 코르셋의 피해를 입은 여성의 수가 얼마나 되는지는 확실치 않다. 전쟁이 시작되자 라디안테의 생산량은 급감했고 회사에게는 군인들을 위한 보다 실용적인 내의와 낙하

산 생산으로 방향을 전환하라는 명령이 떨어졌다. 영국 대공습을 피해 슈루즈버리로 회사가 옮겨졌고, 레오는 최말단인 허드레 잡일꾼으로 취업했던 것이다. 주급 사 파운드를 받으며 시내의 노동자 숙소를 세내어 살았으나 전망이 빨리 개선되었다. 1945년, 그는 주 공장에서 자신의 작업대를 갖고 일하는 '재단공'으로 승진하여 은퇴 전까지 이 자리를 놓지 않았다. 내 어린 시절 가장 오래된 기억 중의 하나는 작업현장의 레오를 보러 가는 것, 그리고 거기서 할아버지가 자랑스럽게 나를 들어 올려 차가운 작업대 위에 앉히는 것이었다. 자신의 운명에 만족한, 손주들에서 기쁨을 찾은 소박한 사나이로 보였다. 그는 난민으로서 체득한 검소의 본능을 절대 버리지 않았고 같은 옷을 수십 년간 입었다. 외출을 해야 하거나 손님이 찾아오는 일이 아니면 혁대 대신 끈으로 바지가 흘러내리지 않게 했다.

실루엣 공장에서 레오는 '이발사'로 알려져 있었다. 대비용 직업을 빗댄 말이었다. 이발은 안슐루스 후 할아버지가 서둘러 배운 시장성 높은 기술이었다. 영국에서도 혹시나 그 기술이 필요할지 몰라 가위와 이발기가 든 글래드스톤 갈색 가죽가방을 꼭 들고 출근했다. 공동사주의 아들 피터 로벤버그는 레오에게서 받은 즉석 이발을 기억한다. 부모에게 묻지도 않고 아이의 머리를 잘라주었다면 일자리가 충분히 안전하다는 확신이 있었던 것으로 보인다.

내게도 그런 일이 있었다. 어느 해 여름 우리가 아일랜드에 가는 도중 슈루즈버리에 들렀을 때 할아버지가 내 부모님에게 묻지도 않고 마당 헛간에 나를 앉힌 뒤 머리를 스포츠형으로 짧게 쳐준 것이다. 목 뒷덜미를 쓸어 올리면 마치 동물 털이 느껴지는 것 같아 정말 좋았는데, 어머니는 홀리헤드 연락선을 향해 가는 길 내내 못마땅해했다.

비자와 주거조건 탓에 레오와 오미는 아들과 떨어져 따로 살고 따로 일했다. 새 나라에 온 이상 영어를 쓰는 집안에서 자라는 것이 아들에게도 이로울 거라고 그들은 생각했다. 연락은 하고 지냈다. 낸스는 부모님에게 영어로 엽서를 써보내서 실력이 얼마나 늘었는지 보여드리라고 권했다. 전시와 전후, 옷이 귀하던 시절이었다. 레오가 진홍과 암록 줄무늬의 코르셋 옷감으로 셔츠를 만들어주자 로버트는 나비넥타이와 함께 그걸 입었다.

레오의 오두막은 슈루즈버리의 18세기 감옥 뒤에 있었다. 나중에 오미가, 그리고 뒤이어 방학 중의 로버트까지 들어와 함께 살았다. 그들은 실루엣 공장과 함께 이주했거나 영국 대공습을 피해 어찌어찌 옮겨온 빈 출신 유대인이 주종을 이루는 그곳 난민사회의 일원이 되었다.

한스와 릴리 그레브너 가족도 난민사회의 일원이었다. 릴리가 유대인인데다 두 사람 다 사회주의자여서 역시 빈을 탈출해 들어왔다. 훗날 작곡가 겸 음악인이 된 그들의 아들 릭은 보거 집에 놀러가 레오의 78회전 음반들과 구식 전축을 구경하고 오미의 음식을 먹곤 하던 걸 기억했다.

"에르나는 요리솜씨가 뛰어났는데 굉장히 느렸어요. 여섯 시 초대를 받아 가서 운이 좋으면 아홉 시에는 밥을 먹었답니다. 그래도 기다린 보람이 있었죠." 릭은 내게 이렇게 썼다. 로버트보다 열여섯 살 아래로, 난민 가족들 사이에 영국에서 태어난 최초의 아기였던 그는 나의 아버지를 가리켜 "집안을 부유하듯 떠돌며…"라고 회상했다.

"나는 어떻게 보면 경탄의 눈으로 바라봤어요. 친한 집안을 통해 그가 훌륭한 수학자이고 체스 실력도 뛰어나다는 것을 알았거든요." 그가 말했다.

1950년대에 보거 가는 해체되었다. 오미가 빈으로 돌아가기를 원해서였다. 슈루즈버리의 다소간 음울한 붉은 벽돌 오두막은 힌처슈트라세의 아파트에 비하면 한참 쳐졌으며 공장 노동이나 가정부 일 또한 상점 경영자 경력에 대면 곤두박질이었다.

나치 치하 빈에서 다섯 달을 살았던 레오는 귀환을 거절했고, 그렇게 두 사람은 파경에 이르렀다. 결혼소식을 알리러 전화를 건 로버트에게 레오는 이혼소식을 전했다. 맨체스터 대학에서 심리학을 가르치던 로버트는 교사 윈 프로스트를 만났다. 두 사람을 다 아는 한 친구가 그들을 맨체스터에서 남서쪽으로 이십 마일경 떨어진 너츠포드란 도시의 연례 오월 축제로 떠나는 단체여행에 초대하여 이루어진 만남이었다. 길고 매끈한 후드의 낡은 로버 컨버터블을 타고 나타난 로버트가 잘생기고 늠름하고 흥미롭다고 윈은 생각했다.

오미는 훗날 낸스에게 그렇게 대학 교육까지 받고 난 보비가 유복한 집안의 유대인 처녀를 만났다면 좋지 않았겠냐고 불평을 했다. 메이블 윈프레드 프로스트는 맨체스터의 노동계급 출신의 비유대인이었다. 그녀의 아버지 윌리엄은 철도회사의 화물처리 사무원으로 매일 저녁 〈맨체스터 가디언〉을 들고 귀가해 딸에게 오자誤字를 찾아보라는 숙제를 냈다. 그녀의 할머니는 옆 건물에서 구멍가게를 하며 섬유 공장에서 일하다 목화꾸러미 속의 체체파리에 의해 감염되어 트리파노소마증에 걸린 윈의 고모 메이블을 보살폈다. 그러나 메이블은 안방 휠체어에 앉아 부들부들 떨다가 스물두 살 나이에 세상을 뜨고 말았다.

윈은 열여섯 살 때 학교를 그만두었으나 A레벨 시험을 쳐서 윌트셔 주 코샴의 미술대학에 입학했다. 대학생활과 새 남자친구 앞에서 교양 있는 영국 숙녀가 되고픈 욕망 덕에 그녀는 맨체스터 말씨를 다듬어 왕실의 말씨와 유사한 1950년대의 상류층 표준발음으로 변화시켰다.

둘은 1957년 2월 16일 맨체스터 등기소에서 결혼식을 올렸고 윈의 부모 윌리엄과 애니는 간소한 피로연을 열었다.

이혼남이 된 레오는 생활비를 아끼러 슈루즈버리 감옥 뒤편의 집을 떠나 공동주택의 방을 한 칸 얻었다. 슈루즈버리의 런던 로드에 있던 이 널따란 집의 주인 발리 클링거도 빈 출신의 난민으로 레오와 같은 시기에 도착하여 의류업에서 출발했으나 아주 훨씬 더 야심차고 역동적인, 릭 그레브너에 따르면 "작지만 통통 튀고 반짝반짝 빛나고 선홍빛 립스틱을 바른 입술로 미소 짓는" 여인이었다.

레오는 평생 재단공으로 만족했지만, 발리는 1950년대에 이미 자기 소유의 작은 공장을 운영하며 에어텍스 블라우스를 비롯한 각종 여성복을 생산했다.

그녀는 베스트반호프와 쇤브룬 궁전 사이의 빈 15구에서 태어나 발레리 엘리자베스 콘이라는 이름을 얻었다. 어머니 안나는 여성복점에서 일했고 아버지 페터는 주류상점을 운영했다. 발리는 양쪽 가게에서 모두 점원으로 일하던 루돌프 클링거라는 여덟 살 연상의 남자와 사랑에 빠져 1928년 결혼했다. 그녀는 스물한 살, 그는 스물아홉 살이었다.

포도주상 페터 콘은 안슐루스 이전인 1931년, 의사들이

제때 진단하지 못한 맹장염으로 죽었다.

나치가 오스트리아를 점령한 1938년, 발리와 루돌프와 안나는 가장 없이 그들을 마주해야만 했다. 그리고 이제 게슈타포의 종복이 되어버린 동네 경찰서에서 유대인 등록을 하러 줄을 섰다.

차례가 된 발리는 자신의 정보를 받아 적는 사람이 이웃 사람인 것을 알았지만, 그는 모른 체했다.

"나를 한 번도 바라보지 않더군요." 그녀는 회고했다.

남자는 뭐라 웅얼거리더니 그녀에게 양동이와 수세미를 건네주며 나가서 바깥 포장도로를 닦으라고 명령했다. 발리는 다른 유대인들과 함께 무릎을 꿇고 쪼그려 앉아 바닥을 문질렀다.

외출은 갈수록 위험한 일이 되었지만 외출하지 않고 탈출로를 찾기는 불가능한지라 클링거 가족은 미국과 영국 대사관 앞의 긴 줄에 동참했다. 친척 연고로 발리는 미국에서의 가정부 취업을 보증하는 진술서를 확보했고 그 결과 미국 비자를 발급받았다. 루돌프에게도 진술서가 들어올 예정이었고 그것을 확신한 두 사람은 함부르크로 짐을 부친 뒤 미국으로 수송되게끔 비용을 미리 지급했다.

그러나 두 번째 진술서는 오지 않았고 공포감이 부풀어 올랐다. 1939년 봄, 발리가 미국까지는 아니고 중간지점인 영국 가사노동자 비자를 신청하고 거기서 루돌프를 기다리는 것으로 결정이 내려졌다. 오십대의 미망인이던 어머니 안나는 비자를 받는다는 희망은 포기했던 듯하다.

그리하여 7월에 안나와 루돌프는 베스트반호프로 발리를 데리고 가 스위스를 거쳐 네덜란드 해안으로 가는 기차에 태웠다. 세 사람 다 머잖아 다시 함께하자고 다짐했지만, 그것이 그녀가 그들을 본 마지막이었다.

1941년 3월, 루돌프는 라트비아의 리가 수용소로, 이어서 부헨발트로 이송되어 미군에 의해 수용소가 해방되기 겨우 두 달 전인 1945년 2월 그곳에서 숨졌다. 발리는 전쟁이 끝난 후 수용소 생존자들 틈에서 그를 찾을지 모른다는 생각에 폴란드로 갈 준비를 하고 있었지만 출발 전에 그의 사망 사실을 공인하는 적십자 편지가 도착했다. 1942년 추방된 발리의 어머니 안나는 수천 명의 빈 유대인이 총살된 민스크의 말리 트로스테네츠 숲에서 죽었을 가능성이 높다.

어른들이 맥스웰 하우스 커피를 마시는 동안 거실에 앉아 케이크를 먹으며 보낸 슈루즈버리에서의 방학 시절 이면에 감추어진 상실의 깊이를 어린 우리는 짐작조차 못 했다. 그것은 밝은색 양탄자와 우스운 문구들로 덮인, 작은 문 밑으로 깊게 파인 구멍이었다.

발리는 영국에 오자마자 서리 주 하인드헤드의 생울타리

두른 작은 숲에 사는 고령의 전직 여의사 집 가정부로 취업했다. 클라라 피터는 여자가 드물었던 직종에서의 선구자였고 친절한 고용주로 사람들이 종종 그랬듯 이 자그마하고 결연한 난민에게 끌렸다.

"내 일생을 통틀어 가정부였을 때만큼 일을 적게 한 적이 없었어요." 발리는 내게 말했다.

전쟁이 터지고 영국 대공습이 시작되자 하인드헤드는 프랑스 해안에 운집한 독일군과 너무 가깝게 느껴지기 시작했다. 1940년에 접어들며 영국인 대다수는 히틀러가 몇 달 사이에 침략을 개시할 거라고 믿었다.

쉬는 날이면 혹시 루돌프나 안나의 소식을 들을지 모른다는 생각에 발리가 찾아가던 런던의 난민단체에서는 임박한 공격이 거론되지 않는 대화가 없었다. 미국 비자를 취득한 사람들은 리버풀에서 배를 타고 뉴욕으로 가는 계획을 이야기했으나 대서양 횡단은 유보트의 위험이 너무나 컸다. 대안은 북쪽으로 더 올라가는 것이었다.

동료 난민들의 불안에 동요한 발리는 기차를 타고 하인드헤드로 돌아가서 사표를 썼다. 그러나 발리에 따르면 피터 박사는 그것을 받아들일 생각이 없었다.

"그만둘 필요가 전혀 없어." 그녀가 말했다. "우리가 같이 북쪽으로 가면 되잖아!" 노의사 피터는 하인드헤드 집을 팔고 발리와 함께 그들을 받아줄 친척들이 있는 슈루즈버리로 건너갔다.

일 년쯤 후 여든이 넘은 피터가 병이 들어 요양원에 들어가면서 발리는 슈루즈버리에서 일자리를 찾아야 했다. 그녀는 원서에 어머니의 여성복점에 대해 적어서 슈루즈버리 의류공장 재단공 자리에 지원했다. 사실 그녀의 어머니 안나 콘은 주로 기성복을 팔았기에 실제 양재에 대해서는 거의 몰랐고, 그 사실은 실기시험장에서 머쓱할 만큼 드러났다. 십장은 그녀에게 커다란 가위와 옷감을 주고는 할 수 있는 걸 해보라고 말했다. 결과물은 한심했어도 그는 문제 삼지 않았다. 영리한데다 일자리가 절실한 그녀가 무엇이든 필요한 기술을 금세 배울 거라는 직감이 들었기 때문이었다.

수석 재단사로 임명된 발리는 노조를 만들자는 불평이 들릴 때마다 경영진을 대신해 근로자들을 독려하는 역할을 맡았고 나중에는 공장장까지 올라갔다. 그녀는 런던 로드에 집을 샀고 도시 반대쪽의 노동자 숙소도 한 채 사서 세를 놓았다.

레오가 셋방을 알아보러 런던 로드에 도착했을 때 발리는 거의 스무 해째 독신이었다. 두 사람 다 빈 출신에 유대인이었으며 외로웠다. 모든 게 비슷했다. 1957년 레오와 결혼을 하며 발리는 대수롭지 않다는 투로 말했다. "어차피 한지붕 아래 산 것도 벌써 여러 해인데 결혼하는 게 낫잖아요."

그들의 집은 길 안쪽으로 들어선 널찍한 에드워드 시대풍 건물로 진입로에는 타일이 깔려 있었고 옆문으로 들어가면 정원이 나왔는데 레오는 거기에 나무딸기를 길렀다. 여름이면 냉장고에 나무딸기 디저트가 반드시 있었다. 지금도 그 집을 떠올리면 혀에 그 맛이 되살아난다.

슈루즈버리의 난민들 다수가 그랬듯 그들도 그곳의 브리지 클럽에 가입했다. 신규회원 모집광고를 낸 이 모임의 회장 어네스트 그리슬리는 전시에 리버풀에서 건너왔다가 눌러앉은 장신의 보험 판매원이었다. 그와 아내 플로렌스는 런던 로드에 있는 집으로 와 발리와 레오에게 게임의 미묘한 수를 전수해줬고, 그러면 학생들은 갈색 빵과 피클과 자른 소시지를 제공하고(발리는 요리를 할 시간도 의향도 전혀 없었다), 그리슬리 부부의 딸 버지니아는 텔레비전을 보았다.

발리와 레오는 늦은 나이까지 차를 소유하지 않았고 레오는 끝내 운전을 못 배웠기 때문에 그리슬리 부부가 슈롭셔 전원지대로 그들을 데려가 처치 스트레튼의 둥근 잔디언덕과 롱 민드, 그리고 이 나라의 최고 고지대인 레킨을 함께 즐겼다.

이곳들은 우리 가족이 가장 좋아한 나들이 장소였다. '립라투어' 치즈나 살라미를 얹은 갈색 독일 빵을 먹으며 등산

로와 조금씩 뜯겨나가고 군데군데 양들의 똥이 널린 양탄자 같은 잔디 언덕을 돌아다녔다.

은퇴 후 레오와 발리는 서쪽으로 일 마일쯤 더 떨어진 곳의 신축 건물로 이사했다. 크리켓 클럽 근처의 이 깔끔한 방갈로는 외부는 1970년대의 실용성을 표방했다면 포도주색 동양 융단과 풍경이나 강아지를 데리고 있는 여자의 옛 그림의 복사본 등으로 장식된 내부는 20세기 초 빈 양식을 띠고 있었다. 집 주변에는 레오가 전원지대를 산책하다 짐승이나 새 같다는 생각을 하며 갖고 와 칼로 다듬고 다양한 색깔의 압정으로 그 형체를 강조한 작은 가지들이 널려 있었다.

고속도로를 세 시간 달려 그곳에 도착하면 아버지는 안락의자에 몸을 묻고 빈의 독일인으로 돌아가 내가 보기엔 경계를 푸는 듯 보였다. 그것도 잠시, 누군가의 말이나 냉장고에서 꺼낸 맛이 한물간 음식 따위에(발리의 요리솜씨는 나이지지 않았고 레오는 애당초 요리와는 담을 쌓은 바였다) 금세 신경을 곤두세웠지만 바로 그 중간 한 시간쯤은 의젓하게 자라난 자신을 입증하거나 체면을 차릴 필요도 없는 보비로 돌아갈 수 있었다.

8장

상하이

1938년 11월 10일, 크리슈탈나흐트 이튿날 이른 아침, 프라터슈트라세 14번지 랑거 가의 아파트 문을 두드리는 방문객들이 있었다. 그곳은 2구의 중심, 레오폴드슈타트의 옛 유대인 구역으로, 밤새도록 유대회당들이 불에 타고 있었다.

방문객들은 초기 체포 광풍을 간신히 피했으나 은신처가 절실히 필요한 유대인 남자들로, 친구들을 도와주고 널찍한 아파트에 숨겨줄 거라 믿어지는 국제변호사 카를 랑거와 조피 부부를 찾아왔다. 옛 합스부르크 시대 궁전의 일부였던 건물인지라 아직도 비밀 통로들과 밀실들로 가득한 곳이었다. 랑거 가족은 도망자들이 일주일은 너끈히 버틸 수 있게 식량과 음료를 준비해놓고 기다렸다.

카를과 조피의 열네 살 된 딸 게르투르드도 찾아든 방문객이 모두 각자 배정받은 작은 방에서 제대로 먹고 편안히 지낼 수 있도록 함께 도왔다. 그녀는 나중에 게슈타포가 와서 아버지가 문을 열어줄 때도 집에 있었다. 카를 랑거는 변호사답게 법을 어긴 바 없다며 숨기를 거부했다. 법이 무슨 의미나 있는 것처럼.

"유대인이오?" 문 앞의 경찰이 처음 던진 질문이었다. 카를은 유대교 신봉자가 맞다고 대답했다. 아내와 딸 말고 아파트에 누가 더 있소? 변호사는 안에 아무도 없다고, 들어와 살펴보라고 게슈타포 무리를 향해 말했다. 하도 자신 있는 태도라 경찰은 들어오지 않고 그냥 카를만 데려갔다. 경찰서로 끌려간 카를은 이어 곧바로 다하우 행 기차에 태워졌다.

크리슈탈나흐트는 나치 치하 빈에서 살아남을 수도 있다는 랑거 일가의 가냘픈 희망을 깨뜨렸다. 카를이 끌려가기 직전, 부부는 게르트루드를 어서 빨리 이 나라에서 내보내기 위해 무슨 일이든 해야 한다는 데 합의했다.

부부는 석 달 전부터 딸을 보낼 장소를 찾고 있었다. 〈맨체스터 가디언〉에 카를이 실은 광고는 이렇게 묻고 있다. "어느 박애주의자께서 오스트리아 유대인 변호사의 재능 많은 14세 여자아이를 수양딸로 거두어주시겠습니까?"

이 광고는 같은 날, 나의 아버지를 돌봐줄 '친절한 분'을 찾는 할아버지의 호소와 같은 란에 실렸다. 아버지는 운이

조피, 게르트루드, 카를 랑거. 1928년, 빈.

좋은 편이어서 크리슈탈나흐트가 터지기 몇 주 전에 위탁부모를 구해 빈을 떠났다. 게르트루드 랑거는 아직 거기에 발이 묶여 있었다.

주이시젠의 유대회당 기록을 통해 조피 윌러라는 아내와 게르투르드라는 열네 살 딸을 둔 카를 랑거 박사를 찾기는 어렵지 않았다. 영국 기록저장소에는 생일이 똑같이 6월 2일인 게르트루드 랑거의 수하물 꼬리표처럼 생긴 외인등록증 카드도 있었는데, 그에 따르면 1939년 버크셔 주의 메이든헤드에서 살고 있었으니 그녀는 살아남았던 것이다.

친척 연고가 빠져나가는 데 도움이 되었다. 유대인 공동체의 교육부에 근무하던 삼촌이 빈을 떠나는 초기 '킨더트란스포트' 기차 승객명단에 그녀를 올려놓았다. 다하우 재소자의 자녀라는 점 또한 우선권을 주었다.

메이든헤드 이후에는 게르트루드 랑거가 어떻게 됐는지 기록만 보아서는 불분명했다. 영국 기록저장소를 처음 뒤졌을 때는 그 이후 움직임에 대한 흔적이 전혀 없어 보였다. 하지만 몇 달 사이, 새로 올라온 기록들로 미스터리가 풀렸다. 1940년 8월 30일 리버풀에서 요코하마로 가는 일본 선박 '스와 마루' 호의 승객명부에 게르트루드의 이름이 나타났다. 그녀와 마찬가지로 유대인이던 아홉 명의 다른 승객은 상하이로의 항해를 예약했던 것이다.

신문광고에 난 아이들을 추적하다 마주한 기록들에 이 중국의 항구도시가 수차례 등장하긴 했는데, 게르트루드의 놀라운 이야기는 내게 잇달아 충격을 주며 잘 알려지지 않은 홀로코스트의 유대인 경험 속으로 더 깊이 들어가게 해줬다. 상하이는 유대인의 영향과 경제력이 가히 이 세상의 다른 어느 곳과도 비교할 수 없었던 국제도시였다. 그곳은 지도상으로 빈의 정반대에 있었으나 나치로부터 완전히 피할 수 있을 만큼 멀지는 않았던지 목숨을 구해주는 은신처에서 감옥으로 변했다.

상하이에 게르트루드의 이름을 묶어 미국 신문 검색엔진에 입력하자 눈에 띄는 결과가 하나 나왔다. 2016년 10월 사망했고 '북가주 유대인 뉴스'가 '진보적이고 따뜻한 지도자'로 기억한 랍비 시어도어 '테드' 알렉산더의 부고 기사였다.

1920년 베를린에서 태어난 시어도어는 크리슈탈나흐트 때 화염에 싸인 지역 유대회당에서 기도 숄과 토라 두루마리를 구해냈다. 그와 그의 부모는 이 유물을 안고 독일에서 도망쳐 상하이에 도착했고 거기서 그는 빈에서 온 게르트루드 랑거를 만나 결혼했다.

게르트루드는 그가 죽은 뒤 삼 년 만에 죽었으나, 그들 사이에는 로스 가토스에 사는 레슬리 알렉산더라는 딸이 있었다. 그녀는 1985년 아버지의 소명을 따라 보수적 유대회당의 미국 최초 랍비가 되었다. 그녀의 딸들 중 하나의 이메일 주소를 인터넷에서 찾아 2021년 1월 11일자 〈가디언〉 광고를 첨부한 이메일을 보냈다. 몇 시간 후인 자정 직전, 레슬리 알렉산더 본인에게서 회신이 왔다.

레슬리는 자신이 광고 속의 그 소녀 게르트루드 랑거의 딸이 맞다고 확인해주었고 그 광고를 처음으로 보고 "놀라 얼떨떨하고 감정이 북받쳐 오른다"고 말했다. 자신이 아는 한 어머니 게르트루드는 2019년 11월 숨질 때까지 이 광고에 대해서 전혀 몰랐다고도 했다.

"이 광고를 어머니께 보여드리고 조부모님이 당신을 위해 세웠던 계획에 대해 무엇을 아셨는지 이야기를 나눴더라면 좋았겠어요." 레슬리는 말했다.

게르트루드는 자신의 경험을 글로 쓴 회고록으로 남기지 않았지만 전위적 독일 미술가 겸 영화인 울리케 오팅거가 만든 다큐멘터리 〈상하이 망명〉에서 잘 알려져 있지 않은 중국의 유대인 역사에 관해 폭넓은 인터뷰를 나눴다. 다큐멘터리에서 게르트루드와 시어도어는 나란히 앉아 독일어와 영어를 섞어 쓰며 자신들의 이야기를 들려준다.

게르트루드는 1938년 12월 빈을 떠났다. 베스트반호프에서 기차에 오른 아이들의 일부는 나치의 손아귀를 벗어나 새로운 모험을 시작하는 것에 들떠 있었지만, 게르트루드 랑거는 겁에 질려 울고 있었다. 한 번도 혼자였던 적이 없었던 데다 아버지는 아직도 다하우에 수용되어 있었기 때문이다.

하지만 기차가 네덜란드로 들어서자 기분이 나아졌다. 기차를 타고 탈출한 난민 어린이들 대다수가 느낀 안도와 해방감의 순간이었다. 그들의 안위를 비는 네덜란드인들이 기차에 올라 아이들에게 초콜릿을 나눠주기 시작했다.

영국에 도착한 게르트루드를 특별히 마중 나온 가족은 없었으므로 그녀는 위탁모가 나서지 않은 다른 유대인 아이들과 여름캠프를 임시숙소로 삼아 지내야 했다. 때는 12월 한겨울이었고 당연히 매섭게 추운 날씨였다. 난방이 없었으며 유일한 온기라곤 뜨거운 물병이 전부였다.

게르트루드는 캠프 담당자들에게 런던에 그래도 아는 사람이, 몇 년 전 이민해온 이모가 있으니 런던에서 지내게 해달라고 청하여 구호위원회의 허락을 받아냈다. 그래서 그녀를 비롯한 여남은 명의 아이들은 익명의 독지가가 비용을 대는 커다란 주택에서 관리인들의 돌봄 속에 학교와 유대회당에 다닐 수 있게 됐다.

"그분들은 우리를 너무나 잘 대해주었어요." 게르트루드는 회상했다.

한편 아버지가 다하우에서 풀려났다는 전갈이 빈에서 날아왔다. 조피가 나치 체제에 로비를 했던 카를의 외국 고객들에게 도움을 요청했던 것이 효과를 본 것인데, 게르트루드는 훗날 이유를 이렇게 설명했다. "당시 독일정부는 그래도 외국인들 의견에는 관심이 있었어요."

다하우에서 나치의 잔학함을 가까이서 지켜본 카를 랑거는 탈출을 감행하기까지 시간이 많지 않다는 것을 알았다. 최후의 수단 중의 하나가 상하이 비자였다. 이 중국의 항구도시는 입항에 비자를 요구하지 않았지만 제국을 떠나려면 나치에게 비자를 보여줘야만 했다.

빈 주재 중국 총영사 허펑산何鳳山이 베를린에 있는 대사의 명령에 불복하면서 너그럽게 비자를 발급하고 있다는 소문이 빈에 퍼졌다.[26] 서른일곱 살의 허는 중국의 빈한한 농촌 지역에서 자라 노르웨이의 루터교 선교회에서 무료로 영어와 독일어를 배운 뒤 장학금으로 뮌헨에서 경제학을 공부했다.

그는 1937년 빈의 영사로 임명돼 중국 역사와 문화를 강의하면서 도시의 유대인 지식인층과 친분을 맺었으며 북쪽에서 다가오는 위험을 정확히 알게 되었다. 허는 중국에서 온 대표단에게 경고했다. "지금 상황은 종이봉지 속의 불과 같고, 완전히 타버릴 것입니다…. 몹시, 특히 유대인들에게, 심각한 결과를 가져올 겁니다."[27]

베를린 주재 중국 대사이자 친독파 천지에陳介는 허의 관대한 입국비자 발급에 분노하여 대사관 직원을 빈에 파견하여 여행서류가 유료로 판매되는지를 조사하는 등 이를 중단시키려 해봤지만 어떤 범법행위도 발견되지 않았다. 허는 비자를 제한하는 것은 외무부 정책에 반하는 거라고 주장하면서 유대인 신청자 모두에게 계속해서 비자를 내줬다.

크리슈탈나흐트 중에도 허는 약속한 대로 유대인 석유회사 중역의 집을 찾아가고 있었다. 동시에 도착한 게슈타포 깡패 둘과 이 중국의 외교관이 대치했고, 허는 그들이 신분증을 보여주기 전에는 자신도 보여줄 수 없다고 버텼다.

1997년 허가 사망하자 야드바셈은 그를 "열국의 정의로운 사람들"의 하나로 추대했다. 허의 회고록《나의 외교관 인생 사십 년》의 영문번역본 역자 후기에서 아들 몬토 허는 아버지가 "품위 있는 인간으로서 자연스럽게, 거의 일상적으로" 행동했다고 썼다.

허가 발급한 2,000개 가까운 비자 중 2개가 랑거 가족에게 돌아갔다. 제국을 떠나려면 비자 서류는 꼭 필요한 것이었지만 그것만이 전부가 아니었다. 게르트루드의 부모는 상하이로 가야 했는데 그것도 수월하지 않았다. 결국 해운업계에 연고가 있는 게르트루드의 프랑스 거주 삼촌의 도움을 얻어 마르세유에서 출발한 배에 오를 수가 있었다.

그들은 게르트루드가 도착하기를 일 년 이상 기다려야 했다. 극동으로 떠나는 배의 승선권을 구하기란 거의 불가능했기 때문이다. 1940년 11월에야 마침내 상하이로 가는 배에 자리가 났다. 다른 유대인 난민이 막판에 항해를 취소하면서 그녀는 이십사 시간 안에 '스와 마루'의 출항지인 리버풀에 도착해야 했다.

여덟 명의 아이가 한 객실을 사용했다. 게르트루드의 자리는 엔진 가까운 흘수선 바로 아래였다. 승객들이 배에 타고 배가 계류용 밧줄을 풀자마자 엔진이 덜거덕거리기 시작했다. 아일랜드해를 향하여 배가 나아가는 동안 게르트루드는 침상 위에 올라가 깊은 잠에 빠졌다.

그렇게 곯아떨어져서 얼마를 잤는지 모른다. 갑자기 객실 안에 울려 퍼지는 공습경보 소리에 잠에서 깼다. 깜짝 놀라

겁에 질린 채 올려다보자 같은 방을 쓰는 아이들이 배를 잡고 웃었다. 그녀를 깨운 사이렌은 공습경보 해제 신호였고, 그녀는 리버풀 최악의 공습을 예고한 실제 공습경보는 듣지도 못하고 계속 잤기 때문이었다. 주변의 다른 배들이 불바다에 휩쓸렸지만 '스와 마루'는 전등을 끄고 화염에 싸인 항구를 조심스레 미끄러져 나갔다.

이후 며칠간 승객들은 배가 아일랜드해를 가로질러 더블린으로, 벨파스트를 거쳐 리스본을 향해 남쪽으로 방향을 돌려 남대서양을 지나 희망봉을 향해 나아가는 동안 항시 구명조끼를 착용해야 했다. 지중해와 수에즈운하는 폐쇄되어 있었으므로 중국으로의 유일한 길은 아프리카를 경유하여 인도양으로 진입하는 것뿐이었다. 승객들은 석 달간 함께 지내며 서로를 알게 되었다.

동승객의 다수는 언제 있을지 모를 나치의 영국 침략을 두려워하던 영국 식민지 관료들의 기숙학교 재학 자녀들이었다. 영국에서 당시까지는 평화롭던 고향에 돌아가는 일본 국민들도 있었고 중간 항구들에서 내릴 남아메리카인들과 인도인들도 있었다.

게르트루드는 선상 생활에 익숙해졌다. 별로 어려울 게 없었다. '스와 마루'는 알려진 대로 호화로운 배였다. 찰리 채플린도 1932년 일본에 갈 때 그 배를 탔다. 음식이 특히 좋아 그녀는 기념으로 점심 메뉴판을 하나 챙겼다. 그걸 보면 빵가루를 입힌 바닷가재 살코기, 벨기에풍 토끼 스튜, 그리고 송아지 엉덩이살 구이가 올라가 있다.

승객들은 셔플보드를 비롯한 각종 선상게임을 하며 시간을 보냈다. 대화할 상대가 항상 많았기에 게르트루드와 다른 아이들은 자신의 짧지만 극적인 인생 이야기를 서로 나눴다.

"근심에 잠긴 어른들 사이에만 있었다면 그랬겠지만, 별로 무섭지 않았어요." 그녀는 말했다.

이것은 '스와 마루'가 민간 증기선으로서 한 마지막 항해 중 하나였다. 1941년에 병력 수송용으로 징발되었고 1943년까지 그렇게 쓰이다가 미국 잠수함의 어뢰에 맞아 태평양 웨이크 섬의 암초 위에 좌초되었기 때문이다.

게르트루드는 앞으로 어떤 일들이 일어날지 모르는 채로 상하이에 도착했다. 배에 자리가 나서 하도 급히 서둘러야 했기 때문에 부모에게 알릴 새도 없었다. 그래도 부모는 부둣가 인파 틈에 서서 기다리다 그녀를 끌어안았다. 지난 한 달 동안 영국에서 들어오는 모든 배를 그렇게 부두에서 기다리며 맞아온 것이었다.

카를과 조피는 이미 상하이에서 자리가 잡혀 있었다. 카를은 국제재판소에서 비중국어 사용자들의 불화를 중재하는 역할을 맡았다. 그것은 모두 영국과 미국 사업가들이 자신의 이익을 위해 운영했고 1937년 도시의 함락 후에는 일본의 점령당국에 의해 존속을 허락받은 상하이 공공조계의 거품 속에서 벌어지는 일이었다.

일본인들은 유대인들과 복잡한 관계를 갖고 있었다. 쿤, 로엡 앤 코의 독일 출신 사장인 유대인 금융업자 야콥 쉬프는 다른 서방 은행들이 융자를 거절했을 때 일본 해군에 자금을 지원하여 1905년 러시아에 대한 일본의 승리에 기여했다. 반면, 다른 한편으로는 일본군이 귀국하면서 유대인들이 세계를 정복하려 한다는 날조된 자료인 시온장로의정서를 갖고 간 탓에 음모론이 일본 사회 일부에 뿌리를 내리기 시작했다. 일반적으로 일본인들은 유대인들을 경외했으며 강한 힘이 있는 민족으로 보았다. 특히 상하이의 유대인들은 세계에서 가장 강력하고 놀라운 유대인 공동체 중 하나라고 자부했는데, 강력한 양대 이라크계 유대인 왕조 사순 가와 카두리 가가 들어왔던 19세기에서 그곳 공동체의 뿌리를 찾을 수 있다.

데이비드 사순은 바빌론 함락 초기 네부카드네자르 왕이 강제노동 용도로 예루살렘에서 데려온 유대인들의 후손 사순 가의 가부장으로 바그다드 출신이었다. 사순 가는 세계 최대의 부호 가문으로 떠올랐고 18세기 말 오토만 통치자로부터 대공 지위를 하사받았다.

1792년에 태어난 데이비드는 바그다드에서 왕자 수련을 받았으나 그 지위를 상속받기 전에 체제가 무너졌다. 1820년 대에 오토만 파벌 간의 균열이 공개적인 충돌로 비화했고, 그 결과로 나타난 승자는 그 도시 유대인들과 친화관계가 없었다. 사순은 1829년 체포되었다가 몸값을 내고 풀려난 뒤 변장한 채 야음을 타고 도주하여 바그다드를 빠져나왔다.

그와 가족은 부셰르를 거쳐 1832년 영국 동인도회사의 무역 독점이 종식되고 증기선이 들어올 무렵 봄베이에 도착했다. 머리 회전이 빠른 자들에게는 기회의 시기였다. 사순 가는 뒤이은 호황 속에서 날이 갈수록 번창했으며, 십 년도 안 돼 데이비드는 인도 최고 부자 중 하나로 올라섰다.

성공의 비결이라면 한 마디로 마약이었다. 사순 가는 영국 아편무역의 열렬한 참여자로 중국제국 정부의 금지에도 아랑곳 않고 중국에 마약을 실어 날랐다.

중국을 아편 천지화한 이 무작정한 행위의 결과 아편전쟁이 일어났고 중국이 영국에 홍콩을 이양하고 양쯔 강 입구의 상하이 등 다섯 개 도시를 서방 무역상들에 중국법이 미치지 않는 국제무역용 자유항으로 개방한다는 난징 조약이 1842년 체결됐다.

사순 가의 상하이 인연은 우연히 시작됐다. 데이비드 사순은 봄베이 중앙우체국에 직접 가서 사업 관련 우편물들을 찾는 한편 항간의 소문에 귀 기울이기를 좋아했는데, 영국 경쟁사들이 상하이에서 받는 우편물이 아주 많다는 사실을 깨닫고 자신들이 놓치고 있는 게 무엇인지를 고민하게 되었다.

1850년 그는 아들 중 서른 살의 일라이어스를 보내 항구와 더 번드The Bund(제방을 뜻하는 우르드어 낱말)라 불린 양쯔강 연안의 거리에 가업의 전초기지를 세우게 했다.

사무실을 차린 일라이어스는 아편과 인도 향신료들을 수입하고 비단과 차, 짐승가죽 등을 보냈으며 창고를 임차하는 대신 매입해서 사용함으로써 이윤을 극대화했다. 아시아에서 발송된 초창기 전보들에는 사순 가 형제들이 아편 가격을 논의하는 암호화된 메시지들이 보인다.

1870년대에 들어서서 사순 가는 아편무역의 칠십 퍼센트를 점하며 자딘 매티슨 사를 앞질렀고 자산은 폭등했다. 이를 두고 친척들 중 하나인 시그프리드 사순은 이 가문이 20세기 초 영국을 대표하는 시인이 되겠다고 개탄하고 마약의 '추악한 거래'로 취한 친척 가문의 '가공할 부'에 격분했다.[28]

중국 공산당 정부는 훗날 사순 가가 아편무역을 통해 2018년 가치로 27억 달러를 벌어들였다고 추산했다. 1912년

서방국가 다수가 아편무역을 금하자, 가문은 간단히 방향을 돌려 마약 수익금을 부동산과 사업체 지분 확장 쪽으로 쓰며 또 다시 투자이익을 배가했다.

상하이의 또 다른 부호 가문 카두리 가는 사순 가 뒤를 이어 바그다드에서 출현했다. 열다섯 살이던 엘리 카두리와 그의 형제 세 명은 어머니에 의해 바그다드에서 봄베이로 보내져 사순 학교에서 공부했다. 사업을 시작하고서는 사순 가를 뒤따라 상하이로 건너가 먼저 고무 사업, 그리고 이어서 부동산으로 거액을 벌어들이며 상하이 최고의 호화 맨션 마블 홀과 역시 최고의 호화 호텔 머제스틱을 더 번드 거리에 지었다.

데이비드의 손자 빅터 사순은 국제 조계의 최고 신랑감으로 이름을 날렸다. 터무니없는 부에 안경을 낀 세련된 외모에다 1915년 영국 해군 항공대 소속으로 비행하다 추락사고로 거의 마비된 몸에도 불구하고 사회활동이 왕성했기 때문이다. 그는 1920년대 후반 마하트마 간디가 주도한 반제국주의 운동이 확산되자 인도에 있는 가산을 모두 정리한 뒤 혁명의 위협이 적어도 당장은 차단된 것처럼 보이던 상하이에 전념했다.

빅터 사순은 장제스蔣介石의 보호 아래서 카두리 가와 경쟁하며 9층으로 도시에서 가장 높은 건물인 본사 사순 하우스를 짓고 이어서 엘리 카두리의 호텔 머제스틱을 능가할 호텔 캐세이를 짓는 등, 주로 퇴폐적 과시 쪽에 열을 올렸다.

1930년대 중반에 이르러서는 매년 삼만 명의 관광객이 상하이를 찾았다. 캐세이 호텔에서 노엘 카워드는 독감 회복 중에 《사생활》을 썼고 찰리 채플린은 장래의 아내 폴렛 가더드와 함께 묵었다.

사순 가와 카두리 가의 영향으로 상하이는 20세기 초 러시아의 집단학살을 피해 도주하는 유대인들에게 하나의 전설이 되었다. 두 가문은 일자리와 주거지, 교육, 사회 서비스를 제공했다. 다만 이들은 이 신설 공동체와 거리를 유지했는데 자신들은 영국 기득권층의 일원으로 러시아계 유대인들과는 계급과 언어 측면에서 다르다고 보았기 때문이다.

1938년 11월 이탈리아 여객선 '콘테 비안카마노'를 타고 처음 도착한 독일과 오스트리아 유대인 난민들은 1939년 8월까지 1만5천 명이 넘었고 대부분 이년 전 중일전쟁으로 크게 훼손되어 생활조건이 비참했던 훙커우 구의 틸란차오로 보내졌다. 디프테리아·성홍열·결핵·홍역·장티푸스가 이민자들 사이에 무차별적으로 퍼졌다.

빅터 사순과 엘리 카두리는 갓 도착한 사람들을 위해 의료 및 숙식 시설을 마련해 제공했다. 엘리 카두리의 아들 호

러스는 상하이 유대인청소년 연합을 설립하여 직업훈련 과정뿐 아니라 스포츠·예술 등을 지원했으며 영어만 가르치는 난민학교들도 세웠다. 사순은 세관 입국수수료를 대납해주고 자신의 마천루 임뱅크먼트 빌딩 1층에 공공수용소를 설치해 신규 입국자들에게 담요·홑이불·숟가락·그릇·컵 등을 나눠주었다. 지하 주방에서는 매일 천팔백 끼를 제공했다. 사순 가의 공장 한 곳을 호스텔로 전환했으며 직업훈련소를 세워 정비공과 목수를 양성했다.

게르트루드의 장래 남편 테드 알렉산더도 빅터 사순에 의해 구매담당자로 채용되었다. 부모, 누이와 함께 베를린을 탈출한 테드는 금과 주권을 매트리스와 자신의 옷 안감에 숨긴 채 먼저 기차로 트리에스테까지, 이어서 배를 타고 상하이에 도착했다.

바다 위 풍랑이 거칠어도 여장부 어머니는 세 명의 자녀에게 절대 식사자리를 떠나지 못하게 했다. "우리 가족에게 뱃멀미란 없다. 언제 다시 먹을 수 있을지, 언제 다시 즐거운 시간을 가질지 모르지 않느냐"고 그녀는 말했다.

1939년 3월 상하이에 도착 후, 그녀는 테드에게 말했다. "이곳은 세계 최고의 범죄소굴이란다. 너는 열여덟 살이 됐으니 술집에 가지 말라고는 하지 않겠다만, 이것 하나만은 약속해라. 여자를 만나 관계를 가졌다면 이튿날 반드시 병원에 가 주사를 맞겠다고."[29]

테드는 이 약속을 지켰고 자신은 "젊은 남자들 대다수와 같은 문제를 겪지 않았다"고 말했다. 가족과 함께 도착한 지 얼마 지나지 않은 테드의 눈에 게르투르드가 들어왔고 그 순간부터 다른 여자들은 아무 의미가 없어졌다.

상하이에 발을 디딘 거의 즉시 게르트루드는 일자리 찾기에 돌입했다. 의상디자인을 공부했던 그녀에게는 더 번드에서 가장 화려한 건물들 중 하나인 팰리스 호텔을 포함하여, 도시 내 양장점들에 제시할 삽화 스케치북이 있었다. 팰리스 호텔 주인이 그녀의 스케치를 보고 일자리를 주었다.

"아직 학교에 다닐 나이의 몹시 어린 소녀인 내가 그렇게 좋은 자리에서 즐겁게 일할 수 있게 되어 굉장히 자랑스러웠다." 그녀는 이렇게 썼다.

그녀는 고객들과 앉아 대화를 나누다가 그들의 외모와 취향을 바탕으로 적절한 의상 아이디어를 스케치했다. 한편 그녀 주위에서는 새로 도착한 사람들이 음식점과 카페를 열고 고국에서 빼앗긴 것들을 빠르게 재현하면서 '리틀 비엔나'가 조성되고 있었다.

양쯔 강변에 들어선 빈의 낙원은 단명했다. 전쟁이 끝날 때까지 버틸 수 있으리라는 난민들의 믿음은 착각이었다. 유럽 밖으로 전쟁이 확대되었다. 진주만 기습공격이 펼쳐지던 1941년 12월 8일, 일본군이 별다른 저항도 받지 않고 상하이 국제조계로 진군했다. 미국과 영국은 각각 강변에 최소한의 선원을 갖춘 포함砲艦을 정박해두고 있었지만 각각 워싱턴·런던과의 통신수단이 주된 기능이었다. 미국 포함이 몰수되었고 영국의 HMS '페테렐'은 좌초되었다.

한때 국제 조계 수비를 맡았던 영국 연대는 1940년에 철수하여 제국의 다른 지역으로 재배치되었고, 킬트 복장의 스코틀랜드군과 러시아 연대, 유대인 공동체가 뒤섞인 상하이 자원군은 물러나라는 명령을 받고 일본군의 진입을 지켜보았다.

스스로 프로이센에서 교육받은 탓이라고 생각하는 고집스런 투지로 가득한 자원봉사자 테드 알렉산더는 군복을 입고 소총을 든 채 일본군이 들어오는 현장으로 달려갔지만 즉시 무장 해제되었고 총살당하지 않은 것을 다행으로 여겼다.

일본 해병대가 탱크와 장갑차를 타고 조계로 밀고 들어와 더 번드 순찰을 시작했다. 영국인과 미국인 주민들에게는 사순의 아파트 단지들 중 한 곳에 들어선 비밀경찰 켐페이타이 본청에 등록하라는 명령이 떨어졌다. 거기서 적성외인들에게 붉은 완장이 지급되었다. A는 미국인, B는 영국인을 뜻했다.

고레시게 이누즈카라는 일본 해군 대령이 국제 조계 인수의 책임자였다. 일본군 장교들 다수가 그러했듯 그도 유대인들이 서구와 중국을 막후 조종하는 강력한 실세라는 시온장로의정서 식의 음모론을 믿었다. 중국 지도자 장제스를 유대인 부호들의, 그중에서도 특히 빅터 사순의 꼭두각시로 본 그는 사순을 일본 편에 세워 활용하겠다는 목적을 갖고 상하이에 입성했다.

사순은 처음에는 대화를 끌어가며 일본 장교의 비위를 맞췄으나, 장교는 사순의 기업 왕국을 보존하기 위해서는 일본 회사와 병합해야 한다고 주장했다. 사순이 이에 이의를 제기하자 이누즈카는 위협을 가하기 시작했고 체포가 임박했음을 느낀 거물 실업가는 조용히 배에 올라 인도로 도주했다.

아주 짧았던 저항의 표현 후에 테드 알렉산더는 이른 아침 캐세이 호텔로 불려가 사순의 기업서류 파쇄작업에 동참하고 있는데 일본군 병사들이 들이닥쳐 그와 회사 중역들을 구금했고, 이어서 이누즈카가 나타나 빅터 사순의 임자 없는 책상 뒤에서 개선장군 같은 자세를 취했다.

엘리 카두리는 아들 로런스와 상하이의 차페이 수용소에 구금됐다가 자신의 옛 장대한 저택인 마블 홀의 마구간으로 돌아가도록 허락받았고 해방을 일 년 앞둔 1944년 8월 그곳에서 사망했다.

조계의 외국인 주민들은 자신의 집에서 퇴거당했고 대부

분 상하이 공항 근처에 세워진 강제수용소 룽화 민간인 집합소에 억류되었다. 어린 시절 그곳에 수용되었던 작가 J. G. 밸러드는 그 경험을 바탕으로 장편소설 《태양의 제국》을 썼다.

1940년 9월 일본이 독일·이탈리아와 동맹을 맺은 후, 일본의 유사조직 켐페타이와 협조관계에 들어간 나치 게슈타포는 리틀 비엔나에도 들어올 수 있게 됐다. 나치 비밀경찰을 피해 세계의 반을 돌아 도착한 주민들에게는 분명 무시무시한 광경이었을 것이다. 불과 며칠 사이에 안슐루스 하에서 사는 빈의 유대인들에 관한 연극 한 편이 게슈타포의 명령에 강제로 막을 내렸다.

1942년 7월, 나치 친위대가 도착했다. 나치의 '최종적 해결Final Solution'을 실행하기 위한 반제Wannsee 회의가 여섯 달 전 열렸고 이렇게 공식 방문이 이루어졌다는 것은 유대인 말살 프로그램을 전 세계로 확대하겠다는 의지의 표명이었다.

친위대의 두목은 폴란드 유대인들의 살해 과정에서 보여준 효율과 환희로 '바르샤바의 도살자'라는 별명을 얻은 요제프 마이징거 대령이었다.

"거구에 거친 피부, 대머리, 끔찍하게 추한 얼굴을 가진 무서운 인간이었어요."[30] 친위대의 고위 정보장교 발터 셸렌베르크의 말이다.

마이징거는 너무나 잔학해서 친위대의 징계를 받은 놀라

운 경력의 소유자였다. 셸렌베르크에 따르면, 이런 지나친 잔혹성으로 군법재판에 회부될 터였으나 친위대와 게슈타포의 우두머리로 반제 회의를 주재했고 나치 통치 초창기부터 마이징거와 친분이 있던 라인하르트 하이드리히의 중재로 이를 면했다는 거였다.

"마이징거는 너무 많은 걸 알았고, 그래서 하이드리히는 군법재판을 막아냈다." 셸렌베르크는 이렇게 썼다.

대신 마이징거는 1941년 4월 켐페타이 연락장교 직을 받고 도쿄로 건너온 뒤 상하이의 약 2만 명의 유대인 '문제'에 대한 다양한 해결책을 제시했다. 만주로 보내 강제노동을 시키거나 양츠 강 어느 섬에 특별히 지은 수용소에서 '의학 실험'에 사용하는 것이 그의 제안에 포함되어 있었다. 그러나 그가 가장 선호했던 방안은 유대인들을 모두 모아 배에 실은 다음 바다에 수장시키는 것이었다.

일본 해군 당국은 깜짝 놀랐다. 그들 또한 수많은 잔학 행위를 자행했어도 이런 식의 대량살육은 종족학살의 사다리에서 몇 단계 위에 있는 것이었다. 그래서 유대인들을 상하이에 붙들어놨다가 나중에 협상카드로 쓰자는 타협안을 내놨다. 1943년 2월, 상하이 도심 북동쪽에 있는 홍커우의 4분의 3평방마일 면적에 '무국적 난민 지정지역'이 선포되면서 1937년 이후에 들어온 난민들은 모두 삼 개월 안에 그곳으로 이주하라는 명령이 내려졌다.[31] 사실상 그 명령은 상하이의 유대인 인구 전원에 적용되었다. 게토 둘레로 철조망이 쳐졌고 식량배급은 1인당 하루에 빵 8온스라는 기아에 가까운 수준으로 축소되었다.

"몹시 원시적인 집으로 이사해야 했어요." 게르트루드가 회고했다. "이런 지정구역에 살아야 하고 합당한 사유를 갖고 출입증을 신청하지 않으면 거기서 나갈 수 없다는 게 정말 끔찍하다고 생각했어요. 게다가 거기는 상하이에서도 예전 일본과의 전쟁으로 파괴되었던 절대 최악의 지역이었고 우리의 생활여건은 지독하게 열악했어요."

상하이의 게토 안에서 랑거 가족이 새로 살게 된 집은 상하수도 시설이 없이 골목에 양동이가 두 개 있을 뿐이었으며 화로 대신에 석탄을 넣은 조그만 화분들로 조리를 해야 했다. 게르트루드가 맡은 집안일 중에는 그 화분들 옆에 쪼그려 앉아 중국부채로 바람을 일으켜서 불씨가 꺼지지 않게 하고 고질적 문제였던 쥐들이 집안에 못 들어오게 하는 일이 포함되어 있었다.

일본군은 홍커우에 탄약창을 운영했다. 백인 유대인 인구가 인간방패 역할을 해줄지 모른다고 믿었기 때문이기도 했고, 대폭발이 일어날 경우 대량 사상자는 불가피했던 것으로 여겨질 것이기 때문이기도 했다.

미군 폭격으로도 인명피해가 있었지만 감옥에서 더 많은 수가 죽었다고 게르트루드는 말했다. 게토의 유대인들은 사소한 위반 행위로도 투옥되었고 감옥에 들어가면 누구나 이에 물려 2주 후에는 장티푸스에 걸렸고 치료제가 없으니 결국 죽었다.

"사람들은 이틀간의 구금형을 마치고 석방된 뒤 친구들에게 작별인사를 했어요. 3주 후에는 살아 있지 않을 거라는 걸 알았으니까요." 그녀가 말했다.

이렇게 지속적으로 수가 줄긴 했으나 유대인의 삶은 계속됐다. 테드 알렉산더는 게토에서 랍비로 임명받았고 그의 가족은 정기적으로 문학 및 철학 사교모임을 열었다. 게토 유대인들의 절대 다수가 거기서의 시련을 견디고 피골이 상접하고 누더기 차림이긴 했으나 살아서 돌아왔다.

2016년 내가 상하이에 갔을 때 사순 가와 카두리 가가 세운 호텔들은 아직도 더 번드에 줄지어 서 있었지만 더 높이 솟아 네온 빛이 양쯔 강을 물들이는 유리 마천루들에 가려진 모습이었다. 틸란차오의 러시아 유대인들에게 생활의 중심이었던 3층짜리 오헬 모셰 유대회당은 유대인 난민 박물관으로 개조되어 있었다. 영국인들이 지었으나 일본에 징발됐으며 짧은 구금이 죽음으로 귀결되곤 하던 위드 로우 감옥은 아직도 본래의 땅딸막한 콘크리트와 벽돌 입구 뒤에서 틸란차오 감옥으로 사용되고 있었다. 전쟁이 끝난 후 미국이 일본 전범들을 처형한 장소였고, 중국 국민당이 접수한 이후에는 공산주의자들을 처형하는 데 사용되었다.

마오쩌둥 군대는 1945년 일본군 퇴각으로 남겨진 상하이의 공백을 메꾸고자 했으나 국민당이 승리하면서 350만 명의 중국 주민과 룽화 민간인 집합소의 유럽·미국·호주인 6천 명, 그리고 2만 명의 유대인들에게 해방이 찾아왔다. 장제스의 국민당은 질서를 유지하고 모두를 그들이 있던 곳에 머물게 하려고 했으나 게토의 억눌렸던 불만을 통제하기에는 역부족이었다.

"더이상 갇혀 있고 싶지 않았어요. 그래서 집단으로 거기서 뛰쳐나왔죠." 게르트루드가 말했다. 게토 수용자들은 다른 수용소들을 찾아가 그곳의 주눅 든 죄수들도 뛰쳐나오게 설득했다. "거기 아이들이 많았어요. 혹시 그 아이들에게 해가 갈까 봐 다들 두려워했죠. 우리가 가서 안전하니 나가도 된다고 말해주기 전까지는 그 끔찍한 수용소에서 나오기가 겁이 났던 거예요."

미군기 수십 대가 상공을 날며 전단을 뿌려 이제 자유라는 사실을 알리는 가운데 유대인들은 홍커우 게토에서, 유럽인들은 수용소에서, 상하이의 중국인들은 은신하던 집에서 빠져나왔다.

"모두가… 상하이를 폭격한 바로 그 비행기들을, 이제는 해방군으로 환영받는 비행기들을 보며 환호성을 질렀어요." 게르트루드가 말했다. "사람들이 웃으며 또 울부짖는, 비명과 환호성을 함께 지르며 도시 전체가 함께 축하하는 광경은 정말 굉장했어요. 일본군 병사는 단 한 명도 안 보였어요. 다들 어디에 숨어 있었는지 모르겠지만 그렇게 도처에 널려 있던 자들이 완전히 보이지 않게 돼버렸죠."

해방 이튿날, 테드 알렉산더는 E. D. 사순 앤 코를 대리하여 부동산 왕국 소유권 회수 신청을 하러 추레한 양복에 밑창이 뚫린 구두를 신고 더 번드로 향했다. "나는 끔찍한 꼴이었어요." 그가 말했다. 그래도 그는 "우리 자산을 되찾았다."

결과가 어떻게 될지 모르는 한 수였다. 완전히 끝이 안 난 중국 공산당과 국민당 사이의 투쟁이 일본의 패배로 본격 재개되었고, 공산당의 반제국주의 사상이 상하이에 빠르게 전파되었다. 돌아온 서구 실업가들 일부는 기존의 현상을 받아들일 태세가 아닌 중국인 직원들을 보았다.

하지만 테드는 옛 일자리로 돌아온 사순 직원들의 환영을 받았다. 그는 캐세이 호텔 로열 스위트룸에 묵으며 사촌이라 속이고 게르트루드를 데려오곤 했고 따라서 이듬해 둘이 결혼할 때 몇몇 하객은 놀라워했다. 호텔의 주방장도 돌아와 테드와 게르트루드, 그리고 다른 귀환자들을 위해 연회를 열어주었는데 그동안 굶주려 쪼그라든 위가 소화하기엔 지나치게 기름지고 풍성한 요리였다.

게르트루드는 미군에 취업하여 '출입금지', '주의', '들어오지 마시오' 같은 표지판을 그리는 일을 한 다음, 미군 우편국 '조사관'으로 일하면서 근무지가 변동된 병사들을 찾아서 만약 살아 있다면 우편물을 이송해주는 일을 맡았다. 실로 적임자였다. 가족과 떨어져 본 경험이 있는 게르트루드는 그 "가련한 사람들이 우편물을 못 받는 일이" 없도록 몸을 던져 일했다.

게르트루드와 테드는 1946년 6월 9일 결혼했다. 당사자들과 부모들과 증인들 모두 한 글자도 못 읽는 중국 결혼증명서에 서명했다. 상하이가 고향처럼 느껴지고 애착이 깊었지만 계속 체류할 수는 없다는 것이 확실해졌다. 공산당의 반란을 통제할 수 있다는 장제스의 약속은 희망사항에 불과한 것 같았고, 그의 군대에서는 탈주병이 밥 먹듯 나왔다.

사순 가와 카두리 가는 그들이 다른 모든 이들과 했던 것처럼 마오의 공산당과도 사업관계를 맺게 되기를 바랐지만 퇴짜를 맞았다. 1949년 상하이를 장악한 공산 혁명가들은 마오의 지령에 따라 개 경주장인 상하이 카니드롬에서 수천 명을 처형함으로써 제국주의자들과 협력한 사람들이 처형의 우선순위임을 분명히 했다.

최후의 나날 동안 국민당 체제는 공산당 진격을 막기 위한 군비 확보 용도로 화폐를 마구 찍어 극심한 인플레이션을 초래했다. 게르트루드와 테드는 관영 해운사 American President Lines에서 미국으로 가는 탑승권을 예약했지만 비용 칠백사십 달러를 '중국 달러' 즉 위안화로 지급해야만 했다. 환산하면 이천칠백만 위안이었는데 위안화의 최고가 화폐가 십 위안이었다. 신혼부부는 돈더미를 옮겨줄 인력거를 불러야 했다. 그러나 아침에 환전하여 인력거로 해운사에 도착하자 위안화 가치가 또 떨어져 다시 환전소에 가 돈을 더 바꾸고 다시 인력거를 불러야 했다.

1947년 속죄일에 샌프란시스코에 도착한 두 사람은 일주일 만에 일자리를 잡았다. 게르트루드는 의류백화점의 구매 담당자로 취업했고, 테드는 보험회사에서 일을 시작했다가 곧바로 역시 의류업으로 방향을 바꿔 낮에는 여성복 판매원이, 밤에는 랍비가 되었다.

둘은 오클랜드에 작은 거처를 마련했고 이윽고 카를과 조피 랑거에 이어 독일의 재정착 수용소에서 미국 비자를 더 오래 기다려야 했던 테드의 부모까지 들일 수 있게 되었다.

내 아버지 바로 아래에 광고되었던 열네 살 소녀 게르트루드 랑거는 고급 여성복 디자이너가 됐다. 그녀는 상하이 더 번드 시절의 수첩이며 자신과 테드의 비범한 노정을 핀으로 표시해둔 지도를 보관하고 있었다.

"부모님은 삶에서 멋진 것들을 창조하셨어요." 두 사람의 딸 레슬리가 말했다. "나와 내 아이들이 배운 교훈은 끔찍한 일들이 일어날 수 있다, 하지만 타인들이 우리에게 범하는 행위들을 견디고 살아남을 수 있다면, 우리 자신 안에서 그걸 견디고 살아남을 수 있다면, 그래도 진정으로 성공할 수 있다는 것이에요."

9장

프레드와 아우슈비츠까지의 발자국

메트로폴 호텔은 후기 합스부르크 빈의 화려함과 기품이 구현된 석조건물이었다. 구시가지와 다뉴브 운하가 만나는 모르친플라츠에 6층으로 솟은 이 신고전주의 궁전은 1873년 프란츠 요제프의 재위 25년을 맞아 제국의 수도에서 개최된 세계박람회에 맞추어 건립되었다.

유리로 덮인 중앙 안뜰과 호화롭게 장식된 365개의 객실을 자랑하는 메트로폴은 유명 해외 고객층이 선호하는 호텔이었다. 마크 트웨인은 1897년 가을부터 1898년 늦봄까지 여덟 달 동안 가족과 그곳에서 지내며 황제와 요한 슈트라우스, 지그문트 프로이트를 비롯한 빈의 유명인사 대부분을 만났다.

미국을 떠나 있는 동안 이 위대한 작가가 죽었다는 소문이 돌자 〈뉴욕 월드〉는 한 기자에게 전보를 보내 기사를 청탁하며 이런 조건을 내걸었다. "마크 트웨인이 중병에 걸렸으면 오백 단어로, 죽었으면 천 단어로 쓸 것."

트웨인은 궁금해하는 기자에게 "내 죽음에 대한 보도는 과장이었습니다"라고 답했고, 이는 이어서 "내 죽음에 대한 보도들은 심하게 과장되었습니다"로 변형되어 전설로 남았다.[32]

찬란했던 과거로 인해 메트로폴은 나치가 거부할 수 없는 표적이 되어버렸다. 뭉개지고 지워져야 하는 대상이었다. 독일인들이 빈에 입성한 다음 게슈타포는 호텔을 징발하여 본청으로 삼았다. 그 규모와 위치만으로도 정복한 도시에 대한 비밀국가경찰의 군림을 과시하기에 안성맞춤이었다.

유대인들이 호텔 주인이었으므로 징발하기 쉬웠다. 소유권자를 감옥에 집어넣으면 되기 때문이다. 게슈타포는 운하 부두 쪽으로 몇 블록 떨어진 경찰서 유치장을 사용했고, 메트로폴의 객실들을 수많은 촉수로 연결된 관료제를 지탱할 사무실들로 개조했는데, 일층과 지하층에 가치가 높은 죄수들을 수용하는 유치장이 있기는 했다.

'유텐레페라트' 즉 유대인 담당 부서가 삼층 대부분을 차지하고 들어와 IKG의 기록을 징발하여 데이터베이스화하는 작업에 돌입했다.

메트로폴 건너편 모르친플라츠에 살던 슈바르츠 가족은

호텔의 코린트 양식 기둥 사이에 커다란 붉은 색 나치 십자 문양들이 걸리는 모습을 창밖을 통해 볼 수 있었다. 오래 보게 될 광경은 아니었다. 모르친플라츠 주변의 적대적 요소들을 제거하기 위해 저지선이 처졌으며 거기에는 유대인 전원이 포함되었다. 그래서 변호사이던 알로이스 슈바르츠와 아내 헬레네, 그리고 두 아들인 열일곱 살 프리츠와 열네 살 만프레드는 아무런 보상이나 대체 거처도 없이 즉석에서 퇴거당했다. 그들은 옛 유대인 거주지이던 구역 2구의 운하 반대편 슈멜츠가세에 살던 헬레네의 어머니 집으로 옮겼다.

19세기 빈이 강력한 제국의 수도로 화려하게 재건될 때 빈민굴은 대체로 정리된 바 있으나 대대적 도축 열풍에서 간과된 듯 구식의 작은 집 두어 채가 살아남았다.

그러나 슈바르츠 가족의 새 거처는 둥그런 대리석 층계, 뒤얽힌 꽃 모양의 몰딩이 장식된 문틀이 인상적인 아르누보 양식의 걸작이었다.

슈바르츠 부부가 어린 두 아들과 빈에서 함께 보내게 될 마지막 몇 달이었다. 만프레드는 이 시절에 대한 격렬한 기억을 머릿속에 담아두었다. "활동적이고 손재주가 뛰어난" 쉰 살의 아름다운 어머니 헬레네와 그보다 다섯 살 많고 왕성한 사교활동에 평판도 좋은 민사법 변호사 아버지 알로이스는 생계, 사회적 지위, 존중, 천직 등 모든 것을 한순간에 잃었다.[33] 그는 이 사무실 저 사무실을 전전하며 탈출구를 찾는 신세가 되었다. 슈바르츠 가족이 고향이라 불렀던 도시는 날이 갈수록 그들을 옥죄는 바이스가 되어버렸다.

열여덟 살이 되어 고등학교 시험을 막 통과했던 프리츠는 (나중에 Fritz를 네덜란드 식으로 Frits로 바꿨다) 히틀러 청소년단 패거리에 붙잡혀 지역 경찰서로 넘겨졌고 12월까지 출국하겠다는 진술서에 서명하라고 요구받았다. 서명을 위해 그의 아버지가 경찰서에 소환되었다. 프레드는(만프레드는 이렇게 불리게 되었다) 학교를 떠나야 했는데 그게 아쉽지는 않았다. 학교는 별로였고 스카우트 대원으로 야외활동을 선호했는데, 그 활동도 금지당했다. 옛 친구들은 잘해야 그를 모르는 척했고 나쁜 경우는 아예 히틀러 청소년단에 가입하여 그를 찾아내 구타하기도 했다.

그해 겨울, 그는 처음으로 시체를 봤다. 그들이 살던 건물 사층 계단에서 뛰어내려 자살한 남자가 로비의 흰 대리석 바닥에 피투성이가 되어 누워 있었다.

프레드는 가업인 의류공장에서 일하며 기계 사용법을 배웠고 그 외의 시간은 줄을 서서 보냈다. 안슐루스 이후 빈의 유대인들은 모두 그랬다. 요구되는 서류가 끝이 없었다. 떠날 생각이라면 특히 그랬다. 프레드는 제국의 새 여권을 받으려고 아돌프 아이크만이 '첸트랄슈텔레', 즉 유대인 이주

청의 중앙사무실용으로 징발한 로스차일드 저택 앞에서 몇 시간이고 서서 기다렸다가 이튿날 다시 와서 그 여권 위에 필수였던 'J' 도장을 받으러 다시 줄을 서서 기다렸다.[34]

그다음에는 탈출로를 찾으러 대사관 앞에 줄을 서서 기다렸다. 한없이 복잡하고 답답한 절차였다. 미국 비자 쿼터에 오스트리아인들은 독일인들과 한덩어리로 묶여 취급되었다. 그런데 독일 유대인들은 이미 나치 통치를 오 년이나 경험한 터라 이전에 신청하여 할당량의 대부분을 차지했다.

1938년 9월 3일, 알로이스 슈바르츠는 〈맨체스터 가디언〉에 프레드를 가정교사로 채용해달라는 광고를 냈다.

"15세의 건강하고 겸손한 빈 소년. 빈의 유대인 변호사 아들. 중등학교 학력. 기계편물 경력 수개월. 영국인 가정에 들여져 학업을 계속하기 원함"이라는 내용이었고 광고주 이름은 A. 슈바르츠 박사로 되어 있었다.

내가 그것을 읽은 것은 83년 후였다. 그것을 실마리로 프레드 슈바르츠와 형 프리츠의 자취를 따라가다 나는 다른 광고 아이들과는 완전히 다른 방향으로 들어와 있었다. 더 멀리 떨어지는 것이 아니라 나치 살인 기계의 아가리 속으로 도로 휩쓸려 들어가는 것이었는데, 그것은 실로 내가 마주한 가장 놀라운 인내와 생존의 기록 중 하나가 되었다.

다른 빈 아이들의 광고와 같이 프레드의 광고도 2면의 라디오 프로그램 가이드 옆에 실렸다. 그날의 가이드에는 아서 블리스의 새 영화음악이 안내되어 있었다. 수많은 빈의 유대인 부부들이 숙식만 제공해준다면 온갖 종류의 허드렛일을 맡아 하겠노라 나선 대량의 '구직' 광고 중 하나였다.

눈길을 확 끄는 광고였다. 슈바르츠라는 이름을 함께 묶인 오스트리아와 체코 지역 주이시젠에 넣어봤더니 3,600건 이상의 결과가 떴다. 처음 시도에서는 그쯤에서 포기했다. 결과가 연대순이 아닌 것도 이유였다. 좀더 시간을 들인 끝에 1923년 출생한 소년들 중 슈바르츠라는 이름을 둘 찾았는데, 그중 하나만 아버지가 이름이 'A'로 시작하고 의사였다. 알로이스 슈바르츠와 쾨트너에서 출생한 헬레네에게는 1923년 10월 31일 출생한 아들 만프레드가 있었다. 그러니 이 광고가 실렸을 무렵 열다섯이 채 안되었지만 충분히 가까웠다.

파인드마이패스트Findmypast.com에서 만프레드 슈바르츠의 자취를 몇 찾았다. 하나는 만프레드 슈바르츠란 사람이 런던에서 프레드 조지로 개명했다는 것이었고, 또 다른 것은 어쩌면 동일인일 수도 있을 만프레드 슈바르츠란 사람이 영국 어느 회사의 이사로 등록되었다고 나와 있었으나 주소는 빈의 구드룬슈트라세로 떠 있었다. 결국 엉뚱한 사람이었다.

하지만 앤세스트리Ancestry.com에서 검색 폭을 넓혀봤더니 프레드와 같이 1923년 10월 31일이 생일인 또 하나의 만프레드 슈바르츠가 떴다. 독일 강제수용소 기록에 그의 부모 이름이 있는 것으로 보아서 이 사람이 프레드라는 것에 의심의 여지가 없었다. 그는 1942년 7월 15일 네덜란드의 남부 도시 아인트호벤에서 체포되어 유대인 및 여타 죄수들을 위한 임시 수용소 웨스터보르크로 보내졌다가 1944년 9월 8일, 오늘날 체코 공화국 테레진에 있었던 나치 운영의 게토 겸 강제수용소 테레지엔슈타트로 보내졌다가 3주 후에는 아우슈비츠로 보내졌다. 그 뒤에 손 글씨로 된 그의 기록이 하나 더 있었다. '콘첸트라치온슬라거(강제수용소)'를 가리키는 'KL'과 어쩌면 부헨발트를 가리킬 'Bu-', 그리고 날짜 1944년 10월 30일.

그의 이름 아래 나타난 두 번째 서류는 2012년 1월 5일 네덜란드 바드후베도르프에서 발부된 사망통지서로 나치 강제수용소에서 그가 살아나왔다는 사실을 반증했다. 다만 프레드에게 유가족이 있었는지에 대한 단서는 없었다. 암스테르담의 유대인 공동체에 이메일을 보냈더니 그가 무이데르베르그의 유대인 공동묘지에 묻혔으며 1946년 출생 롤프와 1950년 출생 마델론, 이렇게 자녀 둘이 있었음을 확인해주었다.

네덜란드의 사생활 보호법 탓에 롤프와 마델론을 찾기가

어려워서 헤이그의 구 유고슬라비아 국제범죄재판소에서 알게 된 지인 안젤리나 수탈로에게 연락을 취했더니 그녀는 필요한 기술을 갖고 있을 거라고 본 검찰청 옛 동료들에게 부탁했다. 그들은 과연 전화번호 몇 개를 찾아내 주었으나 더이상 사용되고 있지 않은 번호들이었다. 안젤리나는 롤프 슈바르츠가 정신의학 관련한 책을 몇 권 쓴 사실을 발견하고 출판사에 연락을 취해주었다. 한 시간 후, 그녀는 느낌표 일곱 개로 된 왓츠앱WhatsApp 메시지를 보내왔다. 롤프와 두 주에 한 번 테니스를 치는 사이인 출판사 사장이 이미 우리의 사연을 전달해주었다고 했다.

롤프는 2021년 2월 11일 내게 메일로 '내 사랑하는 아버지의 이름은 만프레드'가 맞다고 확인해준 뒤 그의 생애의 기본적 사실들을 전달해줬다. 그리고 자신도 마델론도 전혀 몰랐던 그 광고를 보여줄 수 있느냐고 물었다. 프레드는 자녀들에게 그 이야기를 해주지 않았는데 사실 그 자신도 몰랐을 것이었다.

롤프는 아버지가 빈을 떠난 뒤 강제수용소의 참상을 거쳐 지내온 자신의 여정을 회고록으로 남겼다고 내게 말해주었다. '트레이넨 오프 도드 스포르', 즉 '폐철로의 기차들'이란 제목으로 나온 네덜란드어 회고록을 2005년 친척들이 영어로 번역했으나 출판까지는 되지 않았다. 그는 이 영역본을 내게 이메일로 보내주었다.

프레드의 회고록은 죽을 고비와 구원을 다룬 놀라운 책이었다. 강제수용소가 긴박한 현재 시제로 가차 없이 담담히 묘사되어 있었다. 프리모 레비의 《이것이 인간인가》에 비견할 만했다. 읽기 힘든 내용이지만 기적과도 같았다. 그 책을 읽고 나면 변할 수밖에, 인간이 무엇을 견딜 수 있는지에 대해 더 많이 알게 될 수밖에 없다.

《폐철로의 기차들》은 게슈타포의 호텔 메트로폴 압수에서 출발하여 프레드와 형 프리츠가 세계가 목격한 가장 끔찍한 공포를 겪고 기적처럼 살아남는 여정을 따라간다.

소년들의 아버지 알로이스는 1938년 9월 〈가디언〉에 프레드의 광고를 실었다. 프리츠에게는 보다 긴급한 탈출로가 필요했다. 나치 순찰대에 구금되었다가 연말까지 출국하겠다고 서약한 후로 최후통첩이 목에 달려 있었기 때문이다. 불이행시 체포되어 다하우로 추방될 것은 불 보듯 뻔했고, 1938년 가을 무렵에는 이미 수많은 사례가 흘러들어 부모는 아들이 그 과정을 버티고 살아남지 못할 수 있다는 것을 잘 알았다.

보스니아의 사라예보에 살던 부유한 삼촌 헤르만이 시칠리아의 메시나에 프리츠의 일자리를 잡아주기로 했다. 유대인이 육로로 이탈리아에 입국하기란 불가능했지만 각처에

어린 시절의 프리츠와 프레드 슈바르츠. 1926년경.

연줄만 제대로 있다면 베네치아를 거쳐 비행기로 들어갈 수는 있었다. 부모가 프리츠를 공항에 데려다줬지만, 계획은 불발되었다. 집에 돌아오니 프리츠가 전화를 걸어 데리러 와달라고 요청했다. 서류 미비 사유로 출국이 불허되어 다른 방도를 찾아야 했다.

유대인들을 국경 너머 네덜란드로 데려가 체류할 수 있게 해주는 밀출국 가이드들이 쾰른에 있다는 소문이 당시 빈에 돌았다. 프리츠에게 남은 탐탁찮은 방안들 중 그게 그나마 가장 쓸 만한 것이라는 데 만프레드의 부모는 마지못해 동의했다.

열여덟 살 프리츠는 두 번째 시도 만에 성공적으로 국경

을 넘어 암스테르담에 도착했다는 전갈을 보내왔다. 프레드
는 간절히 형을 뒤따라가고 싶었고, 프리츠도 우체국이나
다른 정거장 같은 곳들에 진로를 흘리기로 했다. 부모로서
도 두 아들을 제국 밖의 한 장소에 두는 게 〈가디언〉 광고를
통한 연락을 기다리는 것보다 그래도 덜 위험하겠다 싶어
혼자 가지 않는다는 조건 하에 내키지 않지만 동의했다. 그
래서 함께 가줄 적당한 길동무를 물색했다.

　친척과 지인들을 통해 알아보던 끝에 함께 갈 준비가 된
동갑 소년 둘을 찾았다. 스카우트 동료로 "야위고 나무처
럼 키가 큰" 에른스트 한, 그리고 헬레네의 친구 의붓아들로
"명랑하고 뚱뚱한 친구" 요시 프리슈였다.

　1938년 11월 30일, 부모들은 이 셋을 베스트반호프로 데
려갔다.

　"눈물을 흘리기엔 너무 자란 것 같았지만 이게 내 청춘의
마지막을 뜻한다는 것을 나는 알았다." 프레드는 이렇게 썼
다. 빈을 떠나는 다른 아이들과 마찬가지로 그에게 역 플랫
폼에서의 작별은 삶의 전환점이었다. 어린 시절의 결정적
종지부일 뿐만 아니라 안전과 확실성의 끝이기도 했다. 프
레드 슈바르츠의 경우, 그것은 날로 가팔라져만 가는 위험
을 향한 곤두박질의 시작이었다.

　자기들끼리만 객실을 쓰게 된 프레드와 길동무 에른스트,

　9장 프레드와 아우슈비츠까지의 발자국

요시, 이렇게 셋은 즐거운 기분으로 길을 떠났다. 부모들이 싸준 맛있는 음식도 좋았고, 프레드는 원체 기차가 좋았다. 그건 일생의 모험이었다.

그들은 쾰른에서 내려 대성당을 구경했다. 빈 한복판의 세인트 슈테판의 것보다 높은 첨탑에 감탄했다. 약속한 대로 프리츠는 주요 우체국에 쪽지를 남겨놓았다. 주요 유대 회당의 불탄 폐허 건너편 유대인 카페로 가 야콥스 씨를 찾으라고 씌어 있었다.

계획은 첫 관문부터 틀어졌다. 카페 단골들은 야콥스는 체포됐을 뿐 아니라 배신자였다면서 "빈으로 돌아가라"고 소년들에게 말했다. "네덜란드로 갈 수 있다면 우리도 진작 갔을 거다."

세 소년은 마주 앉아 다음 방도를 강구했다. 빈의 집으로 돌아간다는 것은 생각도 할 수 없는 패배로만 보였고 도무지 다른 수가 없을 때만 그러자고 약속했다. 그들은 역으로 돌아갔다. 카페에서 만난 호리호리한 빨강머리 소년이 함께 가고 싶다고 따라붙었다. 그들은 철도망의 지도를 유심히 살펴봤다.

네덜란드 국경에 가장 가까운 인접 도시 칼덴키르켄 행편도 차표를 끊어 어둑해질 무렵 도착했다. 별다른 계획이 없었기에 혹시라도 적절한 방향으로 인도해줄 실마리를 만날 수 있을까 하며 중심가를 따라 걸었다.

과연 신호가 그들 앞에 나타났다. 도시 한가운데의 술집 이름이었는데 프레드는 그것을 네덜란드인을 뜻하는 줌 홀렌더로 기억했다(현재 감자튀김으로 잘 알려진 패스트푸드 식당 이름은 주어 홀렌더린, 즉 네덜란드 여인이다). 그들은 맨날 오는 곳인 양 거침없이 들어갔다.

술집은 텅 비어 있다시피 하여 주인과 바에 앉은 가죽 재킷 차림의 남자 둘이 전부였다. 무엇을 원하는지 묻는 주인에게 프레드는 불쑥 네덜란드로 건너가고 싶다고 말했다. 지금 되돌아보면 기막힐 만큼 순진한 행동이었지만 본래 계획이 틀어진 판이었고 대체 이 여행을 어떻게 계속하면 좋을지 준비가 전혀 없는 형편이었다. 주인은 "마치 우리를 기다리고 있던 듯한" 가죽 재킷 남자 둘에게 고갯짓을 했고 남자들은 소년들을 곧장 경찰서로 데리고 갔다.

네 소년은 여권과 돈을 압수당한 뒤 몸수색까지 당했다. 그래봤자 가진 거라곤 소시지와 초콜릿 몇 쪽이 전부였다. 그리고 사복경관들과 제복을 입은 상급 경관 사이에 소년들이 못 알아듣는 대화가 이어졌다.

몇 분 후, 상급 경관이 여권과 현금을 돌려주며 돈을 부모에게 돌려줄 수 있게 우체국으로 데려가 주겠다고 했다. 가죽 재킷 남자들은 소년들을 사이드 카 두 대에 태워 오토바이에 달고 불빛을 낮춘 채 쏜살같이 달렸다. 어디로 가는 건지 소년들은 몰랐다.

칠흑 같은 어둠 속에서 오토바이가 멈추었고 내리라는 소리가 들렸다. 사복경관들이 저 멀리 보일락 말락 하는 건물을 가리켰다. 그곳은 네덜란드였지만 경찰서였으므로 피해야 하고 좀 나누어 움직이면 주의를 덜 끌 거라고 했다. 유대인 소년들에게 행운을 빌어준 뒤 그들은 다시 오토바이에 올라 그 자리를 떠났다.

소년들은 둘씩 짝을 지어 움직이기로 했다. 프레드와 요시, 에른스트와 쾰른에서 만난 빨강머리 소년으로 나누어 각각 다른 방향으로 출발했다. 그들이 내린 곳은 언덕 꼭대기였던 모양으로 몇 분 걷자 프레드와 요시의 눈에 저만치 자동차 전조등 불빛과 회색 띠 같은 뫼즈 강이 들어왔다. 내려가는 길은 험했다. 채석장 끝 근처였고 처음에는 밑바닥조차 잘 보이지 않았다. 하지만 돌아갈 수는 없었기에 채석장의 노란 표면을 따라 더듬더듬 걸은 끝에 아래로 내려가는 길을 찾았고 이어서 포장도로로 이어지는 진흙길로 들어설 수 있었다.

트럭 한 대가 다가오자 위험을 감수하고 손짓을 해보았다. 트럭이 서고 네덜란드 번호판이 붙은 것을 보고야 국경을 성공적으로 넘었음을 알 수 있었다.

운전사는 뫼즈 강의 양쪽에 걸쳐 있는 국경마을 벤로까지 그들을 데려가서 어느 가게 앞에 트럭을 세운 뒤 초인종을 눌렀다. 문 앞에 나온 남자와 몇 마디를 나누고 트럭 운전사는 소년들을 내리게 한 뒤 떠났다.

문 앞의 남자는 뜻밖의 손님들이 내키지 않은 얼굴로 아무 말 없이 소년들을 안으로 들였다. 프레드는 독일어로 저녁 인사를 건넨 반면 요시가 용감하게도 "샬롬" 하고 말하자 말 없는 남자도 "샬롬" 하고 대답했다.

남자는 소년들이 온종일 처음으로 대하는 제대로 된 음식인 달걀 프라이와 빵, 우유를 내주면서 대책 없이 무모한 모험이라며 고개를 설레설레 젓고는 잘 아는 사이인 트럭 운전사와 마주친 것이 천만다행이었다고, 난민들을 모두 돌려보내라는 명령을 받고 지방 경찰이 국경지대를 순찰하고 있다고 했다.

네덜란드 법에 따르면 뫼즈 강을 비롯한 주요 강을 일단 건너면 난민 등록을 거쳐 임시체류 허가를 받을 수 있지만 바로 그 허점 때문에 모든 다리에는 검문소가 세워져 있으니 지역 주민들을 범법자로 만들지 말고 자수하라는 것이 그의 조언이었다. 소년들은 절대 그럴 수 없다고 일어섰고 가게 주인은 그런 반응을 예상했던 듯 앉으라고 말한 뒤 그 자리를 떠났다. 소년들은 그대로 있을지 달아날지 모른 채

어물거렸다. 경찰에 신고하러 나갔을 수도 있었다. 소년들이 문을 박차고 나가려는 순간, 주인이 돌아와 손을 써두었다고 했다.

얼마 지나지 않아 남자 하나와 여자 하나가 커다란 미국산 자동차를 타고 와 소년들에게 네덜란드 경찰 검문소들을 지나는 동안 뒷좌석에서 담요를 덮고 숨어 있으라고 말했다. 차가 멈출 때마다 캐묻는 경찰들의 주의를 분산시키려고 옷을 잘 차려입고 고급 향수를 뿌린 여자가 말을 도맡아 했다.

새벽 세 시, 암스테르담의 중심지 라펜부르그에 도착했다. 소년들을 위해 쾰른 우체국에 남긴 편지에서 언급한 난민 호스텔 안에서 프리츠는 잠들어 있었다.

1938년 12월 2일이었다. 본래 계획이 무산되고 경찰에 붙잡히고 야간순찰을 피해 어둠 속에서 국경을 넘은 끝에, 빈을 떠나 서른여섯 시간 만에 프레드는 형을 찾았다. 실로 순전한 결의와 본능으로 이뤄낸 개가였다.

이튿날 아침, 프리츠는 동생이 안전하게 도착했다는 사실을 부모에게 전하기 위해 프레드를 깨웠다. 이어서 유대인 난민 위원회에 동생을 등록시키고 그가 네덜란드에 머무는 동안 생활비를 보장한다는 증서를 받게 해주었다. 그들은 그 증서를 갖고 네덜란드 이민국에 가서 체류를 합법화하는 국가 등록증도 받았다. 위반하면 추방되는 조건이 있었는데, 일을 하면 안 됐고 학교를 가도 안 됐으며 암스테르담 경계 밖으로 나가서도 안 됐다.

그다음에는 프레드의 거처를 찾았다. 침대 하나당 난민 위원회로부터 매주 칠 길더 반을 받는 로헤 런치룸이라는 허름한 식당이었다. 음식이 좋았고 방도 괜찮아 프리츠도 호스텔에서 나와 프레드 가까이로 옮겼다.

둘은 시내를 함께 돌아다니며 유대인 구역의 빈곤에, 아울러 주요 유대회당과 병원 각각 세 곳에 현대적인 양로원까지 갖추는 등 공동체가 도시에 내린 깊은 뿌리에 감탄했다. 12월 초 유대인 난민을 위한 가두모금 행사는 이백만 길더를 거둬들였다. 낡은 집에 들어선 복지관에서는 탁구와 셔플보드를 치고 신문을 읽고 일당 십 센트의 용돈으로 커피와 치즈케이크를 사 먹을 수 있었다. 프레드는 그림 수업을 수강하기도 했다.

다음 몇 주 동안 더 많은 빈 유대인들이 국경을 넘어 들어왔다. 프리츠와 프레드의 성공담을 전해 듣고 뒤따라온 이들도 있었다. 그들은 먹을 것 구하는 게 힘들고 체포되는 사람들도 느는 등 빈 유대인의 삶이 갈수록 피폐해지고 있다는 소식을 들고 찾아왔다.

*

로헤 런치룸이 제공한 안식처는 두 주 남짓 이어졌다. 12월 19일, 프레드를 제외한 모든 남성 난민 앞으로 이민국에 출석하라는 노란 카드가 날아왔다. 프레드와 여자들만 남기고 프리츠를 비롯한 다른 모든 남자들이 그곳으로 향했다. 오후가 돼도 돌아오지 않더니 이튿날 아침 열여섯 살에서 서른 살 사이의 모든 남성들이 버스에 실려 수용소로 보내졌다는 소식이 호스텔까지 다다랐다. 열다섯 살 프레드는 나이가 안 되어 소환 대상에서 벗어났던 것이다.

프리츠와 다른 남자들은 북부의 촌락 벤후이젠으로 이송됐다. 막사 같은 감방들이 커다란 안뜰 둘레로 사각형을 이루어 들어선 옛 유형지였다. 지금은 국립 감옥 박물관이다. 프리츠는 괜찮으니 걱정하지 말라는 편지를 프레드에게 보냈지만 실상은 몹시 험난했다.

1939년 초, 각종 수용소의 피억류자들이 로테르담 외곽의 헬레보엣슬루이스에 있는 해군기지로 이송됐다. 그곳에서 프레드는 마침내 프리츠를 만나러 갈 수 있었다.

시간이 지날수록 네덜란드는 서류 미비 이민자들이 밀입국 경로를 통해 국경을 넘어오지 못하게 전보다 잘 막아냈으나 어떻게든 방법을 찾아 들어오는 이들이 계속 나왔다.

1939년 초 넘어온 사람들 가운데 코가 권투선수 같은 남자가 있었다. 하코아 빈 축구단의 이름난 수비수이자 주장으로 나의 큰할아버지 프리츠와 함께 뛰었던 이그나츠 펠트만이었다. 슈바르츠 형제 이야기에서 중대한 역할을 한 펠트만 뒤에 프리츠가 서 있는 팀 사진이 내게 있다.

1939년 5월, 프리츠는 남부 아인트호벤에 있는 돔멜후이스라는 열여덟 살 미만의 소년 난민용 노천 수용소로 옮겨졌고, 프레드도 암스테르담을 떠나 그곳에서 형과 만났다.

그 수용소는 가냘픈 체구로 어디든 자전거를 타고 다니고 난민 어린이 위원회 의장으로 일하던 그 지역의 부유한 여성이자 필립스 전자회사 이사의 아내 베르웨이-용커가 운영하는 곳이었다. 그녀는 그곳에 수용된 백 명 정도의 소년들에게 국외 이민, 또는 그것이 실패할 경우 직업훈련 등 진로상담을 해주었다. 비자를 취득한 가족이 하나도 없었던 슈바르츠 형제들에게 국외 이민 가망은 거의 없었으므로 베르웨이-용커는 일자리를 찾아주기로 했다. 프리츠는 라디오 및 전자기기 관련 작업장에서, 프레드는 트웨카라는 편물 공장에서 일했다. 트웨카는 프레드에게 자전거를 주기도 했다.

인근의 돔멜 강을 따라 이름 붙여진 돔멜후이스는 아인트호벤의 대부분이 그랬듯 필립스 소유로 본래 외국인 노동자용 호스텔이었다. 회사는 그곳을 어린이 위원회의 재량에

9장 프레드와 아우슈비츠까지의 발자국

맡겼고, 위원회는 축구와 체조를 할 수 있을 뿐만 아니라 수영장과 극장도 이용할 수 있게 해줬다. 프레드와 프리츠 같은 난민 아이들에게 그곳은 안식처였으나 아주 잠시일 뿐이었다.

1939년 9월 유럽에서 전쟁이 터지자, 네덜란드는 초기에 제1차 세계대전에서 그랬듯 중립을 표방코자 했으나 만일에 대비하여 참전 가능 연령 남성들에게 동원령을 내렸다. 트웨카 작업장에서도 프레드의 동료 노동자 일부가 징집됐고 제조 품목도 수영복에서 군복으로 바뀌기는 했지만 몇 달 동안은 아무 일도 일어나지 않았다. 바다 건너 영국에서는 이를 '개전 휴전'이라고 불렀다.

1940년 1월 소년들의 부모로부터 기다리던 희소식이 날아왔다. 그들이 사라예보의 삼촌 헤르만의 도움으로 유고슬라비아 국경을 넘어갔다는 것이었다. 비자를 받을 수 없었던 빈 유대인들이 이용한 불법적인 경로 중 하나였다.

지독하게 불안한 여정이었다. 헤르만은 유고슬라비아 국경으로 가 자그레브 행 기차를 타라고 일러줬다. 적법하게 기차표를 살 수 없었으므로 표 없이 그냥 타서 불을 꺼놓는 맨 끝 객실에 앉아 있어야 했다. 기차가 출발하기 직전, 경비원이 들어와서는 말없이 그들에게 표를 건네주었다.

국경 너머 유고슬라비아 쪽에서 공무원들이 기차에 올라

신분증을 검사하며 다가오고 있었다. 그들이 불 꺼진 객실로 들어오기 직전, 누군가가 슈바르츠 부부가 들을 수 있게 천천히 또박또박 말했다. "여기서부터는 아무도 없어요. 이제 돌아갑시다." 여러 달이 걸리긴 했지만 헤르만은 마침내 만반의 조치를 끝낸 것이었다.

자그레브에 도착한 후 그들은 더 큰 난민 집단의 일부가 되어 인근의 유서 깊은 휴양촌 사모보르로 옮겨져 비수기 동안 비어 있던 손님용 객실에 묵게 되었다. 월세는 어느 난민 조직이 지급해주고 대신 새로 도착한 난민들이 허드렛일을 맡는 조건이었다. 알로이스 슈바르츠는 영어를 가르치고 장작을 팼다.

전쟁의 '개전 휴전' 상태는 1940년 5월 10일 히틀러의 군대가 중립국이라는 네덜란드의 공식 입장을 무시하고 본격적인 기세로 침략하면서 갑작스럽게 끝나버렸다. 이날, 프레드와 프리츠 슈바르츠는 암스테르담과 헤이그 사이의 아담한 해변 마을 노르드위즈크에 있었다. 아인트호벤의 노동자들이 이틀 전 그곳으로 대피했던 것이다. 독일 폭격기들이 바닷가를 낮게 날고 있고 그것들을 향해 해변의 네덜란드 방공포가 총격을 가하는 소리에 소년들은 잠에서 깼다. 비행기들이 바다 위에서 크게 회전을 했는데 그것은 바다 건너 영국이 진짜 표적인 것처럼 속이려는 수작이었을 뿐, 그

9장 프레드와 아우슈비츠까지의 발자국

들은 다시 급회전하여 날아와 헤이그를 폭격하기 시작했다.

침략이 진행되는 속에서 유대인 난민들은 양쪽으로부터 즉각적인 위험에 처했다. 새로 들어온 나치 점령군들이 유대인들을 수색하고 있었고, 그보다 급하게는 네덜란드 경찰과 군대가 민간인 복장을 하고 지역 주민 사이에 잠입하는 독일인 침투자를 색출하고 있었다.

친한 가족이 경찰 호위를 마련해 소년들을 안전한 곳으로 옮겨줬으나 경찰관들은 대신 그들을 임시 유치장에 데려갔고, 그곳에는 네덜란드 나치당원들이 감금되어 있었다. 프레드와 프리츠의 항의도 소용없었다. 경찰은 어깨를 으쓱했을 뿐이었고, 소년들은 제5열 혐의자들과 함께 하를렘에 있는 마구간으로 옮겨져 하룻밤을 보내야 했다. 그러나 구금은 네덜란드의 저항 비슷한 것이 꼬리를 내리면서 단 몇 시간 만에 끝났다. 1940년 5월 15일 수요일 아침 여섯 시, 네덜란드 장교가 연단에 올라 선언하기를 로테르담에 대한 융단 폭격에 이어 위트레흐트마저 위협받는 상황에서 민간인의 희생을 줄이기 위해 네덜란드가 항복했다고, 이제 구금자들은 가도 된다고 했다.

마구간에 정적이 흘렀다. 네덜란드 나치당원들도 말이 없었다. 그러다 서로 밀치기 시작했다. 여행 가방이 없으면 더 빨리 움직이겠다는 생각에 소년들은 탈출로를 찾는 동안 이

집 저집을 기웃거리며 짐을 맡아줄 사람들을 찾았다. 그런 다음 그들은 암스테르담으로 이어지는 북해 운하 양쪽에 걸쳐 있는 조그만 항구도시 에이마위던 행 기차를 타려고 하를렘 역으로 달려갔다. 그 항구에서 배에 탈 수 있기를 바라서였다. 기차가 출발하기 몇 분 전에 간신히 승차한 뒤 항구까지 달려갔으나 같은 생각으로 왔지만 선체가 반쯤 물에 잠긴 배를 바라보며 실의에 빠진 사람들과 마주치고 말았다. 네덜란드 해군이 독일군의 운하 진입을 막으려고 배를 가라앉힌 거였다. 바다를 통한 탈출로는 막혀버렸다.

독일군이 벨기에와 프랑스로 쳐들어오고 영국 원정군이 됭케르크 해변에서 퇴각하면서 육로 또한 차단되었음이 금세 분명해졌다.

중립국 선언은 네덜란드도 피난처를 찾아 동쪽에서 몰려온 수천 명 난민들도 구해주지 못했다. 1940년 7월 초, 나치 점령 당국은 모든 외국인 및 무국적자에게 네덜란드 북동쪽 황량한 황야지대에 본래 독일과 오스트리아 난민들을 위해 세웠던 웨스터보르크 수용소로 집결하라는 명령을 내렸다.

웨스터보르크는 흰 지붕의 오두막들로 이루어진 반 평방 킬로미터 정도의 작은 마을로, 19세기에 토지 매립 및 농경지 개발 목적으로 설립된 네덜란드 히스 소사이어티 공무원들이 운영하고 있었다. 프리츠와 프레드를 포함한 새 수

9장 프레드와 아우슈비츠까지의 발자국

용소 재소자들은 토지에 질소를 투입하기 위해 온종일 땅과 토탄을 파고 루핀을 심는 강제노동에 처해졌다.

1941년 젊은 재소자들을 대상으로 도제 제도가 시작되면서 프레드는 전기와 대장장이 일에 더하여 인테리어 디자인까지 손을 댔다.

웨스터보르크 내부의 일시적 개선으로 그들의 삶도 안정화되는 것 같은 착각을 일으켰다. 바깥 세계에서는 사정이 반대였고 '최종적 해결' 쪽으로 급속히 움직이고 있었다. 프레드는 빈의 아이크만 사무소와 비슷하다 할 암스테르담의 중앙 유대인 이민청에 출석해 등록하라는 소환장을 받았다. 도시 곳곳에 변화의 신호가 역력했다. 여러 세대에 걸쳐 내려온 유대인 사업체들이 문을 닫았고, 식당과 카페에는 유대인 입장 금지 표지판이 걸렸다. 공원 및 공공장소에도 유대인 접근 불허 현수막이 휘날렸다.

같은 시기 남동쪽에 있던 소년들 부모의 삶은 더욱 위태로워지고 있었다. 나치는 유고슬라비아를 점령했고 크로아티아와 세르비아에 따로따로 괴뢰정권을 설립했다. 알로이스와 헬레네 슈바르츠는 다른 친척들과 함께 세르비아 산중 수도원에 피신했으나 안전한 곳은 못 되었다. 수도사들이 그 지역을 배회하던 친 나치 민병대원들에게 살해당하자 그들은 남쪽 바다 쪽으로 향하여 네레트바 강 연안의 소도시

카플지나로 내려갔다. 이탈리아 군대가 통제하는 지역이었으나 유대인 난민들을 대체로 내버려 두었다.

알로이스와 헬레네는 셋집에서 하숙을 치며 하숙생들을 먹이고 영어를 가르치며 생계를 유지했다. 이후 이 년에 걸쳐 그들은 히틀러가 무솔리니에게 양도한 달마티아 지역으로 건너갔다. 이탈리아 통제 지역에서는 비교적 안전할 것이라고 믿었기 때문이다.

반면 웨스터보르크 수용소에서는 나치가 갈수록 존재감을 키워갔다. 그들은 1942년 수용소에 도착한 이래 네덜란드 경비원들을 감독하고 오두막들에 금속 이단침대를 쑤셔 넣음으로써 수용인원을 늘리고자 했고 더이상 움직일 틈도 없을 때까지 그렇게 했다.

1942년 7월 14일, 수용소는 웨스터보르크 경찰 임시 수용소로 개명되었다. 유대인과 비유대인 사이에 태어난 혼혈인들이 출소 명령을 받으면서 수용소에는 1,200명의 유대인만 남았다. 친위대의 경호서비스 부문인 보안방첩부 출신의 에리히 데프너가 히스 소사이어티 출신의 네덜란드 행정관을 대체하고 새 사령관으로 임명되었다. 석 달 전 데프너는 대부분 우즈베크인인 소련 전쟁포로 65명의 살해를 감독했었다. 후에는 네덜란드 레지스탕스 투사 450명의 학살에도 가담했으나 제대로 된 심판을 피하고 빠져나갔다. 전쟁이 끝나고 소련 수용소에서 다섯 해를 보낸 다음 미국의 후원으로 설립된 전 나치 정보기관인 겔렌 조직에 들어갔으며 그 다음에는 연방독일의 첩보대행사 '분더스나흐리히텐디엔스트'에서 일했다. 1964년 소련 포로 살해 혐의로 뮌헨에서 재판을 받았지만 네덜란드 레지스탕스 투사들의 처형이나 웨스터보르크에서 맡은 역할에 대해서는 빠져나갔다. 그는 결국 무죄판결을 받았고 2005년에 자유의 몸으로 죽었다.

웨스터보르크에 도착하자마자 데프너는 동쪽으로의 이송을 조직했다. 재소자 전원이 알파벳순으로 정렬하여 그와 면담하고 직업 및 기술 관련 몇 가지 질문에 대답해야 했다. 그러면 그는 '블라이프트' 또는 '게에트', 즉 잔류냐 이동이냐를 선언했다.

교사였다고 대답한 프리츠는 이동을 선고받았지만 긴급한 치과 치료가 필요하다는 사유로 일주일을 연기 받았다. 전기 및 재봉틀 기사였던 프레드는 잔류를 선고받았다.

이튿날 수용소의 성인 남자 1백 명과 고아 50명은 바로 전날 밤 암스테르담에서 수속을 위해 도착한 950명의 남자들과 함께 기차역까지 오 킬로미터를 행군했다.

이후 웨스터보르크는 매주 암스테르담을 비롯한 여러 도시에서 들어와 화물열차에 올라 공식적으로 실레지아로 보내지는 유대인 수천 명의 임시 수용소가 되었다. 기존 재소자들 대부분은 순조로운 운영과 동쪽으로의 유대인 이송 흐름을 유지하기 위해 남겨졌다.

"인간은 제법 빠르게 단련되고 일상적인 일들에 익숙해져요. 결국에는 이송에도 무감해지게 되는 것 같았어요. 특별히 가까운 사람이 없으면 더욱 그랬고요." 프레드의 회고다. "하지만 누군가를 만나면 전력을 다해 그 사람이 이송되지 않도록 구해주려고 애를 쓰게 되지요. 하지만 성공한 사람은 고작 몇 명에 지나지 않아요."

이송을 피할 방법은 다양했다. '슈페르', 즉 직업 또는 종교상의 이유로 면제받는(예를 들어 네덜란드 개신교에 들어가기) 길이 있었고, 재산을 나치에 기부하거나 다른 나라 비자가 있거나 유대인 조상이 정확히 몇 명인지 등 혈통 관련 조사가 진행 중이면 임시 면제도 가능했다.

웨스터보르크 재소자들은 이를테면 빗이나 비누나 통 등 수용소 안에서 만들 수 있으며 수용소 운영에 필수적이라 할 수 있을 품목을 고안하는 데 능숙해졌다. 그렇게 되면 재소자 직공들 최대 수치가 면제를 신청할 수 있었다. 그러나 이것들은 모두 다 한시적 면제였다. 웨스터보르크에 영구적 보장이란 없었다.

프레드와 프리츠는 270명을 수용하는 새로 지은 더 큰 오두막으로 옮겨졌다. 변소 하나를 그 인원이 나눠 썼으며 일인당 일 평방미터의 공간이 주어졌다.

1942년 말, 엘 알라메인에서의 영국 승리와 스탈린그라드에서의 독일 패퇴에 대한 소문이 수용소에 돌았다. 전쟁이 전환점에 왔다는 첫 번째 신호였다. 하지만 너무 먼 곳의 이야기였다. 나치에 대한 반격은 프레드와 프리츠에게 너무 더디게 오고 있었다.

이미 3만여 명이 웨스터보르크를 거쳐 이송되었고 나치는 여전히 화요일과 금요일 매주 두 차례의 이송을 진행하고 있었다. 더 효율적인 진행을 위해 지선철도가 수용소까지 확장된 상태였다.

목적지에 도착하면 무슨 일이 일어나는지 아무도 정확히 몰랐지만 모두 기차 이송을 두려워했다. 1943년, 프레드는 이송되어 나가는 소녀에게 연필과 종이를 주며 도착 후 발견하는 일들을 적어 쪽지가 눈에 띄도록 독특한 어느 객차의 좌석 쿠션 밑에 숨겨놓으라고 부탁했다. 돌아온 객차 안에 과연 부탁한 대로 쪽지가 남겨져 있었다. 서둘러 휘갈겨 쓴 것이었다.

"황량한 풍경에 서 있어요. 집은 한 채도 보이지 않고. 앞쪽에 나가서 줄을 서는 사람들이 보여요. 트럭에 올라타는 사람들도 보여요."[35] 소녀의 쪽지였다. "친위대가 다가오고 있어요. 확성기를 들고 외치고 있어요. 내려서 오행으로 줄

을 서. 짐은 그냥 놔두고. 트럭으로 실어 나를 테니까. 걷기
싫은 사람은 트럭으로 와도 된다. 지금 여기로 다 왔어요. 그
만 쓸게요. 안녕."

지금은 몹시 불길하게 들리는 글이지만 1943년 웨스터보
르크 수용소의 시점에서는 대량몰살은 상상하기 어려웠다.
프레드가 보기에 웨스터보르크에 도착한다 해도 같은 글을
쓸 수 있을 것 같았다. 하지만 적어도 이제 이송의 목적지가
도시가 아니라는 것만큼은 알게 되었다. 어느 시골 어디의
아마도 또 다른 수용소일 터였다.

프레드의 설득 덕이기도 한데 1943년 웨스터보르크의 커
다란 오두막 하나에서 의복 제조가 시작되었다. 자신과 다
른 재소자들이 취업 사유로 이송 면제를 계속 받을 수 있었
기 때문이다. 처음으로 만든 건 어깨에 붉은 천을 덧댄 '형
사범'용의 청색 작업복이었다. 진짜 범죄자인 경우보다는 숨
으려다 건당 몇 푼에 밀고당하여 발각된 유대인인 경우가
훨씬 많았다. 일단 지명이 되고 나면 극히 일부 예외를 빼고
다음 이송에 포함되기 쉬웠다.

한편 목공소에서는 화물기차 옆쪽 홈에 부착할 목재 표지
판을 만들었다. 행선지는 단 한 곳이었다. 웨스터보르크-아
우슈비츠, 아우슈비츠-웨스터보르크.

그러나 같은 해에 새로운 행선지가 나타났다. 보헤미아

북부의 옛 성채 테레지엔슈타트였다. 제1차 세계대전에 참전했던 유대인들이 그곳에서 일정한 특권을 누린다는 소문이 돌았는데 아우슈비츠로의 이송자들은 화물열차를 탄 반면 테레지엔슈타트로는 여객열차가 사용된 것도 그런 소문에 일조했다.

어쨌든 친숙해진 웨스터보르크에 남으며 아우슈비츠에 언제 실려 가게 될지 모를 위험을 감수하는 게 나을지 도박하는 셈치고 테레지엔슈타트 이송을 택하는 게 나을지 재소자들은 고민했다.

1943년 네덜란드가 유대인 잔여 인구를 제거하는 동안 바르네벨드의 한 성에 있던 소규모 유치장이 해체되고 그곳 구금자들이 웨스터보르크로 옮겨졌는데, 그중에는 클라르티에 반 레벤이라는 소녀가 포함되어 있었다. 프레드와 친구들은 소녀를 캐리라고 부르게 되었다. 어느 날 우연히 만난 자리에서 프레드가 남자 숙소로 와서 차를 함께 하겠느냐고 묻자 캐리는 승낙했다.

이튿날 그녀는 프레드의 직물 작업장으로 옮겨줄 것을 청하여 봉재인형을 만드는 부업을 시작했다. 그 순간부터 둘은 할 수 있는 한 함께 보냈으며 떨어져 있는 시간을 괴로워했다. 둘만의 휘파람을 통해 자신이 가까이에 있고 상대방을 그리워하고 있음을 알려 안심시켜주었다. 1936년 빈의 유대인 프리드리히 페어가 어느 소년이 강도단에 들어가 겪는 모험을 주제로 만든 뮤지컬 영화 〈강도 교향곡〉에 나오는 이 후렴구는 두 사람을 끈끈이 묶어주었다.

"굉장하다. 웨스터보르크에서는 몹시 빠르게 살아간다. 방금 만난 사람이 친구가 되고 남자친구 여자친구가 금세 연인이 된다." 프레드는 이렇게 썼다. 상대방이 언제 갑자기 동쪽으로 가는 기차에 실려 사라져 버릴지 모르는 판에 이런 삶의 속도는 사실 놀랄 일도 아니라고 그는 지적했다.

암스테르담의 이제 쓸모없어진 맛초(matzo, 유대인들이 유월절에 먹는 빵―옮긴이) 공장에서 기계를 철거하는 일거리가 나왔고 프리츠와 프레드 모두 차출되었다. 드문 일이었고 아마도 실수였을 것이다. 통상 수용소는 가족 중 한 사람만 외부로 내보내기를 선호했다. 남은 사람을 인질로 사용하여 탈출이란 꿈도 못 꾸게 하려는 술수였다.

여자친구를 통해 자신들을 숨겨줄 준비가 된 네덜란드의 비유대인들을 알고 있었던 프리츠는 탈출 가능성을 저울질하기 시작했다. 프레드는 석연치 않아 했다. 숙소 동료들이며 캐리나 그녀의 가족들까지 보복을 당할지 몰랐기 때문이다. 결국 명단이 바뀌면서 프리츠는 못 가게 됐고 고민이 저절로 해결됐다. 프레드 혼자 갔고 그 길에서 웨스터보르크의 한 친구의 비유대인 아내인 마르자를 만났다. 그녀는 유

9장 프레드와 아우슈비츠까지의 발자국

대인 남편을 석방시키려고 노력 중이었고 남편이 불임시술을 받겠다고 동의하기만 하면 가능하다고 믿고 있었다. 그녀가 들려준 또 다른 이야기는 프레드를 불안하게 했다. 아버지의 건축설계업자 동료 하나가 말하길 트럭에서의 일산화탄소 사용 실험이 실패한 뒤에 대량학살을 위해 폴란드에 가스실을 설치했다는 것이었다. 상세하고 구체적이긴 했으나 너무도 터무니없는 이야기라고 생각한 프레드는 웨스터보르크에 돌아와 아무에게도 말해주지 않았다.

1944년 초 캐리의 생일날, 프레드는 격추 항공기 고철더미에서 찾아낸 색유리로 반지를 만들어 그녀에게 주었다. 함께 살아남은 또 한 해를 이렇게 기념한 가운데 전쟁은 막바지를 향했고 해방의 가능성이 가까워지고 있었다.

디데이 공격 이후, 수용소 안에 희망의 물결이 솟구쳤다. 그러나 네덜란드에서 독일군을 몰아내기 위해서는 길고 고된 작전이 요구된다는 것이 금세 분명해졌다. 장군들은 몇 달 앞을 바라보았던 반면 웨스터보르크 재소자들에게 남은 날은 며칠뿐이었다.

9월 1일, 연합군이 네덜란드에 접근하는 동안, 수용소의 사령관인 알베르트 게메커는 웨스터보르크 소개疏開를 발표했다. 9월 3일, 1,000여 명의 재소자들이 아우슈비츠로 옮겨졌다. 이튿날 2,000명이 테레지엔슈타트로 옮겨졌다(캐리를 비롯하여 바르네벨드에서 이송된 재소자들과 프레드, 프리츠 등의 장기 재소자들이 포함되었다). 베르겐-벨젠으로의 세 번째 이송이 이어졌고, 300명은 운영을 위해 남겨졌다.

1942년부터 1945년까지 웨스터보르크를 운영하면서 유대인 8만 명의 강제수용소 이송을 감독한 게메커는 훗날 목적지에 도착한 뒤 그들에게 어떤 일이 일어났는지 전혀 몰랐다고 주장했다. 그는 네덜란드에서 고작 육 년을 복역했고 독일에서는 여러 해 수사를 받긴 했지만 기소조차 안 된 채 1982년 자유의 몸으로 죽었다.

1944년 9월 4일, 프레드, 프리츠, 캐리, 캐리 가족은 수용소에서 맺은 연고를 통해 같은 객차에 올라 이송되었다. 그들이 웨스터보르크에 갇혀 지내는 동안 줄곧 두려워했던 바로 그 승차 순간이었다.

"출입문이 닫혔다. 밖에서 늘 보아왔던 광경이지만 안에서는 끔찍했다. 갑자기 칠흑 같은 어둠에 꼼짝없이 갇혀버렸다." 프레드는 이렇게 썼다. "기적이 울리더니 기차가 출발했다. 우리는 길을 떠난 것이다. 행선지는 어디인가?"

기차가 독일 국경 근처의 올덴잘에 서자 네덜란드 철도원이 미군이 남쪽으로 이백오십 킬로미터 거리인 마스트리히트까지 들어왔다고 했다. 기차에 탄 유대인 2,000명을 구조하기엔 너무 먼 거리였다. 기차는 독일 국경을 넘어 드레스

덴에, 이어서 서른여섯 시간 여행의 종착지인 테레지엔슈타트에 도착했다.

보헤미아 북단의 테레진은 18세기 말 합스부르크 황제 요제프 2세에 의해 오레와 엘베 강을 잇는 다리들을 방어하기 위한 요새도시로 변모했다.[36] 나치는 그것을 게토로 뒤바꿔놓았고 인근의 작은 요새는 게슈타포의 심문소 겸 감옥이 되었다.

기차에서 줄지어 내린 재소자들은 게토로 끌려가 숙소를 배정받았다. 도착한 지 서너 시간 후 누군가 프레드와 프리츠에게 다가와 놀라워하며 그들의 손을 부여잡았다. 아버지의 동생 하인리히였다. 제1차 세계대전에서 부상을 입어 이론상 추방 면제를 받은 터였다. 그는 아내 셀마와 열다섯 살 아들 헤르베르트와 함께 게토 모퉁이에 살고 있었다.

캐리와 그녀의 가족은 한 막사 건물을, 프리츠와 프레드는 다른 건물을 배정받았지만 금방 서로를 찾아 여러모로 볼 때 보통 도시처럼 보이는 곳을 함께 돌아다녔다. 막사들 사이에 이층짜리 집들이 있었고, 번화가, 광장, 야외음악당, 학교, 카페가 있었다. 한 방향으로 보이는 푸른 언덕을 걸어 잔디가 난 보루로 올라가니 인근의 보헤미아 평원이 내려다보였다.

눈을 찡그려보면 나치 점령이 사라지고 유서 깊은 마을에서 평화롭게 지내는 모습을 상상할 수 있을 터였다. 표면적으로 정상적인 모습은 의도적으로 포장된 것이었다. 야외음악당, 벤치, 밝은 색상의 표지판들은 모두 1944년 6월 적십자사의 사찰을 앞두고 조작된 허울에 불과했다. 방문 직전에 7,500명이 과잉수용 문제를 해결키 위해 집단처형장으로 추방되었다. 적십자사의 사찰 경로에 있는 건물들은 밝은 색깔로 칠해졌고 재소자들이 야외 탁자에 앉아 그럴싸한 음식을 먹는 등 정상 상태를 위장해 보여주는 무언극이 연출되었다.

이런 가식은 8월과 9월 촬영된 선전영화에서도 되풀이되어 테레지엔슈타트 재소자들이 강연에 참석하고 운동을 하고 온수 샤워를 하며 전반적으로 만족스러운 삶을 사는 모습이 필름에 담겼다.[37] 독일계 유대인 배우, 가수, 감독 쿠르트 게론이 제작인력을 고용하여 영화를 찍도록 허락을 받았다. 게론은 자신과 제작에 참여한 인력 전원이 추방을 면할 거라고 생각했지만 1944년 10월 모두 아우슈비츠로 보내져 살해당했다. 영화에서 공부를 하고 노는 장면이 찍힌 게론의 아이들도 마찬가지였다. 총 15,000명의 어린이가 테레지엔슈타트를 거쳐 갔는데 열 명 중 한 명만 살아남았다.

프레드와 프리츠는 이 위조된 연옥에서 단 몇 주를 보냈다. 1944년 9월 28일, 제1차 세계대전에서 훈장을 받은 자들을 포함하여 네덜란드 유대인 등 남자 2,000명의 이송이 준비되었다. 슈바르츠 형제와 그들의 삼촌 하인리히와 사촌 헤르베르트도 명단에 올라갔다. 캐리와 숙모 셀마는 남겨졌다.

'용'으로 불린 녹색 열차가 그들을 집어삼킬 성곽을 향해 꿈틀거리는 가운데 프레드는 성벽에 둘러싸인 도시를 마지막으로 바라보았다.

기차가 다가오는 걸 보며 프레드는 지금 자신이 느끼는 두려움과 무력감을 지난 몇 년간 웨스터보르크를 거쳐 간 수십만 명의 재소자들이 똑같이 느꼈을 것임을 절감했다. 이제 그의 차례가 온 것이었다. 승차 후 기차가 움직이자, 그는 두려움과 슬픔뿐 아니라 주체못할 피로감에 사로잡혀 꿈도 꾸지 못하는 깊은 잠에 빠져들었다.

드레스덴에서 잠이 깼다. 경찰이 승객들에게 엽서를 나누어주며 아직 테레지엔슈타트에서 있는 친척, 친구들에게 소식을 전할 수 있다고, 그러나 "드레스덴에 도착했음"이라고만 써야 한다고 일러주었다. 다른 글자는 쓰면 안 됐다. 동쪽으로 가는 기차에 오르는 재소자들을 원활히 통제하려면 삶이, 엽서를 쓰는 일이 아직 가능한 어딘가로 가고 있다고 믿게 해야 했다.

　다시 잠든 프레드가 깨어났을 때 기차는 인적이 없고 어둑어둑한 플랫폼에 멈춰 있었다. 흰색 표지판에 검은 글씨로 역 이름 '카토비츠'가 씌어 있었다. 카토비체는 폴란드 남부의 산업 중심지로, 재소자들은 이곳이 이미 소련 수중에 들어갔다고 잘못 알고 있었다.

　1944년 9월 말 한밤중, 기차는 그곳에서 얼마 떨어지지 않은 아우슈비츠-비르케나우에 도착하여 방호 조차장의 다른 기차들 옆에 섰다. 고함과 신음이 프레드의 귀에 들렸고 역겨운 냄새가 창틈으로 새어 들어왔다. 기차가 관문을 지나 측선에 들어서자 플랫폼에 눈부시게 밝은 조명이 들어왔다.

　기차에 있는 재소자들에게 반대편으로 전기 철조망과 오두막들, 누더기를 걸친 채 걷는다기보다는 발을 질질 끌어 움직이는 사람들이 보였다. 이곳은 비르케나우였다. 채찍을 든 친위대 대원들이 플랫폼에서 청색과 흰색 줄무늬 옷을 입은 재소자들의 줄 뒤에 기다리고 있었다. 승객들을 소지품은 그냥 놓아둔 채 기차에서 내리게 하여 숙소로 따라가게 하는 게 그들의 임무였다. 친위대 대원들은 일 속도가 느린 청색과 흰색 옷차림의 남자들과 방금 도착한 신규 입소자들을 채찍으로 내리쳤다.

재소자들은 플랫폼에 6열 횡대로 줄지어 섰다. 거기서 프레드는 몇 초에 한 번씩 건물 깊숙한 데서 번쩍이는 붉은 불빛 사이로 네모진 굴뚝들이 내뿜는 검은 연기 기둥을 지켜보았다. 수용소 난방을 위해 밤낮으로 가동되는 보일러실일 거라고 프레드는 짐작했다.

　재소자들의 줄은 2열로 나뉘어 고함과 빈번한 채찍질에 맞추어 앞으로 나아갔다. 맨 앞줄이 친위대 장교 앞에 다다르자 그가 기본적인 질문을 던진 뒤 오른쪽이나 왼쪽을 가리켰다.

　슈바르츠 형제 바로 앞줄에는 웨스터보르크에서의 친구 레오와 그의 아버지가 서 있었다. 레오는 오른쪽으로, 그의 아버지는 왼쪽으로 보내졌다. 레오는 아버지와 함께 가게 해 달라고 애원했다. 장교는 웃음을 터뜨리더니 "아버 나튜어리히Aber natürlich" 하면서 레오도 왼쪽으로 보냈다.

　프레드와 프리츠의 차례가 됐고 둘 다 오른쪽으로 보내져 동틀 때까지 연기를 뿜는 굴뚝 밑에서 차렷 자세로 대기하라는 명령을 받았다. 프레드는 하코아 빈 팀의 축구선수로 자신들과 함께 웨스터보르크에 수감되었던 이그나츠 펠트만과 프리츠 사이에 섰다.

　친위대 하사가 왼쪽으로 보내진 친척이 혹시 있느냐고 강한 빈 말씨로 묻자 누군가가 그렇다고, 삼촌이 그쪽으로 갔다고 대답했다. "지금 어디 있는지 아나?" 상등병이 웃음을 터뜨리며 물었다. "저기 저 연기를 보라고. 저게 그자야. 방금 불태워졌거든. 너희들처럼 추잡하고 더러운 유대인들을 달리 어쩌겠냐고?" 사람들의 얼굴에 떠오르는 공포의 표정을 보며 그가 으르렁거리듯 웃어댔다. 아버지를 따라가겠다고 고집한 레오는 아버지와 함께 죽음의 문턱을 넘은 것이다.

살아남은 재소자들은 수용소 가장자리를 따라 끌려갔다. 왼쪽으로는 숲이 오른쪽으로는 가시철조망과 감시탑이 있었다. 미풍이 황량한 평원의 모래와 먼지를 그들 얼굴에 날려 보냈다. 벽돌 건물에 이르자 신발과 혁대만 남기고 옷을 모두 벗으라는 명령이 떨어졌다. 프레드는 캐리가 준 보이스카우트 혁대를 하고 있었다. 다른 재소자들에 의해 머리가 삭발되었고 냄새 고약한 모종의 살균제가 몸에 뿌려진 뒤 샤워 물로 헹구어졌다. 그리고 야외 잔디밭에 나가서 가을바람에 몸을 말려야 했다.

거기 그렇게 서 있을 때 신규 입소자 한 명이 전기 철조망에 다가가 두 손으로 그걸 붙잡았다. 그러나 아무 일도 일어나지 않았다. 친위대 대원이 감시탑에서 내려와 그를 줄 안으로 돌려보냈다.

"단 몇 분 새에 몇 년 동안 배운 것보다 더 많은 걸 배울 수도 있는 법이다." 프레드는 이렇게 썼다. 구체적으로 말하자면 살해의 목적으로 설립된 거대한 산업체에서 살아남는 법을 그는 배워야 했다.

손상되지 않은 청색과 흰색 제복을 입은 재소자들도 있었다. 이 '존더코만도'들은 신규 입소자들의 소지품을 점검하고 가스실에서 나온 시체들을 화장터로 운반하는 임무를 맡았다. 삼 개월에 한 번씩, 이들 중 절반이 가스실에서 살해되어 다른 재소자들로 대체되었다. 따라서 운이 좋으면 육 개월을 더 살 수 있었다. 과연 그렇게 종전 때까지 버틸 수 있느냐가 문제였다.

프리츠와 프레드가 비르케나우에 온 지 일주일 되던 1944년 10월 7일, 4호 화장터의 존더코만도가 들고일어났다.[38] 이제 제거될 운명임을 알았고 잃을 것도 없었다.

이전 수 주간, 아우슈비츠 내 군수품 공장 바이셸-우니온-메탈베르케에서 일하는 여성들이 소량의 화약을 그때그때 빼돌려 종이나 천에 싸서 화장터 네 곳의 존더코만도에게 전달했다. 한꺼번에 모든 화장터를 폭파한다는 계획이었으나 4호 화장터의 존더코만도는 더 기다릴 수가 없었다. 시간이 더는 없었기 때문이다.

이 반란이 탈출로 이어질 가능성은 애당초 거의 없었다. 현실적으로 죽음의 시기와 방법에 약간의 통제권을 행사코자 하는 노력이었다 할 수 있고 그 와중에 나치 몇을 함께 끌고 갈 수 있다면 덤이었던 것이다. 네 곳 모두가 아닌 한 화장터의 존더코만도 반란이라 그나마 효과가 제한적이었다. 250명의 재소자가 반란 중에 죽었고 화약을 빼돌렸던 네 명의 여성을 비롯하여 또 다른 200명이 이후 처형되었다.

그로부터 얼마 후 슈바르츠 형제의 숙소를 위한 '카포(나치 수용소의 수감자 중 한 명으로, 친위대 경비대에 의해 강제노동을 감독하거나 행정 업무를 수행하도록 배정된 역할―옮긴이)'가 더플코트에 챙이 달린 사냥모를 쓴 남자 세 명과 함께 들어왔다. 그들은 펠트만을 불러내더니 일할 사람 백 명을 지명하라고 했다. 웨스터보르크의 동료인 빈 출신 재소자 프레드와 프리츠가 거기 포함되었다. 형제는 아직 온 지 얼마 안 되어 팔에 아우슈비츠-비르케나우 번호 문신이 없었기 때문에 도장과 메모지 묶음을 갖고 새 고용주인 라이프치히의 하사크 군수품 공장의 이름을 이마에 새겼다. 아우슈비츠-비르케나우에서 벗어날 귀한 기회였기에 프레드는 며칠간 혹시라도 지워질까 봐 이마를 만지지 않으려 조심하며 지냈다.

회사의 자산으로 도장이 찍히고 일주일이 지나서 드디어 일꾼들은 수용소 밖으로 끌려갔다. 이그나츠 펠트만은 한시적으로나마 그들의 목숨을 살려준 셈이었다.

프레드와 프리츠는 아우슈비츠-비르케나우를 떠난다는 게, 그곳까지의 과정을 뒤집어보는 꿈같은 그 경험이 어떤 것인지 체감해본 극소수에 해당했다. 그들은 최근 통과해 들어왔던 벽돌 건물로 돌아가 샤워를 하고 아무 옷이나 되는 대로 걸친 뒤 철조망 밖에 대기 중이던 화물 열차로 끌려갔다. 아우슈비츠-비르케나우에 들어온 지 정확히 한 달째였다. 목적지는 부헨발트 수용소 계열로 인근 군수품 공장에 일꾼을 공급하던 모이젤비츠 강제노동수용소였다. 1944년 말 기준 1,666명을 수용했으며 그중 1,376명이 여성이었다.

아우슈비츠-비르케나우에 비하면 일종의 유예로 느껴졌다. 우선 밀짚알갱이 베개를 베고 잘 수 있었다. 제대로 된 변기와 샤워 시설이 있었고 법랑 찻잔과 그릇, 숟가락이 지급됐다. 친위대와 카포들 대신 최후의 발악을 하고 있는 나치 체제에 징집된 '폴크스슈투름(독일에서 제2차 세계대전 말기에 일어났던 민병대이자 국가에서 소집한 시민군 ─ 옮긴이)'의 노인이 경비를 섰다. 첫 작업일은 10월 31일, 프레드의 생일이었다. 스물한 해 중 이미 다섯 해를 수용소에서 보냈다.

선반으로 전동 공구를 만들고 연합군의 공격으로 손상된 인근 철로를 수리하는 등의 일이 주어졌다. 하루는 공장이 연합군의 폭격을 맞고 군수품 상점에 불이 붙는 바람에 500명의 폴란드 여성 재소자들의 숙소가 폭발하여 수십 명이 죽었다. 이튿날 프레드는 방수포에 덮여 트럭 뒤에 실려 있는 시체 조각들을 보았다.

4월 초, 일꾼들이 소집되었고 연합군이 부헨발트를 함락했으며 모이젤비츠 공장은 며칠 사이에 질서정연하게 인계될 것이라고 통보받았다. 몇 시간 또는 어쩌면 하루 동안, 이윽고 해방이 임박한 듯 보였다. 그러나 계획이 바뀌었다. 남은 재소자들이 한밤중 잠에서 깨워져 친위대와 폴크스슈투름의 경비 속에 석탄차를 이어붙인 열차로 끌려갔다.

전쟁 막바지의 불안정한 나날이었다. 소련군이 동쪽에서 미군은 서쪽에서 각각 접근해오는 가운데 아직 남은 천년제국은 날로 졸아들고 있었다. 슈바르츠 형제의 교도관들은 자신들의 생존을 위협하는 증인들을 제거해야 할 필요와 모든 걸 팽개치고 달아나고픈 충동 사이에서 어떤 명령을 내릴지 가늠하며 재소자들의 운명에 대한 결정을 시간 단위로 내렸다.

연합군의 철도망 폭격에 따른 정체를 헤쳐가며 기차는 꾸물꾸물 남동쪽으로 향해 켐니츠에 다다랐고 이어서 체코슬로바키아 국경을 넘어 그라슬리츠에 도착했다. 기차가 도시 외곽에 서자마자 연합군 공습을 받아 친위대 경비대원 일부가 죽었다. 승객들 몇이 탈출 기회를 잡아 뛰쳐나가기도 했으나 슈바르츠 형제는 머뭇거리다 이런 기회가 언제 다시 오기나 할지 자문하며 남아 있었다.

이튿날 기회가 정말 다시 왔다. 나치 경비원들은 기차가 더 나아갈 수 없다고 판단했고 인간화물이 줄지어 서서 숲이 우거진 언덕 사이로 구불구불 난 길을 따라 행진하게 했다. 길이 빽빽한 관목 숲으로 접어들었을 때 형제는 도망쳐 덤불숲을 뚫고 되도록 도시에서 떨어진 곳을 향해 올라갔다. 봄날 아침이었고 전쟁은 끝나가고 있었고 삼 년 만에 처음으로 맛보는 자유였다. 그러나 그 해방은 길게 가지 못했다. 마지막 순간까지 많은 독일인들은 나치 체제에 충성했다. 형제는 자경단원 나무꾼에게 잡혀 경비원들 앞으로 되돌아갔다.

즉결처형을 당하지 않은 것이 다행이었다. 친위대 경비대원들과 폴크스슈투름은 갈수록 필사적으로 되어가 예측불허에 신경질적이면서 동시에 부주의했다. 프레드와 프리츠는 4월 22일 같은 날 밤 다시 탈출하여 다른 재소자들이 트럭에 실리는 동안 헛간에 숨어 있었다. 그러나 이번에는 지역 게슈타포 요원에게 붙잡혀 대전차용 구덩이를 파다 다른 강제노동 인부들과 함께 지역 기차에 실려 동쪽으로 오십 킬로미터 떨어진 코모타우(체코어로는 흐무토프)란 도시에 도착했다. 테레지엔슈타트에서 불과 몇 킬로미터 거리였다.

더 오래 살아남을수록 탈출 가능성은 커졌다. 규율과 질서가 무너지고 노동자와 노예의 경계도 희미해지고 있었다. 코모타우에서 슈바르츠 형제는 떠돌이 독일 노동자 자격으로 노동시장에 나가 새 신분증을 받았다. 이 간단한 절차상의 속임수로 그들은 합법한 신분이 되어 독일인처럼 자유롭게 이동할 수 있었다. 형제는 소련군에게 따라잡히기 전에 미군을 찾기 위해 서쪽으로 국토를 횡단했다. 바로 그렇게 그들의 전쟁은 끝이 났다. 1945년 5월 7일 독일이 항복하던 그 날, 그들은 떠돌이 일꾼을 자처하며 길을 가고 있었다.

소식이 퍼지면서 풀려난 전쟁포로들과 강제수용소 생존자들은 앞다투어 체코와 독일 사이의 국경 도시 카를스바트(체코어로는 카를로비 바리)를 향해 서쪽으로 가는 기차에 올라탔다. 하룻밤 새에 나치 시대의 잔혹한 위계가 역전되어 이제 독일인들이 밑바닥을 뒹굴었다. 붉은 군대는 도착 즉시 소련 국민은 물론 독일인들 전원을 기차에서 내리게 했고 이전 재소자들이 그 자리를 대신 차지했다. 마침내 출발하는 순간, 늦게 온 사람들이 기차 양옆에 매달렸다. 프레드와 프리츠는 발 디딜 틈도 없는 기차 안에서 부대꼈다.

카를로비 바리는 비유대인용 호텔들과 19세기 연립주택들이 오레 강변의 숲 언덕 사이에 들어앉은 옛 온천 도시였다. 이제 미국인들의 차지가 되어 슈바르츠 형제와 동료 도망자들이 주 광장에서 잠을 청할 때 그들로서는 처음 보는 미군 탱크의 그림자가 드리워져 있었다.

이튿날 아침, 그들은 등록을 마치고 아침식사를 받아먹었

다. 최신호 미국 잡지들이 프레드의 눈에 띄었는데 그중에
는 연합군 사령관인 드와이트 아이젠하워 장군이 부헨발트
의 끔찍한 폐허를 시찰하는 모습이 들어 있었다.

옆에서 그를 안내하는 사람은 땅딸막한 체구의 예전 재소
자, 이그나츠 펠트만이었다. 그는 자신은 살아남았으나 안
타깝게 직속 가족 전원이 살해되었다는 사실을 자유를 찾은
직후 알게 되었다.

카를로비 바리에서의 귀향은 해방된 재소자 대다수가 지
독한 장티푸스에 걸리는 바람에 지체되었다. 슈바르츠 형제
는 체코 국경의 독일 쪽인 플라우엔이란 마을에서 쓰러지고
말았다. 그러나 며칠 요양한 다음 미군 제공의 기사와 의사
가 딸린 차를 타고 길을 떠났고 집까지는 구급차에 실려 왔
다. 차창 밖으로 초여름 꽃이 피기 시작한 버려진 전쟁터가
보였고, 이어서 라인강 연안 독일의 산업 중심지가 지나간
다음 마침내 칠 년 전 불법으로 국경을 건너 네덜란드에 왔
던 지점 근처의 뫼즈강이 나왔다.

갈수록 낯익은 길과 건물들이 나타나더니 아인트호벤에
들어서자 낯익은 얼굴들이 보였다. 도시 주민들이 무너진
건물 잔해들을 치우는 가운데 난민들이 속속 돌아왔다.

그새 등록 센터가 차려져 있었으므로 필요 서류들을 작성
하러 가는 길에 프레드가 문득 눈길을 올려보니 캐리가 그

프레드와 캐리 슈바르츠. 1945년경.

를 향해 다가오고 있었다.

"연한 베이지색 셔츠와 갈색 계열 베이지색의 통이 몹시 넓은 스커트, 선글라스, 숄더백. 그녀는 무척 멋져 보였다." 그는 그렇게 썼다. "우리는 동시에 서로를 바라보았고 동시에 서로에게 달려가 거의 부딪칠 정도였지만 우리의 입술만큼은 문제없이 상대방을 찾았다."

슈바르츠 가족이 살아남은 건 전쟁이 남긴 작은 기적 중 하나였다. 프레드와 캐리의 재회 후 몇 달 사이에 그들의 부모 알로이스와 헬레네도 이집트에 무사히 살아 있다는 소식을 안고 프리츠가 도착했다.

프레드와 캐리는 헤이그에 있는 캐리 부모의 집에 가서

9장 프레드와 아우슈비츠까지의 발자국

1946년 결혼식을 올릴 때까지 각방을 썼다. 그러나 그보다 훨씬 전 프레드는 캐리의 창을 넘어 들어갔으며 그리하여 첫아이 롤프가 잉태되었다.

웨스터보르크와 테레지엔슈타트에서 프레드와 캐리가 사적으로 마주친 시간은 몇 분씩이 대부분이었고 어쩌다 몇 시간씩이 전부였다. 그러나 아인트호벤에서 서로를 발견한 그 순간부터 두 사람은 육십칠 년을 함께했다. 2012년 1월 프레드가 죽은 뒤 캐리는 석 달을 더 버텼을 뿐이다.

10장

저항과 고모할머니 말치

내 아버지의 고모 말치는 우리 가족과 빈 사이의 살아 있는 마지막 연결고리였다. 그녀는 영어를 몰랐고 우리는 독일어를 몰라서 프랑스어 정도가 공통점이 되었던, 그래서 어린 우리가 교과서 프랑스어로 다달이 써 보내는 편지의 괴짜 수취인일 뿐으로 그야말로 우리의 삶 주변부에 머무르던 분이다.

정식 이름이 말비네 시클러인 그분은 할아버지 레오의 여동생으로 전쟁이 끝난 후 가족 중 유일하게 빈으로 영구 귀환했다. 1980년대까지 몇 년에 한 번씩 우리 집을 방문했는데 그럴 때마다 우리 남자아이들에게는 홀로코스트에서 남편과 아들을 잃은 여인에 대한 진중한 연민의 표시라는 설명과 함께 장난감 총을 감추라는 지시가 떨어졌다.

말치가 우리 집 문간에 도착하던 순간이 기억난다. 비뚤어진 코에 작은 체구, 그리고 노려보는 어딘가 비대칭 같은 두 눈. 진한 녹색 코트와 정강이까지 올라오는 끈을 맨 부츠, 뒤쪽 챙이 올라간 우중충한 색깔의 어울리지 않게 경쾌한 티롤 사냥꾼 모자.

우리 집을 찾아올 때면 주방 식탁에 앉아 아이 넷 딸린 가정생활의 소란함을 상냥하게 관찰하며 비교적 즐거운 모습이었다. 눈물이 쏟아질 것 같은 얼굴로 우리를 보고 미소 지었고 영어 낱말 몇 개를 말해보는 일도 많았다.

빈에서는 중심부에서 남쪽으로 몇 마일 거리인 10구 파보리텐 7층 건물의 감옥 같은 방 한 개짜리 아파트에서 극도로 검약하며 살았다. 겨울에도 손님이 찾아올 때만 난방을 하는 것 같았다. 1975년 우리가 빈으로 첫 가족여행을 떠났을 때 말치는 몹시 금욕적인 관광이라 할 경험을 선사했다. 우리는 학생용 호스텔의 튼튼한 금속 벙커침대에서 잠을 잤고 대학 매점에서 밥을 사 먹었던 것이다.

말치가 만년을 보내던 1990년대 초, 나는 제2차 세계대전 희생자에 바치는 제단을 수백 미터 거리마다 찾을 수 있는 도시 바르샤바에서 〈BBC〉와 〈가디언〉을 위해 일했다. 홀로코스트 관련 일련의 끔찍한 사건들의 50주년이었으므로 아우슈비츠-비르케나우에서 열린 엄숙한 추모행사들에 참석해야 했다.

같은 시기에 연금이 휴지 조각이 되어버리자 바르샤바 내각 건물 앞에 모여 "유대인들을 타도하자"고 외치는 일단의 노인들도 보았다. 내각에는 유대인이 없었고 3,800만 명의 인구 중에 유대인은 1만 명도 안 됐는데 나치에 학살당한 300만 명의 폴란드 유대인의 기억은 자꾸만 근질거리는 절단된 팔 같았다.

"이곳의 유대인들은 더이상 나라nation가 아니라 지명nomi-nation이다. 누가 됐든 맘에 안 드는 유대인을 지명하는 것이다."[39] 폴란드의 신설 독립 일간지 〈가제타 비보르차〉에서 기자로 일하던 유대인 콘스탄티 게베르트의 말이다.

유대인만큼 많은 수의 폴란드 천주교도들이 죽었고 그러므로 그들도 학살의 증인일 뿐 아니라 희생자였는가 하면 또한 추방으로 주인이 없어진 유대인의 재산을 취하는 수혜자가 되기도 했다. 자신들도 그토록 끔찍한 고통을 당하고도 느껴야 하는 죄책감과 동시에 그렇게 죄책감을 느끼는 사실에 대한 억울함의 처참한 뒤범벅이었으며, 그렇게 공산당 치하의 수십 년이 남긴 그을음의 더께 밑에는 홀로코스트의 유산이 아로새겨져 있었다.

바르샤바에서 크로아티아와 보스니아 전쟁을 취재하느라 빈을 거쳐 여행할 때가 많았는데 그럴 때마다 나는 말치를 찾아가 하루 이틀을 보냈다. 고모할머니 아파트에서 만나 동네 중국음식점 쪽으로 아주 천천히 걸었음에도 할머니는 몇 분에 한 번씩 지팡이에 기댄 채 숨을 돌리곤 했다.

내 기억이 맞다면 식당은 목재 판벽의 어두침침한 곳이었고 음식도 형편없었으며 말치가 "웨이터!" 하며 애처롭게 불러 봐도 하나같이 중년의 오스트리아 백인 남성이던 종업원들은 들은 체도 않기 일쑤였다. 빈은 이민자들의 도시가 아니었다.

어느 추운 가을날, 말치는 나와 함께 현대식 건물 구역을 반쯤 올라가면 나오는 아파트로 돌아가 차를 끓여 내준 뒤 20세기 초 빈에서의 어린 시절에 관해 이야기를 해줬고 내가 전혀 모르는 이디시어로 노래를 불러 나를 깜짝 놀라게 했다. 잠시나마 완전히 다른 사람이, 말하자면 안슐루스와 전쟁 전의 말치가 나타난 듯 그녀의 눈빛이 기쁨으로 반짝거렸다.

거실에는 어느 소년과 소녀의 사진들이 나무 액자에 담겨 있었다. 오래전 잃은 모르데차즈와 차나였다. 모르데차즈는 진한 금발에 체격이 건장한 잘생긴 청년이었다. 나는 그가 나치에 살해당했다는 것만 알았을 뿐 상세한 정황까지는 몰랐다. 숱 많은 적갈색 곱슬머리 아래 함박미소를 짓는 예쁜 아이 차나가 어떻게 됐는지는 아예 몰랐다. 물어봐도 대답을 살짝 회피했기에 그들의 아버지 엘리아스에 대해서도 전혀 알아낼 수 없었다.

나는 말해지지 않은 이야기의 한 조각을 일별했다는 확신을 갖고 말치의 아파트를 나왔다. 그러나 이십 년이 더 지나서야 빈의 기록저장소에서 그 이야기를 파헤치기 시작할 수 있었다. 바로 그곳이 그녀가 이름을 날린 곳이었다.

말치의 오빠, 즉 나의 할아버지 레오는 신속하고 냉철한 판단과 실행으로 나의 아버지와 할머니를 오스트리아에서 내보내고 자신도 적기에 빠져나왔지만 말치는 다른 길을 택했다. 그녀는 유럽에 남아 저항했다.

어린 말비네는 언제나 집안의 반항아였다. 그녀도 레오처럼 직업학교를 다니고 부기를 배우며 시작했기에 언젠가는 가족이 운영하는 가게에서 일할 수 있었다. 하지만 스물한 살 때, 삶이 그녀 앞에 놓였던 길에서 완전히 미끄러져 내려와 다른 방향으로 향했다.

말치는 열한 살 연상의 남자 엘리아스 마이어 시클러를 만났다. 지금은 우크라이나 서부 콜로미야인 오스트리아-헝가리 제국의 동쪽 끝인 갈리시아의 콜로메아 출신이었다. 기록을 보면 엘리아스는 차나 시클러의 아들이라고 되어있을 뿐 아버지는 언급되지 않는다. 유대인 촌락들과 소읍들로 이루어진 사회였다. 합스부르크 왕가가 18세기 말 폴란드 분할에서 확보한 갈리시아는 러시아의 집단학살을 피해 도주한 유대인들의 피난처였다. 그들은 그곳에서 번성했는데 광적인 기도의 신비적 유대주의와 카리스마를 갖춘 지도자 즉 랍비에 대한 헌신에서 영적 기원을 찾는 검은 모자의 하시딤이 특히 그랬다.

갈리시아의 유대인 공동체는 19세기 하반기에 배로 늘어 1910년에는 90만 명에 이르렀다. 전체 인구로 보면 십 퍼센트였지만 공무원과 판사로만 한정하면 육십 퍼센트에 근접했다. 주 도시 렘베르크(오늘날의 르비우)는 이디시 문학과 학문의 중심지였다.

제1차 세계대전과 합스부르크 왕가의 몰락 후 이 지역은 제국의 분해에서 남겨진 지리적 찌꺼기가 되어 폴란드·루마니아·우크라이나·소련이 서로 차지하려고 싸우다 결국 폴란드의 일부가 되었다.

폴란드와 우크라이나 양국에서 집단학살 위험에 처한 바 있었던, 따라서 분명 세계에서 가장 오래 그리고 가장 혹독하게 고통과 박해를 받은 집단의 하나였던 갈리시아 유대인 생존자들은 수십 년 후 나치의 손에 과거보다 훨씬 더 능률적으로 말살되고 말았다. 자그마치 150만 명이 넘는 우크라이나 유대인이 홀로코스트에서 살해당한 것이다.

엘리아스 시클러는 갈리시아에서 용케 빠져나갔다. 제1차

세계대전에서 오스트리아-헝가리 제국을 위해 싸워 실버무
공훈장을 받은 경력 덕택에 빈으로 건너갈 자격이 주어졌고
종전 후 젊은 아내 후디와 함께 도착했던 것이다.

두 사람은 빈에서 자녀 둘을 얻었다. 차나는 1919년 2월
에, 모르데차즈는 1920년 12월에 각각 태어났다. 엘리아스
는 보일러 수리공으로 취업했고 특히 동쪽 출신의 전역군
인 다수가 그랬듯 혁명적 공산주의 정치에 연루되었다. 군
사작전의 패배로 빈은 소요상태에 놓여 있었다. 엘리아스
같은 전역군인들은 러시아의 볼셰비키 혁명과 베를린 봉기
에서 영감을 받았고, 독일의 반란 지도자 로사 룩셈부르크
와 카를 리프크네히트가 영웅으로 떠올랐다. 동화된 부르주
아 '구' 유대인 가문들보다 훨씬 빈곤했고 동방 소련의 영향
을 받고 참호에서의 경험에 분노해 있던 갈리시아의 유대인
들이 운동의 선봉에 나서 수도 빈에 집결했다. 파업과 시위
의 물결이 이어졌으나 의회 선거에서의 승리를 확신한 사회
민주당은 전면적인 혁명을 지지하길 거부했다. 합스부르크
왕가는 결국 유혈사태 없이 종말을 고했다. 카를 1세가 그저
국정 참여 포기를 선언한 것이 전부였다.

도시는 공공지원 주택 확대와 공공 위생 사업에 착수한
사회민주당 치하의 '다스 로테스 빈', 즉 붉은 빈이 되었다.
마치 새로운 사회가 빚어지는 느낌이었지만 격변과 혼란의

한가운데서 엘리아스의 아내 후디가 무너졌다. 1921년 그녀는 '정신적인 질병과 신경질환의 치료 및 치유'를 위해 빈 서부 슈타인호프 병원에 입원했다. 구스타프 클림트가 태어난 마을 인근 빈 숲 언저리에 있던 정신병원은 정신질환자를 잔인하고 비좁게 수용하는 것에 대한 유토피아적 대안으로 설계된 곳으로, 정원과 공원에 위치한 육십 채의 건물로 이루어져 있었다. 빈의 어느 예술비평가는 이곳을 "흰 대리석 교회의 금빛 돔으로 덮인… 밝은 여름 햇살에 반짝거리는 백색 도시"로 묘사했다.[40]

1940년대 나치는 인간적인 정신병 치료를 위한 이 건축적 시도를 범죄현장으로 뒤바꿔놓았다.[41] 재소자들은 의학 실험에 사용되었고 어린이 다수를 포함한 7,500명이 살해되었다. 희생자 수백 명의 뇌가 담긴 유리병이 수십 년간 병원에 보존됐다가 2002년에야 비로소 매장될 수 있었다.

후디의 의료기록은 여전히 빈 기록저장소의 슈타인호프 파일에 보관되어 있었다. 그녀는 아이들이 살해되었다는 목소리가 들린다고 주장하며 맨발로 거리를 헤매다 발견되었다. 누가 아이들을 죽였냐고 묻자 "사회가요"라고 답한 뒤 엘리아스를 책망했다.

"그녀는 안락의자에 앉아 얼굴을 찡그리고 있다. 큰 소리로 물어볼 때만 마지못해 대답을 한다." 이런 메모와 함께

스물셋 된 갈리시아 여인은 "정신이 미약"하며 가족의 비용
으로 슈타인호프에 구금되어야 한다는 기록이 남겨져 있다.

삼촌 모제스 허슈 소거가 빈에 와서 조카딸을 찾아 콜로
메아에서 불과 몇 마일 거리인 오베르틴의 집으로 데려가도
좋다는 허가를 병원 당국에 요청한 1929년까지 후디는 그곳
에 갇혀 지냈다.

"빈에서 들은 바에 따르면 제 질녀 후디 레아 시클러가 해
방되어야 하는 곳은 바로 귀하의 병원뿐입니다." 모제스는
이렇게 썼다. 엘리아스가 그녀를 찾아갔다거나 어떻게든 연
락을 취하려 했다는 기록은 없다. 1921년 말 그가 말차를 만
났을 때 그에게는 부양해야 할 두 아이가 있었지만 법적으
로는 독신이었다. 후디와의 결혼은 유대율법에 따른 것이었
고, 죽어가던 제국의 관료제에는 기록된 바 없었다.

말치와 엘리아스는 1922년 5월, 후디가 슈타인호프에 구
금되고 칠 개월 후 결혼했다. 결혼식 몇 주 전, 유대 신앙을
공식적으로 포기하고 두 사람은 무종교를 선언했다. 하지만
그들이 실제로 공유하는 신앙은 공산주의였다.

불과 몇 달 사이에 말치는 가족의 가게에서 일할 운명의
젊은 독신 여성에서 두 아이의 절망적으로 가난한 계모가
되었다. 공산당이 제시한 엄격한 사상적 틀을 새로이 신봉
하고 그녀 삶에서 잠시 스쳐 지나간 존재가 되어버릴 남편

을 만난 결과였다.

엘리아스 마이어 시클러는 1923년까지는 빈에 거주하다가 당시 국제연맹의 명령에 따라 영국이 통치하던 '팔레스타인으로' 떠났던 것으로 기록되어 있다. 그러나 그가 팔레스타인에 도착했다는 기록은 없다. 그에 대해 찾을 수 있었던 흔적은 1920년대 중반 안트워프의 벨기에 경찰 이민문서에 잠깐 등장했다가 1928년 볼셰비키 간첩 추방 관련한 프랑스 신문기사에 몇 차례 나온 것이 전부다. 세 단락쯤 읽으면 그게 엘리아스를 가리킨다는 사실이 분명해진다.

기사들의 내용은 같은 경찰의 요약보고를 기초로 한 것으로 모두 비슷했다. 엘리아스는 심문관에게 프랑스어를 마스터하고 기자로 일하기 위해 1927년 1월 파리에 왔다고 진술했다. 중앙정보국장 기 르브레통은 자발적 은퇴를 한 해 앞둔 쉰세 살의 프랑스 중부 출신 법학박사이자 참전용사로, 이 사건은 그의 마지막 대성취였다. 그에 따르면 엘리아스는 "모스크바의 가장 중요한 간첩 중 하나"로서 모스크바에 보낼 미완성 보고서를 지닌 채 잡혔으며 정황상 프랑스 공산당의 현황을 조사할 목적으로 프랑스에 파견됐으며 그는 프랑스 동지들에 실망한 것으로 보인다고 경찰은 판단하고 있다는 것이었다.[42]

〈르 마탱〉은 "그는 신랄한 어조로 당 지도부의 유약함을 비판했으며 푸엥카레(당시 세 번째 수상 임기를 채우고 있던)의 성공과 대중이 수용하기를 거부한 공산당 정책의 수많은 실패를 큰 우려와 함께 지적했다"는 보도와 함께 엘리아스를 "큰손"이라 부르고 프랑스 공산당 중앙위원회 임원들이 "그의 철권 아래에서 벌벌 떨었다"고 주장했다.[43]

엘리아스는 마드무아젤 자블로노프스카라는 "정부를 거느리고" 이른바 좌익 선동가들의 온상이라던 아라고 대로의 아파트를 나서던 길에 체포되었다.

공산당 기관지 〈뤼마니테〉는 예상대로 반대 의견을 내놓았고, 경찰 보도자료가 '연재소설' 감의 이야기를 부풀렸다고 비난했다. 엘리아스는 공산당 활동가였다는 사유 하나만으로 추방됐다는 설명이었다.

"그럴싸한 미명으로 외국인 노동자들을 억압하는 혐오에 찬 추문은 당장 중단되어야 한다"고 기관지는 선포했다.

이 이야기의 전말 앞에서 나는 깜짝 놀랐다. 내 어린 시절, 엘리아스는 수반되는 사연이 없는 이름일 뿐이었다. 말치의 죽은 남편일 뿐이었지 그 이상 아무것도 말해지지 않았으며 사실 그 세대 우리 가족은 그다지 중요하지 않은 사람들로 묘사되곤 했다. 그런데 여기 이렇게 프랑스 일간지에 엘리아스가 뉴스로 떠 있는 것이었다. 우리 가족에 비록 실패하긴 했지만 간첩이 있었다는 거였다.

엘리아스는 기소 없이 국외 추방 처분을 받았다. 〈르 마탱〉
은 그와 마드무아젤 자블로노프스카가 뮌헨으로 추방됐다고
보도했는데, 그가 본래 폴란드 출신의 오스트리아 시민이라
는 사실을 감안하면 이상한 선택이었다. 이후 엘리아스는 종
적을 감추었다. 오스트리아 기록저장소에서 그의 흔적을 찾
을 수 없었고, 콜로메아의 홀로코스트 희생자 명단에 오른 시
클러라는 성을 가진 스무 명 중에서도 그는 보이지 않았다.
가장 근접한 실마리라 할 것이 프랑스 문학에 묻혀 있었다.

오스트리아계 프랑스 소설가 겸 심리학자 마네스 슈퍼버
는 콜로메아 바로 바깥쪽, 엘리아스 집에서 수 마일 떨어진
거리에서 태어났지만 제1차 세계대전 동안 가족이 빈으로
피난했다.[44] 엘리아스와 같이 그 또한 신앙을 포기하고 사회
주의적 시온주의 운동에 가담했다가 점차 공산당으로 이동
했다.

나치 점령 후, 그리고 엘리아스의 추방 몇 년 후, 슈퍼버
는 파리로 가서 국제공산당 코민턴에 들어가 일했다. 직접
만난 일은 없으나 그가 엘리아스에 대해 듣지 않았을 리는
없다. 둘은 똑같은 길을 따라 걸었다.

종전 후 그는 그 시절을 무대로 《바다 속 눈물》이라는 삼
부작을 썼는데 작품 속에서 주인공들은 슈퍼버 본인과 엘
리아스처럼 갈리시아 마을과 빈과 파리를 오가면서 한편으

말비네 '말치' 시클러. 1930년경.

로는 당국을 주시하고 다른 한편으로는 당과 모스크바에 한 치의 의심이라도 품는 것은 아닌지 동지들을 감시한다. 그들은 안가에 은신하여 이름도 바꾸는데 그들 중 하나가 모스크바로 소환되어 처형당한다.

엘리아스 시클러가 신원 변경 후 가명으로 죽었다면 그가 감쪽같이 기록에서 사라진 이유의 설명이 될 수도 있을 것이다. 또는 모스크바의 명령을 받고 들어가 다시는 돌아오지 못했을지도 모른다.

엘리아스에게 과연 무슨 일이 일어났건 우리의 고모할머니는 차나와 모르데차즈 두 아이와 함께 빈에 남겨졌다. 말치는 평생 시클러라는 성을 지켰다. 나는 편지와 엽서에 그 이

름을 수없이 적으면서도 거기 실린 어둡고 불가사의한 무게
는 짐작조차 못했다. 그게 정절 때문이었는지 생활의 편의 때
문이었는지 나는 모른다. 차나와 모르데차즈는 성년이 되자
마자 그 성을 버리고 낳아준 어머니의 성 소거로 바꿨다.

빈 기록저장소에 그 성이 뜨는 걸 처음 보았을 때 말치가
해준 농담이 떠올랐다. 엘리아스 시클러와 결혼하고 그의
아이들을 맡아 기르기로 한 그녀에게 사람들은 '보거 소거
Borger Sorge', 즉 '돈 걱정'을 경고했다. 나에게 그 농담을 전해
주는 그녀의 속이 암울하고도 우스웠을 것 같다. 정말 돈이
없었고 평생 돈 걱정을 하고 살았기 때문이다.

스스로 받아들인 마르크스주의에 따라 아이들을 기른 말
치는 그들이 여덟 살이 되자 공산주의 소년단인 영 파이어
니어스에 보냈다. 두 아이도 성년이 된 후 짧게나마 공산주
의에 헌신했다. 안슐루스 후 차나는 영국 비자를 받아 글래
스고의 한 가정에 가정부로 들어가 전쟁 동안 계속 영국에
머무르며 1940년에는 동료 피란민이자 체코슬로바키아 공
산당원인 헬무트 구스타프 레글러와 결혼했다.

말치와 모르데차즈는 나치의 빈 점령 직후 공산당 연고의
도움으로 프랑스로 건너가 피카소와 모딜리아니의 친구인
프랑스 화가 겸 시인 막스 자콥이 한때 살았던 파리의 호텔
놀레에 방을 얻어 지냈다. 모르데차즈는 이름을 덜 낯선 마

틴으로 바꾸고 직업학교에 들어가 파리 각지의 전자제품 공장들에서 일하며 어머니와 먹고 살았다.

독일의 파리 침략이 가까워지던 1940년 봄, 그들은 이번에는 남쪽 스페인 국경 근처 타르베스로 건너갔으며 모르데차즈가 르노 공장에 일자리를 잡았다. 수도가 함락되고 남반부에 나치 부역자들의 비시 정권이 들어서자 모자는 파리와 브뤼셀에서 운영되던 외스터라이셰 프라이하이츠프론트, 즉 오스트리아 해방 전선에 가입했다. 두 사람은 오스트리아 공산당의 주요 인물로 스페인 내전에 참전했던 체코슬로바키아 출신의 오스카 그로스만과 부관 파울 케슬러가 지휘하던 리옹 중심의 조직에서 활동했다.

이 지하조직에서 케슬러는 안전한 거처와 무기고, 위조 신분증, 배급카드 등을 관리하는 능란한 해결사 역할을 맡았다.

130명으로 이루어진 이 탄탄한 조직은 프랑스 레지스탕스, 그중에서도 공산주의자 모임인 프랑-티뢰르 에 파르티상(FTP)의 중요한 부분이 되었다. 오스트리아인들은 독일인들을 도청할 수 있다는 점에서 중요한 자산이던 언어기술을 갖고 있었으므로 프랑스 노동자로 위장하여 독일군과 친위대 사무실들에 취업했다.

그로스만-케슬러 조직에서 일했던 틸리 마레크는 각자

10장 저항과 고모할머니 말치

의 위조신분 사연을 기억해야 하는 스트레스를 이렇게 묘사했다.[45]

"파시즘 시대에 불법 신분으로 그에 맞서 싸우며 살아본 사람이라면 주거와 개인정보 사안 관련한 수많은 어려움과 위험을, 임무를 제대로 완수해야 하는 부담에 더해 다른 이름과 다른 생일과 다른 부모와 직업과 개인사를 기억하며 여러 해를 타국에서 사는 데서 나오는 신경의 날카로운 불안감을 잘 안다." 마레크가 종전 후 남긴, 내가 기록저장소에서 찾은 타자로 친 몇 장의 기록들 중 하나인 메모에 등장하는 말이다.

모르데차즈는 이미 여러 개의 다른 이름과 씨름하고 있었다. 시클러 대신 소거를 썼고, 프랑스에서는 마틴으로 통했고, 가족이나 친구 및 동지들 사이에서는 모르데차즈의 애칭인 모티로 불렸다. 거기에 더해 레지스탕스는 그에게 직업이 '몽퇴르', 즉 기계 조립자 또는 설치자이며 릴 출신의 프랑스인인 앙드레 방드루의 위조 신분증을 내주었다.

이렇게 서로 다른 신분들로 겹겹이 무장했건만 그래도 그는 잡혔다. 나치의 압력을 받은 비시 정권은 유대인 사냥에 점차 열을 올렸고, 리옹에서 경찰의 습격은 갈수록 흔한 일이 되었다. 용의자로 간주되는 사람들은 바지를 내려 할례를 받았는지 아닌지 보여주어야 했다. 체포, 추방, 처형의 수가 날로 늘어만 갔다.

모데르차즈도 급습에 휘말려 귀르스 수용소로 보내졌다. 전쟁 전, 프랑스 정부는 스페인에서 탈출하는 정치범들과 국제여단 구성원들을 위하여 스페인 국경 인근에 귀르스 수용소를 세웠다. 1940년 초 파리 함락 전부터 프랑스 정부는 그곳을 유대인 난민을 적성외인으로 규정하고 구금하는 데 사용하기 시작했다.

비시 정권이 귀르스 수용소를 탈취하면서부터 재소자 수가 급증했고 환경도 상당히 나빠졌다. 늪지대에 위치한 곳이라 비가 오면 진흙탕이 되었다. 모르데차즈는 그로스만-케슬러 조직의 동료이자 종전 후 회고록 《반격》에서 수용소 생활을 묘사하기도 한 돌리 슈타인들링과 함께 구금되었다.[46] 특히 잊기 어려운 대목이 있다.

"천문학적 수치의 이가 최악이었다.[47] 병들거나 약하거나 삶에 의욕을 잃은 사람들은 대부분 그것에 희생되었다. 가시 철조망이나 막사 앞에 옷가지들이 걸려 있곤 했는데, 그 안에는 수백만 마리의 이가 바글거렸다. 처음 그것들을 봤을 때 굶주려 위가 텅 비어 있었음에도 구토가 났다." 1940년과 1941년 사이의 혹독한 겨울, 추위와 기아는 연쇄살인범이 되어 재소자 수백 명의 목숨을 앗아갔다.

첫 몇 달이 지난 뒤 모데르차즈와 슈타인들링은 도망칠

수 있었다. 책에서 슈타인들링은 토착 바스크 레지스탕스 회원들의 도움으로 탈출하는 과정을 묘사했는데, 모데르차즈의 탈출에도 같은 도움이 있었다고 짐작해도 될 듯하다. 경비가 느슨했거니와 지역 노동자들의 출입이 허용되어 바스크인으로 위장한 재소자들이 퇴근 노무자 무리에 섞여 나갈 수 있었다.

슈타인들링과 모데르차즈는 그로스만-케슬러 조직에 돌아가자마자 '트라바이 알레망드', 즉 독일 업무를 뜻하는 TA 부서로 배치됐다. 나치 기관에 잠입하는 임무였으므로 레지스탕스 가운데서도 목숨을 잃기 가장 쉬운 활동이었다.

"잠입자로 일한다는 건 죽음을 불사하는 용기의 행위였다." 틸리 마레크는 이렇게 썼다. 게슈타포는 그런 역할을 하다 잡힌 자는 무조건 처형했다.

슈타인들링은 프랑스 노동자들 틈에서 히틀러의 유럽요새를 이루는 콘크리트 포좌 건설에 참여하기 위해 북쪽 영국해협 해안으로 파견되었다.

1942년, 모르데차즈는 제국의 심장으로 돌아가라는 명령을 받았다. 릴 출신의 앙드레 방드루로 활동한 그는 독일이 운영하는 구직센터에 일자리를 찾는 프랑스 이주노동자로 등록한 뒤 오스트리아 최대 기업 중 하나로 나치의 전쟁 활동에 중대한 역할을 수행했던 린츠의 헤르만 괴링 제강소에 배치되었다.

말치는 뒤에 남았지만, 1942년 11월 프랑스 해군이 툴롱 해안에 선박을 고의 침몰시킨 사건 후 독일군이 비시 영토를 점령하고 부역 정권을 더는 신임하지 않게 되면서 리옹에서의 삶은 훨씬 더 위태로워졌다. 나치가 직접 통제권을 쥐면서 외국인은 눈에 띄는 것조차 더욱 위험해졌고 말치는 리옹에서 남쪽으로 백칠십 킬로미터 떨어진 작은 마을 오베나에 있는 레 쇠르 드 생 레지스 수녀원에 숨었다.

전쟁이 시작될 때 프랑스의 유대인 인구는 30만 명이 넘었고 그중 4분의 3이 살아남은 데 반해 벨기에에서는 사십오 퍼센트가, 네덜란드에서는 이십 퍼센트가 살아남았다. 이 놀라운 통계는 상당 부분이 수녀원 등 천주교가 제공한 각종 피난처의 영향이 컸는데 비시에서가 특히 그랬다.

말치와 모르데차즈의 동지 틸리 마레크는 프랑스 대중 전반에 대한 장밋빛 전망을 갖고 종전을 맞이했다. "반파시즘 자세와 프랑스 인구 대다수의 저항 의지로 뒷받침된 프랑스 레지스탕스 운동의 뼈대 안에서 일할 수 있었던 게 우리 모두에게는 행운이었다. 그 덕분에 우리는 그 모든 것에도 불구하고 살고 싸울 수 있었다." 그녀는 이렇게 썼다. "평범한 사람들, 돌보는 사람들, 우리에게 방을 세 내준 사람들, 좀처럼 나치 경찰에게 달려가 '용의자들'을 고발하지 않았던 프랑스의 점주들과 기타 주민들 말이다. 그들 덕분에 우리는 곤경 속에서 비교적 긴 시간을 버티며 나치의 야만에 맞선 싸움에 조금이나마 이바지할 수 있었다."

린츠의 헤르만 괴링 제강소에서 모르데차즈가 맡은 일은 정보를 수집하고 노동자들의 불만 조짐을 가늠해보고 전쟁이 어떻게 진행되고 있는지 정보를 전파하고 궁극적으로 소요와 태업행위를 끌어내는 거였다. 삼십여 개국 출신의 외국인 공장노동자가 수천 명에 달했다. 방드루 같은 유급 이주노동자들이 인근 마우트하우젠 강제수용소에서 온 노예노동자들을 비롯한 강제노무자들과 나란히 함께 일했다.

이제 공장은 전쟁 당시의 과거에 대한 연구를 후원하던 포에스탈피네 회사의 소유가 되었다. 기록저장소에는 앙드레 방드루에 대한 정보도 한 건 있었다. 용접공으로 채용되어 1942년 12월 18일 그곳에서 작업을 시작한 릴 출신의 대장장이라고 소개하고 있다. 그의 고용은 1944년 6월 10일 돌연 종료되었다.

바로 그날이 앙드레 방드루의 짧고 허구적인 생애가 막을 내리는 날이었다. 게슈타포와 린츠 경찰이 공장에 들이닥쳐 이름을 대고 그를 찾았다. 그가 누군지 이미 알고 있었던 것이다. 그는 차에 태워져 린츠 경찰서로 끌려갔고 이틀간 갇혀 있다가 유럽 최대의 게슈타포 본부인 빈 모르친플라츠의 개조된 호텔 메트로폴로 이송되었다.

고모할머니 말치는 죽을 때까지 의붓아들이 이주노동자로 가장한 레지스탕스 투사들을 관리하던 빈의 동지로부터 배신을 당했다고 굳게 믿었다.[48] 전쟁이 끝나고 수십 년 후 그녀는 연구진과의 면담에서 그렇게 말했다.

그녀의 인생 후반부까지 줄곧 짊어지고 살기엔 쓰디쓴 의심이었을 테지만 그게 사실이 아니라는 강력한 증거가 있다. 돌리 슈타인들링은 회고록에서 부문의 지도자인 오스카 그로스만이 1944년 늦봄에 체포된 후 오스트리아 조직망이 전면 해체되었다고 말했다. 그로스만은 뤼시앵이란 암호명으로 프랑스 남부에서 TA 작전 전체를 총괄하고 있었다. 5월 27일 밤 열 시에 리옹의 기차역에서 조직의 다른 회원(슈타인들링이 'P'라고만 지칭한)과 접선 예정이었다. 도착이 늦는 P를 그로스만이 기다리고 있는데 독일군 병사를 가득 채운 막차가 도착해 섰다.

그들이 기차에서 내렸고 프랑스 레지스탕스 조직이 수류탄을 던지고 기관총을 쏘아댔다.[49] 그로스만은 파편에 눈을 맞아 실명하는 바람에 도망치지 못했다. 게슈타포는 그의 주머니를 수색하여 그가 공격 현장에 있었던 이유에 관해 의심할 만한 정황증거를 충분히 찾아냈다.

슈타인들링의 설명에 따르면, 오스트리아 게슈타포 장교

들이 자연스럽게 TA 회원들의 별명과 애칭들을 거론해가며 자신들이 동지들이고 이제 곧 병원으로 문병을 가서 대화를 나눌 예정이라고 그로스만이 믿게끔 속였으며 그렇게 중요한 정보를 빼냈다는 것이다.

"악마가 고안해낸 사악한 계획이었다." 슈타인들링은 이렇게 썼다. "그로부터 더는 아무것도 빼낼 수 없게 되자 그의 목숨은 쓸모가 없어졌고 따라서 그는 살해되었다. 자신이 선의였지만 무슨 일을 했는지 알았다면 뤼시앵은 차마 계속 살아갈 수 없었으리라."

굉장한 이야기지만, 짐작건대 그 출처는 게슈타포 첩보원들이었을 것이다. 나는 믿기가 어려웠다. 그로스만은 자신이 체포되었거나 감시받고 있음을 알았을 테고 경험 많고 강인한 요원이었으니 병실에 와서 레지스탕스 조직에 관해 대화를 나누겠다는 모르는 남자들을 즉각 의심했을 것이기 때문이다.

*

빈의 열람실에서 나는 프랑스 남부의 오스트리아 조직망이 어떻게 파괴되었으며 모르데차즈는 어떻게 추적당해 살해되었는지에 대해 똑같이 비극적이면서도 더욱 설득력 있는 또 다른 설명과 마주했다.

오스트리아 레지스탕스의 기록저장소는 빈의 구시가지의 안뜰로 이어지는 아담한 유리문 뒤에 있었다. 현관에는 1934년 내전의 기념물들인 '슈츠분트' 플랫캡이며 깃털 장식의 '하임베르' 모자 따위가 든 진열상자들이 늘어서 있었다. 강제수용소 재소자들의 청색과 흰색 줄무늬 제복은 또 다른 유리상자 안에 축 늘어져 있었고 그 옆에는 암호 수첩들과 희생된 레지스탕스 투사들의 사진들이 전시되어 있었다.

위층의 작은 열람실에서 기록보관 담당자가 누런 서류철들 한 무더기를 내 앞 탁자에 내려놓았다. 그로스만-케슬러 조직과 그 최후에 관하여 틸리 마레크의 상세한 메모를 포함, 그들이 가진 모든 자료가 거기 담겨 있었다. 파울 케슬러의 옥중일기가 있었고, 좀 더 공식적인 보고서에는 '게하이메 슈타츠폴리차이', 즉 '게슈타포'가 표시되어 있었다. 그들의 임무는 그 조직과 회원들을 추적하여 파괴하는 것이었다.

마레크는 회원 명단도 약자로 된 묘사와 맡은 배치지역들을 곁들여 관리했다. 말치의 이름 옆에는 "프랑스 남부, '모티'의 모친, 생존"이라고, 모르데차즈 옆에는 "프랑스 남부, '모티'로 불렸음, 피살"이라고 씌어 있었다.

그녀는 이 명단에 자신의 의견 또한 첨부했는데 그것을 이렇게 표현했다. "유럽 레지스탕스 운동 역사에 대한 소소한 기여의 스케치이자 프랑스와 벨기에 레지스탕스 운동에서의 오스트리아 시민들의 활동에 대한 다소 불완전한 묘사."

1943년경, 오스트리아 레지스탕스는 특별 작전이 필요할 만큼 프랑스 나치 당국에 상당히 거슬리는 존재가 되어 있었다. 게슈타포 장교 세 명으로 구성된 팀이 이미 나치 이전 시대에 오스트리아 경찰의 감시망에 올라가 있던 좌파 활동가들의 지문·사진·약력이 담긴 서류더미를 들고 빈에서 파리로 파견되어 왔다. 돌격분대 지도자 에두아르트 투체크가 지휘를 맡았는데 비교적 낮은 계급이긴 했으나 잔혹한 심문 방법으로 빈에서 이미 명성을 날렸던 덕에 그처럼 중요한 작전의 우두머리가 될 수 있었다. 1944년 6월 그의 팀은 돌파구를 찾았다.

마레크가 '기구한 파울라 드락슬러'라고 표시한, 스페인 국제여단의 자원봉사 간호사로 활동한 바 있는 운반원이 이 중바닥을 댄 핸드백을 들고 리옹에서 파리로 건너왔다. 프랑스의 오스트리아 레지스탕스의 주요 일원이자 드락슬러의 파트너이던 레오폴드 하크뮐러가 프랑스 수도의 지하조직 지도부에 비밀문서를 전달하라는 지령을 그녀에게 내린 것이다. 그러나 그는 기밀 유지 규정을 놀랍게 위반하여 프랑스 이주노동자로 위장해서 오스트리아로 보내진 지하조직 회원들의 이름과 가명, 주소 같은 정보를 모두 포함하고 말았다.

기차가 지연되어 드락슬러는 첫 접선을 놓쳤다. 그럴 경우 지침은 다음날 같은 시각에 같은 장소로 돌아가라는 것이었다. 그러나 또 하나의 치명적인 지침 위반이 범해졌으니 그녀는 대신 이미 투체크의 팀에 발각되어 감시되고 있던 조직망 산하의 안가로 가버린 것이었다.

"자발적으로 덫에 걸려 들어간 것이었다." 마레크의 보고서에는 이렇게 씌어 있다.

"그녀가 지니고 있던 자료들을 통하여 게슈타포는 리옹 조직 전체를 파악할 수 있었고 그 결과 TA 레지스탕스 작전을 파괴할 수 있었다"고 마레크는 말했다.

파울라 드락슬러는 '야만적인 방식으로' 고문을 당했으며 자신의 체포로 동지들이 줄 이어 붙잡힌 사실을 깨닫고 게슈타포 본청 화장실 창밖으로 투신하여 스스로 목숨을 끊었다.

"그녀에게는 네 살배기 딸이 있었다." 이 건조한 부언과 함께 마레크는 글을 맺었다.

드락슬러가 체포되고 며칠 뒤, 게슈타포는 앙드레 방드루를 찾아 헤르만 괴링 제강소에 들이닥쳤다.

이제 그 도시에서 가장 무시무시한 주소가 되어버린 예전의 호텔 메트로폴 자리인 모르친플라츠 4번지에서 온 편지에서 모티의 마지막 몇 달을 게슈타포의 설명으로 대할 수

10장 저항과 고모할머니 말치

있었다. 1944년 10월 13일자 편지는 게슈타포의 수사관인 회플러가 슈타인호프 정신병동의 수석 내과의사 후버 박사에게 마틴 이스라엘 소거 건에 대해 보낸 것이었다. 게슈타포 체제는 그의 본래 이름을 자동적으로 제거한 다음 가장 일반적인 히브리어 중간 이름을 삽입했다.

모티는 예전 린츠 주민으로서 '대장장이' 보조인 독신의 무국적 유대인에 엄중 경비 대상 재소자로 묘사되었다. 회플러는 감옥으로 보내지기 전 게슈타포 유치장에 석 달 이상 구금되어 있었던 그의 목숨을 부지시켜달라고 푸버에게 요청하고 있었다.

"디프테리아가 있습니다. 그의 상태를 전화로 알려주시기 바랍니다. 소거 씨는 중요한 정치범이기 때문에 안전을 보장하고 최대한 감시해주실 것을 요청합니다. 그에게는 어떤 방문객이나 서면 통신도 금지됩니다."

서류의 다음 기록은 슈타인호프의 감염질병 의료실장이던 H. 베르타 박사가 게슈타포에 보낸 전갈이었다.

"1920년 12월 4일생으로, 1944년 10월 11일 디프테리아로 저희 환자가 된 마틴 소거 씨가 1944년 10월 17일 오전 8시 45분 사망했음을 고지합니다. 사망원인: 심장근육 마비. 유독 디프테리아."

같은 서류철에 포함된 전후의 파울 케슬러 서명 진술서에 따르면 모르데차즈는 슈타인호프로 이관되기 전 넉 달 동안 게슈타포의 고문을 받았다.

*

호텔 메트로폴은 오래전에 사라졌다. 전쟁 중 폭격을 당했으며 그 모든 기억을 지우자는 취지로 잔해도 철거됐다. 그러나 게슈타포 수감자를 가두던, 한쪽 모퉁이에 독특한 둥근 탑이 딸린 커다란 흰색 웨딩케이크 같은 경찰서 유치장을 아직 그대로 있다.

오스트리아를 포함한 지역의 게슈타포 수장이었던 프란츠 요제프 후버는 전쟁 중의 행위로 인해 신체나 경력에 아무런 손상도 입지 않고 살아남았다. 감옥에 가기는커녕 종전 직후 서독 정보원에 고용됐다. 모르데차즈와 그의 동료들을 추적하고 고문하여 죽인 투체크는 프랑스 군사법정에서 오 년 징역형을 선고받았으나 일 년만 복역했다.[50] 오스트리아 법정에서 그에 대한 소송절차는 1947년 중단되었다가 1956년 재개되었지만 1957년 전직 나치들에 대한 사면 발표와 함께 폐기되었고, 그의 소송비용도 오스트리아 정부가 지급했다. 투체크와 그의 팀이 파리와 리옹 등지에서 저지른 범행들은 영영 기소되지 못했다.

10장 저항과 고모할머니 말치

모르데차즈의 마지막 몇 주가 어땠을지 나는 영원히 알 수 없다. 상상만이라도 할 수 있을 유일한 실마리라면 레지스탕스 직속 상관이었던 파울 케슬러의 이야기일 것인데, 그는 파울라 드락슬러의 체포 며칠 후 터진 모르데차즈 등 레지스탕스 투사들에 대한 전면적 검거 기간에 리옹 자택에서 붙잡혔다.

"많은 경찰이 담을 넘어 정원으로 들어오더니 창문을 통해 총을 쏘아대면서 현관문을 부쉈다." 레지스탕스 기록에 남은 타자 문서에 그는 이렇게 썼다. "체포되자마자 나는 가족 앞에서 얼굴을 두들겨 맞고 소포처럼 끈으로 묶인 채 리옹의 플라스 벨쿠르에 있는 게슈타포 본부로 인도되었다…."

"거기서 나는 금세 게슈타포들에 둘러싸였고 그들은 돌아가며 나를 패기 시작했다. 전문가다운 그자들의 주먹이 얼굴과 머리에 쏟아지자 어느새 코와 입에서 피가 났고 나는 여러 번 기절했다…."

"내게 의식이 있나 보려고 그들은 머리카락을 뽑고 성냥불로 몸을 지졌다. 내 알몸을 바닥에 던지고 양동이로 물을 쏟아부은 다음 두세 시간씩 방치했다. 나는 부들부들 떨며 의식을 되찾았다."

게슈타포는 케슬러를 욕조에 던져 넣고 얼음물을 채운 다음 머리를 물에 박아 익사 직전에 이르게 했다.

리옹에서 이런 식으로 6주를 보낸 뒤 그는 뤼 드 라 퐁프에 있는 게슈타포 파리 본부로 이관되었고 거기서 투체크와 그 부하들 손에 다시 4주 동안 고문을 당했다.

총살대 앞에 세워진 채 안 불면 죽는다는 협박을 받았고 머리에 권총이 겨누어진 채로 벽에 밀쳐지기도 했다. 그럴 때마다 그는 차라리 죽겠다며 버텼다. 파울라 드락슬러처럼 자살을 시도한 적도 있다. 열린 창문을 향해 돌진했으나 중도에 경비원들에게 잡혔고, 감방에서 나무쪽으로 손목을 그으려고 했지만 그가 움직이는 소리에 문 앞의 경비견이 짖는 바람에 무산되었다.

자살 및 탈출 요주의 표지판이 감방문에 붙었고 경비원들이 매일 밤 한 시간 간격으로 숨을 쉬고 있는지 보려고 그를 깨웠다.

케슬러는 10주간의 게슈타포 고문을 용케 견디고 프랑스 레지스탕스 투사들과 영국 특수작전부(SOE) 잠입자들이 수감되어 있던 파리 남부의 프렌 교도소로 이송됐다. 1944년 8월, 연합군의 노르망디 상륙 직후 게슈타포는 프렌 재소자들을 안마당으로 끌어낸 다음 총을 쏘아 학살하기 시작했다. 8월 말 프랑스 기갑부대에 의해 교도소와 재소자들이 마침내 해방되기까지 살육은 날마다 이어졌다.

케슬러는 자신의 차례가 오기 바로 전 다른 오스트리아 재소자들과 함께 파리 북동부 드랑시 임시수용소로 이송된 덕에 살아남았다. 프랑스와 미국 군대가 파리로 진격하던 8월 17일, 그는 다양한 국적의 재소자 49명과 함께 동쪽 부헨발트로의 이송자 명단에 포함됐다.

그러나 떠나기 전 레지스탕스의 누군가가 속에 정이 박힌 빵 한 조각을 그에게 건네준 덕에 그와 다른 재소자 몇은 우마차 바닥에 구멍을 뚫어 기차가 벨기에 국경을 넘는 순간 탈출할 수 있었고 몇 날 밤을 걸은 끝에 파리로 돌아갔다.

파리에도 해방이 찾아와 독일군을 몰아내고 사 년간의 점령에 종지부를 찍었다. 그러나 유대인 생존자 다수는 남은 한 자락 희망마저 뺏기고 끔찍한 종결과 마주해야 했다. 추방과 죽음의 수용소에 대해 알게 되었고 점차 사랑하는 이들의 이름을 명단 또는 짧은 편지에서 발견해야만 했다.

1944년 9월 초 며칠 사이에 리옹 주변 지역이 해방을 맞자 말치는 이 년 만에 처음으로 수녀원 피난처를 떠날 수 있게 되었다. 모르데차즈는 아직 게슈타포 감방에서 겨우 목숨이 붙어 있었다. 그녀는 그로스만-케슬러 조직망의 잔여 인원에게서 그가 체포되어 빈으로 압송되었음을 전해 들었을 것이고, 고문을 당하고 있다는 것도 알았을 것이다. 10월 17일 그의 사망 후 얼마 지나지 않아 그 소식 또한 들었으리라는 짐작도 충분히 가능하다. 빈이 해방되기까지는 다섯 달이 더 걸렸으므로 그녀는 고향으로 돌아가 그의 유해를 찾을 때까지 프랑스의 난민 수용소에서 대기해야 했다.

오스트리아의 수도는 베를린을 비롯한 독일 도시들만큼 심하게 손상되지는 않았지만 오분의 일 정도가 연합군 폭격에 파괴됐고 식료품 공급체계가 붕괴됐다. 살아남기가 힘겨웠다.

패배당하고 위험한 도시에서 캐롤 리드가 감독한 영화 〈제3의 사나이〉는 빈을 처음 방문한 이후 내가 가장 좋아하는 영화가 되었으나 여러 해 동안 수차례 다시 보면서도 우리의 고모할머니 말치가 영화의 말 없는 합창으로 묘사된, 폐허 속에서 쉼터와 먹을 것을 찾아 싸우는 그 절망적인 빈 생존자들 중 하나였다는 사실은 까맣게 몰랐었다.

말치가 내게 남겨준 기억 중에 모르데차즈의 사진은 한 장도 없었다. 그의 이야기에 몰두하면서 그 부재가 더욱 깊게 느껴졌다. 내 아버지의 사촌이었던 그의 사진이 집안의 어느 벽에도 걸려 있지 않으며 그의 이름이 간혹 무심코 언급될 뿐이었다는 사실이 아쉬웠다.

홀로코스트 시대 유대인들의 이야기는 보통 피살 아니면 생존, 이렇게 둘 중 하나로 말해지며, 〈가디언〉 광고의 아이들과 부모들 다수에게도 그런 선택이 전부였다. 아이들은 대체로 살아남았으나 출발이 너무 지연된 부모들은 추방되어 살해된 일이 많았다. 하지만 제3의 길도 있었으니 바로 적극적인 저항이었다. 많이 선택된 길은 아니었고 기억되는 사례는 더 드물었다. 그래도 말치와 모르데차즈는 그 길을 선택했다. 저 아래 비시 프랑스까지 물러났다가 되돌아가 맞서 싸웠다.

오스트리아 유대인 레지스탕스 운동은 규모는 작았지만 파격적인 영향을 미쳤다. 그것은 1943년 4월 13,000명의 폴란드 유대인이 희생된 바르샤바 게토 항거와 함께 특출한 저항 행위로 기억된다. 한 블록, 한 블록 게토를 지옥으로 만든 친위대를 상대로 승산이 전무하다는 것을 투사들은 알았다. 하지만 그건 중요하지 않았다. 중요한 것은 이번만은 나치가 유대인들이 언제 어디서 죽을지를 결정할 수 없다는 거였다.

우리의 새할머니 발리에게는 오하이오에 사는 커트 토머스라는 사촌이 있었다. 체코 도시 브르노에서 태어난 본명 쿠르트 티코는 1943년 10월 소비보르를 탈출한 300명 재소자 중 한 명이었고, 이는 전쟁 기간을 통틀어 가장 대대적인 수용소 탈출 사례였다.

나는 오십 년 뒤 폴란드에서 일하게 되었을 때 커트가 연례 생존자 모임에 와주기를 바랐다.[51] 그러나 그는 아버지와 어머니와 누이인 막스·파울라·마리안네가 살해된 장소에 차마 돌아갈 수 없었다.

"어쩔 수가 없구나. 거기 가서 이제 잔디가 자라는 그 땅을 다시 대한다는 게 말이 안 돼서." 오하이오에서 그가 내게 전화로 말했다. 나치의 체코슬로바키아 점령 이후에 티코 가족은 테레지엔슈타트 수용소, 이어서 폴란드에 있는 트라브니키 수용소, 다시 이어서 인근 피아스키의 게토로 이송되었다. 커트는 근처 농장의 작업반에 배치됐는데 그곳 농부가 몰래 남은 음식을 주었고 그는 그걸 빼돌려 피아스키에 있는 부모와 누이들에게 갖다 줄 수 있었다. 커트가 들판에서 일하는 동안 가족이 소비보르로 추방됐고, 일을 마치고 돌아와 보니 오두막은 텅 비어 있었다. 그리고 그는 가족을 다시 보지 못했다. 그가 소비보르로 이송된 1942년 말에는 모두 죽은 지 오래였다.

소련 국경에 위치한 소비보르는 나치가 습득한 온갖 과학과 비결을 활용하여 학살을 산업 규모로 확대시킨 '아키톤 라이하르트'의 일부로 친위대가 설계한 삼대 집단처형장의 하나였다.

관리 구역은 폴란드 임업부에 속했던 건물들을 포함했으며 농장도 하나 있었다. 1942년 여름, 티롤 마을 비슷한 피상적 매력을 더해 이곳에 새로 들어오는 이들을 안심시키기 위한 '미화' 작업이 진행되었다. 가스실 '라거 3호'가 있는 처형 구역은 울타리 뒤 숲속에 놓여 있었다. 내부를 보았다고 의심되는 재소자는 즉결 처형되었다. 커트는 '욕실'이 구비되어 있다는 표지판이 붙은 건물을 얼핏 본 적이 있다.

소비보르의 운영을 위해서는 600명가량의 노예노동자가 필요했는데 커트에게는 가스실에서 처형된 재소자들의 옷가지를 뒤져 살피는 일이 주어졌다.

항거의 촉매제는 1943년 10월 소련 유대인 포로들의 도착이었고, 이미 있었던 폴란드 지하조직에 의해 기획이 시작됐다. 경비원들을 하나하나 최대한 많이 그리고 조용히 죽여 경보음이 울리지 않게 한다는 것이 계획에 포함됐다. 부사령관인 요한 니만은 오후 네 시 재단사 작업장에서 약속이 있었다. 들어오는 모습을 보며 커트는 그가 살아서 나가지 못하리라는 걸 알았다. 가스실 희생자의 가죽 코트를 입어보는 그에게 재단사가 잘 맞는지 보게 돌아보라고 요청했고 그 순간 니만의 머리에 도끼가 박혔다. 또 하나의 초기 표적은 우크라이나 경비원으로 자전거를 타고 수용소에 들어온 그는 한 무리의 소년들에게 떠밀려 바닥에 곤두박질친 채로 칼에 찔렸다. 커트는 시체를 끌어 두 채의 막사 사이 좁은 공간에 숨겼다. 뒤이어 친위대의 무기고가 있는 수용소 외부 구역 출입문들을 해체한다는 임무를 맡고 목공 작업장에서 남자 서른 명이 나타났다. 무기들을 집어 들고 무장부대가 되어 나가 유격대에 가담하겠다는 계획이었다.

출입문 습격 노력이 실패로 돌아가자 목수들은 지뢰가 설치된 초원 반대편의 8피트 높이 가시철사 울타리 인접 구역에 빗장을 지르고 출입문 돌파가 무산될 경우를 대비해 대충 만들어둔 사다리를 타고 담을 오르기 시작했다. 감시탑의 병사 하나가 총격을 가했으나 총을 지닌 재소자의 역습이 이어졌다. 커트는 그 기회를 타 철조망으로 달려가 끝줄에서 두 번째로 울타리를 넘은 뒤 초원을 가로지르기 시작했다. 다른 재소자가 그에게 달리라고 했지만 그는 말했다. "이제 더는 달리지 않아요. 나는 자유인이니까요."[52]

그는 내게 말했다. "우리는 삶과 자유를 향한 커다란 욕망을, 우리에게 강요되고 항시적이고 체계적인 공포 때문에 그때까지는 감수되었던 수치를 제거하고자 하는 욕구를 느꼈단다."

커트는 다른 탈주자들이 무리를 지어 도망치고 있는 초원의 반대편에 다다랐다. 그리고 같은 모라비아 출신의 동료 재소자와 함께 뛰었다. 몇 시간 후 그들은 소나무 가지 더미 위에서 잔 뒤 아침 소 방울 소리에 잠에서 깼다. 다음 날에도 건초 창고에서 자고 먹을 걸 구걸해가며 서쪽으로 걸었다. 며칠 후 둘은 갈라졌다. 커트는 피아스키 게토 근처 마을로 갔다. 전에 가족에게 음식을 준 폴란드 농부가 그를 숨겨주었다. 그는 붉은 군대가 들어온 1944년 6월까지 너무 낮아서 일어설 수도 없는 비좁은 공간에 머무르다 떠나 체코 군대에 가담했다.

폴란드인 농부는 떠나는 커트에게 "유대인을 구해줬다는 것을 알면 마을 사람들이 그를 죽일 것이므로" 마을을 지나가지 말 것을 주문했다.

커트는 이 은인과 평생 연락을 유지했다. 그는 오십 주년을 맞아 폴란드로 날아가는 대신에 농장주 내외가 그 당시 캘리포니아 대학에 다니던 아들을 만나러 올 수 있게 돈을 보낼 거라고 내게 말했다.

커트에게 탈출은 단순한 생존뿐이 아니라 존엄성에 관한 문제였다. 수용소 재소자로, 노예노동자로 셀 수도 없을 만큼 굴욕을 당한 그에게 저항만이 죽어서든 살아서든 자신의 인간성을 되찾을 길이었다. 그것이 바로 소비보르의 철조망 밖의 초원에서 뛰지 않고 숲을 향해 걸었던 이유다.

말치도 그런 존엄성을 느꼈기를 바랄 뿐이다. 커트 토머스는 생존자들을 존중하는 미국으로 건너갔지만, 말치는 모르데차즈에 대한 존중을 확보하기 위해 관료주의와 늘 싸워야만 했다. 오직 그의 어머니라는 것 외에 자신에 대한 인정은 바라지도 않았다. 어떤 면에서 그녀는 사랑했던 이들을 모두 먼저 보내고 종신형을 살았던 셈이다.

모티가 당한 고문 끝의 죽음은 그녀에게 가해진 최후의

일격조차 되지 못했다. 두 살 때부터 맡아 기른 또 다른 의 붓자식 차나는 맨체스터에서 결혼한 체코인 헬무트 구스타 프 레글러와 함께 종전 후 프라하로 떠났다.

충직한 공산당원이던 헬무트와 한나로 개명한 차나 부부 는 프라하 체제를 대표하여 중국에 파견됐다. 바로 그래서 어린 시절 우리 집 벽에 중국 장식품들이 걸려 있었다. 한나 가 말치에게 준 것을 우리가 물려받은 것이다. 우리는 까맣 게 몰랐던 비극으로 물든 물건들 사이에서 우리가 자랐음을 일깨워주는 또 하나의 사례다.

레글러 부부는 1950년대 초 체코슬로바키아 공산당 엘리 트 계층의 일원으로 프라하에 돌아왔으나 이후 불과 한두 해 만인 1954년 한나가 자살했다. 말치는 모르데차즈의 경 우와 마찬가지로 개인적인 배반을 사인으로 보았다. 내 어 머니에게 말하길, 그녀의 남편이 부정을 저질렀다는 것이었 다. 그러나 레글러 부부의 후손을 독일에서 찾아내 이메일 을 보내본 결과 다른 의견이었다. 아름답고 다정한 사람이 었던 한나는 신의와 충성을 바친 체코슬로바키아 공산당이 유대인 당원들에게 등을 돌리는 것에 깊은 충격을 받았다는 거였다.

당 지도부는 1952년 스탈린의 부추김 하에 당의 제1서기 루돌프 슬란스키를 피고로 여론조작용 재판을 강행했다. 그와 개인적으로 친구였던 대통령 클레멘트 고트발트는 스탈린의 숙청 요구에 스스로 살아남기 위해 그를 희생시켰다. 열세 명의 피고 가운데 열 명이 유대인으로, 미국과 이스라엘과 한편에 서서 시온주의에 바탕을 둔 제국주의적 음모를 꾸민다는 혐의를 받았다. 그들은 모두 유죄를 인정했고, 1952년 12월 슬란스키를 포함 열한 명이 교수형을 당했다.

말치에게 딸의 자살은 망가져가던 생이 마지막으로 입은 타격이었다. 어린 우리야 이해할 수도 견뎌낼 수도 없는 짐이었기에 알 길이 없었지만, 나의 형제자매와 내가 그녀에겐 유일한 낙이었다. 수십 년을 극도로 빈한하게 살았던 고모할머니는 1994년 오스트리아 실링으로 수천 파운드에 달하는 액수가 든 조그만 붉은 통장과 프란츠 요제프의 낯익은 얼굴이 찍힌 금화가 든 안전금고를 우리 넷에게 남기고 돌아가셨다.

금고에 접근하려면 계좌번호와 암호를 제시해야 했는데 여러 해 전에 말치가 내게 전해준 바 있었고, 나는 그 감정의 무게를 근 삼십 년이 지나서야 이해할 수 있었다. 아들을 지켜내지 못한, 그 암호는 바로 마틴-앙드레였다.

11장

조지와 빈으로의 귀환

조지 맨들러는 〈맨체스터 가디언〉 아이들 중 처음으로 빈에 돌아갔다. 1942년 부모와 뉴욕에서 살던 그는 병원 실험실 기사로 일하며 학위를 따서 가업인 가죽사업에 동참하겠다는 생각으로 야간 화학 강의를 듣고 있었다. 그러나 열여덟 살이 되자 계획을 뒤엎고 입대했다.

그는 텍사스 주 애빌린 바로 외곽의 캠프 바클리에서 기본훈련을 마쳤고, 입대에 대한 보상으로 미국 시민권을 받았다. 그리고 미 육군 의무대에 배치됐으나 사상자가 지독히 많고 기대수명이 몹시 낮은 태평양의 어느 섬으로 투입되어 들것 운반자 신세가 되는 악몽에 시달렸다. 그때 누군가가 그에게 독일어를 유창하게 하니 군사정보부 및 유럽 전장으로의 이동을 신청해보라고 했다.

태평양으로 떠나기 직전에야 가까스로 회답이 왔다. 대기 중인 군인 수송선에 동료 소집병들과 승선하지 말고 기차를 타고 대륙을 횡단하여 메릴랜드 주 헤이거스타운 외곽 블루리지 산맥에 있는 캠프 리치로 오라는 명령이었다. 조지는 1944년 5월 그곳에 도착했다.[53]

리치의 훈련병들은 독일이나 오스트리아 피난민들과 이전 이민자들의 2세 또는 3세가 섞여 구성되어 있었다. 1942년부터 종전까지 병사 11,000명이 육군의 최초 정보심리전 전문 중앙학교인 이 기지에서 훈련받았다. '리치 보이스'로 불리며 명성을 누린 이들 가운데 2,000명이 조지와 같은 유대인 난민이었다.

그들은 동료 소집병들과 심지어 생포된 독일군들을 대상으로 연습해가며 적군의 전투서열 관련한 정보를 끌어내기 위해 전쟁포로들을 심문하는 기술을 배웠다. 목조 독일군 탱크까지 곁들인 실물 크기의 독일 시가지 모형을 헤쳐나가며 전선의 항공사진을 해독하고 위장 폭탄을 식별하는 방법, 보초병 뒤로 몰래 다가가 소리 없이 죽이는 방법, 기관총이나 카빈총을 쏘는 방법까지 배웠다.

한편 영국도 비슷하게 영국 육군 내에 윈스턴 처칠이 X부대라고 부른, 대적 정보 활동과 전투 기술을 습득한 제국 출신의 유대인 난민 90명으로 구성된 특공대를 운영하고 있었다. 그들은 노르망디 상륙 디데이에 소드 해변에서, 그리고 라인강 도하에 이은 독일 입성 길목에서 싸웠다. 종전 무렵, 독일 북서부 보르켄이라는 도시 출신의 스물세 살 중위 만프레드 간스는 수류탄과 배급식량과 영국군 기사가 탄 지프차를 가지고 네덜란드와 독일을 가로지르고 체코슬로바키아와의 국경을 넘어 방금 해방된 테레지엔슈타트 강제수용소로 향했다. 그는 빈사 상태의 재소자들 하나 하나에게 부모의 이름을 말한 끝에 천운이었는지 그들이 아직 살아 있다는 사실을 발견했다.[54] 하지만 아버지는 너무 굶주려서 만약 거리에서 봤다면 모르고 지나쳤을 정도였다.

X부대의 미국판일 리치 보이스도 전쟁 마지막 단계에 유럽 전장에서 육십 퍼센트 이상 활용 가능한 정보를 캐내는 등 혁혁한 공을 세웠다. 조지 맨들러처럼 독일어를 구사하는 난민들이 선봉에 섰다.

1944년 9월, 넉 달간의 훈련을 마치고 조지는 병장 계급의 심문관 및 서류조사관이 되었다. 개조된 대형 선박을 타고 대서양 너머 영국에 도착하여 상륙용 주정에 올라 일주일에 걸쳐 해협을 건넌 뒤 센 강에 들어서서 파리 서쪽 변경의 본래 정신병원이었으나 최근까지 게슈타포가 사용한 르베시네 군사정보부 본부에 도착했다.

조지가 맡은 역할에는 제약이 없었다. 군사정보팀원은 소속 조직과 별도로 계급장도 달지 않은 채 각자 지프를 몰고 전장을 자유로이 누볐으므로 일반 사병과 접촉할 때 마치 장교처럼 행동했다.

세 명으로 구성된 조지의 팀은 1945년 새해 첫날, 첫 작전에 돌입했다. 기록적인 혹한 속에서 독일이 벌지Bulge 전투의 두 번째 대공습을 펼친 날이다. 팀은 독일군 포로들이 심문을 받고 있는 독일-스위스 국경 근처의 뮐루즈로 파견됐다.

"우리는 몹시 엄격한 독일군 규율에서 파생된 전술을 주로 사용했다."[55] 조지는 이렇게 썼다. "병사가 이제 미 육군 규율을 적용받게 됐으니 독일군에서 그랬던 대로 장교들(우리)의 명령을 따라야 한다고 지적했다…."

"이 전술은 십중팔구 기막히게 먹혔다. 아닐 경우, 즐겨 사용한 술책은 우리 중의 하나가 붉은 군대 휘장을 차고 소련 연락장교가 되어 우리가 원하는 정보를 얻지 못한다면 러시아에 인계된다고 위협하는 거였다."

"무력행사를 위협하거나 활용한 일은 거의 없었다." 조지는 강조했다.

"생포 장교들의 경우는 완전히 다른 전술이었다. 그들을 동료 장교로 예우하며 담배와 커피를(간혹 필요에 따라 브랜디도 약간씩) 준 다음 마주 앉아 그들 부대가 최근 참여한 작전에 대한 논의를 시작했다."

조지는 팀이 적군의 기갑 편대 관련 정보를 몹시 필요로 하던 시기에 심문했던 독일군 전차대대 대위의 사례를 회상했다. 대위는 부상이 심했으나 맨들러는 수술 전에 간단히 이야기를 나눠도 된다는 허락을 받고 그에게 제안했다. "우리가 알고 싶은 걸 말해주면 수술을 받게 되고, 아니면 수술은 취소된다."

엄포는 실패로 돌아갔다. 입을 열기를 거부했지만 대위는 바로 수술실로 옮겨져 목숨을 건진 것이다.

정말로 위험했던 순간이라면 독일군이 쏜 로켓이 근거리에 떨어져 불과 수 분 전 이야기를 나눴던 미군 통신대원 두 명이 사망했을 때였다.[56] 전선에서의 '속성' 심문 때문에 질책을 받은 일도 두어 차례 있었다.

전쟁이 끝났을 때 조지는 CIC(대적정보단) 221대대 소속이었는데 이곳은 두뇌집단 비슷한 곳이었던 듯하다. 부대장 돈 '닥' 센터는 사회인류학 박사과정 수료를 앞둔 시점에 입대했다. 조지는 그를 가리켜 "매력적이고 똑똑하고 붙임성이 있으며 팀원들의 복지에 항상 관심이 많았다"고 말했다.

부대의 또 다른 장교 프랭크 마누엘은 조지가 승인 없이 떠난 뮌헨 여행 중에 일으킨 지프차 사고로 군사재판을 받을 뻔했을 때 도와준 바 있는데, 그는 뉴욕 대학의 역사학자가 되어 아이작 뉴턴 전기 작가 겸 유토피아 사상사 전문가

로 명성을 날렸다.[57]

조지는 이 팀을 "내가 군에서 만난 가장 유능한 집단"이라고 불렀다. 그의 동료 사병 및 하사관들 중에는 볼티모어의 변호사가 된 루시우스 '스미티' 스미스, 뉴욕 출신의 변호사로 "자신의 다소 좌파적인 견해가 공산주의와 혼동되어선 안 된다"는 게 주된 염려였던 것으로 보이는 제라드 '브레인스' 채리그, 그리고 외무부 관료가 된 로버트 맥스웰과 앤디 올슨이 있었다. 조지는 스무 살로 가장 어렸다.

리치 보이스에 인재가 많았다는 데는 이견이 없다. 조지의 부대에서 멀지 않았던 하노버의 상주팀은 또 하나의 출중한 유대인 난민이 통솔하고 있었다. 바로 게슈타포 장교들과 방해 공작원 추적 공로로 브론즈 스타를 받은 헨리 키신저 병장이었다.

2009년 쿠엔틴 타란티노가 만든 영화 〈바스터즈: 거친 녀석들〉은 미국의 유대인 병사 한 무리가 독일에 잠입해 이런 저런 나치의 머리 가죽을 벗겨 죽이다 마침내 히틀러와 괴벨스까지 처단하는, 유대인들이 나치의 치명적인 기술을 따라하는 일종의 복수 판타지이다. 나는 그 태평함과 경박하게 날뛰는 폭력을 보는 것이 견디기 힘들었다. 키신저의 부대 못잖게 유능하지만 유랑자답고 소박한 방식을 사용하는 조지의 첩보 팀에 대한 영화를 차라리 보고 싶었다.

"우리에게는 멋진 시간이었다." 조지의 애정 어린 회고다.[58] 돌아다니는 동안 프랑스인 요리사 겸 장교 르네를 독일 포로수용소에서 해방시켜주고 요리 대접을 받기도 했다.

"훌륭한 파리 호텔의 요리사였었건만 돌아갈 곳이 없었기에 미국인들과 시간을 좀 보내고 싶은 것이었다." 조지는 이렇게 썼다.

"우리가 어느 마을에 들어서면, 르네는 곧장 저택과 가사도우미들을 징발한 다음 '장을 보러 나갔다'."

미군 배급식량의 주요 품목인 밀가루와 설탕과 소금을 독일의 신선한 육류며 야채와 맞바꾸기도 했다. 르네는 뛰어난 제빵사이기도 했으며 으리으리한 대저택들로부터 팀이 마실 포도주들을 징발해왔다. 부대는 지프차 뒤에 단 트레일러에 고급 포도주를 가득 채워 독일 땅을 누볐다.

전쟁이 끝난 다음 CIC 221대대는 독일 연합군 정부를 위한 수사 조직으로 전용되어 가명 하에 은신한 전범 용의자들을 쫓기도 했다.

팀은 독일의 훌륭한 연구기관으로 막스 플랑크 연구소의 전신 격인 할레의 카이저 빌헬름 연구소를 대피시키는 임무 또한 맡았다. 할레는 라이프치히 바로 외곽에 위치했고 소련 영토로 넘겨질 예정이었기에 붉은 군대가 들어오기 전에 과학자들을 서독으로 내보내라는 명령이었다. 조지와 그의

11장 조지와 빈으로의 귀환

팀은 서쪽으로 가는 가축용 화물열차에 그들을 실어야 했는데, 그것은 음산한 만족감을 주는 다소간 얄궂은 임무였다. 독일군 포로들을 민간사회로 돌려보내기 전에 심사하는 것이 업무의 대부분이었다. 모두 다 '프라게보겐'이라는 길고 긴 정치적·개인적 설문에 응답해야 했는데, 이는 전후 독일인들의 삶에 핵심을 차지했다. 계급 관련한 엄격한 지침이 있었으니, 나치 돌격대의 대위 이상, 무장친위대의 상병 이상, 게슈타포 전원, 강제수용소를 운영한 친위대 '죽음의 머리' 부대 전원, 그리고 제국에서 유대인들을 제거할 최종적 해결 시행에 중심적인 역할을 맡은 제국 중앙 보안국 전원은 석방이 불허됐다.

1945년 여름, 조지의 부대는 유럽에서의 남은 시간을 변화시킬 임무를 띠고 길을 나섰다.[59] 전투정찰대와 동반하여 '베어볼프' 보금자리를 제거하라는 명령이 떨어졌다. '베어볼프' 부대는 전쟁의 마지막 몇 달 동안 연합군의 방어선 뒤에서 싸운, 대부분 전직 친위대 요원으로 구성된 특수부대 자원병이었다. 나치는 점령군에 맞서 싸울 후방부대에 대한 구체적인 계획을 세우지 않았다. 총통이 패배에 대해서는 일체 듣기를 거부했기 때문이다. 하지만 그럼에도 '베어볼프' 부대가 숲속에 대기하고 있다는 소문이 미신처럼 퍼져 전쟁이 끝나고도 한참은 지속됐다. 제임스 본드 소설 《문레이커》의 악당

휴고 드랙스가 전직 '베어볼프' 특공대원이기도 하다.

조지는 역시 독일어를 구사하는 난민 출신의 동료 팀원 두 명과 함께 '베어볼프' 부대로 의심되는 자들을 쫓았다. 미 육군 정찰대를 따라 숲지대 언덕으로 들어가 '베어볼프'은 신처라는 오두막에 이를 때까지 길을 벗어나지 않고 걸어갔다. 전투병들이 주위를 휙 둘러본 다음은 삼인조 정보부대가 위장 폭탄이 있지는 않나, 유용한 정보는 혹시 없나 샅샅이 살필 차례였다.

과연 친위대 장교들 몇이 오두막에 숨어 있었던 모양이었다. 서둘러 떠났는지 자물쇠가 잠긴 상자가 하나 남아 있었다. 조심조심 열어보자 친위대 부대 서류뭉치 아래 라이히스마르크가 여러 다발 놓여 있었다. 오늘날 가치로 환산하면 육십만 달러 정도일 십만 마르크였다. 그들은 서로를 바라봤다.

"누구에게든 이 돈을 넘긴다는 생각은 전혀 들지 않았다. 우리는 친위대 난민이었으므로 그 돈은 정당한 배상금이라고 여겼다." 조지는 이렇게 썼다. 그들은 돈을 삼등분해 챙겼다.

제 몫으로 조지는 그림 몇 점과 보석, 그리고 아마티(스트라디바리처럼 르네상스 시대 크레모네의 유명 바이올린 제조 가문 중 하나) 바이올린을 샀다.

바이올린은 몇 년 후 음악인 여자친구에게 주었고, 보석

11장 조지와 빈으로의 귀환

소년 시절의 조지 맨들러. 1934년경.

대부분은 캘리포니아에 살던 시절 도난당했다. 생각할수록 "쉽게 얻은 건 쉽게 잃는다"는 결론이었지만, 그림 몇 점은 끝내 지켜내면서 '비더구트마쿵(배상)'의 거사를 떠올리곤 했다.

전쟁이 끝나기 바로 전, 조지는 안넬리제 구스트케라는 스물한 살의 독일 전쟁미망인과 사랑에 빠졌다. 규정에 어긋나는 일이었지만 어쩔 수 없었다. 두 사람은 뮌헨 아파트에 살림을 차렸고 그는 자동차를 장만하여 군사정보부 번호판을 붙인 뒤 헌병대가 차를 세우면 안넬리제를 심문하러 데려가는 중이라고 대답하고 넘어갈 수 있었다.

그의 책에는 그녀의 사진이 하나 있다. 겨울 코트를 입고 입양한 강아지를 안은 채 눈 덮인 풍경 앞에 서 있는 짙은 색깔 머리의 아름다운 여인이다.

당시 조지에게는 평생 계속될 사이만 같았으나 1946년 그의 미국 송환 후 차차 시들어갔다. 이미 한 차례 뿌리가 뽑혀 어쩌다 대서양을 건너갔다가 돌아온 그에게는 자신을 움직이는 물결을 향한 숙명론적 자세가 박혀 있었다.

"결국 인생의 이야기란 우발적 사태에 대한 이야기다." 조지가 내린 이 결론은 〈가디언〉 안내광고에 실린 아이들 다수에게도 해당되었다. 낯익은 환경에서 떼어져 나온 이후로 아이들은 전쟁 중 삶의 격류 속에서 둥둥 떠내려갔다.

알프레드 루드나이는 1939년 1월 12일 〈맨체스터 가디언〉 2면 광고에 올랐다. "14세 오스트리아 난민 소년에게 임시 가정을 제공해줄 가족을 찾음. 매우 긴급함"이라고 씌어 있었다. 한 영국 가정에서 응답해왔고, 그는 어머니 마르가레테와 결국 다시 만났다. 그녀가 가사노동자 비자를 받아 리버풀에서부터 머시강 너머 월러시에서 가정부 일자리를 잡았고, 알프레드도 그곳 중등학교에 입학할 수 있었다.

학교를 마친 다음 알프레드가 최초로 찾은 유급 일자리는 호텔 문지기였다. "근사한 직업"이었다고 훗날 그는 회고했지만 오래 가지 못했고 그는 방수 비옷을 만드는 업체의 공장으로 옮겼다.

한편 마르가레테 루드나이는 옥스퍼드의 의류업계에 취업한 이후 빈 재봉사 기술을 가지고 왕실 방문 축하연에 참석하는 지역 여인들을 위해 드레스를 만들며 빠르게 자리를 잡았다. 그녀는 아들에게 자신과 함께 살며 군대 재단사 밑에서 일해보라고 설득했고 옥스퍼드에 건너온 그를 고객의 남편인 고대그리스어 교수에게 소개했으며 교수는 또 알프레드에게 훗날 옥스퍼드 대학이 될 세인트 캐서린스 소사이어티에 지원해보라고 권유했다.

전쟁이 끝날 무렵, 알프레드 루드나이는 영국 공군의 랭캐스터 폭격기 중대에 입대하여 처음에는 지상근무단의 엔진 정비공 배치를 받았으나 몇 주 만에 요행과 약간의 임기응변 덕에 랭캐스터 폭격기에 올라 독일 상공을 누비게 됐다.

"랭캐스터 항공기들에 레이더를 설치하기 위해 바닥에 구멍을 뚫어야 했어요." 그의 회고담이다. "그런데 레이더 장비 도착이 지연됐고 구멍을 그냥 놔둘 수는 없어서 하부동체 기관포탑을 하나 더 만들기로 했는데 훈련기간에 기관총 과정을 수료한 바 있어 내가 들어가 하부동체 사수가 되겠노라고 자원했죠."

알프레드가 비행할 무렵, 유럽의 전쟁이 마지막 단계에 들어선 가운데 연합군 폭격기들은 라인강 동부 제국의 마지막 보루에 초점을 맞추고 있었다. 알프레드의 비행 중대는 이제 독일 땅에서 미국이 통제하는 이착륙장을 근거지로 두었다. 하지만 독일 공군은 아직 공중에 비행기를 띄울 수 있었고, 몇 차례의 출격 때마다 알프레드의 폭격기는 독일 전투기의 포화에 휩싸였다.

알프레드는 적의 공격을 막아냈을 뿐만 아니라 비행기를 몰아 폭격에 나가고 이륙 전 빈 깡통에 채운 쓰레기를 독일 표적에 떨어뜨리는 독특하고 대체로 상징적인 응보 행위를 시연하기도 했다.

전쟁이 끝난 뒤 알프레드는 독일에 남아 '도덕적 리더십 센터'를 세워 영국 공군에 복무하는 젊은 남녀들에게 독일인과의 교류 방법을 가르치는 군목을 위해 일했다. 그는 함부르크에서 강의하며 영국 국민으로 귀화도 마쳤다. 하급장교 진급을 제의받았지만 장교들의 물에서 조그만 물고기가 되기보다는 하사관들의 물에서 큰 물고기가 되는 게 낫다며 하사로 남기를 원했다.

같은 시기에 조지 맨들러 역시 알프레드와 마찬가지로 독일에서 하사로 남았다. 장교 임관을 앞두고 있었지만 전쟁이 끝나면서 육군은 '야전 진급'을 중단했다. 상관없다고, 조지는 생각했다. 진급했다면 독일에 더 오래 머물러야 했을 것이고 하사로만도 맘껏 특전을 누릴 수 있었기 때문이다.

11장 조지와 빈으로의 귀환

특히 여행허가증을 얻어 빈에 돌아가 살아남은 친척을 찾아볼 수 있었다.

소련 점령 지역을 통과해야 하는 여정이었지만 미군 당국은 놀랍게도 허가를 내주었다. 단 절대 미적대지 말고 도중에 앓아눕지 말라는 충고와 함께였다.

"당시 소련이 미군 병사를 어떻게 취급할지 아무도 몰랐기에 러시아 점령 구역을 운전해 지나가며 나는 잔뜩 겁에 질렸다." 조지는 말했다. "죽이는 일은 없겠지만 체포하고 차량을 압수할지 모르는 일이었다."

조지는 아무 방해도 받지 않고 빈에 도착했으나 이제야 조용해진 전장을 가로질러 집을 향해 터벅터벅 걸어가는 인파 옆으로 지붕 열린 지프차를 몰고 가는 추운 여행이었다.

빈으로 말하자면 폭격으로 인한 구멍이 곳곳에 숭숭 뚫려 있었다. 다리들이 무너졌으며 가스와 수도관들도 다수 절단되어 있었다. 빈 주택의 이십 퍼센트 이상이 훼손 또는 파괴되었다. 아파트 87,000채는 거주 부적합 상태였다.

이 혼돈 속에서도 조지는 몇 안 되나마 살아남은 친척을 찾아낼 수 있었다. 삼촌과 숙모, 그리고 사촌 수지였다. 재회는 기뻤지만 동시에 어린 시절 명절을 함께 보내던 여자 사촌 일곱 명과 그들의 부모를 비롯하여 그렇게 많은 친척이 살해되었다는 사실을 조지는 깨달았다.

"친척들과 여러 친구 및 지인들이 수용소에서 희생되었음을 알게 된, 종전 직후의 그 충격은 내게 영원히 깊은 영향을 미쳤다."[60] 조지는 이렇게 썼다. "나는 죽음과의 대면을 참지 않는다. 상담 치료도 소용없다. 나는 죽음을 상대할 수 없으며, 상대하지 않을 것이다."

자신에 대해 좀 더 설명이 될까 하여 조지는 어울리게도 죽음의 수용소에서 살아남은 두 영국 요원에 대한 우스갯소리를 곁들였다. 전쟁이 끝나고 영국의 민간인 생활로 돌아온 그들은 장의행렬과 마주쳤다. 둘 다 걷잡을 수 없이 웃어댔고 주변 사람들은 기겁했다. "고작 시체 하나를 두고 저 온갖 난리법석"을 떠는 게 믿어지지 않아서였다.

"나는 장례식을 피하고 사람들의 죽음에 관해 이야기하거나 그에 반응하기를 피한다. 나의 친구와 친척들을 불편하게 심하면 불쾌하게 만들기는 하지만, 이 전략으로 나는 보호받는다. 당혹감을 많이 느끼지만 그건 상처를 보호해주는 딱지와 같다." 조지는 이렇게 썼다. "항상 홀로코스트를 지고 다니는 나로서는 그것을 기억하라고 주어지는 도움이 싫다. 따라서 나는 홀로코스트 관련한 책과 영화를 읽고 보지 않는다. 나는 이미 알고, 그것만으로 충분하다."

말치도 비슷한 방식으로 자신을 보호하려 했다는 생각이 든다. 그녀는 "심각한 혈관 및 신경 질환" 진단을 받았는데,

11장 조지와 빈으로의 귀환

아마도 프랑스에서 숨어 지낸 생활에 따른 스트레스 탓일 것이다. 세월이 흐른 뒤 슈루즈버리의 레오와 발리를 방문했을 때 그녀는 당장 죽을 거라는 확신과 함께 찾아드는 공황발작에 시달리곤 했다. 그래서 우리는 그녀가 찾아올 때마다 장난감 권총을 감춰야 했다. 하지만 1945년 프랑스에서 빈으로 돌아와 한때 아이들과 놀았던 곳에서 1938년 히틀러에게 환호하던 이웃들을 다시 마주해야 했을 때, 무너진 삶을 붙들고 살아보려는 그녀에게는 아무런 보호 장치가 없었다.

그녀는 프라터 놀이공원 가까이에 방 두 개짜리 아파트를 얻었다. 영화 〈제3의 사나이〉에서 오슨 웰스가 연기하는 악당이 거대한 대관람차 정점에 앉아 아래를 내려다보며 동료 인간의 하찮음에 대해 사색하는 중요한 장면의 배경이 되는 곳이다.

아리안화 프로그램 하에 몰수된 말치의 옛 아파트와 가구는 돌려받지 못했다. 빈의 남서쪽 칼텐로이트게벤에 있던 조그만 여름휴가용 오두막도 나치에 의해 파괴되었다.

레지스탕스 기록저장소에서 찾은 말치의 문서들 가운데 편지 대부분은 전쟁이 끝난 그해 정치적·인종적 박해의 희생자들을 위한 각종 협회에 그녀가 삶을 재건할 수 있도록 어떤 형태로든 배상을 요청하려고 보낸 것들이었다.

전후 빈에서 그녀는 모티가 전쟁에서 치른 희생에 대한

공식적 인정을 존중과 수입 양면에서 확보하고자 고투했다. 쥐꼬리만 한 생존자 연금 수령 자격을 얻기 위해서였다. 그녀는 파울 케슬러를 비롯한 참전 용사들에게 레지스탕스에서 모데르차즈가 수행한 역할과 게슈타포에게 당한 고문, 그리고 그에 뒤따른 죽음에 대한 서명진술서를 써 달라고 요청했다.

"그녀는 의붓아들 모데르차즈 마틴 소거를 한 살 때부터 친아들처럼 보살피며 길렀습니다." 서명진술서 중 하나다. 빈의 공산당 지도부의 서명진술서에는 모르데차즈가 "자유롭고 민주적인 오스트리아를 위해 당의 체제 하에서 싸웠습니다"라고 씌어 있었다.

말치는 공산주의 계열의 프랑스 레지스탕스 단체인 연합애국청년단으로부터 프랑스어로 된 진술서도 확보했다. "마틴 소거-시클러(가명 앙드레 방드루)는… 프랑스 레지스탕스의 특명을 받고 오스트리아로 파견된 뒤 게슈타포에 체포되어 고문을 받고 1944년 10월 빈에서 숨졌습니다."

말치는 모르데차즈의 시신을 파내 레지스탕스 기념관에 다시 매장해달라는 청원도 올렸으나 받아들여지지 않았다. 그는 아직도 중앙공동묘지의 네 번째 구역에 묻혀 있는데, 그곳은 1930년대 이후 사망한 유대인들을 위해 마련된 곳이다.

프라터 공원 근처 말치의 아파트는 사람이 겨우 살 수 있을 환경이었으며 좀 더 나은 곳에서 살게 해달라는 청원도 묵살되었다. 1947년 6월 제출한 신청서에는 손으로 쓴 단도 직입적 메모가 적혀 있다. "여전히 응답 없음."

나치즘의 군사적 패퇴에도 불구하고 빈의 권력층이 별다른 변화 없이 유지되었다는 것은 끔찍한 진실이다. 종전 후 폐허를 딛고 일어난 공화국은 오스트리아가 나치 팽창주의의 최우선 피해자라고, 따라서 속죄할 과오가 없다고 선언했다. '베르마흐트(2차 대전 당시의 독일군)' 편에서 싸운 오스트리아인의 수는 돌아온 유대인 및 레지스탕스 투사보다 압도적으로 많았다.

원해서건 아니건 제대 군인은 동등한 피해자로 여겨졌으며, 주된 희생자가 아니라 하더라도 참전용사 단체들은 공격적으로 자신들의 복리를 촉진하고 나섰다. 이렇게 복지혜택을 놓고 벌이는 다툼 속에서 '베르마흐트' 참전 군인과 전직 나치의 경계도 희미해져 버렸다.

그들의 이야기는 "홀로코스트 희생자 및 생존자들에 대한 기억을 거의 억누르다시피 한 추모의 층을 형성했다"고 빈대학 역사학 교수 올리버 라트콜브는 당시에 대한 저서《역설적인 공화국》에 썼다.[61]

사회민주당의 노장으로 최초의 전후 수상이 된 카를 레너는 '유대인 집단'의 유입을 초래할 위험이 있다며 나치 몰수

재산의 신속한 배상을 반대했다. 오스트리아도 나치의 피해자이므로 배상을 원한다면 빈이 아니라 독일에 청구해야 한다는 입장이었다.

유대인 생존자의 귀환을 방해하는 정책은 점령 강대국들의 전폭적인 지지를 받았다. 1943년 소련·미국·영국은 모스크바 선언을 통해 전쟁이 끝난 후 오스트리아를 독립국으로 복구시키겠다는 의지를 천명하며 "히틀러의 침략에 희생된 최초의 자유국가"로 인정하여 '최초 희생자'라는 관념에 주춧돌을 깔았다.

오스트리아의 사실 부정이 어느 정도였는지는 1964년 할리우드가 잘츠부르크에 와 〈사운드 오브 뮤직〉을 촬영할 때 어처구니없게도 잘츠부르크는 나치 지배에 들어간 일이 없으므로 나치 문양이 보였을 리도 없다는 주장으로 건물들에 나치 깃발을 달거나 독일 군복을 입은 연기자들이 광장을 활보하는 것을 시 당국이 불허한 데서도 볼 수 있다. 제작팀이 잘츠부르크 군중이 독일군을 열렬히 환영하는 다큐멘터리 장면을 쓰겠다고 위협하고 나서자 시 당국은 슬그머니 물러났다.

돌아보면 이 영화는 오스트리아가 속속들이 반 나치라는 인상을 줌으로써 오스트리아에게 엄청난 홍보 효과를 가져다줬다. 상업적으로도 크게 성공했다. 그러나 아버지도 그렇고 오스트리아 유대인 친척 중에도 그 영화를 좋아한다는 사람은 본 일이 없다.

전후 권력은 무엇보다 안정을 원했고, 그러기 위해서는 희생자들을 위한 응보보다는 '적'과 '흑', 즉 1934년의 내전에서 맞서 싸운 좌파와 우파의 화해가 필요하다고 판단했다.

전쟁이 끝나고 말치의 레지스탕스 동료 중 또 하나의 생존자였던 돌리 슈타인들링은 체제 몰락 후 아내와 함께 도주한 나치 고관이 남기고 간 빈 19구의 아파트를 할당받았다. "1948년 이후 정치 상황이 충분히 안전하다고 보고 오스트리아 서부에서 돌아왔다"고 슈타인들링은 회고했다. 나치는 아파트를 되찾으려고 고소했고 재판에서 승소했다. 슈타인들링은 임신한 아내와 어린 딸과 함께 퇴거당했다. "더 무슨 말이 필요하겠소?" 그가 씁쓸하게 말했다.

1949년이 되어서는 그 어떤 비非 나치화 노력 비슷한 것도 폐기되었고 나치 당원들이 힘 있는 자리로 돌아왔다. 나치 전범들은 1960년대 오스트리아 배심원들에 의해 차례로 무죄판결을 받았고, 유대인 핏줄의 사회민주당 수상 브루노 크라이스키는 극우파의 회유를 매우 중시한 나머지 전직 친위대 사령관 한스 윌링거를 비롯한 나치 네 명을 장관에 임명했다. 압력이 거세지자 윌링거는 해임했으나 나머지 셋은 옹호했다.

생존자 대부분이 그랬듯 레오도 돌아가기를 거부했으나 에르나, 즉 우리의 할머니 오미는 끝내 타국에서 정착하지 못했다. 영국에서는 가정부지만 빈에서는 다시 상점 주인이 된다는 생각으로 빈 법원에 배상신청을 올리고 가족의 탈출 직전 납부한 터무니없는 액수의 세금을 환급받는 것과 같은 여타 보상을 포기한다는 조건으로 거래를 성사시켜 라디오 보거를 되찾았다. 아내가 속았다고 생각한 레오는 세금 환급을 촉구하는 편지를 계속 써 보냈으나 관계 서류가 소실됐다는 빈 당국의 선언에 포기하고 말았다. 오미의 귀환과 재정문제 관련 의견 차이로 두 사람은 결국 이혼했다.

1957년 맨체스터에서 결혼한 뒤 내 부모님은 오스트리아로 신혼여행을 떠나 산행을 즐긴 뒤 오미가 숙소와 오페라 입장권을 예약해놓은 빈으로 건너갔다. 그러나 결국 레오와 말치가 모든 비용을 지불했는데, 오미가 파산했기 때문이었다. 가게를 되살리려는 노력은 실패했고, 오미는 가난한 관리자 신세가 되었다. 신부를 데리고 라디오 보거에 찾아간 아들은 청구서와 영수증들이 뒤죽박죽 널린 사무실 꼴을 보고 기겁을 했다.

그는 어머니에게 몹시 화가 났으며 그 분노가 여행 전체를 지배했다. 어쨌든 신혼여행 장소로 특이한 선택이었다. 그곳에서 탈출하기 전 마지막 때 그는 길거리에서 나치 돌격대에게 쫓겼고, 그것은 평생 트라우마가 되었다. 삶의 반려자와 함께 돌아가서 그 기억을 몰아낼 심산도 아니었을 것이다. 윈은 남편이 어린 시절 경험에 관해 이야기하는 것을 들은 적이 없었다. 다만 답답한 어머니에 대한 분노를 토로할 뿐이었다. 로버트는 오미에게 신부를 소개하러 굳이 빈으로 둘러갔을 테지만, 결코 즐거운 여행이 못됐던 게 확실하다.

오미의 빈 귀환 시도를 실패로 확정 짓는 최후의 결정타가 터졌다. 바덴의 카지노에서 큰돈을 딸 비결이 있다고 쉰여덟 살 이혼녀를 꼬드긴 남자를 만난 것이었다. 물론 놀랄일도 아니지만 그런 횡재는 일어나지 않았다. 지금이나 그때나 카지노 하우스가 이기는 법인데, 가게까지 담보 잡혀이 남자의 계획에 동참했던 오미는 재앙을 맞닥뜨리고 말았다. 1960년 1월, 말치는 오미가 채권자들을 피해 도주할 수있도록 돈을 빌려주었다.

오미는 내 여동생이 태어난 날 현금 십오 파운드를 들고스탬퍼드 브룩의 병원에 나타났다. 우리 집에는 여분의 방이 없었다. 내 외할머니 애니가 이미 우리와 함께 살고 있었기 때문이다. 그렇다고 슈루즈버리의 전남편에게 돌아갈 수도 없었으므로 오미는 스위스 코티지 지역의 시영 아파트단지에 있는 작은 아파트로 들어가 십이 년 후 뇌졸중으로 쓰러질 때까지 줄곧 그곳에서 살았다.

내가 처음으로 오스트리아에 간 것은 1976년 가족여행 때였다. 내 아버지에게는 1957년 신혼여행 이후 두 번째로 나선 방문이었다. 우리는 여객선에 차를 실었고 독일에서 하룻밤을 야영한 뒤 빈까지 운전하여 갔다. 란트슈트라세 주변을 걸으며 이미 문방구로 변신한 라디오 보거 진열장을 들여다보고 가족이 살던 아파트를 올려다보던 기억이 난다. 어린 보비가 뛰놀던 공원에는 전쟁 중에 민간인들의 방공호 및 대공포용으로 지어진 10층 아파트 건물 크기의 거대한 콘크리트 타워 두 개가 있었다. 대공포 타워 벽의 두께가 3.5 미터나 돼 종전 후에도 부술 수가 없어서 공원 면적의 절반을 차지한 채 낙서를 위한 화면 외에는 아무짝에도 쓸모없이 음울하게 동네를 내려다보는 버려진 참전용사처럼 그대로 남아 있었던 것이다.

여행의 나머지는 관광이었다. 더운 여름날 쇤브룬 궁전 정원을 산책하고, 웅장한 미술관을 관람하고, 군사역사 박물관 앞에 서 있는 옛 '베르마흐트' 탱크에 앉아보기도 했다.

예전에 들르던 곳들에 네 명의 자녀를 거느리고 돌아간 것에 우리의 아버지가 어떤 감정적 반응이랄까, 살아남은 데 그치지 않고 가족까지 이루었다는 사실에 뿌듯한 긍지를 느꼈다 하더라도, 그는 그것을 우리에게 드러내지 않았다.

약간 우울한 감이 깔려 있었던 것으로 기억하는데, 산 동네에 사는 친한 가족의 집을 찾아가 일주일을 보낼 때 상당히 밝아지기는 했다. 우리 아버지는 결코 빈으로 돌아가지 않았다.

〈가디언〉 광고의 다른 아이들도 비슷한 알레르기 반응을 보였다. 1938년 11월 "가정교육을 잘 받은" 그리고 "운동실력이 좋은" 아이로 광고된 에른스트 샨처는 영국에 도착하여 뉴캐슬 상업학교에 입학했다가 맨 섬 억류를 거쳐 캐나다로 후송되었다.

영국 비자를 받지 못한 부모와 남자형제 피터는 멀리 라트비아로 피신했으나 침략 소련군에 체포되어 1941년 적국인으로 시베리아로 추방되었다. 부모는 둘 다 굴라그에서 숨을 거뒀고 피터는 굶주림과 혹한에 시달리며 육 년을 버티다가 종전 후 빈까지 돌아왔다. 그러나 캐나다 대사관은 그가 강제수용소에서 공산주의에 관대한 태도를 보였다는 증거 없는 의심을 해서 비자 발급을 거부했다. 결국 피터는 호주로 이주했고, 형제 상봉까지는 수십 년이 걸렸다.

저명한 셰익스피어 학자 어네스트 샨처가 된 에른스트는 서독으로 건너가 뮌헨에서 문학교수로 일했다. 평생 미혼으로 지냈으나 그가 발코니에 가꾸던 클레머티스에 감탄한 여자친구들 포함 친구들이 있었다. 휴가철이면 가까운 친구들이나 대학 동료들과 여행을 곧잘 갔지만 빈 근처라면 절대 사양이었다.

지크프리트 노이만은 드물게 종전 후 빈에 돌아가 공부하며 살았으나 부모는 물론 낡은 업라이트 피아노로 바이올린의 반주를 해주던 사랑하는 조모의 유령과 한집에서 산다는 것은 못 견디게 힘든 일이었다. "빈의 유대인 시민 수천 명 가운데 수백 명만이 거기 살고 있었다." 1946년 고향으로 오빠를 찾아간 파울라의 회고다. "마치 묘지로 돌아간 느낌이었다."

프레드 슈바르츠는 성인이 되어 독일과 오스트리아로 돌아가는 것이 전혀 어렵지 않았다고 밝혔다. 딸 마델론에 따르면 억울해하지도 않았다고 했다. 행복하게 살아남아 예전에 자신을 죽이려 했던 제국의 잔해들을 구경 다니는 것이 그의 복수였다. 히틀러와 그 모든 '개자식들'이 역사의 시궁창에 처박혀 있는 동안, 그는 휴가철마다 그곳에 돌아왔다.

오히려 부모보다 더 분하게 생각했던 마델론은 그 끝 모를 유쾌함이 당혹스럽기도 하고 답답하기도 했다. 네덜란드 잡지에서 읽은 대로 트라우마의 증상이 피해자의 자녀에게 나타난다는 2세 증후군이 아닐까 생각도 해봤지만, 그녀의 부모는 회의적이었다. "우리에게 아무렇지 않은 것이 어떻게 너를 괴롭힌단 말이냐."

그들은 가족여행으로 빈에는 딱 한 번 가본 게 전부였지만 안슐루스 이전에 야영지 정찰을 위해 프레드가 들렀던 카린티아의 작은 호수에는 여섯 번이나 갔다. 여행길에서 프레드는 마델론과 장남 롤프에게 그들의 어머니와 삼촌 프리츠가 함께 겪은 끔찍한 경험을 들려주었다. 단호하지만 가벼운 어조와 쾌적한 산속 풍경은 이야기의 어두운 주제와 극적인 부조화를 이루었는데, 아마 그래서 마델론과 롤프가 이야기 자체는 거의 잊어버리고 여행길에서 먹은 음식만 낱낱이 기억했던 건지도 모른다.

프리츠와 프레드가 과거를 받아들인 방식은 매우 달랐다. 프리츠는 될 수 있으면 독일이나 오스트리아에 발을 들여놓지 않았고 입에 담지도 않았다. 프레드가 회고록《폐철로의 기차들》을 썼을 때에야 프리츠의 자녀들은 처음으로 그 시절의 이야기를 제대로 접하게 되었다.

프레드와 캐리는 그들이 처음 만난 웨스터보르크에 친구들을 데리고 간 적이 있고, 1993년에는 회고록 관련 취재차 마델론과 파트너 아드리엔과 함께 전쟁 중에 거쳐 간 모든 장소를 둘러보는 긴 여행을 떠나기도 했다.

테레지엔슈타트, 즉 체코 공화국의 테레진도 찾아갔는데 대체로 변한 데가 없었다. 독일어 표지판들이 덧칠되지 않은 채 그대로였고, 프레드가 폴란드 행 기차에 올라가는 모습을 내려다보던 캐리의 다락방도 남아 있어 딸에게 보여줄 수 있었다. 기차가 거쳐 간 궤적을 더듬어 아우슈비츠-비르케나우에도 갔다. 가스실이 있는 왼쪽이 아니라 그가 보내졌던 오른쪽, 샤워실과 젖은 몸을 바람에 말려야 했던 잔디밭, 그리고 구멍이 뚫린 콘크리트 덩어리 변기를 보여주며 뒤를 닦을 것이 잔디 풀이고 뭐고 아무것도 없었다는 사실도 프레드는 들려주었다. 네덜란드에 돌아온 후로는 화장지며 비누, 샴푸 등이 항상 충분히 남아 있도록 신경을 썼다. "웬만한 호텔에서 사용될 총량"이었다고 마델론은 말했다.

조지 맨들러에 따르면 독일이 나치의 과거를 정면으로 마주하기 시작한 것은 최소 한 세대가 지나간 1970년대였다. 그러나 오스트리아에서는 그보다도 오래 걸렸다. "제2차 세계대전 동맹국들은 오스트리아는 독일 침략의 '희생자'였다는 이른바 오스트리아 해방이라는 신화의 보호막을 제공해 줬다"고 그는 말했다.[62] 이는 오스트리아에 알리바이가 되어주었고 속죄를 향한 내부 압박을 완화시켰다. "그들은 오스트리아를 점령되고 정복된 나라로 간주하고 대우했으나, 그것은 사실과는 달랐다. 오스트리아인들은 그에 따라 뻔뻔하게도 자신들을 히틀러 정권의 동참자라기보다는 피해자로 생각하는 특권을 누렸다."

오스트리아에서의 나치 재활은 1986년 6월 쿠르트 발트하임이 대통령에 선출되면서 절정에 이르렀다. 그가 전쟁 중의 기록에 대해 거짓말을 했고 1942년부터 1944년까지 대량학살이 일어난 곳과 몹시 가까운 유고슬라비아와 그리스에서 특수 임무 장교로 일했기에 당연히 그 사실을 알고 있었다는 증거가 발표되었지만 말이다.

국제사회의 혐오, 발트하임에 대한 외교적 거부 운동이 일어난 후에야 오스트리아는 나치즘을 모른 체해온 관행을 조금이나마 들여다보기 시작했다. 하지만 처음으로 연립정부에 참여하는 부활한 오스트리아 자유당의 극우파 대표 요르그 하이더의 부상을 막아내지는 못했다.

태어난 도시를 방문하며 조지 맨들러는 본능적 반응을 느꼈다. "오늘 거리의 사람들을 바라보노라면 모두 다 나를 자신들의 나라에서 내쫓았던(그리하여 나에게 더 몹쓸 짓을 행하지는 못했던) 그 빈 사람들과 다를 바 없는 모습이다." 그는 말했다. "오직 오스트리아에서 오스트리아인들로부터 나는 반유대적 발언을 들었다."

1970년대에 빈을 방문했을 때, 조지는 1930년대 학교 아이들 중 나치당 주요 선동자로 날뛰던 아이를 찾아냈다. 이름이 요제프인 그는 종전 후 수십 년간 출세가도를 달려 빈 대학 의학부의 유명 교수가 되어 있었다.

조지의 느닷없는 연락을 받은 요제프는 즉각 이름을 알아듣고 쾌활한 목소리로 커피 한잔 하자고 했다. 조지는 요제프의 집에 도착해 환영을 받고 들어갔다. 두 옛 급우는 마주앉아 전쟁 중에 학생들과 교수들에게 일어난 일들에 대해 한담을 나누었다. 조지는 맞은편에 앉은 남자가 자신의 과거 문제를 거론하고 어쩌면 젊은 시절의 실수에 대한 회한의 말 한마디라도 입에 담기를 기다렸다. 하지만 자기반성의 조짐은 전혀 없었다.

조지는 요제프가 어색해할 줄 알았다. 그런데 불편한 건 오히려 조지였다. 요제프에게 과거에 대한 질문을 던질 수도 있었겠지만 그럴 수는 없었다. 맞은편의 남자가 먼저 말을 꺼내지 않는데, 무슨 소용이 있겠는가. 조지는 자리에서 일어났고, 과거는 인정도 언급도 되지 않은 채 남겨졌다.

말치도 거리로 나가볼 때마다 비슷하게 갑갑한 부담감을 느꼈다. 나는 1992년 쿠르트 발트하임이 대통령직을 떠날 무렵 그녀를 찾아갔던 게 기억난다. 동네 중국음식점으로 슬슬 걸어가고 있는데 말치가 한쪽 가슴을 붙들고 숨을 돌렸다. 그녀는 행인들, 이웃들을 심술궂은 눈으로 바라보았다.

"일 느 샹제롱 자메(저들은 절대 변하지 않아)." 씩씩대며 그녀가 말했다. "일 송 투주르 리 멤(저들은 아직도 그대로야)." 그들은 그녀와 그녀가 사랑했던 모든 이들이 그냥 사라져줘서

11장 조지와 빈으로의 귀환

좋아했던 바로 그 사람들이었다.

그럼에도 그녀는 그들 속에서 살기로 했다. 1945년 이후 산다기보다 아무 재미라곤 없이 그저 존재하기로 결정했기 때문에 더이상 개의치 않게 된 것은 아니었을까 싶다. 나는 내가 태어나기도 전에 모든 감정이 마비돼버린 어느 여인의 껍데기만 알았다는 생각이 든다.

말치는 1994년 2월 세상을 떠났다. 그녀의 사망에 대해 내가 찾을 수 있었던 유일한 기록은 오스트리아 공산주의자 홀로코스트 생존자들의 소식지로, 마침 그녀의 생일에 연례 기념호를 발간한 〈데어 노이에 만루프(새로운 조언)〉의 1994년 판이었다.

"파보리텐 구역 조직은 94세로 운명한 말비네 시클러 동지의 죽음을 애도합니다. 고인은 1944년 10월 17일 게슈타포의 손에 숨진 인종적·정치적 박해의 희생자 마틴 소거의 살아남은 가족이었습니다." 짤막한 부고기사는 이렇게 씌어 있었다.

말치의 죽음으로 살아 있는 혈연 고리가 사라진 후에도 나는 계속해서 빈에 돌아갔다. 1994년 말, 〈가디언〉 보스니아 특파원으로 임명된 나는 바르샤바의 짐을 모두 싸 남쪽으로 가던 길에 빈에서 쉬어갔다. 그 후로 그곳은 잠깐 쉬어가는 곳, 비행기를 갈아타는 곳, 물자를 충전하는 곳으로 사용되었다. 유럽 한복판에서 벌어지는 또 하나의 집단학살은 도대체 문명의 온갖 장치에도 불구하고 어떻게 그토록 많은 사람들이 학살당할 수 있었는지에 대한 답을 주었다.

그것은 그런 질문들을 쓸모없는 것으로 만들었다. 깃발들과 지도들, 신화와 공포가 뒤섞인 마약의 칵테일이 다시금 휘저어지고 있다.

업무상의 이유로 2015년 다시 빈으로 가게 됐다. 이란의 핵 프로그램에 관한 국제협상을 취재하기 위해서였는데 덕분에 거리를 돌아다닐 시간이 많이 났다. 빈에 돌아갈 때마다 란트슈트라세 하우프트슈트라세 103번지에 반드시 들른다. 라디오 보거가 있었던 그곳은 갈 때마다 더 악화된 것 같았다.

가족이 함께 처음 갔을 때 그곳은 문방구였고, 기자가 되어 말치를 보러 갔을 때는 여성복 할인점이었던 것이, 이 책을 쓰기 위해 취재차 갔을 때는 버려져 합판들을 덧댄 채 광대극 포스터들이 덕지덕지 붙어 있었으며 '예수가 유일한 구원자다'라고 주장하는 그럴싸한 낙서도 보였다.

아리안화 이후로 이 터는 저주받은 듯했고, 그게 왠지 고소하기까지 했다.

가장 최근인 2022년 찾아갔을 때 나는 이 도시가 더욱 편안했고 소속감 비슷한 감정을 느꼈다. 우리 가족의 기원을 더 많이 찾아냈기 때문이기도 했고, 오스트리아 여권을 소지하고 있었기 때문이기도 했다. 2019년 9월, 오스트리아 의회는 나치 박해 희생자들의 후손에게 시민권 신청을 허용하는 법을 통과시켰다. 나는 2021년 초에 신청했는데 7월 13일 영사관의 유난히 친절한 여자 직원에게서 내가 시민이 되었다는 이메일을 받았다.

"대사관 직원 전체를 대신하여 축하드리고 오스트리아 가족이 되신 것을 환영합니다!" 그녀의 말이었다.

내 아버지와 할아버지로부터 정체성의 중요한 부분을 박탈해갔던 국가가 오스트리아인이자 유럽시민이라는 그 정체성을 나에게 돌려준 것이다. 양면적인 민족주의와 외국인 혐오증에 굴복해버린, 나의 아버지의 안식처였던, 영국에 의해 빼앗겨버린 그것을 말이다.

영국이 자기기만에 빠져 허우적대는 동안 오스트리아는 유대인들의 운명에 대한, 내게 중요한 진실을 비로소 정면으로 마주보는 중이었다. 안슐루스가 오스트리아의 순교행위였다는 견해는 이 나라가 히틀러의 첫 번째 피해자였다는 믿음과 함께 쇠퇴하고 있었다. 빈 유대인들의 과거는 더이상 감추어져 있지 않았다. 2021년, 대학 근처의 공원에 새로운 기념관이 설치되었다. 살해된 오스트리아 유대인 64,450명의 이름이 새겨진 타원형 대리석 벽이었다.

"우리는 범죄 가해자로서의 우리 역할과 그에 따른 역사적 책임을 너무 오래 외면해왔습니다." 개관식에서 오스트리아 수상 알렉산더 샬렌베르크가 한 말이다.

나는 '이름들의 벽' 주변을 거닐며 우리 가족과 〈가디언〉 광고들에 실린 다른 아이들의 이름을 찾아 손으로 어루만지며 어느 여름 오후를 보냈다. 도시 곳곳의 포장도로에 본래 유대인들의 집이었던 주소가 표시된 황동 자갈들이 박혀 있었다. '발부리에 걸리는 돌들'이라는 의미의 이 '슈토펠슈타이네'는 독일 미술가 군터 뎀니히의 발상으로, 그토록 잔혹한 일들이 발생한 땅바닥을 아무렇지도 않게, 불편한 역사적 진실에 발이 걸리지도 않은 채 걸어 다녀서는 안 될 일이라는 취지가 담겨 있다.

조지 맨들러는 1998년 초 오스트리아 정부가 그에게 현지에 살지 않더라도 시민권을 되찾을 수 있도록 허용한 사실을 알게 되면서 출생국과의 관계가 개선되었다. 그러나 신청서의 질문 하나에 질겁하지 않을 수 없었다. 1938년 실제로 오스트리아를 떠났다는 증거는 무엇인가? 그의 대답은 단순하고 직관적이었다. '내가 여기 살아 있다는 것!'

12장

리스베트와 살고자 하는 의지

2015년 7월, 나는 어머니와 막내 동생 바어이스랑 기차를 타고 낸시 빙글리의 장례식이 열린 케어나폰으로 갔다.[63] 서리에서 101세의 나이로 세상을 떠난 것이 구 년 전이었지만 남편 레주 옆에 묻히게 되기까지 그렇게 오래 걸린 것이다. 그는 메나이 해협의 언덕 진 묘지에서 홀로 육십삼 년을 기다렸다. 그 여름날은 거칠고 긴 교회 묘지 잔디가 꺾일 만큼 강한 바람이 아일랜드해에서 불어왔다.

수십 명의 조문객이 왔는데 주로 여든 줄에 들어선 공립학교 제자들이었다. 수양딸 크리스틴 로버트슨도 뉴질랜드에서 날아왔다.

관이 땅속에 들어가고 묏자리 일꾼들의 뒷정리만 남게 되자 우리는 교회가 선 언덕으로 올라가며 남달랐던 빙글리 부부와 그들의 활짝 열린, 친절하고 수다스럽던 집을 함께 회상했다.

크리스틴에게 어머니를 정의해보라고 했더니 그녀는 한참 생각한 다음 이렇게 썼다. "진정 놀라운 성품을 갖고 계셨습니다. 친절하고 온유하면서도 강직했고 유머감각이 뛰어났으며 타인을 배려했고 신의가 깊고 과묵하지만 수줍은 것은 아니었죠. 불가지론자였고 사회주의자였고 교사였으며 다른 무엇보다도 박애주의자이셨어요."

빙글리 부부는 보비 보거를 거두어주었을 뿐 아니라 기차를 타고 런던으로 가 비자 발급을 위한 서류처리가 제때 될 수 있도록 내무성 층계에서 밤을 새운 사람들이다.

그들은, 그리고 나치 피난민들을 환영하고 쉼터를 제공해준 모든 이들은, 브리튼 전투의 스피트파이어 조종사들에 못지않은 '황금시대'의 증거라고 나는 생각한다. 둘 중 하나가 없다면 다른 하나가 무슨 소용이겠는가.

그녀의 사후 한참 만에야 나는 아버지의 자살이 얼마나 큰 충격을 던져주었는지 알게 되었다. 최대한 많은 사람들을 구하고 그들의 삶이 살 만한 것이 되게 하는 데 일생을 바친 그녀였다. 레주와 함께 그녀는 우선 뛰어들었다. 경제적 여력은 나중 문제였다. 그러나 로버트의 인생만큼은 결국 구원이 불가능했다.

〈맨체스터 가디언〉 광고의 다른 아이들 중에 자살한 사례는 찾을 수 없었다. 하지만 그들의 회고담을 들여다보고 후손들과 대화해본 결과, 공통된 맥락이 나타났다. 그들 모두 빈으로부터의 짐을, 상실의 무게와 생존자의 죄책감을 지고 살았다는 사실이다.

강제된 이주와 생존을 위해 타인에게 의존했던 경험은 수십 년 동안 조지 맨들러에게 깊은 영향을 남겼다.

"내가 만난 사람들 중에 내 인생에 어떤 것이든 역할을 맡은 이들의 이름과 주소를 나는 꼼꼼히 반복적으로 기록해 관리했다.[64] 그것은 동료 학생이나 선생이기도 했고 잠시의 (또는 지속된) 여자친구이기도 했으며 우연히 마주쳤으나 깊은 인상을 남긴 지인이기도 했다." 그는 말했다.

"아무리 미미한 것이었다 해도 내가 알았던 모든 사람들을 붙잡고 있는 이 행동은 분명코 내가 잃은 것들에 대한 반응이었다. 나는 나 자신의 공동체를 재건하기 위해 몹시 열심히 노력했다." 조지는 이렇게 썼다. "나는 이 모든 사람들을 붙듦으로써 새로운 삶과 새로운 사회적 환경을 창조하고 잃어버린 집을, 준거가 됐던 장소와 사람들을 대체하려고 했다."

그 경험들이 자신에게 어떤 각인을 남겼든 조지는 그것이 살아남은 자의 사치임을 항상 의식하고 있었다. 살해된 가족, 친구들이 떠오르면 "나 자신의 탈출을 생각만 해도 그야말로 몸서리가 난다"라고 그는 썼다.

역사가 뒤집혀 자신이 나치에 붙잡히고 다른 사람들은 탈출하는 시나리오들을 공상하기도 했다. "용기와 비겁한 항복 사이 어디쯤에 내가 자리했을지 자문해보지만 알 길이 없다."

그들을 따라 탈출할 수 없었던 부모의 배웅 속에 빈의 베스트반호프 역에서 기차에 오른 아이들의 부담이 가장 컸다.

이 아이들은 십대 초반에 영국에 도착해서 거의 모르는 언어로 소통하며 낯선 나라의 관료체제를 거쳐 그들의 부모를 살려내야 한다는 책임을 떠안고 있었다. 성과 없이 지나가는 하루는 부모가 두들겨 맞거나 다하우로 실려가 영영 돌아오지 못할지도 모르는 또 하나의 하루였다. 그들은 제국에서 일어나는 사태의 가속도에 맞서 달렸으며 불과 몇 달 안으로 성공해야만 했다. 1939년 9월 히틀러가 폴란드를 침공하고 결과적으로 영국과 프랑스가 참전하게 되면서 서쪽 탈출로는 봉쇄됐고 아이들이 붙들고 있던 부모와의 끈은 재회에의 희망과 함께 끊겼다.

게르트루드 바차는 부모에게 일자리와 재정보증을 제공할 스폰서를 필사적으로 찾아다니며 결연가정인 파팅턴 부부에게 호소도 해봤으나 소용없었다. 1939년 상반기의 그

중요한 몇 달간 그 누구도 나서서 도와주지 않았고 결국 탈출구는 서서히 닫혔다. 아돌프와 발리 바차는 빈에 갇혀버렸고 1942년 추방되어 민스크 외곽의 소나무 숲에서 살해되었다.

이스라엘에서 예후디트 시걸로 개명한 게르트루드는 상황이 어떻게 달라질 수도 있었을지 고뇌하고 "그들의 목숨줄이 끊겨버렸음"에도 계속 살아나가는 죄의식을 지닌 채 평생을 보냈다⋯.

"우리는 추위와 굶주림에 시달리지 않았으므로 게토와 강제수용소 아이들의 고통에 비할 수는 없다. 그것이 우리가 우리 이야기를 좀처럼 하지 않는 이유다." 그녀는 말했다.

이 자격이 없다는 지각은 광고 속 아이들의 공통적인 주제 중 하나다. 프레드 슈바르츠를 제외하면 강제수용소에 수용된 적이 없었기에 그들은 자신들이 견뎌낸 고통을 표현할 권리가 없다고 느꼈다. 조지 맨들러는 이를 놓고 여동생 트루디와 다퉜다. 그녀는 자신들 둘 다 "홀로코스트 생존자"라고 생각했지만, 조지는 그런 주장은 "강제수용소에서 살아 돌아온 진짜 생존자들에 대한 모욕"이라고 믿었다.

물론 그렇다고 해서 아무런 상처도 없었다는 것은 아님을 조지도 인정했다. "그들의 수난을 함께하지 않은 우리도 홀로코스트의 그림자 아래 살았으며 그 영향을 깊이 받았다."

조지에게 남겨진 감정적 유산 하나는 불신이었고 사람들에 대해서만이 아니라 보다 광범한 국가공동체에 대한 것이었다.

"국가의 상징과 동일시 방식으로 가득한 소국에서 소속감과 정체성을 느끼며 애국 오스트리아인으로 십사 년을 살아왔는데, 내가 별안간 더는 필요 없는 존재라는, 더는 이 국가나 사상의 일부가 아니라는 것이었다."[65] 그는 이렇게 썼다. "나는 배신당하고 거짓말에 속다가 거부당한 느낌이었다. 그 배신감은 나를 영영 떠나지 않았다…."

"그래서 나는 나의 조국을, 나의 가족을, 나의 친구를 뒤로하고 떠났다. 다시는 완전히 신뢰할 수 없게 되었고, 다시는 완전히 편안할 수 없게 되었다."

1956년 첫 혼인이 파경에 이르자 아마도 자기 잘못이었음을 깨달은 그는 정신분석가의 상담을 받은 후에 배신과 자격지심이라는 두 개의 기본적인 공포에 시달리고 있다는 결론에 다다랐다.

"어떤 면에서 나는 나치가 유보시킨 사춘기를 헤쳐가고 있었으며 1940년대와 1950년대 사이에 어느 정도 성인이 되었다"고 추론하며 그는 이렇게 덧붙였다. "자격지심은 부분적으로 빈에서 유대인, 즉 이류시민이었던 나의 지위에 기인했다…."

"이제 나는 다른 사람들과 동등한 위치의 나 자신을 받아들이기 시작했다."

그가 남긴 글의 많은 부분이 그러했듯, 이 또한 내 아버지를 대변한 이야기가 아닌가 싶다. 둘 다 심리학자였으니 학회 같은 데서 만나지 말란 법이 없었다. 정말 만났다면 좋았겠고 그랬다면 죽이 잘 맞았을 것 같다. 같은 구역에 살다 며칠 차이로 빈을 탈출한, 무신론자에, 사회민주당원에, 심리학자이지 않은가.

삶에 대한 접근법 또한 똑같이 분석적이었는데, 큰 차이점이라면 로버트는 그 분석의 대상에 자신을 포함하여 안슐루스의 경험이 어떤 영향을 남겼는지 자문해보지 않았다는 것이다. 아마도 그 때문에 아버지는 자격지심이나 배신감에서 온전히 벗어나지도, 빼앗긴 사춘기를 영원히 떠나보내지도 못했던 것일지도 모른다.

조지처럼 나의 아버지도 새 조국에서 애국심이나 민족주의를 경계했다. "나는 내 머리가 아닌 가슴에 호소하는 정치인은 누구든 신뢰하지 않는다." 언젠가 아버지는 내게 말했다.

아버지를 정치적 활동으로 끌어들인 사안은 유럽연합의 전신이었던 유럽공동체에 영국이 잔류할 것인지를 놓고 1975년 실시된 영국 최초의 국민투표였다. 피와 흙에 뿌리를 박은 소속감을 찾아 안쪽을 들여다보고 뒤를 돌아다보기보다는 유럽 공통의 이상을 좇아 밖을 내다보는 나라가 아버지에게는 더 안전하게 느껴졌다.

이 책에 소개된 아이들 다수는 베스트반호프 역 플랫폼에서 부모를 본 것이 마지막이었고 게르트루드 바차가 "서서히 고아 되기"라고 부른 과정을 겪었는데, 가족이 죽었을 가능성이 갈수록 높아지는 가운데 여러 해를 보낸 뒤, 부모의 이름과 사망 날짜 및 장소가 적힌 편지를 받고 마침내 그 사실을 확인하게 되는 것이었다. 게르트루드는 깊은 비탄을 이해하지도 알아보지도 못하는 낯선 사람들 속에서 그 황폐한 상태로 표류하는 외로움에 대해 이야기했다.

"우리를 진실로 아껴주는, 가족을 향한 끝없는 그리움에 더하여 근심과 슬픔과 기쁨을 함께 나눌 수 있는 사람이 단 하나도 없다." 그녀는 이렇게 썼다. "삶의 전부를 오직 혼자서 결정해야만 한다." 게르트루드는 이를 "사지를 파고드는" 외로움으로 묘사했다.

가족과 헤어지고 첫 몇 해 동안 게르트루드는 본인들은 살아남지 못하고 그녀만 살려낸 부모가 마치 자신을 버리기나 한 것처럼 가끔 분노가 치미는 걸 느꼈다.

"어려운 순간에는, 자유가 있는 곳에 우리를 보내준 부모가 원망스럽고 함께 있을 수만 있다면 차라리 따라 죽고 싶다는 생각이 들곤 했다." 그녀는 이렇게 말했다. 견딜 수 없이 고통스러울 때는 함께하는 죽음이야말로 "값어치 있는 대가"일 것 같았다.

파울라 노이만은 그 이후의 삶이 칼끝 위에서 균형 잡기와 같았다고 말했다. 그녀와 오빠 지크프리트 또한 부모를 모두 잃었다. 아버지 카를은 부헨발트에서 죽었고, 베스트반호프에서 그들을 기차에 실어 보낸 어머니 베르타는 1941년 11월 민스크로 추방되고 얼마 지나지 않아 살해당했다.

"지금도 내 마음속 눈에는 부모님과 조부모님과 삼촌 숙모들이 생생하고 또렷이 보인다." 파울라 노이만이 일기에 쓴 글이다. "지난 세월 동안 그분들을 잃은 끔찍한 고통을 느껴왔고, 그건 오늘도 조금 얼떨떨하고 불행한 아홉 살 아이로 그분들을 잃었던 때보다 덜하지 않다." 파울라는 살아남은 것에 대한 감사와 "나를 영영 떠나지 않은 공포…. 나는 결코 거기서 벗어날 수가 없다"는 사실 사이에서 감정적 균형을 잡으려 안간힘을 쓰며 보낸 평생을 이렇게 묘사했다. "오로지 죽음만이 나를 놓아줄 것이다."

시간이 흐르고 운도 따르면서 광고에 올라왔던 아이들 다수에게 결국 감사가 공포를 앞지르게 되었다. 자신들의 딸과 아들들에 이어 손주들까지 보았고, 그럴 때마다 부모가 가능하게 해준 생명의 수를 늘려갔다. 벨로루시의 소나무 숲을 지나 종말을 향해 참호로 끌려가던 부모가 자자손손

대를 이어갈 생명들을 떠올리며 기운을 내고 안도의 한숨을 쉴 수 있었기를 게르트루드는 바랐다. 신문에 그 광고를 싣고 자식을 포기한 그 부모들은 피해자가 아니라 구원자였다고 그녀는 믿었다.

"그분들로 하여금 나와 헤어지기로, 나 혼자만 멀리 보내기로 결정하게 한 그 처절한 절망을 나 자신은 결코 몰라도 되기를 바란다." 게르트루드는 이렇게 썼다. "이 길을 택한 수많은 유대인 부모들은 의심의 여지 없이 우리 역사의 이름 없는 영웅들이다."

이걸 읽으며 끈으로 혁대를 대신했던 나의 조용하고 검약한 할아버지 레오가 젊은 남자가 되어 베스트반호프의 플랫폼에서 아내와 아들을 훅 반 홀란트 행 기차에 태우는, 영웅으로 거듭난 그 모습을 상상했다.

그는 아들, 즉 나의 아버지를 위해 1938년 8월 3일자 〈맨체스터 가디언〉에 그런 광고를 처음으로 실었다. 다가오는 위협을 보고 다른 빈 유대인들보다 훨씬 먼저 행동에 나섰다. 어려운 상황이 어떻게든 차차 나아질 거라는 생각으로 머뭇거린 이들은 킨더트란스포트가 시작된 1938년 말 아이의 목숨을 구할 또 한 번의 기회를 얻기는 하지만 아이는 고아가 될 가능성이 훨씬 높아져 있었다.

"물에 빠진 사람이 구명부표를 그러쥐듯 갑자기 주어진

기회를 움켜잡았다. 그들은 아이를 기차역에 데리고 가 작별을 고했다." 게트루드는 이렇게 썼다.

게트루드처럼 나 또한 이제 열한 살, 절반이나 자랐을까 온갖 상처에 무방비상태로 취약한 나의 아들을 떠올리며 그 아이를 기차에 실어 보낼 때 어떤 공포에 휩싸일지를 생각해봤다. 나 자신의 공포를 아이로부터 감출 수 있었을까? 객차에 남겨두고 나가는 나를 아이는 울며 붙들었을까, 아니면 결연히 앞만 바라보며 혼자 떠나는 모험 같은 여행을 포용했을까? 십대 초반 아이로 그 객차에 앉은 나의 아버지를 그려보며 그와 유서를 쓰고 자살한 그 남자가 같은 사람이었음을 나 자신에게 일러주었다.

형제들과 나는 아버지의 유골을 할아버지 레오가 구입한 그린스힐 슈롭셔 마을의 오두막 정원에 뿌렸다. 당시 할아버지는 가족이 영원히 깃들 아름다운 영국 전원의 한 자락을 얻어냈다고 생각했다. 내 어머니는 가족이 살던 집을 팔고 그곳에서 몇 년을 지내다 런던의 아파트로 들어갔다. 우리는 그린스힐의 오두막을 유지할 여유가 없었기에 아버지의 유골이 뿌려진 정원과 함께 이웃에 매각했다.

그러나 우리는 아버지를 그곳에 남겨두지는 않았다. 망자는 남겨지기를 달가워하지 않는 법인데, 아버지의 집요한 영은 평생 나를 쫓아다니며 내가 저지른 실수에 청하지도 않은 심판을 내리면서 당신 본인에 대해서는 끝내 함구했다. 아버지가 어떤 사람이었으며 우리 부자관계는 어떤 것이었는지 나는 딱 꼬집어 정의하기가 힘들었다. 아들을 얻고 나서 나는 다른 부류의 아버지가 되기를 원하고 있다는 걸 의식하게 되었다. 로버트는 주로 학업 관련 조언자 및 훈육자로 아버지로서의 자신의 역할을 해석했다. 나는 대부분의 평일 밤 위층 서재로 올라가서 숙제를 보여주곤 했으며 수학 문제를 잘못 푼 게 나오면 벌로 팔굽혀펴기를 할 때도 있었다.

그렇다고 아버지가 엄격하기만 한 건 아니었다. 동네 테니스코트에서 우리를 가르치려고 레슨을 한두 차례 받기도 했다. 한번은 십대의 여동생과 내가 집에서 친구들을 불러 막 파티를 하려다 변기가 막힌 걸 알았을 때, 아버지가 배관 속으로 팔을 집어넣어 박혀 있던 더러운 물체를 끄집어낸 일도 있었다. 이 이타적 행동은 내 기억 한 구석에서 영영 지워지지 않을 것이다. 처음으로 여자와 헤어져 괴로워하는 나를 술집에 데려가 아버지로서의 그리고 심리학자로서의 기술을 모두 활용해 내가 내 생각처럼 한심하지 않고 여자친구에게 내가 깨닫지 못한 결점이 다수 있었다는 사실을 지적하며 인식의 틀을 바꿔준 적도 있다.

12장 리스베트와 살고자 하는 의지

하지만 대부분 아버지에게는 표면 아래의 불안이 흐르고 있었으며, 그것은 종종 우리의 비교적 안락한 생활과 풍부한 여가에 대한 분노로 표출되었다. 힘든 시기에 자랐기 때문인지, 우리가 공부를 안 하고 있으면 뭔가 할 일을 꼭 찾아내 주었다. 그린스힐 오두막에서 우리는 썩은 나무를 뽑을 수 있게 뿌리 밑을 파내는 등의 버거운 정원 일을 할당받곤 했다. 그래서 우리끼리는 그곳을 그림쇼Grimshaw라는 더 어울리는 이름으로 불렀다.

언젠가 아버지는 막내 동생 바이어스를 자신의 대학 근처 가족농장에 데려가 열한 살 아이에게 온종일 처리해야 할 일의 목록을 주고 자신은 수업에 들어갔다.

학업성취에 대한 아버지의 집착에는 전적으로 복종했으나 우리는 정치적 문제로 틀어졌다. 특히 1981년 아버지가 노동당에서 나와 새로 창당된 사회민주당에 가입한 이후부터 그랬다. 십대 특유의 확신과 거만에 취한 내가 보기에 이 분열은 마거릿 대처의 과격한 우파 정부 앞에서 좌파를 약화시킨 행태였다.

세대 간 언쟁이야 자연스러운 것이었다. 하지만 아직 자라고 있던 십대 중반의 아들 둘을 버린 행위는 물론 자연스럽지 못했다. 유서에 적은 이유들은 당시의 내게 설득력이 없었고 수십 년 그리고 여러 세대를 거쳐 상상할 수 없었던 곳들로 퍼져나간 최초의 충격파를 합리화하기에는 공허하게 들렸다.

우리는 아버지의 사후에 그 존재가 드러난 이복형제 알렉스와 어쩌다 한 번씩 연락을 주고받았다. 알렉스는 아버지가 우리에게 기대했던 그 음악적 재능을 갖고 자라나 뮤지컬 공연에 참여하다 딸을 얻은 후에는 좀 더 안정된 일자리라 할 교사로 정착했다.

이 책을 쓰는 동안 나는 알렉스에게 그 사실을 알리고 생각을 물어봤다. 그의 격정적인 회신에 나는 깜짝 놀랐다.

"솔직히 말할게요, 줄리언. 우리 아버지에게 일어난 일을 전해 듣고 아주 엄청난 충격을 받았어요. 아버지를 전혀 거의 모르고 자란 내가 이런 말을 하는 게 이상하게 들릴지 모르지만 정말이지 하루아침에 내 인생 전체가 바뀐 느낌이에요." 알렉스는 이메일에 이렇게 썼다.

"설명할 수는 없지만 내 인생에는 그 위에 드리워진 어떤 지독한 슬픔이 있다고 항상 느껴왔는데 아버지의 자살 소식을 듣고 다 이해가 되더라고요. 솔직히 나도 오랫동안 우울증과 자살 충동에 시달려왔어요. 내 기억에 처음으로 모든 걸 다 끝내고 싶었던 때가 겨우 열 살 때예요. 어머니가 폭군 스타일인 게 큰 이유였을 테고 그래서 자라면서 몹시 불행했어요. 몹시 독살스럽고 분노에 찬 사람이었거든요. 그런

12장 리스베트와 살고자 하는 의지

데 다시 말하지만 아버지의 자살 소식을 듣고 나니 그 부분 또한 좀 더 앞뒤가 들어맞는 것 같더군요."

알렉스의 이메일을 읽고 나는 부끄러웠다. 그가 어떤 유산을 지고 삶을 헤쳐 왔을지 생각조차 않고 살았다. 해외 특파원 일을 접고 런던에 복귀했을 때, 알렉스가 〈가디언〉 사무실로 나를 찾아와 저널리즘 분야로의 직종 전환을 상의했다. 나중에 도움이 되었는지 물어봤으나 회신이 없었고, 나도 더 파고들지 않았다. 아마도 내가 반평생 이상 피하면서 살아온 문제들과 관련 있을 거라는 자각 때문이었을 것이다.

이메일에 알렉스는 이렇게 썼다. "맞아요, 나는 항상 아버지가 나를 알고 싶어 하지 않았던 게 슬펐고 나를 이 세상에 내버린 게 화가 났어요 하지만 그가 알았고 직접 기른 자녀들에게는 그런 느낌이 백배는 더 강할 것 같네요. 어쩌면 내가 아버지를 전혀 몰랐던 게 차라리 다행인지 몰라요. 나는 종교도 없고 미신도 믿지 않지만 트라우마가 유전자로 전달될 수 있는 건 아닌지 항상 궁금했어요"

아버지의 다른 아이들, 즉 우리 형제 넷은 알렉스와 똑같은 유전자뿐 아니라 공포와 트라우마의 충격 하에 그것이 표현되는 방식 또한 공유하고 있는지 모른다. 알렉스처럼 나도 나의 일상생활 속에 보이지 않는 과거가 남기고 간 함정 문 같은 것이 숨어 있는 느낌을 자주 받았다. 젊은 시절의 나는 여행으로 그걸 견뎠다. 1983년 아버지가 돌아가셨을 때 나는 경제학 장학생으로 남아프리카의 레소토로 떠날 준비를 하고 있었다. 나는 출발을 한 달 늦추었으나 결국 떠났고 이후 먼저 경제학도로, 이 년의 수당이 끊긴 다음에는 기자로 팔 년을 주로 아프리카에서 살았다. 영국이 아닌 국외에서 산 햇수는 총 이십일 년이다.

〈맨체스터 가디언〉 광고를 통해 발견된 사람들의 표본을 보면 침묵을 택한 이들의 가족들이 더 힘든 시간을 보낸 것 같았다. 알리스 헤스와 동료 빈 생존자 리하르트 쇼엔은 성년 이후 대부분 그 길을 선택했다. "나는 내가 홀로코스트의 영향을 깊이 받았음을 알았고 불안과 우울증도 경험했다." 그들의 아들 데니스는 말했다. 그와 로널드 두 형제는 잃어버린 친척들을 대신하는 게 자신들의 역할 중 하나임을 항상 의식하고 살았다.

만년의 리하르트와 알리스는 옛날 일을 조금 더 이야기하기 시작했다. 둘 다 육십대가 되어서는 아들 데니스의 설득으로 워싱턴에서 열린 홀로코스트 생존자 행사에 참석하기까지 했다. 만년에 이른 광고 속 아이들 대부분은 침묵이 자녀들과의 관계를 짓눌렀으며 슬금슬금 고개를 드는 홀로코스트 수정주의와 부정의 흐름 속에서 무력감을 느끼게 했다고 털어놓았다.

생애 마지막에 이르러 조지 맨들러는 주변 세상의 망각으로 그 시대의 참상이 "사회적 의식에서 사라질까 봐" 두려워하기 시작했다.

"바로 그것이 겨우 살아남은 우리가 계속해서 사건의 기억을 되살리고 증언해야 하는 이유다." 그는 이렇게 썼다.

프레드 슈바르츠는 테레지엔슈타트와 아우슈비츠에서 살아 돌아온 기적적인 이야기를 회고록으로 쓴 뒤 순회강연에 올라 대학을 비롯한 학생들 앞에서 낭독회를 가졌다. 그는 1930년대의 집단광증으로 표류하지 않게 보호벽을 올린다는 생각으로 젊은 청중을 찾았다.

같은 시기에 아내이자 동료 생존자 캐리의 도움으로 네덜란드가 유대인 공동체 파괴를 묵인한 사례를 비롯하여 추가 자료도 지속적으로 발굴해냈다. 그중에는 유대인 난민을 위한 수용소가 헤트 루 왕궁과 너무 가까운 곳에 지어진다고 빌헬미나 여왕이 불평하는 편지도 있었다.

생존자들의 황혼기에 나는 이 책을 썼다. 조지와 프레드와 〈가디언〉 아이들 거의 대부분은 홀로코스트 최후 세대와 함께 이미 몇 년 전에 사망했다. 증인으로서의 힘으로 증폭된 그들의 목소리가 조용해지는 대신 다른 목소리들이 도덕적 확실성을 좀먹고 있다.

아직 생존해 있는 〈가디언〉 아이들을 찾겠다는 희망은 이미 잃은 상태였다. 2021년 초 〈가디언〉에서 이 주제 기사를 쓰러 취재하던 중 영국 위임통치령 하에 있는 팔레스타인으로 간 뒤 아키바 트롬머가 되어 유대인 국가 건립을 위해 싸우는 특수부대 팔마흐에 가담했던 카를 트롬머가 살아 있다 싶었다. 아흔아홉의 나이로 적어도 인터넷에 따르면 주소도 전화번호도 갖춘 채로 아직 생존 중인 듯했다. 전화를 걸었더니 아들이 받았다. 꼭 2주 늦었다. 아키바가 막 세상을 떠난 것이다. 나는 애도를 표한 다음 그의 〈가디언〉 광고를 이메일로 보냈다.

이 책을 위해 다시 기록저장소로 돌아간 나는 추적해내지 못한 몇몇 이름을 다시 보면서 혹시 놓친 것은 없는지 여러 가계도 웹사이트를 들여다보며 좀 더 깊이 파고들었다.

처음에는 바이스라는 흔하디흔한 이름의 소유자를 찾아보는 건 쓸모없을 것 같았지만 좀 살펴보니 출생일 폭을 좁혀보면 결과를 상당히 걸러낼 수 있을 것 같았다.

1938년 8월 27일, 빌헬름 바이스는 "지원할 만한 가치가 있는 총명한 아이"인 열두 살 소녀를 거두어줄 영국 가정을 찾는 광고를 냈다. "일시적으로 보수가 없는" 합의이지만 아이 "부모가 훗날 합류하면 교육비용을 정산해드릴" 것을 광고는 약속했다.

가장 근접한 결과는 루돌피네의 남편으로 1927년생 딸 리스베트를 둔 빌헬름 바이스였다. 광고가 실렸을 때 리스베트는 아직 열한 살이었지만 영국에 도착할 즈음에는 열두 살에 가까울 거라 생각했을 수도 있었다.

리스베트 바이스는 그 길로 나서 영국에 도착했고 1940년 5월 22일 큐나드-화이트 스타 라인의 원양여객선 '사마리아' 호에 올라 대서양을 건넜다. 미국에서 그녀는 조지라는 남자와 결혼하여 리스베트 루더먼이 되어 뉴욕 지역에서 살았다. 부고 기사는 찾을 수가 없었다.

2021년 1월 13일 뉴욕 지역에서 찾을 수 있었던 모든 루더먼에게 이메일을 보냈더니 하루 만에 반명예훼손연맹에서 일하는 톰 루더먼으로부터 답장이 왔다. "네, 리스베트 루더먼은 내 어머니입니다. 이야기를 나누고 싶으신가요?"

가족과 친구들 사이에서 리스라고 불리는 자신의 어머니가 심신 모두 건강하게 살아 있고 나와 이야기를 하고자 한다고 그는 확인해주었다. 그리하여 2021년 1월 23일 그녀가 내 컴퓨터 화면에 나타났고 나는 머리가 어찔어찔할 만큼 기쁜 나머지 심장이 아직 뛰고 정신이 아직 또렷하고 나의 아버지가 태어난, 내가 상상해보려고 안간힘을 써온 그 세상에 대한 기억이 아직 온전한 그녀를 만나게 되어 감사하다는 말을 간신히 할 수 있었다.

리스는 가냘픈 체구의 여인이었는데 그녀의 컴퓨터 카메라 각도 때문인지 얼굴이 내 모니터 바닥에 나타나는 통에 더 조그맣게 보였다. 그러나 세 차례의 긴 대면을 통해 이야기를 마쳤을 때는 그녀 존재가 화면 전체를 채우는 것 같았다. 그녀는 자상했고 품위와 통찰력이 있었고 겸손하면서 권위를 갖춘, 희망과 결의에 대한 더할 나위 없이 유창한 대변인이었다.

리스는 내 아버지보다 석 달 일찍 태어나 다뉴브 운하에서 두어 블록 떨어진 구시가지의 반대편 9구에 살았다. 아버지가 외아들이었듯 그녀도 외동딸로 부모의 귀여움을 독차지했다. 가족의 포목점 상호조차 리스베트의 이름을 따 붙였다. "나한테 모든 관심이 어마어마하게 집중됐죠." 그녀가 말했다.

〈맨체스터 가디언〉 광고에 아버지 빌헬름이 자신을 묘사한 문구 "지원 가치가 있는 영리한 아이"를 보고 그녀는 감정을 주체하지 못했다. 굉장한 고심 끝에 결정하여 내보낸 것일 터였다. 팔십 년 후에 되살아나온 그 글자들은 그것을 통해 살려내려던 딸에게 아직도 생생하고 쓰라리기만 했다.

"누군가에게 나를 데려가 달라는 광고를 내고 나를 보내 줄 용기를 어떻게 내셨는지 아직도 이해가 잘 안돼요." 리스는 말했다. "무슨 일이든 그토록 대담하게 할 수 있는 분들

12장 리스베트와 살고자 하는 의지

이 아니라고 생각했거든요. 그래서 놀랍고 감사해요."

그 광고가 나갔을 무렵 나치는 빈을 다섯 달째 통치 중이었지만 "다음에 무슨 일이 닥칠지 아무도 몰랐어요"라고 그녀는 말했다.

어린 리스베트가 자신의 삶에 드리워진 이 어두운 그림자를 깨달은 것은 1938년 2월 20일이었다. 그녀의 열한 번째 생일이었던 그날 있었던 히틀러의 독일 의회 연설로 그녀의 삶은 완전히 엉망이 되어버렸다.

"내 기억으로는 처음으로 파티고 뭐고 없었어요. 모두 다 라디오 앞에 들러붙어 그자의 연설을 들었어요." 리스가 회고했다.

집안의 외동딸로 언제나 관심의 중심이었던 그녀였지만 그날은 "히틀러가 무대를 빼앗아갔죠."[66]

히틀러는 독일과 오스트리아가 같은 역사를 지닌 같은 민족이라고 동족을 들먹이면서도 아울러 동족살해를 협박했다.

"독일은 호전적인 국가가 아닌 병사의 국가이며, 다시 말해서 전쟁을 좋아하지 않지만 두려워하지도 않습니다. 평화를 애호하지만 명예와 자유 또한 사랑합니다." 가식적인 스타카토 식 말투로 총통은 선언했다.

연설이 끝나고 바이스 가에는 가족토론이 이어졌다. 리스베트의 삼촌으로 굳이 말하지 않아도 누구나 인정하는 가문의 어른 마틴 지글러가 "아무 걱정할 것 없다"고 단언했다.

"히틀러는 절대 여기로 안 올 거고, 만약 온다고 해도 우리는 이미 이곳을 떠나 있을 거니까." 마틴이 가족들에게 장담했다.

"이미 그게 얼마나 가까이 다가와 있었는지, 얼마나 위험한 상황이었는지에 대해 그렇게 개념이 없었어요." 리스가 말했다.

바이스 가 사람들의 삶이 변하기 시작했다. 금요일마다 온 가족이 리스의 할머니 집에 모여 저녁을 먹곤 했는데, 안슐루스 이후 첫 금요일이던 3월 18일, 제복 차림의 나치들이 그들을 불러 세웠다.

"우리가 유대인인지는 묻지 않았어요. 알아봤는지 아닌지 모르지만 우리가 어디 가는지 알고 싶어 했어요." 그녀가 말했다. "암울과 공포, 뭔가 까마득하다는 느낌이 있었어요."[67]

학교에서 유대인들은 먼저 다른 층으로, 이어서 아예 다른 지구의 학교로 옮겨졌다. 그녀는 유대인들이 체포되고 상점 창문에 "더러운 유대인들" 소유라고 적힌 표지판이 붙어 있는 것을 보았다.

아버지와 호텔 메트로폴의 고전적 포르티고 정문 밖으로 걸어 나오며 리스는 게슈타포 본부의 부조리한 공기에 떠도는 "외경과 공포"의 느낌을 감지했다. 어머니 루돌피네가 학교에 그녀를 데리러 와서 길거리에서 무릎을 꿇고 손으로 포장도로를 닦는 유대인들을 지나 집으로 갔던 날도 그녀는 기억했다.

"그들은 작은 솔을 갖고 있었어요. 그게 칫솔이었는지 잘 기억이 안나요." 그녀가 말했다. "우두커니 서 있는 사람들도 있었고 재미있어하는 사람들도 있었죠."

"금세 온 시내의 창문과 지붕들에 나치 문양, 나치 깃발이 나타났어요"[68] 리스가 회고했다. "믿을 수 없었어요." 그녀는 오층 창밖으로 거리를 굴러가는 독일 탱크들과 그것을 환영하는 이웃들을 내려다보았다. "빈 시민들은 미친 듯 환호했어요. 그건 틀림없어요." 그녀가 말했다.

바이스 가 사람들에게 크리슈탈나흐트는 마틴 삼촌의 은밀한 메시지가 담긴 전화에서 시작되었다. 리스베트의 아버지 빌리가 몸이 아프다니 유감이라고 마틴은 말했다. 손님이 올지 모르니 아스피린을 좀 먹고 땀을 빼며 자두라는 충고와 함께였다.

"삼촌의 말은 나치가 유대인들의 집에 쳐들어올 테니 아버지더러 침대에서 땀을 흘리며 몹시 아픈 시늉을 하라는 거였어요." 리스가 말했다. "덕분에 아버지는 무사하셨죠."

과연 나치 돌격대가 나중에 찾아와 가장을 찾았고 리스베트의 어머니는 그들을 침실로 안내했다.

"아주 생생히 기억이 나요. 문을 두드리는 노크소리도 기억나고 갈색 셔츠와 나치 문양도 기억이 나요." 그녀가 말했다. "아버지를 잡아가려고 온 거였죠. 그런데 아스피린을 잔뜩 먹고 침대에 누워 땀을 흘리고 있으니 그냥 두고 가더라고요."

"그게 전환점이었던 것 같아요. 그 일이 일어나고 정말 사람들이 꽤 큰 규모로 강제수용소로 보내지자, 앞으로 무슨일이 생길지 모르는 상황에서도, 사람들은 이주에 대해 생각하고 이야기하게 되었어요. 물론 그 전에도 그런 논의가 없었던 건 아니지만, 그자들이 떠나고 잠잠해질 거라는 분위기가 지배적이었거든요. 왜 우리가 떠나야 하느냐, 만약 떠난다면 최대한 가까운 데로 가자, 그렇게요."

"그런데 나중에 깨달은 거지만 아무도 우리를 원치 않았어요." 리스가 말했다. "아무도 우리에게 문을 열어주지 않았어요…."[69]

"아주 많이 되돌아봤는데 정말 놀라운 것은 내가 너무도 쉽게 일어나고 있는 모든 일을 받아들였다는 거예요. 그게 그냥 내 성격인 건지 아니면 상황이 나를 그렇게 만든 건지는 모르겠어요. 어쨌든 나는 일어나는 일들을 꽤 잘 받아들였거나 아니면 받아들이지는 않더라도 감수했어요. 바로 그거였어요."

리스의 부모는 영국의 맨체스터주 올덤의 어느 가족에게

12장 리스베트와 살고자 하는 의지

서 응답을 받고 나서야 〈맨체스터 가디언〉 광고에 대해 이야기해주었다.

"어머니가 늘 그렇듯 요령 있게 말씀하셨어요. 가지 않아도 괜찮지만 가는 게 좋을 것 같구나." 리스가 회고했다. "그런 일을 하실 용기를 어디서 얻으셨는지 모르겠어요. 그저 놀라울 뿐이에요."

어린 리스베트를 맨체스터에 보낼 준비를 시작하기도 전에, 이미 노리치로 피난을 가 그곳의 스물다섯 유대인 가구에게 빈의 유대인 아이를 하나씩 맡자고 설득했던 어느 친척에게서 리스베트를 그곳으로 보내고 싶냐고 묻는 연락이 왔다.

"맨체스터의 그 가족은 유대인이 아니었거든요. 다들 내가 우리 신앙을 지키는 편이 좋겠다는 생각이었고요." 그녀가 말했다. 응답을 해온 맨체스터의 가족에 정중히 사양의 뜻을 표한 뒤 리스베트에 대한 몇 마디를 곁들인 사진을 노리치의 유대인 가족 브레너 가에 보냈다.

그게 1938년 11월 말이었고, 이후 일이 빠르게 진행되었다. 12월과 1월 사이에 가족은 줄을 서서 리스베트의 여권을 발급받은 뒤 다시 줄을 서서 'J' 스탬프를 받았고 제국 출국에 필요한 각종 서류를 또한 받았다. 보석 두어 점, 다윗의 별이 새겨진 팔지, 부모의 사진이 박힌 로켓을 재킷 안쪽에 꿰매

리스베트 바이스의 여권.

넣었다. 출발일인 2월 1일, 리스베트의 할머니 집에서 점심을 함께 먹고 나서 부모가 베스트반호프로 그녀를 데려갔다.

어머니는 독일과 네덜란드 국경까지 함께 갈 예정이었으나 아버지와는 플랫폼에서 작별을 해야 했다.

"지금도 아버지 모습이 선해요. 손수건을 꺼내 눈물을 닦으며 기차를 따라 달려오시던 모습을 아직도 생생히 기억해요." 그녀가 말했다.

리스베트의 어머니 루돌피네는 국경에서 내리기 전까지 기차에서 함께한 몇 시간 동안 최대한 훈육에 전념하여 "인

12장 리스베트와 살고자 하는 의지

생의 여러 사실을 설명해주려 노력했다." 같은 객차에 가정부로 일하러 영국에 가는 여자가 하나 있었는데 그녀는 루돌피네에게 도착할 때까지 리스베트를 보살피고 도착 후에는 리스베트의 부모를 위한 일자리를 알아봐 주겠다고 약속했다.

리스베트의 어머니는 어쩔 수 없이 기차에서 내려 뉘른베르크로 가 친척 집에서 묵은 뒤 빈으로 돌아갈 것이었다. 어머니가 내린 뒤 승객들의 신분을 점검하는 독일 국경수비대와 세관 공무원들로 통로가 꽉 차더니 그들도 사라지고 기차가 다시 네덜란드를 향해 움직이기 시작했다.

"이제 탈출했고 자유라는 느낌이 기억나요." 그녀가 말했다. "그때만 해도 두려움보다 호기심이 더 컸죠. 바다라곤 구경도 못 해본 내가 이제 배에 올라서 해협을 건널 참이었어요."

리스베트는 2월의 어느 저녁 리버풀 스트리트에 도착했다. 릴리 브레너가 이미 노리치의 다른 결연 가정에 도착해 있던 독일 유대인 소년을 통역 삼아 데리고 마중 나와 있었다. 리스베트는 영어 수업을 고작 삼 개월 받은 게 전부였고 브레너는 독일어를 전혀 몰랐다.

그들이 독특한 이름의 언생크Unthank 로드의 브레너 가에 도착했을 때는 이미 한밤중이었다. 집안이 매섭게 추워 리스베트는 놀랐다. 릴리 브레너는 별로 나을 것도 없는 전기 난로를 켜고 아이를 잠옷으로 갈아입힌 뒤 첫 밤이 춥고 외롭지 않게 자신의 침대에서 함께 자게 해줬다.

그녀는 마흔아홉 살의 과부였다. 남편 맥스는 몇 년 전 교통사고로 죽었다.

"정말 신기하다고 생각했어요." 리스베트가 말했다. 첫 3주는 괜찮았다가 갑자기 미칠 만큼 집이 그리워 제발 돌아가게 해달라는 편지를 부모에게 보냈다. "어떻게 되든 상관없어요." 리스는 그렇게 썼다. "엄마 아빠랑 똑같은 일이 제게도 일어나겠죠."

리스베트가 몹시 힘들어하자 릴리 브레너는 랍비를 불러 그녀와 대화하고 안심을 시켜줬고 처음 바이스 부부와 연결해줬던 친척에게도 도움을 부탁했다. 위기는 지나갔다. 빈 아이들이 노리치에 추가로 들어왔다. 예전 급우도 포함되어 있었다. 리스베트는 학교에 다니기 시작했고 영어를 금방 익혔다. 그해 여름에는 삼촌 마틴과 숙모 세라피네, 사촌 수지가 도착하여 근처에 세를 얻어 살았다.

외동딸이던 리스베트는 대가족의 일원이 되었다. 릴리의 아들 빅터는 두어 살 많았고 딸 민다는 세 살 어렸는데 세 아이는 금세 친해졌다.

빈에서는 거의 모두가 아파트에 살았는데 브레너 가족의

집에는 정원까지 있었다. 민다와 리스베트는 사과나무를 타고 오르며 놀았다.

"우리는 아주 단짝이 되었어요. 외동이던 나는 좋았어요. 그러니 보상도 있었던 거예요." 그녀가 말했다. 두 여인은 팔십사 년이 지난 지금도 연락을 주고받는다.

언생크 로드에서 얻은 잠시의 안도감과 소속감은 전쟁이 시작되고 릴리 브레너의 결혼한 딸들이 독일 폭격을 피해 남편과 아이들을 데리고 런던에서 건너오면서 사라지고 말았다. 불쑥 다른 집으로 옮겨야 한다는 것이었다.

"아주 또렷이 기억나요. 학교에 있었는데 교무실로 오라는 거였어요. 나를 거둬줄 다른 가족이 있는지 알아보러 누가 오고 있다면서요." 그녀가 말했다.

그때는 이 갑작스러운 내쫓김을 의연히 받아들였으나 지금 되돌아보면 놀라울 따름이다.

"그래서는 안 되는 일이었어요. 지금 이렇게 노인이 되었지만 나라면 내쫓는 대신 바닥에서라도 재웠을 거예요." 전쟁이 끝나고 노리치로 돌아가 보니 브레너의 두 딸이 마중을 나와 그녀에게 사과부터 했다.

리스베트는 그 지역 니모 가에서 몇 달을 지냈으나 유대인 집안으로 가는 게 좋겠다는 의견을 브레너의 사위가 냈고 그래서 릴리 브레너의 집에서 가깝고 어린아이들이 있는 그의 가족 집으로 옮기게 됐다.

"보살펴줄 어린 동생들이 있어서 무척 기뻤고 정말 내 집처럼 편했어요." 그녀가 말했다.

조지 맨들러처럼 리스베트 바이스도 도착 즉시 부모를 구제할 방법을 찾기 시작했다. 이곳저곳에 편지를 써 보냈고 만나는 누구에게든 자신의 부모에게 주어질 일자리가 있는지 물었다.

"나를 봤어야 해요. '어디를 알아봐야 할까요? 어디로 가야 하죠?'라고 물으며 무척 적극적이었어요." 그녀가 말했다. "하지만 적절한 줄이 없었던 것 같아요."

삼촌 마틴 지글러가 온 가족의 미국행 배표를 사두었지만 먼저 리스베트의 부모가 제국에서 나와야 했다. 빌헬름은 폴란드에서 태어났는데 마침 폴란드 출신 비자 지원자들의 대기 명단이 가장 길었다.

영국 비자를 받으려면 새로운 기술이 필요했다. 리스베트의 어머니는 코르셋과 브라 제작 강습을 들었고, 그것은 우리 할아버지가 취하게 될 직업이기도 했다.

"부모님은 노력을 멈추지 않으셨죠. 국경을 불법으로 넘어 유고슬라비아나 같은 데로 걸어 들어가는 사람들이 많던 때였어요." 리스가 말했다. "두 분도 그럴까 고심은 하셨지만 결국 안하셨지요. 아마도 모험심은 없으셨던 모양이에요. 그

12장 리스베트와 살고자 하는 의지

냥 평범한 중산층 시민이셨죠."

"나를 내보낸 거야말로, 뭐랄까, 그런 힘과 지혜를 갖고 계셨다는 것이 그분들 일생의 커다란 성취였을 거예요. 이제 나는 증손까지 얻었어요. 어마어마한 일이죠."

리스베트의 부모는 무제한으로 위험을 무릅쓰지는 못했다. 나치 체제를 아직도 일시적 현상으로 보는 구석이 있었기 때문이다. 옳고 그름, 그리고 정상에 대한 뿌리 깊은 믿음에서 비롯된 희망이었다.

"이게 아주 일시적인 것이라는 분명한 태도를 갖고 계셨어요. 말씀이 항상 그랬어요. 이렇게 계속 갈 리는 없어. 곧 끝나고 너도 돌아오게 될 거야."

한편 리스베트의 부모는 그녀와 편지를 주고받고 전화도 두 차례 걸었다. 한 번은 유월절 인사를 하려고 걸었으나 마침 리스베트가 민다와 함께 유대회당에 가고 없어 통화가 안 됐고 두 번째에는 집에 있었다. 그게 그들이 나눈 마지막 통화였다. 무슨 이야기를 나눴는지 기억을 되살리려고 리스베트는 여러 해 머리를 쥐어짰다. 아마도 건강하게 잘 지냈는지, 민다와 빅터랑 어떻게 시간을 함께 보내는지 같은 걸 물었을 것이다. 그게 마지막일 줄 아무도 몰랐다.

그러다 9월 3일, 히틀러가 폴란드를 침공하고 영국이 선전포고를 하면서 그녀의 부모는 적진 뒤에 발이 묶이며 떠날 수 없게 됐다.

1940년 봄, 삼촌 마틴과 숙모 세라피네, 그리고 사촌동생 수지의 미국비자가 나왔다. 그즈음 마틴은 오스트리아와 독일 난민 대부분처럼 억류되었으나 미국 비자와 배표를 증거로 보여주자 와이트 섬 수용소에 갇힌 지 단 며칠 만에 풀려났다. 아이들은 부모 없이 대서양을 건너는 것이 허용되지 않았지만, 리스베트를 남겨놓고 떠난다는 건 상상할 수 없었다. 그래서 그들 모두 런던의 미 영사관에 가 통사정을 하고 리스베트는 영사관 앞에서 운 결과 예외를 허락받았다.

1940년 5월 22일, 그들은 리버풀 발 '사마리아' 호에 승선했다. 첫 며칠간 승객과 선원 전원이 구명조끼를 입어야 했다. 아일랜드 해를 지나고 광활한 대서양으로 독일 유보트를 피해 항로를 바꿔가며 지그재그로 나아가는 배 위에서 리스베트는 뱃멀미에 시달렸다.

'사마리아' 호가 뉴욕에 도착하는 날 아침 리스베트는 일찍 잠에서 깨어 마틴 삼촌과 자유의 여신상을 바라보았다. 미국비자 보증 격으로 서명진술서를 써준 미국 가족이 부두에 마중을 나왔을 뿐 아니라 첫 며칠간 묵을 곳을 브롱크스에 준비해줬다. 유독 더운 초여름 날씨는 신규 이민자들에게는 특히나 낯설고 힘겨웠으며, 갓 도착하여 인파로 넘치고 지저분한 브롱크스에서는 더욱 그랬다.

후원 가족은 퀸즈 교외 로럴턴 집에 그들을 초대했고 리스베트에게는 여름 내내 거기서 함께 지내자고 했다. 마틴과 세라피네는 근처에 셋방을 얻었고 그렇게 가족이 미국 생활을 시작했다. 물론 온 가족은 아니고 절반이었지만.

아직 미국이 독일과의 전쟁에 참전하기 전이라 리스베트는 부모와 다시 편지를 주고받을 수 있었다. 마틴 삼촌은 그녀의 부모와 할머니를 탈출시킬 방법을 계속 찾고 있었다.

리스베트의 아버지에게 신체검사를 받으라는 영사관의 통지가 오며 드디어 그의 순번이 된 듯했는데 다시 뒤로 밀렸다. 알고 보니 돈을 주고 새치기를 한 사람에게 순번이 팔린 것이었다. 빌헬름 바이스는 그래서 노동수용소에 보내졌고 뉴욕의 가족은 그를 탈출시키려 서명진술서들을 받아 정신없이 빈에 보냈다. 이런 와중에서도 그녀의 부모의 편지에는 어떻게든 탈출하여 미국에서 리스베트와 다른 가족들을 만날 거라는 자신감이 넘쳤다.

비용이 많이 드는 쿠바 경로가 있었다. 1941년 마틴이 비자와 배표를 확보했지만 그들이 빈을 떠나기 전에 일본이 진주만을 폭격하고 독일이 일본 편에서 미국과의 전쟁에 뛰어들었다. 마지막 출구가 차단됐다.

이후 적십자사를 통해 편지가 두어 통 도착하다 그조차 중단되었다. 1942년 5월 27일 리스베트의 부모 빌헬름과 루돌피네가 빈에서 추방되어 벨로루시 민스크 외곽의 집단농장 말리 트로스테네츠로 보내졌다. 그들이 어떻게 죽었는지 리스베트는 정확히 알지 못한다.

많은 사람들이 우마차에 실려 가던 길에 숨졌다. 기차가 도착할 때마다 승객들은 남은 귀중품 전부를 압수당하고 일부는 농장에서 강제노동에 처해지고 나머지는 곧장 몇 마일 떨어진 숲으로 실려가 구덩이 가장자리에 줄을 선 채 뒤에서 날아드는 친위대 총살부대의 총격을 받았다. 1,000명 이상의 오스트리아 유대인이 거기서 살해되었다.

그로부터 얼마 안 되어 리스베트의 할머니도 테레지엔슈타트 강제수용소에서 민스크로 이송되어 역시 거기서 죽었다.

리스는 여러 해가 지난 뒤에야 가족들에게 일어난 일의 기본적인 내용만 알게 되었다. 당시에는 그들이 위험에 처해 있다는 정도만 알았을 뿐 숙모와 삼촌이 정말 끔찍한 부분은 감추고 알려주지 않았다. 마틴과 세라피네(미국에서는 피니로 개명했다)는 사진, 기념품, 옷 같은 빌리와 루돌피네의 유품들을 오스트리아에서 용케 빼내와 로럴턴 다락에 보관했다. 어느 날 그들은 옷가지를 사람들에게 나눠주기 시작했다.

"무슨 일이 있었는지 더이상의 증거는 필요가 없었어요. 그분들은 나를 보호하려는 생각에 내게 말해주지 않았을 테지만, 나는 그때 무너졌어요. 특히 어머니가 가장 좋아하던 옷을 나눠주는 걸 봤을 때요."

그 사건으로 리스와 그녀를 위해 그토록 애를 쓰고 부모 노릇을 해준 삼촌 부부와의 관계에 금이 갔다.

"두 가지 충절 사이에서 고민했던 것 같아요."그녀가 나중에 말했다.[70] "내 내면 아주 깊은 곳에는 입양되어 과거를 그냥 완전히 잊어버리고 싶다는 소망이 있었을 거예요. 그런데 그보다 훨씬 의식적인 차원에서는 내 부모에 대한 충절을 포기할 수 없음을 알고 있었고, 그래서 갈등이 생긴 거죠."

"그 시절 전반적인 분위기는 과거를 잊고 동화되자, 동화되자, 동화되자, 그래서 전형적인 미국인이 되자는 거였어요. 유산에 대한 긍지는 없었고요…."

"그 시절에는 그냥 미국인으로 살며 잊어버리면 충분했어요. 과거를 다루는 하나의 방법이었지요. 부정이라고 부를 수도 있어요. 강제수용소 같은 참상을 경험한 생존자들에게는 특히 그걸 다루는 방법이었고 꽤 오랫동안 그것에 대해 이야기할 수 없는 것도 마찬가지였는데, 우리 경우는 새로운 삶을 개척하고 과거는 밀쳐내는 거였죠."리스가 말했다. "존중이나 감정을 잃어버린다는 건 절대 아니지만, 그다지 많이 이야기하지 않았어요. 특히 그 시절에는 가족들의 사진을 걸어놓았던 기억이 없거든요. 그건 너무나 고통스러웠을 테니까요."

뉴욕에서 리스베트는 개인교습과 백화점에서 일해 번 돈으로 지역 대학에 진학하여 프랑스어와 심리학을 공부하는 비용을 일부 충당할 수 있었다. 나머지는 마틴 삼촌이 댔다. 하지만 그런 자격으로는 일자리가 나오지 않자 그녀는 실업학교에 가서 비서 공부를 했다.

그녀는 시내 근처로 이사하여 가구가 갖춰진 방을 얻었지만 비서 일이 즐겁지 않다는 걸 깨닫고 다시 마틴과 피니의 로럴턴 집으로 돌아가 돈을 모은 다음 교사 학위를 따러 뉴욕 대학에 들어갔다.

코네티컷 주 스탬퍼드의 초등학교에서 교사로 일하던 1950년대 그녀는 남편 조지 루더먼을 만났다. 동료 교사 둘과 룸메이트로 지냈는데 그중 하나가 조지의 고향인 뉴저지 주 몬트클레어 출신이었다. 드와이트 아이젠하워가 민주당의 도전자 애들레이 스티븐슨에 승리를 앞두고 있던 1956년 11월 6일 선거일, 이 동료교사의 부모가 딸을 찾아왔다. 함께 앉아 이야기를 나누던 중, 동료교사의 어머니가 리스베트를 바라보더니 '조지!' 하고 말했다. 바로 그것이었다. 뉴저지로 돌아가자마자 그녀는 조지의 어머니에게 전화를 걸었다.

"그리고 몇 주 후에 조지와 나는 약혼했어요." 리스가 말했다. 중매쟁이도 두 사람의 결혼식에 참석했지만 얼마 안 있어 죽었다.

리스는 결혼 후 교사 일을 잠시 그만두고 몬트클레어에서 오 년 사이에 아들 셋을 낳으며 육아에 집중했다.

과거는 아직도 그녀를 불시에 공격하곤 했다. 1960년대 초에 부모가 말리 트로스테네츠로 추방된 날짜가 적힌 엽서를 받았을 때가 그 한 예다. "어느 날 아무런 예고도 없이 날아왔어요. 몹시 힘든 시기였지요."

"마음의 준비가 될 때까지 빈에 돌아가는 걸 보류했어요." 리스가 말했다. "가끔 필요하다면 심리 상담의 도움도 받은 끝에 준비가 됐다는 결정을 내렸죠. 숙모가 못 가게 말렸어요. 너무 괴로울까 봐 걱정하신 거예요. 하지만 나는 알았어요. 가야 한다는 걸."

1980년이었다. 리스는 쉰세 살이었고 조지와 결혼한 지 이십삼 년이었다. 함께 유럽으로 휴가를 떠났고 빈에 갈 때가 되었다. 그녀는 예정대로 가겠다고 고집한 뒤 그곳 태생지에서 사흘을 혼자 보냈다.

"겪어봐야 했어요." 그녀는 어린 시절 다녔던 학교에 가보았고 예전 가족과 살던 집으로 걸어가 봤으며 옛 아파트 모퉁이에 있는 카페에 가서 앉아보았다.

"솔직히 그다지 강렬한 감정은 못 느꼈어요. 불안이랄까 그런 걸 느낀 기억이 없어요." 그녀가 말하며 자신의 감정 결핍에 "조금 당황했다"고 덧붙였다. 하지만 따져보면 그녀는 영국으로 건너가 여러 가정을 옮겨 다니면서도 심각한 반응이 없던 아이였다.

"아마 그것이 훗날 내가 심리 상담이 필요해진 이유였을 거예요. 그래요, 좀 더 파내보려는 거였어요. 그동안 줄곧 억눌러왔던 것들을요."

가족이 살던 아파트 건물은 폭격을 맞은 뒤 재건되어 아래층에는 상점들이 들어섰지만 아치형의 공용 입구와 중앙 정원은 그대로였다. 한번은 손녀와 함께 가서 어머니에게 외출해도 되냐고 소리쳐 묻던 그 자리에 서 보았다.

"줄곧 누군가 아는 사람을 찾았으면 하는 마음이었어요. 아들이 나와 친구였던 수위 아저씨나, 아니면 누가 됐든, 예전에 알았던 사람들을 만나 내 미국 시민권을 보여주고 싶은 거예요. 그런데 그런 기회는 오지 않더군요."

그 사람들은 이미 사라진 지 오래였고 건물에 쓰인 석재도 새것이었으나 그 둘 사이의 공간은 여전히 그대로였다.

고모할머니 말치처럼 그녀 또한 마술 같은 변화는 느끼지 못했다. 그녀를 쫓아낸 똑같은 사람들이었다.

"나는 아주 거만하게 굴었어요. 외국어 말씨 없는 독일어를 구사했죠. 미국인인데 그러니 다들 어리둥절해했어요. 아무에게도 아무것도 설명해주지 않았어요." 그녀가 말했다. 그녀의 태도는 이런 것이었다. "내가 이렇게 왔다. 직계가족 가운데 나만 살아남았지만 그래도 이렇게 해냈다."

다뉴브 운하 건너 오베레 도나우슈트라세에 있는 레오폴드슈타트의, 그녀의 부모가 가족의 집에서 퇴거당한 후 친척들과 함께 지낸, 또한 마지막 날들을 보낸 방 한 개짜리 아파트도 찾았다.

조지가 도착하고 나서는 다시 여행객으로 돌아가 함께 관광을 즐기고 자신에게 중요한 장소들을 남편에게 보여주었다. 안슐루스 후에 닥쳐든 참상으로의 회귀가 아닌, 즐거웠던 어린 시절로의 귀환으로 이 여행을 보자는 그녀의 결심은 전반적으로 통했다.

나의 아버지처럼 리스는 빈과 그녀의 과거를 침묵에 싸놓았다. 아버지가 중산층 영국인이 되기를 지향했던 것처럼 그녀도 "전형적인 미국인 아내, 엄마, 여성"이 되고 싶을 뿐이었다. 부모의 사진들을 침실에 걸어놓긴 했지만 그들에게 일어난 일에 대해 어린 아들들에게 들려준 일이 없었다. 그러나 아이들이 성년에 이르자 본인들의 배경을 어느 정도는 알아야 한다는 생각이 들었다.

아버지도 그렇게 삶을 접지 않았다면, 적어도 손주들을 볼 때까지 살았다면 같은 결정에 이르렀을까 궁금했다. 어린 손주들을 보며 시점이 달라졌을지도, 우리 가족사를 더 넓은 관점에서 보게 되었을지도 몰랐다. 리스는 이것으로 어떤 갑작스런 카타르시스를 찾았다기보다는 끝없이 노력해야 한다는 사실을 깨달았다. "우리는 아직도 그것과 씨름하고 있어요." 그녀가 내게 말했다.

그녀는 코네티컷 주 브리지포트의 유대인연합 안에 홀로코스트 교육 위원회를 함께 설립하고 그 의장이 되어 그 주제를 어떻게 가르쳐야 하는지 지역 학교들과 토론하고 있다.

"나도 그렇게 되돌아볼 수 있었으니까요." 그녀가 말했다. 그녀는 아직 읽을거리와 시청할 텔레비전 프로그램을 제한하면서 자신의 과거와의 관계를 조정해야 한다.

"부모님에게 어떤 일이 일어났는지 제대로 모르기 때문이기도 해요." 그녀가 말했다. 그래서 지면이나 화면에 표현되는 상황이 부모의 최후라는 진공 속으로 돌진해와 또다시 추측하게 만들곤 한다. "이게 부모님에게 일어난 일인 걸까? 그분들에게 이런 고통이 가해진 걸까?"

"어떤 지점에선가 결정을 해버렸어요. 자꾸 반복적으로 나 자신을 괴롭힐 필요가 없다고요." 그녀가 말했다. "나는 나의 과거와 그것이 남긴 트라우마를 마주 대하되 그로 인해 삶을 망가뜨리지 않으면서 최대한 정상적으로 살아가고 싶어요. 그게 지난 수년간 내가 나의 과거에 대해 견지한 철학이에요."

〈가디언〉 광고 아이들 많은 수가 같은 균형을 찾으려 했다. 과거는 그곳에서 시간을 너무 많이 보내면 덫에 걸려들 수 있고 너무 적게 보내면 지배당할 수 있다는 걸 깨달았기 때문이다. 어떤 자유와 행복이 이 둘 사이에 떠돌고 있다. 나의 아버지는 그곳을 발견하지 못했고 어쩌면 그런 곳이 있다는 것을 믿을 수 없어 찾으려고 하지도 않았는지 모른다.

우리에게 아버지의 초기 인생은 빈 여백이자 1930년대를 배경으로 한 어두운 실루엣일 뿐이었다. 리스와 나눈 대화, 그리고 〈맨체스터 가디언〉 아이들 몇이 남긴 회고록은 빛과 색조를 비춰주었고 우리의 삶에 묘사되지 못한 채 상상만 되고 있던 그것을 밝혀주었다.

아버지가 자살했을 때 낸스가 한 말에 나는 놀랐고 긴 세월 혼란스러웠다. 내가 아버지를 제대로 알지 못하고 자랐고 아버지가 그런 결정을 내리게 한 열쇠를 놓치고 있었다는 자각 때문이었다. 아버지는 나의 아들을 비롯한 자신의 손주들을 만날 때까지 살아 있지 않기를 택했다. 같은 기차를 타고 빈을 떠난 뒤 더한 고생을 겪은 동시대 아이들은 같은 길을 택하지 않았다. 리스의 아들 톰은 그녀의 아버지 이름을 딴 증손 빌헬름과 나란히 바다를 내다보는 리스의 사진을 내게 보내주었다. 곧바로 아버지 로버트에게도 그런 사진이 있을 수 있었다는 생각이 올라왔다. 나는 자신과 타인들에게 아버지에 대한 반감은 없다고 말했었지만, 그건 사실이 아니었다.

이 책을 씀으로써 아버지에 대한 나의 분노가 발견된 건 맞지만 그것에 대한 해독제도 함께였다. 아버지와 함께 광고에 실린 사람들을 통하여 나는 아버지에 대해서도 몰랐던 걸 배웠다.

특히 아버지의 마지막 날들에 대해 내가 전혀 의식하지 못했던 것을 나는 깨닫게 되었다. 1983년 낸스에게 전화를 걸어 수양아들의 죽음을 알렸을 때 로버트가 히틀러의 희생자라는 그녀의 응답이 왜 그토록 단호했는지 그 이유를 알 수 있었다.

마지막으로 집을 나선 날, 아버지는 곧장 워킹에 있는 낸스의 집으로 차를 몰았다. 예고 없는 방문이었고 낸스는 집에 없었다. 주말 연휴를 맞아 웨일스로 떠났던 것이다. 좀처럼 집을 비우는 일이 없는 그녀였기에 당황한 아버지는 그냥 거기에 앉아 있었다.

쇼핑하고 돌아와 버스에서 내리던 그녀의 며느리 도리스가 진입로에 세워진 우리 가족의 낡은 감색 차 안의 아버지를 보고는 들어와 차와 비스킷을 좀 드시겠냐고 묻자 아버지는 그렇게 했다. 서둘러 떠날 생각도 않고 그저 낸스를 못

12장 리스베트와 살고자 하는 의지

봐서 아쉽다는 말을 되풀이하다 일어서서 차를 몰고 떠났고 그로부터 며칠 후 숨진 채 발견됐다.

아버지는 자신을 심리학자이자 대학 강사인 영국인 로버트로만 아는 친구들에게 가는 대신 겁에 질린 열한 살 아이로 영국에 도착했던 그를 알았던 낸스를 찾아갔다. 달리 갈 곳이 없어 낸스의 집 앞에 차를 세우고 앉은 아버지의 모습을 상상해보지 않을 수 없다.

낸스는 하루 이틀 뒤 웨일즈에서 돌아와 로버트가 왔다가 못 보고 그냥 갔다는 말을 전해 들었다. 이틀쯤 지나 내가 아버지의 죽음을 알리며, 그녀가 집에 있었다면 어쩌면 그런 생각에서 벗어나게, 고통을 더 큰 시야에 올려놓을 수 있게, 그리하여 다시 한번 인내와 생존을 택할 수 있게 도와줄 수도 있었을 거라고 말했을 때, 그녀는 얼마나 고통스러웠을까.

"어머니는 뭔지는 알 수 없지만 로버트가 당신에게 하고 싶은 말이 있었다면 혹시 도와줄 수 있었으리란 생각에 몹시 괴로워하셨어요." 도리스가 말했다.

낸스와 아버지는 아일랜드 해와 산맥의 중간에 있는 케어나폰에 갓 도착하여 보낸 아버지의 소년시절을, 새로운 삶의 경이와 살아남았다는 안도와 환희를 되돌아볼 수 있었을지도 모른다. 그것이 다른 결과를 가져왔을지 누가 알겠나.

분명한 것은 그의 최저점에서, 마지막 암흑의 시점에서 그의 본능은 빈에서 온 유대인 소년 보비로 자신을 기억하는, 마지막 남은 사람과의 유대를 되살리려는 것이었다는 사실이다.

에필로그

중앙공동묘지는 빈의 남동부에 위치한 광활한 공간으로 참으로 장대한 묘지이다. 베토벤·브람스·슈베르트의 무덤들이 모여 있는 중심부에는 빈 전체를 통틀어 가장 우아한 아르누보 양식 교회인 초록색 돔의 성聖 카를 보로메우스가 서 있다.

이 길게 뻗은 공동묘지의 양 끝에 두 개의 유대인 묘지 구역이 있는데 흐트러진 모습이 두드러진다. 생존한 유대인과 사망한 유대인의 비율이 몹시 불리하니 그럴 수밖에 없을 것이다. 살아남아 부모와 조부모와 사랑하는 가족의 묘를 건사할 후손이 많지 않고, 그러다 보니 잔디가 웃자라고 야생생물이 주인행세를 하고 있다.

네 개의 출입구 중 첫 번째 것을 통과하면 보이는 가장 오래된 구역에는 흙바닥에 나뒹굴거나 비바람에 닳아 이름을 읽을 수 없는 묘비가 많다.

유대인 문화 위원회 웹사이트에서 내게 종조부와 종조모가 되었을 것이었으나 끝내 성년에 이르지 못한 에밀, 오이겐, 그리고 마리안네 보거의 묘 위치를 찾았다. 그들의 묘비 또한 세월의 흐름 속에 완전히 닳은 모습이었다.

그들의 부모, 즉 나의 증조부모인 요한과 헤르미네는 마지막 네 번째 출입구 뒤편의, 1917년 새로 마련된 유대인 구역에 안치되어 있었다. 합장된 그들의 무덤은 찾기도 쉬웠고 묘비도 말짱했는데 히브리어로 '포 니크바르po nikbar'의 축약형인 '페 눈Pe Nun', 즉 '여기 누워 있다'가 박혀 있었고 이름과 생몰일자 위에 독일어로 '우리의 사랑하는'이라는 글자가, 그리고 맨 밑에는 '운페르게센unvergessen', 즉 '잊히지 않은'이란 한 단어가 새겨져 있었다. 우리가 지키지 못한 대담한 약속이었다.

나는 묘비의 이끼를 떼어내고 그 위에 둥근 돌멩이를 올려놓은 뒤 우리 가족 전체가 이제 더 잘하겠다는 암시와 함께 소리 없이 용서를 빌었다.

마지막 들를 곳은 모데르차즈 소거의 무덤이었다. 그곳까지의 짧은 길에서 아기사슴을 보았다. 사슴은 풀을 뜯어 먹다가 멈추어 서서 지나가는 나를 바라봤다. 몇 걸음 더 내딛

에필로그

자 두 개의 묘비 사이에서 장끼 한 마리가 펄럭거리다 날아가 버리는 모습도 보았다.

묘비에서 그는 간단히 모티 소거였다. 모데르차즈가 한 살짜리 아기일 때부터 엄마였던 말치에게 그는 언제나 모티였던 것이다. 마틴이며 앙드레 방드루 같은, 위장을 위해 썼던 가명들은 이제 필요가 없어졌다.

흰 석판 위에는 솔잎이 얇게 깔려 있었고 흙과 잔가지일 검은 덩어리도 보였다. 치우다 보니 그건 금속 조각들이며 조그만 유리판들이었다. 말치가 와서 밝힌 등불의 파편들이었던 것이다. 수개월을 고문당하다 오히려 축복 같은 죽음을 맞은 아들을 애도하는 마음은 어떤 것이었을까. 1994년 말치가 죽은 후로는 아무도 오지 않았던 것 같았다.

모티의 무덤에는 히브리어가 없었다. 말치가 원하지 않았을 터였다. 그의 이름 밑에는 그가 산 스물네 해가 괄호에 묶인 다음 '다인 오퍼 블라이프트 운페르게센Dein Opfer Bleibt Unvergessen', 즉 '당신의 희생은 잊히지 않을 것입니다'라는 글자가 새겨져 있었다. 물론 잊혔었지만 이제 다시 한번 기억되고 있었다. 늦게라도 기억하는 게 낫기를 나는 바랐다.

무덤 사이를 거닐다 보니 나무들이 늘어선 산책로가 낯익게 느껴졌다. 처음 온 나로서는 이상한 일이었다. 거기 서서 휴대전화로 이곳의 역사를 검색하고 이유를 찾았다. 영화

〈제3의 사나이〉의 마지막 장면 배경이었던 것이다. 해리 라임이 최근 첸트랄프리드호프에 묻혔고, 홀리가 산책로 한쪽 마차에 기대서서 안나가 다가와 해리를 배신한 자신을 용서해주기를 바라고 있다. 윗가지를 쳐낸 나무들이 줄지어 서고 낙엽이 덮인 긴 산책로를 천천히 걸어 그녀가 그에게 다가오는 구십 초 동안 카메라는 움직이지 않는다. 해피엔딩을, 어떤 화해를 우리는 예상하지만 안나는 그를 지나쳐 뒤도 한번 안 돌아보고 걸어 화면 밖으로 사라진다.

그 장면을 수없이 보고 여러 번 생각도 해봤지만 나의 조상이 영화 속에서 고독을 은유하는 그 외로운 길 양쪽에 묻혀 있을 줄은 상상도 못했었다. 그것은 그 모든 감춰지고 인정되지 않은 역사의 무의식적 힘에 대해 생각하게 했다.

나는 우리 가족이 아무런 상실 없이 홀로코스트에서 기적적으로 살아남았다고 생각하며 자랐다. 하지만 그건 전혀 사실이 아니었다. 모티처럼 희생된 이들이 이야기되지 않았을 뿐이었다. 그들의 삶은 결코 말해지지 않았고 그들의 사진들도 벽에 걸리지 않았다.

할머니 오미는 우리에게는 증조부와 이모할머니가 될 아버지 마르쿠스와 여자형제 마리안네를 잃었다. 그들은 1942년 4월 말 같은 기차에 올라 빈에서 추방됐다. 폴란드·벨로루시·우크라이나가 만나는 블로다와에 도착한 다음에는 소비

　　　　　　　　　　　　　　　　　　　에필로그

보르 강제수용소에 보내져 다른 250,000명과 함께 가스실에서 희생되었다.

의붓할머니 발리도 첫 번째 남편 루돌프 클링거가 부헨발트에서 살해되었고, 알려진 바가 많지 않은 말치의 남편 엘리아스 시클러는 그냥 실종되었는데 아마도 나치 또는 공산당 동료들에 의해 살해되었을 것이다.

어린 우리도 입에 담을 수 없는 상실의 무게를 매일 같이 지탱하는 사람들 사이에서 살았다. 우리 가족은 빈의 정신과 의사라면 누구나 말해줬을 것을 발견했으니, 무시하려 할수록 그 짐은 더 무겁고 어두워진다는 사실이었다.

언젠가 뉴욕의 슈퍼마켓 창에 다소 생뚱맞게도 제임스 볼드윈의 인용구가 새겨져 있는 것을 본 적이 있다. "대면한다고 해서 모든 것이 바뀌지는 않지만, 대면하기 전까지는 아무것도 바뀌지 않는다." 그런 글귀가 장을 보는 사람들에게 어떤 영감을 줄지 당시에는 의아했는데 요점은 그게 아니었을 것 같다. 그리고 그건 내 아버지에 대해, 그가 생의 마지막에 얼마나 고립감을 느꼈을지 생각해보게 해줬다.

기록저장소와 개인기록들을 뒤져봤지만 아버지가 우리를 떠나기로 한 결정에 대한 설명 또는 변명이 되어줄 어떤 것도 찾지 못했다. 그래도 아버지가 안고 살았던 고통과 두려움에 대한, 아버지의 미묘한 발자취를 따라가 보기 전까지

영국 땅에 도착한 로버트 보거. 1938년.

그 긴 세월 동안 알아차리지 못했던 무엇인가를 이해하게
되었다. 모든 것을 묻기로, 자신의 개인사에서 어린 시절을
지워버리기로 마음먹은 후부터 부초처럼 외로웠을 거라는
걸 짐작할 수가 있다. 우리가 나누었을 수도 있었을 그 모든
대화들에 대해 나는 생각했다.

　그럼에도 아들로서 따라갈 수 있는 가장 먼 곳까지 아버
지를 찾아가 볼 수 있었던 것이 기쁘다. 그리하여 나는 아버
지의, 그리고 다른 광고 속 아이들의 서너 줄 문구 아래 숨
어 있었던 세계를 들춰볼 수 있었다. 그곳에서 본 것은 불가
피하게도 비극과 참상이었지만 그 이야기들 대부분에는 살
아남은 기쁨과 그렇게 살아남아 만들어낼 수 있었던 나와

나의 형제자매들을 비롯한 생명들도 포함되어 있었다.

홀로코스트와 전쟁에 대한 우리의 집단적인 기억은 아무리 암울해 보일지라도 여전히 낙관적이다. 우리가 듣는 이야기들은 생존자들이 들려준다. 따라서 각각의 안에 진주가 담겨 있듯 일종의 해피엔딩인 것이다. 죽은 자들은 자신의 이야기를 할 수 없기에 역사의 이야기는 희망을 향해 기울어진다. 그조차도 아니면 아마 견딜 수 없을 것이다.

확실히, 보비와 조지, 두 사람의 게르트루드, 알리스, 지크프리트와 파울라, 만프레드와 리스베트의 이야기들은 탈출의 경이와 그에 뒤따른 가능성으로 가득 차 있었다. 나는 그들의 운명과 그들이 빈에서부터 밟은 서로 다른 길들을 신문 토막광고라는 조그만 우연으로 엮인 실타래로 생각하게 되었고, 그것들은 황홀한 색채들로 피어나 갖가지 방향으로 뻗어갔다.

감사의 말

루스 하그로브에게 감사드린다. 그녀와의 인터넷 대화가 없었다면, 그리고 그녀가 자신의 가족 배경을 언급하지 않았다면 나는 이 책을 쓰지 못 했을 것이다. 광고를 찾아주고 나머지를 찾을 수 있는 도구를 제공해준 리처드 넬슨도 마찬가지다.

마크 라이스-옥슬리는 이 책의 씨앗이 된 최초 〈가디언〉 기사를 편집하여 훨씬 나은 기사로 만들어줬다. 투 로즈의 케이트 휴슨은 기사에 대해 근사한 쪽지를 보내주었는데, 나는 그걸 못 보고 지나치고 말았다. 회신까지 넉 달이 더 걸렸음에도 그녀는 너그럽게 눈감아주었으며 책으로 펴내자는 의견을 제시했다. 와일리 에이전시의 제임스 펄런은 각종 형식 절차를 능란하게 도와주었다.

너무나 아름다운 체서피크 만 해안에 머무르며 출판 제안서를 쓸 수 있게 해준 리처드 폴라드와 그라디스 아리비아 에펜디에게 감사한다. 에릭 슐로서는 초기에 격려를 해줘서 내가 결의를 다질 수 있게 해주었다. 필립 샌즈는 중요한 소개를 해주었고 초기에 용기를 북돋아 주었다.

빈의 많은 분들이 친절을 베풀었는데, 그중에서도 훌륭한 음식과 멋진 아이디어를 주고 아이디어가 더 많은 친구들을 소개해주기까지 한 닉 판 프라크와 나자 체루니안이 특히 그랬다. 베타니 벨은 시간을 내어 내가 어머니께 드릴 구겔후프 프라이팬을 찾게 도와주었고 초기에 번역을 도와준 미카엘 하이슬베츠를 소개해줬다. 볼프-에리히 엡슈타인과 그의 딸 테레사는 '유대인들의 빈'에 대한 깊은 지식을 나눠주었다.

워싱턴 주재 오스트리아 전 대사인 마틴 바이스도 도움을 주었으며 특히 내가 동료 국민이 되었을 때 환영해주었다. 올리버 라트콜브는 해박한 오스트리아 현대사 강의를 내게 들려주었고 모데르차즈의 린츠 제강소 시절 기록을 찾아주었다.

능숙하고 예민한 번역가일 뿐 아니라 워싱턴 외곽과 빈에서 나의 가까운 이웃이기도 했던 울리케 비스너를 발견한 것은 행운이었다. 이 이야기가 말해질 가치 있는 이야기라는 믿음 때문에 합당한 비용보다 훨씬 낮은 금액을 청구한 그녀에게 나는 은혜를 입었다.

긴급한 요청에도 부수적이되 중대한 번역을 제공해준 베른트 레스트와 슈테파니 커쉬게스너에게도 감사드린다.

그저 〈가디언〉 기사를 읽었으며 관련 전문지식과 경험을 갖췄다는 이유로 도움을 제공해준 분들에게 거듭하여 감명을 받았다. 로베르트 비너는 기록저장소 탐색 관련한 굉장히 유용한 조언을 주었고, 매트 슈아인은 오스트리아 인터넷 데이터베이스를 안내해주며 역시 유용한 팁을 통해 중요한 발견에 이르도록 도와주었다. 슐라미트 드루크만은 수사기술과 시간을 너그러이 제공함으로써 노이만 가족을 찾는 데 결정적인 도움을 주었고, 요나 쿠밍스는 초기에 조언을 해줘서 방향을 잡게 해주었다. 요시 멜만은 그만의 노하우로 두어 사람의 추적을 도와줬다.

헤이그 전범 재판 전문 추적자 친구를 연결해주고 본인의 날카로운 본능을 활용해준 안젤리나 수탈로가 없었다면 프레드 슈바르츠를 찾지 못했을 것이다. 또 다른 전범 전문가 이바 부쿠시치 또한 네덜란드에서 사람 찾기 관련한 힌트를 제공해주었다.

하코아 빈 축구단과 나의 종조부 프리츠의 사연을 취재하며 조니 굴드, 다비드 볼코버, 로니 드로어, 카타리나 리시카의 사심 없는 도움이 큰 의지가 되었다. 존 시퍼는 리치 보이스 전설을 알려주어 조지 맨들러의 참전 경험을 제대로 이야기할 수 있게 도와줬다. 맨체스터 대학 도서관의 에인절 코시니는 내가 1930년대 빈의 〈가디언〉 특파원 마이크 포도르의 자취를 추적할 때 그야말로 이름값을 해주었다.

슈루즈버리 시절을 연구할 때 릭 그레브너, 버지니아 그리슬리, 피터 로벤버그가 시간을 내어 나의 조부모 관련한 멋진 일화들이며 다양한 이야기를 들려주었다.

숀 스미스는 많은 시간을 써서 〈맨체스터 가디언〉 장정본을 눌러가면서 광고 사진을 찍어 너그러운 우정의 진면모를 보여주었다.

좋은 친구 셋이 초고를 검토해주었다. 에드 필킹턴은 많이 격려해주었으며, 쓸데없이 감상적인 부분에는 'M'(mawkish의 약자―옮긴이) 표시를 살짝 달아준 후만 마즈드도 그랬다. 현존 최고의 롱폼 편집자다운 기술을 발휘하여 책의 구성을 재고하도록 도와준 폴 해밀로스에게 깊은 감사를 전한다.

도리스 빙글리, 클레어 도널드슨, 크리스 로버트슨은 이 책의 중심인물들인 낸스와 레주 빙글리를 제대로 묘사할 수 있도록 귀중한 도움을 주었다. 빙글리 가족의 집 길 건너에서 자란 노라 데이비스도 마찬가지다. 내게 케어나폰을 안내해준 그녀는 그곳이 진정한 친절의 고향이라는 나의 인상을 굳혀주었다.

시안 마리안은 나의 아버지와 같은 시기에 빙글리 가족 집에서 산 자신의 어머니 메건 스텀블스의 삶에 대해 들려주었고, 마크 하인지는 나의 아버지와 케어나폰에서 함께 자란 학우이자 자신의 아버지인 메우리그를 연결해줌으로써 그의 회고담을 들을 수 있게 도와주었다.

로런 하워드와 조 지그먼드는 책의 편집과정을 즐겁고 편안하게 해주었으며 책이 본래 원고에 비해 월등히 나아지게 도와주었다.

이 책은 〈맨체스터 가디언〉 광고 속 아이들의 자손들이 마음의 문을 열어 자신의 가족사를 나와 나누어주지 않았다면 나올 수 없었다. 피터 맨들러, 대니 시걸, 루시 엘카나, 롤프와 마델론 슈바르츠, 랍비 레슬리 알렉산더, 데니스와 로널드 쇼언, 길라 마로즈 토스, 톰 루더먼에게 특별한 감사를 전한다. 리스 루더먼과 대화를 나눌 영광과 기쁨을 얻은 것에 특히 감사한 마음이다. 그녀는 내가 알기로 〈가디언〉 아이들 중 마지막 남은 생존자이자 진정으로 영감을 주는 인간이다.

피터 맨들러는 친절하게도 초고를 검토하고 수정을 제안했으며 메리 린치와 조너선 프리랜드 또한 그랬다. 그들 덕분에 어처구니없는 착오 몇 개를 고칠 수 있었다.

감사의 말

마지막으로 이 책을 쓰도록 허락했을 뿐만 아니라 줄곧 응원해준 동생들 샬럿, 바이어스, 휴고에게도 감사한다. 무엇보다도 여러 차례 나와 마주 앉아 힘들었던 시절의 아픈 기억을 되짚어주신 어머니 윈에게 감사를 올린다. 어머니에게는 내가 진실을 쓰는 것만이 중요했다. 그러려고 노력하며 나는 이 책을 썼고, 그래서 나는 이 책을 어머니께 바친다.

사진 출처

✚가족들이 제공한 사진들

레슬리 알렉산더 211

줄리언 보저 17, 61, 78, 155, 193, 298, 406

맨들러 가족 333

루더먼 가족 382

쇼언 가족 121

롤프와 마델론 슈바르츠 247, 284

대니 시걸과 루티 엘카나 101

길라 마로즈 토스 163, 167

저자 주석

머리말

1 이 광고를 실은 FBW는 가장 찾기 어려운 주인공들 가운데 하나였다. 임대차 서류 검색 끝에 마침내 유다 라이프 바허와 그의 처 시렐이 아들 지크프리트를 위해 실은 광고임이 확인되었다. 제국에서의 탈출을 위해 결국 가족은 갈라졌다. 지크프리트가 팔레스타인 하이파의 기숙학교에 자리를 얻자 아버지가 아들을 따라갔으며, 시렐과 딸 헨나는 영국을 거쳐 1940년 대서양을 건너 뉴욕으로 갔다. 그 아래 실린 "무척 겸손한 두 자매"는 앨리스 데이지와 실비아 엘리노어 만하임을 가리키는 것으로, 이들은 각각 영국과 캐나다에 건너가 정착했다.

2 이 책을 쓰기 위해 취재하면서 역사는 "여러 세기가 거쳐 간 다음 체에 남는 것"이라던 힐러리 만텔의 말이 더없이 수긍되었다.

   힐러리 만텔. "왜 나는 역사소설가가 되었는가", 〈가디언〉, 2017년 6월 3일.

1장 레오, 에르나, 그리고 보비 보거의 알려지지 않은 이야기들

3 조지 버클리, 《빈과 그곳의 유대인들―성공의 비극, 1880년대~1980년대》(매디슨 북스, 1988년), XVI쪽.

4 위의 책, 29쪽.

5 슈테판 츠바이크, 《어제의 세계》(카셀 앤드 컴퍼니, 1943년).

6 프린치프 관련한 가장 훌륭한 책인 팀 부처의 《도화선—세상을 전쟁으로 몰고 간 암살범 추적하기》(채토 앤드 윈더스, 2014년).

7 데이비드 볼코버, 《최고의 재기—종족학살로부터 축구의 영광까지》.

8 내란의 경험담을 말하는 나오미 미치슨의 《빈 일기, 1934년》(빅토르 골란츠, 1934년) 참고.

2장 조지, 그리고 빈을 향한 참을 수 없는 그리움

9 조지 맨들러, 《흥미로운 시대—20세기와의 조우》(로런스 얼바움 어소시에이츠, 2002년).

10 이라나 프리츠 오펜버거, 《나치 치하 빈의 유대인들, 1938년-1945년—구조와 파괴》(종족학살 역사 관련 폴그레이브 연구, 2017년), 2쪽.

11 맨들러, 《흥미로운 시대》, 9~40쪽.

3장 게르트루드와 아이크만의 피아노들

12 빌 윌리엄스의 《유대인들과 그 밖의 외국인들—맨체스터와 유럽 파시즘 희생자 구조, 1933년~1940년》(맨체스터 유니버시티 프레스, 2011년)은 나치 난민 구조에 이 시가 수행한 중요한 역할을 포괄적으로 설명해준다.

13 〈맨체스터 가디언〉, 1938년 3월 17일.

14 오펜버거, 《나치 치하 빈의 유대인들》, 50쪽.

15 조지 게다이, 《무너진 보루—중유럽의 비극》(빅토르 골란츠, 1939년), 305쪽.

16 도론 라비노비치의 《아이크만의 유대인들—홀로코스트 빈의 유대인 행정, 1938년~1945년》(폴리티, 2011년)은 빈의 아이크만 시절을 포괄적으로 설명한다.

17 뉘른베르크 문서 3063-PS, (나치당 대법원 수석판사 발터 부흐가 헤르

만 괴링에게, 1939년 2월 13일).

18 오펜버거,《나치 치하 빈의 유대인들》, 176쪽.

4장 탈출의 수단: 알리스와 베스트반호프

19 토스 쿠슈너,《심연으로부터의 여정—홀로코스트, 그리고 1880년대부터 현재까지의 강제 이주》(리버풀 유니버시티 프레스, 2017년), 71쪽.

20 〈맨체스터 가디언〉, 1938년 7월 13일, 6쪽.

21 로트문트의 역할 전모는 알프레드 하슬러의《구명선은 꽉 찼다—스위스와 난민들, 1933년~1945년》(펑크 앤드 와그널스, 1969년)에서 참고.

5장 보비와 조지의 망명 생활

22 번스 코트의 이야기 전부를 위해서는 데보라 캐드버리의《나치를 피한 학교—히틀러에 맞선 교사의 실화》(투 로즈, 2022년)를 읽어볼 것.

23 조지 맨들러,《흥미로운 시대》, 58쪽.

7장 구조와 감금: 영국에서의 억류

24 사이먼 파킨,《범상치 않은 포로들의 섬—한 예술가, 간첩, 그리고 전시 추문의 실화》(셉터, 2022년), 73쪽.

25 파킨,《범상치 않은 포로들의 섬》, 90쪽. 허친슨 수용소에 대한 생생한 묘사를 통해 1940년대 영국 억류 정책을 훌륭하고 명확하게 설명하는 이 책은 많은 부분에 참고가 되어주었다.

8장 상하이

26 허평산,《나의 외교관 인생 사십 년》(도런스 퍼블리싱, 2010년).

27 조너선 카우프먼,《상하이의 마지막 왕들—현대 중국 형성을 도운 양대 유대인 가문》(펭귄, 2020년), 147쪽. 유대인들의 상하이 역사에 대한

카우프먼의 훌륭한 설명, 그리고 특히 사순과 카두리 가문 관련한 이야기는 게르트루드 랑거의 전시 경험에 대한 주요 맥락을 제공해줬다.

28 위의 책, 41쪽.

29 2022년 5월, 시어도어 알렉산더 랍비와의 구두 역사 인터뷰(미국 홀로코스트 기념박물관 컬렉션).

30 발터 셀렌베르크, 《미로—히틀러의 수석 대정보관 발터 셀렌베르크의 회고록》(다카포 프레스, 1956년).

31 레나 크라스노, 《영원한 이방인들—전시 상하이의 한 유대인 가족》(퍼시픽 뷰 프레스, 1992년).

9장 프레드와 아우슈비츠까지의 발자국

32 엘리자베스 뵈클-클람퍼·토마스 망·볼프강 노이게바우어, 《빈의 게슈타포, 1938년~1945년—범죄들, 범죄자들, 희생자들》(베르간, 2022년), 95쪽.

33 프레드 슈바르츠, 《트라이넨 오프 도드 슈포르》(데 바타프슈 레우프, 1994년), 3쪽. 미출간 영역본인 《폐철로의 기차들》의 원본.

34 도론 라비노비치, 《아이크만의 유대인들》.

35 슈바르츠, 《폐철로의 기차들》, 76쪽.

36 안나 하즈코바, 《마지막 게토—테레지엔슈타트 일상사》(옥스퍼드 유니버시티 프레스, 2020년)은 최근 발표된 가장 훌륭한 보고서다.

37 미국 홀로코스트 기념박물관 웹사이트에는 노년의 유대인들이 "안전하게 은퇴"할 수 있는 '온천마을'로 테레지엔슈타트를 묘사하는 더없이 소름끼치는 영화 비디오가 있다.

38 잘만 그라도프스키, 《마지막 위안이 사라지다—어느 아우슈비츠 존더코만도의 증언》(유니버시티 오브 시카고 프레스, 2022년). 그라도프스키는 비르케나우의 존더코만도로 저항에 참여했다 처형되었다. 그러나

수용소의 삶과 죽음에 대해 이디시어로 남긴 그의 기록이 3호 화장터 근처 잿더미에서 발견됐다.

10장 저항과 고모할머니 말치

39 "홀로코스트의 기억이 폴란드의 편견을 들쑤시다." 〈가디언〉, 1993년 4월 12일.

40 "미술비평가 루트비히 헤베시, 1907년 '오토 바그너와 슈타인호프 정신병원—오해로서의 건축"(아트 불레틴, 87:1, 2005년)에 레슬리 토프가 인용.

41 암 슈피겔그룬트는 아동병원으로 슈타인호프 병원단지의 일부였는데, 나치의 어린이 안락사 정책으로 789명의 환자가 살해되었다.

42 〈라 란테르네〉, 1928년 2월 17일, 2쪽.

43 〈르 마탱〉, 1928년 2월 17일, 2쪽.

44 마네 슈퍼버, 《바다의 한 방울 눈물처럼》(칼만-레비, 1952년).

45 본명이 오틸리 슈피겔인 마레크는 공산주의 활동가로 동료 TA 레지스탕스 지도자 프란츠 마레크와 결혼했으며 종전 후에는 오스트리아 레지스탕스 기록저장소 창설에 일조했다.

46 돌리 슈타인들링, 《반격—프랑스 레지스탕스 조직 안의 오스트리아 유대인》(유니버시티 프레스 오브 메릴랜드, 2000년).

47 위의 책, 60쪽.

48 역사학자 윌리 크로파가 말년의 말치를 방문한 후 레지스탕스 기록저장소에 쓴 엽서 보고서에 나온 내용이다.

49 슈타인들링, 《반격》, 182쪽.

50 엘리자베스 뵈클-클람퍼·토마스 망·볼프강 노이게바우어, 《빈의 게슈타포, 1938년~1945년》, 528쪽.

51 "소비보르 생존자들은 대탈출을 기억한다", 〈가디언〉, 1993년 10월 14일.

52 커티 티코 토머스 인터뷰(USC 쇼아 재단 연구소).

11장 조지와 빈으로의 귀환

53 조지 맨들러, 《흥미로운 시대》, 93쪽.

54 리아 개리트, 《X부대—제2차 세계대전의 비밀 유대인 특공대》(매리너 북스, 2021년), 247쪽.

55 조지 맨들러, 《흥미로운 시대》, 103쪽.

56 위의 책, 104쪽.

57 프랭크 마누엘, 《종말의 장면들—유럽의 제2차 세계대전 마지막 날들》 (스티어포스 프레스, 2000년).

58 조지 맨들러, 《흥미로운 시대》, 104쪽.

59 위의 책, 111쪽.

60 위의 책, 66쪽

61 올리버 라트콜브, 《역설적인 공화국—오스트리아 1945년~2020년》(브 레간 북스, 2010년), 258쪽.

62 조지 맨들러, 《흥미로운 시대》, 68쪽.

12장 리스베트와 살고자 하는 의지

63 "난민들은 말썽이 아닌 희망을 가져온다—내 아버지의 이야기가 그 증 거다", 〈가디언〉, 2015년 9월 7일.

64 조지 맨들러, 《흥미로운 시대》, 59쪽.

65 위의 책, 45쪽.

66 리스베트 바이스-루더먼 인터뷰(USC 쇼아 재단 연구소).

67 위의 인터뷰.

68 위의 인터뷰.

69 위의 인터뷰.

70 위의 인터뷰.

친절한 분을 찾습니다

첫판 1쇄 펴낸날 2024년 12월 30일

지은이 | 줄리언 보저
옮긴이 | 김재성
펴낸이 | 박남주

펴낸곳 | (주)뮤진트리
출판등록 | 2007년 11월 28일 제2015-000059호
주소 | 서울시 마포구 토정로 135 (상수동) M빌딩
전화 | (02)2676-7117 팩스 | (02)2676-5261
전자우편 | geist6@hanmail.net
홈페이지 | www.mujintree.com

ISBN 979-11-6111-137-7 03840

* 책값은 뒤표지에 있습니다.